㉒ 愿挽天倾者

◎ 烽火戏诸侯 著

001　第一章　鱼游碧水

026　第二章　群山回响

054　第三章　朱敛问拳

087　第四章　等一个人

115　第五章　下城头

136　第六章　开阵

155　第七章　同道中人

184　第八章　立在明月中

225　第九章　高处无人

248　第十章　翻老皇历

第一章
鱼游碧水

甲申帐中不是剑修却是领袖的木屐，刘叉的唯一弟子背篾，托月山关门弟子离真，雨四，涓滩，女子剑修流白，一行人出现在了那场双方问剑的战场最南端。雨四蹲在地上，双指拈起一小撮土壤，轻轻将其碾成碎末，拍了拍手掌，起身道："两边剑意的此消彼长和转换程度跟预期的差不多，也就只剩下这么点好事了。"

流白皱眉道："为何明明是个圈套，还要往里边跳？再说了，又不光是我们甲申帐觉得不妥，可是甲子帅帐那边依旧不理睬，这算怎么回事？我方地仙剑修明摆着是被针对了的，已经战死几个了？昨天为止，已经有九个了吧。接下来，还要送多少战功给剑气长城？这是打仗，哪有这么死要面子活受罪的打法！木屐，到底是怎么回事？你回来后，也不愿多说半句。要真是在那边挨了白眼委屈，我，离真，背篾，都可以向各自的师父言语一声。"

流白是周密的嫡传弟子之一，跟随那位被誉为"学海"的先生熟读兵书，习惯了斤斤计较，环环相扣。

雨四也跟着说道："木屐，别一个人闷在心里，在我们这边没什么不能讲的。"

木屐说道："甲子帐那边也没说具体缘由，只说问剑过后，包括仰止、黄鸾两位将功补过的前辈在内，会拎着一颗颗在后方截杀而来的剑仙头颅丢向剑气长城，作为问剑之后的回礼。"

流白怒道："还什么礼？！难不成地仙剑修不白白死，便没有那些隐匿剑仙的头颅了吗？根本就是两回事！"

木屐感慨道:"是啊。我也不懂。不懂为何有这么多我方剑修要死在这里,好像一定要死。"

浑滩笑道:"事已至此,还能如何,我们大不了就这么干瞪眼,瞧着喽。"

前边远处的战场上,有蛮荒天下的剑仙现出百丈真身,单独位于战场之上,双手持剑,一剑落地。剑气长城的剑阵瀑布之上,顿时落下数百条鲜红闪电,如神灵震怒,手持雷鞭,胡乱砸向大地。

剑气长城的剑仙也随之应对,以剑气云海拦截雷电,防止落在剑阵之上,殃及那些中五境剑修。

有一个身姿纤细的己方女子剑仙,并没携带佩剑,只是大袖飞旋,方圆数里的大地之上便有剑气凝聚,化作千百飞剑,激射向那座好似从天而落的剑气长城磅礴剑阵。城头之上的大剑仙岳青以两把本命飞剑之一的云雀在天与之对峙。

在妖族修士法宝洪流和这场问剑的两场大战之中,蛮荒天下有数个原本籍籍无名的修士好似应运而生。

一个原本不是剑修的妖族修士,不过是洞府境练气士,相对己方剑阵,原本就只是凑数而已,不承想出剑之后竟然无意间得到了两缕剑气长城远古剑意,剑意品秩还极高。少年注定会以此跻身百剑仙之列,更会有大把资源倾斜在他身上。说不定到了浩然天下,他就是有望开宗立派的剑道种子。

一个金丹境剑修,凭借原本属于鸡肋的那把本命飞剑,立下了匪夷所思的战功。先后两次抵挡下两位剑气长城剑修的倾力出剑,不但救下了己方两个地仙剑修,还使得对方剑仙的飞剑神通莫名其妙砸在了剑气长城的剑阵之上,剑气长城那边光是金丹境剑修就瞬间先后折损两人,地仙之下的中五境剑修的本命飞剑更是受到重创,多人被迫直接撤出了战场。

这个金丹境剑修立即被下令撤出了战场,此后又被飞升境前辈施展了障眼法,数次重新置身战场,专门针对剑气长城大剑仙的倾力一击。

至于一个金丹境剑修,为何能够未卜先知到剑仙如何出剑,除了甲子帐知晓真相,甲申帐这些军帐都无权过问。

此外,一对元婴境剑修道侣,在大战中先后破境跻身上五境。

其实若是没有这些"光彩照人的点缀",蛮荒天下的剑修问剑就只是个笑话。因为剑气长城剑修的折损速度,与诸多军帐的推演结果出入不小,比预期要慢上许多。

木屐说道:"打仗,打的不过是人、钱两物。对方剑修折损比预期少,只是少,又不是没有死人。接下来就看神仙钱一事了,其实这个比剑修更关键。如今剑气长城的剑修灵气,陆陆续续地,大多已经开始出现干涸迹象,剑气长城战场上的灵气如此浑浊,双方都别想汲取了。我们背靠整座蛮荒天下,又被两位前辈以大神通牵引,两股灵气聚拢,好似江河,正在源源不断往这边涌来,可那堵城头背后,才多大的地盘,能够积蓄多少灵气？战事往后推移,他们又能支撑起剑仙的多少次倾力出手？关于此事,乙戌军帐是早早有过一场精准计算的。只要此事没有意外,如今剑气长城的剑修,不过是晚死,到时候就会死得极快极多。"

雨四笑道:"甚至极有可能是自己熬死自己,死得悄无声息,哪怕祭出了飞剑,都收不回去。"

流白沉声说道:"前提是没有意外！剑气长城没有预料之外的灵气来源！但是这场仗打下来,带给我们的意外,还少吗?！"

木屐点头道:"那就粗略计算一下,浩然天下的八洲渡船,北俱芦洲不去说它,把自己半洲物产掏出来都有可能,所幸这种事情,也就北俱芦洲做得出来了。桐叶洲没有渡船,距离倒悬山最近的,就是南婆娑洲和西南扶摇洲,西南扶摇洲渡船以山水窟为首,有旧怨,不会好说话的。当下说不定又在帮我们大忙了。南婆娑洲,则是不敢太好说话,即便船主们失心疯了,愿意竭力帮助剑气长城,也得看他们的宗门山头敢不敢答应。"

木屐说到这里,笑了起来:"还好,剑气长城从来不擅长与浩然天下打交道。"

流白习惯了说反话唱反调:"万一呢？万一剑气长城有人,能够说服八洲渡船,大肆补给剑气长城?！"

浑滩抬头望向剑气长城,冷笑道:"靠什么说服？靠剑仙的面子？凭借能挣大钱却不挣的好心,怎么当上渡船话事人,如何做得了倒悬山买卖？难道要靠剑仙亲自送神仙钱给人？巧了,剑气长城其实最缺灵气最为纯粹的神仙钱。"

木屐仰头望向那座城头,说道:"有机会的话,很想见一见那个人,就坐在城头之上,与他复盘一番。"

离真说道:"那也得看他能不能活到那一天。"

流白灵光乍现,刚要说话,木屐像是猜到了她的想法,摇摇头说道:"意外自然要用意外来纠错。倒悬山那边,有些存在不会一直作壁上观的。"

米裕堆过了雪人,还偷偷摘了园圃花叶,为那雪人儿姑娘穿上了花衣裳,色彩样式,皆是当年初见时她的模样。

来到大堂这边,瞧见了那个蹲在地上看桌子的年轻隐官,米裕跨过门槛,斜靠着一张小桌案,好奇问道:"隐官大人,这张四仙桌,其实是件暗藏玄机的值钱宝物？打算搬到避暑行宫？"

陈平安站起身:"出门走走。"

米裕站直身,又瞥了眼四仙桌,看来不那么值钱。

春幡斋作为倒悬山四大私宅之一,占地极大,穿廊过道,古木参天,尤其以假山奇石著称于世,飞瀑流泉,与花木扶疏相得益彰。陈平安和米裕走在一条石磴道上,水汽弥漫,灵气盎然。

米裕问道:"隐官大人,容我再废话两句,死死捂住自家饭碗,再从他人饭碗里抢饭吃,味道特别好,可那帮人不是寻常人,只给好处,依旧不长记性的。"

陈平安笑道:"是怪我兴师动众,喊了那么多剑仙撑场子,最后竟然没死人?"

米裕说道:"这哪敢。"

陈平安解释道:"十一位剑仙驾临倒悬山,杀意那么重,作不得伪,说句难听的,剑仙需要假装想杀人吗?可是到最后,依旧一剑未出,你信?"

米裕说道:"不信。"

陈平安点头道:"所以吴虬、白溪这帮人,更不会相信。别看后来谈正事,一个个商贾好像重返账本算盘小天地了,其实还是在忧心生死一事。许多细节,你要是多打量打量,而不是光顾着那几位女子船主哪里好看了,哪里瑕疵了,其实不难发现我说的这个真相。"

米裕有些悻悻然。

习惯成自然,这也算是他的小天地,只是比不得隐官大人的深谋远虑,他米裕的对手,只有世间好看的女子。

陈平安停下脚步,转身望向不远处的水榭楼阁:"要么多杀几个,来自中土神洲的吴虬,修为实力最强的江高台,与剑气长城结仇最多的白溪,境界最低、身世最不值一提的柳深,都得杀了。杀得他们觉得最不会死的一撮人,全死了,才能够将他们逼到墙角那边去,再无退路,处境与人心皆如此。"

假山之上,透漏瘦皱的山石缝隙之间,生长着一棵棵绿意葱葱的小松小柏。

陈平安坐在一级台阶上:"如果局面不至于此,那就一个都别杀,余着。会杀谁,让他们自己瞎琢磨去。你等着吧,只要稍稍给点暗示,自有聪明人帮我挑人杀,还会反过来暗示我,谁死了最没有代价,不需要晏溟、纳兰彩焕赔多少钱,甚至可能都不需要剑仙孙巨源赔礼道歉。既然觉得剑气长城肯定要杀人立威,渡船总归要死几个人才对'隐官'和剑仙有份交代,那就死道友不死贫道。"

陈平安指了指那些虬曲似病的松柏:"在山野大泽能活,在这里不也一样好好活着。"

米裕豁然开朗,心中那点积郁随之烟消云散。

陈平安却说道:"杀人不是一件好玩的事情。只谈心中感受,大堂上那一排船主,杀光了才快意。可如果多计较一番,单独拎出来,你说谁真正该死?白溪?他终究不是那个山水窟老祖。吴虬?怎么就该死了?江高台,若非被我一顿胡搅蛮缠,他又太过想着帮助自己和八洲渡船占尽便宜,需要沦落到身陷死地的地步吗?"

米裕沉默片刻,坐到陈平安身边,沉声道:"发死人财更不好玩,不也玩得一个个很起劲,很开心?换成我是隐官大人,早动手了。当然,后果会很糟糕。"

陈平安难得和米裕说了一番宽慰言语:"剑仙自然只做剑仙该做的事情,如果我没有记错,你在我这个岁数,已经是金丹境剑修了,然后六十四岁跻身的元婴境,一百九十六岁破的元婴境瓶颈。事实上,你的资质在众多剑仙当中,真不算垫底,反而可以算靠前。绝好的资质,保证你能够跻身他人梦寐以求的上五境,但是在这个过程当中,你转去做了一件练剑之外的熟悉事情,你真心喜欢的事情。得到的结果,在外人眼中,不算好,但是你自己觉得没什么问题,最多就是对兄长米祜心怀愧疚。"

米裕有些尴尬:"隐官大人直说无妨,我米裕无非就是对谈情说爱更感兴趣,与女子们卿卿我我,比练剑杀敌更擅长。"

陈平安笑道:"一方水土养育一方人,浩然天下出不了这么多剑修,但代价就是得有个熟悉外乡规矩的外人来当这个隐官。可如果我也因此分心,道心越来越远离'纯粹'二字,那么一直在这条路走下去,就算在算计人心一事上建功精进,但一旦心思过多倾斜在此事上,我未来的修行瓶颈就会越来越大。不过我可以保证,只要没有大的意外,和米剑仙的大道成就相比,尤其是在厮杀的本事上,应该还是我高些。"

米裕点头道:"境界不能解决所有事情,但是可以解决许多事情。"

陈平安说道:"境界可以解决很多事情,但是境界不能解决所有事情。"

米裕赞叹道:"隐官大人之所以是隐官大人,不是没有理由的。"

陈平安没接这一茬,笑道:"先前邵云岩跟我顺水推舟说了一番话,算是换了一种法子,表明了他的态度,大致上与你刚好相反,是劝我不要意气用事,滥杀一通。话说得很委婉,但是我如果不听劝,以后再有议事,估计地址就要换到水精宫或是灵芝斋了。你以为邵云岩坐在大门口,就真的只是为咱们剑气长城当门神?一位剑仙,心气不会低的。"

米裕皱紧眉头。

陈平安摆摆手:"无须因此迁怒邵云岩,只要说得有道理,那我们就听个劝。何况在这之后,邵云岩是不介意我们做点狠辣手段的,我试探过,他接受了,不但如此,他还愿意亲自出马,并且答应帮我找回那位精通做假账的商家天才。所以说兜兜转转,弯来绕去,终究还是我想要的那个结果。"

米裕轻声道:"有些辛苦。"

没有敬称一声隐官大人的言语,一般而言,就是米剑仙的肺腑之言了。

陈平安站起身:"不能光敲棍子把人打蒙,该给点真正的实惠了。不然等他们回过神来,还是会有些自作聪明的小动作,我能应付,但是耗不起。"

返回春幡斋中堂那边，众人都已落座。

陈平安坐在主位上，微笑道："不争不吵不是朋友，既然是朋友了，那我还真有件小礼物，要送给诸位。"

不承想没有任何人觉得轻松，一个个屏气凝神，不少老船主甚至都已经双手藏袖，准备一言不合便要……逃命。

当下没了对面那排剑仙坐镇，这位隐官大人，反而终于要杀人了？

这位年轻隐官的脑子，好像与常人大不相同，真做得出来！

陈平安笑道："人手一件的小礼物而已，大家不用这么正襟危坐。"

米裕缓缓站起身，对面几个胆子较小的船主，差点就要下意识跟着起身，只是屁股刚刚抬起，就发现不妥当，又悄悄坐回椅子。

米裕一手负后，一手轻轻抖了抖法袍袖子，袖中掠出一枚枚宝光流转、剑气萦绕的古怪玉牌，一一悬停在五十四位八洲船主身前。

米裕心意微动，全无涟漪牵动，所有玉牌便瞬间竖立起来，缓缓旋转，好让对面那些家伙瞪大狗眼，仔细看清楚。

众人已经顾不得一位玉璞境剑仙的这份神通了。

吴虻凝神望去，是浩然天下最寻常的无事牌样式，谈不上正反面，一面篆刻有"剑气长城"，另外一面刻有"浩然天下"，只是在"剑气长城"四字一侧，又有小篆"隐官"二字，以及字体更加细微的蝇头小楷，是一个数字：九。

吴虻迅速望向别处，唐飞钱那边数字为十二，江高台那边为十六，扶摇洲瓦盆渡船管事白溪身前那枚玉牌的数字为十三，最靠近大门的霓裳船主柳深那边是九十六。

陈平安斜靠着四仙桌。

米裕开口说道："别管数字的大小，总之谁都是独一份的。这玉牌，是隐官大人亲手画符且篆刻，每一枚玉牌皆有两到三位剑仙的剑气在里头，至于是哪些剑仙青睐了哪枚玉牌，除了隐官大人，谁都不清楚，如何推敲出来答案，各位只管各凭手段，去探究一二。总之，放眼整个浩然天下，谁也仿造不出来。要说值钱，谈不上，诸位都是做大买卖的，什么好玩意没见过；要说不值钱，可终究是只此一件的稀罕物。"

米裕说到这里，加重语气说道："以后其他人，再想要得到这么一枚玉牌，就看有没有机会见着咱们隐官大人的面，有没有资格成为春幡斋的贵客了。我可以肯定，极难。而且这类玉牌，总共只有九十九枚，不会打造更多。故而最大的数字就是九十九。所以将来若是谁见到了数字为一百的玉牌，就当个笑话看好了。"

邵云岩突然开口笑道："我也是客人，为何独独我没有玉牌？我看数字越小，越是贵客，那我就要那枚小楷刻字九十九的玉牌好了。"

米裕不敢擅自行事，便转头望向陈平安。

江高台突然起身抱拳,郑重其事道:"隐官大人,我这玉牌,能否换成数字为九十九的那枚?"

这一次,还真不是年轻隐官和他说了什么,而是江高台自己真真切切,希望将眼前玉牌换成那枚数字最大的。

小赌怡情?未必是小赌。

江高台一直相信自己的直觉。修行路上的很多关键时刻,江高台正是靠这点无理可讲的虚无缥缈的直觉,才挣得如今的丰厚家当。

邵云岩微笑道:"江船主,这也跟我抢?是不是太不厚道了?何况数字越小,说不得两三位浇筑剑气在玉牌的剑仙,境界便更高,何必如此计较数字的大小?"

江高台笑着转身再抱拳:"恳请邵剑仙割爱。"

邵云岩摇摇头:"这事,没得谈。"

陈平安说道:"玉牌此物,就当是诸位小赌怡情了,赌一赌是哪些剑仙的剑气蕴藉其中,愿意相互交换,还是眼前这一枚便是有眼缘的,都随意,你们可以私底下商量,不过事后需要在我这边记录在册,是谁得了哪枚玉牌。我虽然是送礼之人,好歹心里得有个数,离开春幡斋之前,记得与咱们米剑仙打声招呼。至于诸位得了玉牌,是送给宗门、山头,还是自己保留,或是转手卖出,只将玉牌当玉牌卖了,反正不值钱,也都可以随意。现在我们不聊这种小事,继续谈正事。"

米裕重新落座,邵云岩和江高台也坐下。

先前米裕在来的路上,有些别扭,问了个问题:"连我都觉得别扭,那些剑仙就不别扭?知道这些玉牌要送给这帮王八蛋吗?"

"知道,我与每一位剑仙都明说了的。"

陈平安当时的答案很简单:"别扭个什么,以后的浩然天下,每见着一枚玉牌,都会有人提及剑仙名讳和事迹,姓甚名谁,境界如何,做了什么壮举,斩杀了哪些大妖。说不定比你米裕都要如数家珍。"

米裕立即苦笑道:"隐官大人,我也是剑仙啊。为何事先不与我说一声?"

陈平安笑呵呵道:"不少二话不说便豪爽答应下来的剑仙,都会当面额外询问一句,玉牌当中,有无米大剑仙的剑气。我说没有,对方便如释重负。你让我怎么办?你说你好歹是隐官一脉的龙头人物,金字招牌,就这么不招人待见?甲本副册上边,我帮你把米裕那一页撕下来,放在最前边,又如何,管用啊?你要觉得管用,心里好受些,自个儿撕了去,就放在岳青、兄长米祜书页附近,我可以当没瞧见。"

米裕心如刀绞,搅烂了一颗真心,比那情伤更重。

这会儿是半点不别扭了,只恨自己无法参与其中。

此时此刻,大堂众人都已经将玉牌小心翼翼收起。

这份小心，除了视为珍稀之物的那份善待之外，当然也担心玉牌被动了手脚，莫名其妙玉牌连同剑气一起炸开，也担心玉牌剑气不会杀人，却会害他们泄露行踪，或是所有言行举止，都被年轻隐官尽收眼底耳中，毕竟儒家书院的每一位君子贤人腰间那枚玉牌便有此用。

米裕感慨万分，想起了来的路上，年轻隐官对他的一些指点。

"与这些商贾，嘴上说再多的香火情，旧事重提情谊也好，重重许诺将来也罢，都是虚的。"

"需要以小见大。"

"我们不用明确去说他们凭此玉牌，可以从剑气长城这边得到什么，就让他们自己去猜好了，聪明人花心思猜出来的答案，对不对不重要，反正十分牢靠。"

大堂议事越来越顺畅，放在桌面上的争执越多，并不意味着是坏事。

一直到黄昏时分，暂告一个段落。

在此期间，那些大大小小的算计，八洲渡船合伙算计剑气长城，一洲渡船抱团算计邻居别洲，一洲之间各条渡船相互算计，米裕是真不感兴趣，可是职责所在，又不得不掺和其中，这让米裕第一次有了专心练剑其实不是苦差事的念头。

众人再次散去，各自返回庭院秘密议事，其实绝大多数剑仙离去之后，在大堂以言语心声交流，已经足够安稳，但是能够有这么个流程，还是让跨洲渡船管事们心中舒坦不少，至少自在些。不然经常一个眼神望向对面，剑仙不在，光是那些没有剑仙落座的空椅子，也是一种无形的威慑，委实让人难惬意。

陈平安继续独自一人逛起了春幡斋，与众人约定两个时辰后再碰头议事。

米裕剑仙却有事要忙，因为年轻隐官交代了两件事情让他去做。

在避暑行宫，面对那些个个年轻的剑修，米裕依旧会觉得自己略显多余，不承想到了倒悬山，落在自己肩上的重担有点多啊。

一件事情，是私底下走门串户的时候，与那些船主们提一提"礼尚往来"四个字，必须暗示他们这是与隐官的小私谊，不算跨洲渡船与剑气长城的大买卖。

米裕就负责收礼。晏溟与纳兰彩焕不适合做此事。

米裕便问这些好处的最终去处，陈平安直言不讳，说都得交予晏溟和纳兰彩焕，但是在这之前，隐官一脉所有剑修，可以人人先挑选一件心仪之物。

米裕便好奇询问："莫非我也有一份？"

陈平安笑言："当然，若是真要忍不住怜香惜玉，那位元婴境女船主交出的两件私人宝物，你可以归还给她，就当是你米裕预支了酬劳。"

米裕大为叹服："世间最知我者，隐官大人是也。"

另外一件事情，是让米裕去找晏溟和纳兰彩焕，三人合计一番，帮此次春幡斋议事想出一个响亮的名字,让所有渡船船主颜面有光,觉得此次议事,是共襄盛举,而非受人胁迫,至少不该让外界如此认为。更要让所有人都觉得春幡斋议事,是一桩值得拿出去说道说道的绝佳谈资。只要开了个好头,哪怕这些商贾离开了倒悬山,所有渡船管事也都会暗中帮忙推波助澜,鼓吹造势,一些个原本不得不将那枚玉牌上交给宗门山头的小船主,也就能够顺势留下玉牌,作为私人珍藏。

浩然天下的练气士都好面子,那就给他们,反正剑气长城和隐官一脉也不用掏一枚钱。

足足十一位剑仙,亲自露面待客。船主们之前在春幡斋多难熬,以后出了春幡斋,只要双方心有灵犀,各有默契,那么一旦运作得当,这些船主就会有多潇洒,不仅可以挣下极大的一笔声望,人人皆能成为这桩天大美谈当中的一分子。

陈平安就真的只是闲逛而已,顺路捏了个大雪球,藏在咫尺物当中,打算送给郭竹酒,如今的剑气长城,酷暑炎炎。

灵芝斋估计接下来几天生意会很好。

宗门师门的那份可以记在账上,可估摸着所有人自己还要掏腰包,再拿出一件像样的仙家宝物,送礼不送单,求个好事成双。

一个半时辰后,米裕来找了一次年轻隐官。

陈平安笑着打趣道:"对方没答应,胜似答应,让你白得了一份情谊?临了有没有秋水长眸水盈盈,将你大骂一通,让你滚出去?不过以米剑仙的道行,应该还是成功留下了那件宝物才对。"

米裕无奈道:"隐官大人,你若是稍稍花些心思在女子身上,可了不得。我最后将那宝物放在了门口。"

陈平安犹豫了一下:"我让你做了两件事,所以还是会多给你一件宝物,回头到了剑气长城,你挑一件,可以送给兄长。"

米裕又开始别扭起来。

知道这是隐官大人的好心好意,也知道兄长米祜见着自己在隐官一脉小有建树,至少不是混吃等死,应该会很欣慰,可米裕终究做不出这种事情。

人生当中有太多这样的小事,与谁道声谢,与人说声对不起,就是做不来。

两人并肩而行,陈平安缓缓说道:"我不是要你刻意耍心机,让你拗着心性,以此讨好你兄长。若是如此,我就是一口气作践了你们两个与我自己。一个人,算计极多事,终究是为了不算计那么两三件事。你之所以别扭,就在于你觉得自己如何想,与你兄长米祜如何想,哪个更重要些,你还是没有弄明白。真要谈付出和回报,你米裕,还得起米祜吗?米祜如果没有你拖累,早就该是与岳青并肩的大剑仙了,可如今才刚刚破境跻身仙人境,为何如此,整个剑气长城都心知肚明。我建议你去见一见米祜,不是还什么,事实上米祜哪里需要你还什么,但是米裕应当用一件事,或是一句话,让自己兄长明白,所有的付出,弟弟米裕,是知道的,不会装傻。"

说到这里,陈平安不愿意说得太严肃认真,于是开玩笑道:"再不要脸一点,见了米祜大剑仙,米裕就直说,兄长,我这辈子算是不奢望仙人境了,但是以后老米家的香火传承和开枝散叶一事,在剑气长城肯定是数得着的好,以后喊你伯伯的小家伙们,反正不止一两个。"

陈平安最后说道:"这只是我一个外人觉得的好,你米裕自己如何想,其实还是很重要的。"

米裕笑道:"我也觉得……好像不错。我回头试试看吧。"

米裕离去后,陈平安走在一处山水相依的石道上,道路上铺满了必然来自仙家山头五彩石子,隔开了假山与泉水。春幡斋客人历来不多,故而石子磨损极小,让陈平安想起了北俱芦洲春露圃的那座玉莹崖。

凑巧邵云岩在不远处,一手持精致瓷盆,正在往水中抛撒鱼食。

陈平安走过去凭栏而立,望着游鱼争食的景象,说道:"多少小鱼碧水中。"

邵云岩笑道:"雅致且点题。"

片刻之后,邵云岩问道:"如今还有担心之事?"

陈平安点头道:"担心渡船管事所在山头,早已与蛮荒天下勾结,更怕勾结极深,豁得出性命,也要毁掉春幡斋盟约。也担心倒悬山有些想不到的人,会以蛮力出手。不管是哪一种担心,只要发生了,也不管真相如何,总会给人看到的结果,就是有人死在了剑气长城的剑仙之下。西南扶摇洲、皑皑洲这两洲船主,尤其是山水窟白溪,死人的可能性比较大。事后自有一番足够恶心的蹩脚理由,到时候人心大乱,先前谈妥了的事情,全不作数。"

邵云岩疑惑道:"你做了这么多,即便如此死人,处处是漏洞,根本经不起推敲,真能扭转局势?"

陈平安伸手抹掉栏杆上的积雪:"人心哪有那么多道理可讲。打造一条桌凳,辛辛苦苦,可想要打烂,不就两三下的事情。算计人,就得有被人算计的觉悟。"

然后陈平安笑着反问道:"那如果我再假设,有人不分青红皂白,离了倒悬山,对那些船主,二话不说,就是乱杀一通?以后跨洲渡船还敢停靠倒悬山吗?"

邵云岩脸色凝重:"关于此事,好像与船主们说也不是,不说也不是。说了,人人趋利避害;不说,一旦发生,以后更是不会再来。"

陈平安趴在栏杆上:"所以说不怕意外发生,就怕那个意外,明摆着是在躲躲藏藏。只要对方耐心好,一直不出手,我就只能陪着他耗下去。"

邵云岩问道:"如何应对?"

陈平安叹了口气:"我得去见一见那位大天君了,希望不要吃闭门羹吧。"

邵云岩脸色古怪:"刚得到消息,已经闭关了。"

陈平安伸手揉了揉额头,头疼不已,思量片刻:"也好,等于帮我做了决定,陪邵剑仙去往南婆娑洲的第三个剑仙人选,有了。"

是那位女子大剑仙陆芝。

其实陆芝积累的战功,本就足够让她离开剑气长城了。

看样子陆芝更想去蛮荒天下游历练剑,而非去浩然天下。

前提是她自己愿意离开剑气长城,坐镇倒悬山。不然别说隐官头衔不管用,恐怕搬出了老大剑仙,一样无意义。

陆芝哪怕答应此事,提前离开剑气长城,可其实影响不小,就真的只是两害相权取其轻了。

陈平安伸手轻轻敲击栏杆,与邵云岩一起商量破解之法。

是不是应该泄露些春幡斋议事内容,提早渲染一番,故意只留下自家那位米裕剑仙,好诱使对方权衡之后,立即出手?

要不要通知已经去往蛟龙沟、雨龙宗一带的谢松花?陆芝,米裕,加上谢松花,以及邵云岩,只要对方现身,境界越高越好。哪怕是一头飞升境大妖,一样在劫难逃。

两天之后,年轻隐官满载而归,礼物没少收。

剑仙米裕留在了春幡斋。

天底下没有不漏风的墙,春幡斋这场议事,只在一夜之间,就在整座倒悬山传得沸沸扬扬。大致内容,无非是剑气长城与八洲渡船管事谈妥大局,一方出剑,一方出钱,合力应对当下这场蛮荒天下的攻城战。

米裕,邵云岩,谢松花,分别隐藏在三个方向的渡船之中,连那三条渡船都不知晓,竟然能够让一位剑仙"护送"。

悄然来到倒悬山的陆芝,坐镇倒悬山,负责随时策应某位远游的剑仙。

扶摇洲瓦盆渡船之上,白溪坐在船舱当中,皱了皱眉头,有敲门声响起。

不等这位元婴境修士开门,屋内便出现了一位老者,撤了障眼法后,变成了一位意态惫懒的年轻人。

白溪站起身,沉声道:"不知前辈造访,所求何事?"

年轻人笑道:"不算前辈,我叫边境,来自中土神洲的小剑修,与你问些春幡斋议事的详细过程,再来决定要不要大开杀戒。"

白溪默不作声。

边境一双眼眸变作漆黑,伸手在桌面上写下了一行字,然后沙哑说道:"你家山水窟老祖与我是故友,他那件本命法宝,当年还是我送给他的一桩机缘,桌上这句话,每一艘瓦盆渡船管事在死前，都会被他告知才对。你难道就不奇怪，为何每一个渡船卸任管事，不出几年就会暴毙？就为了藏住这个稀奇古怪的小秘密。你小子运道最好，生得晚，有机会熬到见着我，白白得了一桩泼天富贵。你这打不破的元婴境瓶颈，遇见了我，自然能够被随便打破。"

白溪立即抱拳弯腰："恭迎前辈！"

边境落座后，笑问道："你和渡船，不会被人动了手脚都不自知吧？"

白溪没有坐下，依旧站着，说道："渡船早已仔细搜寻过，尤其是我这住处，绝无被动手脚的可能，至于那枚玉牌，我留在了倒悬山私宅当中。而且晚辈所有言行举止，都合乎情理，甚至事后还故意埋怨了几句，无非是做样子给春幡斋看，那位心机深沉的年轻隐官，非但找不到任何蛛丝马迹，反而更会打消疑虑。"

边境笑道："什么玉牌？年轻隐官？说说看。"

白溪先讲过了那枚玉牌的大致门道，得了眼前这位"老前辈"一句"好用心，可惜不为我们天下所用"的极大称赞，随后仔细讲述了一遍春幡斋的议事过程。

边境点了点头："若是成了，天大麻烦。不枉费我涉险走这趟。"

说完这句话，边境大笑道："被这皮囊拘束遮掩，你方才猜我是仙人境，还是低了。"

白溪再次抱拳致礼。

飞升境大妖！

白溪最后小心翼翼问道："前辈打算何时动手？"

边境瞥了眼被他视为蝼蚁的白溪，白溪硬着头皮说道："恳请前辈出手之后，也将瓦盆渡船击沉，死人多些，无妨。不然我们山水窟嫌疑就大了，只会耽误前辈以后行事，影响大局。"

边境笑着点头："这话中听，你小子既然如此伶俐，就该你得了一桩大造化。"

东南桐叶洲原本有布局，可惜提前败露，只让扶乩宗和太平山伤了元气。而西南扶摇洲的布局之一，便是他这个出身扶摇洲却跑去游历中土神洲的边境，为了骗过那个邵元王朝的国师，边境十分辛苦，亏得他选中的这个年轻剑修自身能耐不小。至于南婆娑洲，有那陈淳安在，就不去送死了，没什么布局。

边境说道："我先不着急动手，风险太大，四散归乡的渡船，暂时都不去动。等到下次他们挣了更多的钱，再次离开倒悬山，然后开开心心赴死。"

白溪松了口气，如此作为，确实稳妥。不然还真怕这位前辈仗着飞升境修为，只以蛮力行事。

边境笑呵呵道："那个叫陈平安的年轻人，反正比你想象中的更聪明，霓裳渡船上边就藏着个玉璞境剑修，应该是你所说的那个狗腿子剑仙米裕。我反正是游山玩水，半点不着急，就当是陪着他们再耍一耍。我倒要看看，这些个心高气傲惯了的剑仙，耐心到底有多好。若是耐心实在好,大不了我就更晚些出手。"

边境没了笑容,站起身,白溪如同被掐住脖子,一点一点当着一头飞升境大妖的面,双脚离地,缓缓飞升。

门外有个白溪十分熟悉的嗓音响起,好像在帮白溪说话。

"自己蠢别怨人。"

边境冷笑道:"陈平安,你竟然舍得自己的一条命,来跟我换命?怎么想的?!"

屋外,一个骂骂咧咧的年轻人撕去脸上的那张女子面皮,身边则站着没撕掉男子面皮的陆芝。

除了面皮之外,两人身上都有老大剑仙陈清都亲自施展的障眼法。

边境问道:"怎么跟来的。"

年轻隐官笑道:"学山水窟,赌大赚大。"

边境刚要有所动作,便瞬间凝滞起来,因为屋内出现了一位最不该出现在此地的儒衫老者。

边境大笑道:"好好好,竟然几位剑仙都不够,还请来了陈淳安!"

老儒士陈淳安淡然道:"我的名字,也是你可以喊的?"

陈平安之所以敢现身,除了身边站着剑气长城巅峰十大剑仙之一的陆芝,更重要的还是陈淳安到场。

差不多境界的厮杀,大剑仙擅长杀人,却未必擅长救人。

先前城头之上那场袭杀,米裕拦阻同等境界修为的剑仙列戟,虽然已经竭尽全力,但依旧慢了一线。

但是有陈淳安在,便定然无忧。

陈淳安言语过后,根本不给那头飞升境大妖废话半句的机会,天地已经变换。

陈平安一瞬间心神震动,整个人好像显出了无穷大的法相,骤然间"飞升",到了天幕最高处,足可俯瞰整座浩然天下的版图,只是不等陈平安稍稍打量一番,刹那之间,巨大法相又被迫凝聚为一粒比尘埃还小的心神芥子,返回大地不说,还遁入了仿佛手掌纹路即山河的极小之地。

等到陈平安彻底回过神,转头回看了一眼,脑海中自然而然浮现出一句道诀:"道之为物,惟恍惟惚,杳杳冥冥,合真空,太虚是了。"

原来陈平安身后悬停着一颗巨大圆球,雪白皎洁,莹莹生辉,依稀可见亭台楼阁,还有一棵桂花大树,竟是那明月中间种桂花。

陈平安与身后此物相比,双方大小犹如米粒之于白碗。

陈平安收回视线,举目望去,视野所及,唯有大日悬空,更为庞大,通体金黄色,再无别物。

这轮大日不断散发出丝丝缕缕的金色光线,生灭无常,速度极快。

又有一粒黑点,与一块墨渍,游弋不定。

不断有那一道道雪白纤细光芒一闪而逝,竟是能够当场斩断那些金色丝线。

应该就是陆芝与那飞升境大妖边境的捉对厮杀了。

陈平安犹豫了一下,打算盘腿而坐,心神沉浸其中,然后祭出自己那把尚未想好名字的本命飞剑,以小天地对峙小天地,凭此多感受几分这座小天地的大道运转契机。

不承想肩头被一人按住,笑道:"有些学问,太早接触,反而不美。不是怕你偷学了去,只是因为你本命飞剑之一的神通,与我这门术法,大道不近。"

陈平安便打消了念头,转身与那位儒衫老者恭谨作揖行礼。

陈淳安点了点头,笑道:"我就只当是儒生晚辈拜见前辈,不是什么文圣一脉关门弟子,与我亚圣一脉问道学问,便不与你作揖还礼了。"

陈平安起身后,汗颜道:"只敢求教,不敢问道。"

陈淳安摆摆手:"你我既然皆姓陈,就是同源不同流,姓氏是如此,学问文脉更是如此。何况骊珠洞天那棵楷树一事,婆娑洲颍阴陈氏是欠了你人情的。所以我才拉你进来远远观战,能够领略几分剑仙风采,都是你的本事。我不提防大骊龙泉郡的陈平安,但是提防那老秀才,以及他教出来的得意弟子。是不是'果不其然'?"

陈平安越发惭愧。

陈淳安伸手一抓,将那天地之外的玉璞境剑仙米裕拽入了天地之中。

陈淳安随后提醒道:"看不真切?你不妨心中念叨念叨你家先生的学问宗旨,说不定视野会明朗几分。"

陈平安开始心中默念。

与有些前辈相处,想也不用多想半点。

陈平安心无旁骛,下意识地,不知不觉就已经是盘腿而坐,双手握拳轻轻放在膝盖上。

坐觉苍茫万古意,远自日升月落之中来。

陈淳安正襟危坐于虚空当中,听到老秀才的学问会心处,便微微一笑。

别说陈平安的心声言语,陈淳安想听就听,便是陈平安的想法念头,只要陈淳安想要拎出来见一见,也随便可见。

在那之后,又有得了飞剑传信的谢松花和邵云岩,御剑极快,风驰电掣,破开无数水波云海,找到了这艘山水窟瓦盆渡船,并陆续被陈淳安"请入"这座日月天地。

三位先后赶到的玉璞境剑仙,如出一辙,根本没有出剑的意思,如今只是各站一方,为陆芝压阵。

米裕比较规规矩矩，死死盯住战场，不帮忙是为了不帮倒忙，只要陆芝不落下风，就打死不出手。

第二个到场的邵云岩，不愧是春幡斋主人，竟是直接以充沛于天地间的日精月魄，开始炼剑。

最后进入这座日月天地的谢松花，相较于米裕和邵云岩，明显更有闲情逸致。她一进来，瞥了眼战场，觉得不用自己帮忙，就开始御剑闲逛起来。

见微知著，这就是大不相同的剑仙性情。米裕看似为人散漫，实则最为拘束；邵云岩最为事功，擅长算计；谢松花心性最纯粹自由。

陈淳安说道："已经水落石出了，那头飞升境大妖失了真身，边境此人的体魄，被当作了阳神身外身用来栖息，大妖阴神隐匿其中的手段，是一门独门神通，所以才敢去剑气长城。只要此人不站到城头上，便是陈清都也无法察觉。你是怎么发现的？"

陈平安轻声道："我接连赌了三次。先赌要不要离开避暑行宫，尾随某条渡船离开倒悬山；再赌了那些渡船当中，到底哪条可能性较大；最后赌老先生你会不会觉得我是儿戏，愿不愿意不辞辛苦，从南婆娑洲亲自赶来。若是老先生不来，便是被我赌中了前两场，还是会白跑一趟。"

陈淳安笑道："那就详细说来。不用觉得与'赌'字沾边，便不好意思开口。世间学问，说得好说得对，是一难；能够让外人学来容易，见之可亲，思之可行，更是难上加难。"

陈平安正要开口，那头飞升境大妖硬扛陆芝一剑，竟是破空而至，朝陈淳安和自己这边一冲而来。法相之大，如山岳压顶。

天地圣人陈淳安看也不看一眼，伸出一手，便将那头真身不知在何处的半吊子飞升境一巴掌拍回战场，不但如此，那副庞然身躯直接被砸得凹陷进了金色大日，置身于金色岩浆大熔炉当中，哪怕大妖怒喝一声，拔地而起，掠出数千丈，依旧被那些金色丝线缠绕在身，再次狠狠拽回"大地"。

陆芝没有趁机出剑，就只是冷眼旁观，任由那头大妖脱困之后再来厮杀。

陈淳安对此更是不计较。老儒士只是面带微笑，听陈平安细细说着三场赌局的妙处。

回了剑气长城的避暑行宫，丢掷了一枚小暑钱，猜正反面，来决定要不要跟随瓦盆渡船离开倒悬山。正面就做此事，反面就待在避暑行宫，等待对方先出手。

在这之前，陈平安阴神出窍，同时用上了一门止观神通，虽然十分粗浅，但是可以摒弃某个念头，结果那枚小暑钱丢出了正面。

按照陈平安的原先计划，他应该留在避暑行宫。犹豫了一番，伸手按住那枚小暑钱，让郭竹酒猜测正反面，最终陈平安选择离开剑气长城。

听到这里，陈淳安微笑道："你最先是想要以此来断定自己的运气好坏？若是运道好,那今后就要小心月满则亏了;若是运道不济,猜不中赌不对,反而有希望否极泰来?"

陈平安点头道:"正是如此,我还是不太喜欢做赔本买卖,不赚可以,真不能亏。"

陈淳安笑道:"继续说。"

陈平安依旧是找了一次倒悬山如今的话事人,曾经打过一次照面的那位道门真君。大师兄左右离开之前,曾经说过,当年自己在蛟龙沟出剑过后,此人收拢了不少蛟龙之须,收益最大,陈平安去找他办一件事情,不难。若是不答应,就直接让他等着自己转身赶赴倒悬山,与他讲理。

加上剑气长城与崔东山双方安插在倒悬山的谍子汇总的信息,春幡斋最后一艘跨洲渡船离开之时,陈平安就拿到了详细记录所有出入乘客登船的册子。

悄然返回倒悬山春幡斋之前,陈平安先喊上了林君璧、玄参在内的数位隐官一脉擅长布局、破局的"弈棋国手",帮忙筛选出最有可能出现意外的十条渡船,吴虹,唐飞钱,以及皑皑洲南箕江高台,扶摇洲瓦盆白溪,皑皑洲太羹戴蒿,仙家岛屿霓裳柳深,流霞洲凫钟刘禹,南婆娑洲、北俱芦洲也各有一条,还要加上老龙城丁家那艘渡船。

最大的嫌疑,反而也有可能就是最没有嫌疑的。

其实一开始,陈平安与林君璧等人都没觉得山水窟瓦盆渡船,就一定是蛮荒天下藏在浩然天下的内应。

除了选出这十条渡船之外,还有三十二个有嫌疑的渡船客人。

陈淳安问道:"边境此人,小心谨慎,应该不在当中才对。"

陈平安笑道:"确实事先并无此人。按照原先档案记载,中土神洲邵元王朝剑修边境离开剑气长城后,在梅花园子暂住一段时日后,便已经离开了倒悬山,却不是与严律、蒋观澄他们一起,而是选择独自一人,去往扶摇洲游历。我与剑仙陆芝其实最先赶上的渡船,是米裕那条霓裳,一番探查过后,并无结果。这才跟上了瓦盆渡船,中途登船之后,就用了一个最笨的法子,四处走动,计算人数,发现多出一人。只是哪怕如此,依旧不敢断言渡船上一定有大妖隐藏,更不敢断言山水窟就一定早早勾结蛮荒天下。"

陈淳安点了点头,随即笑问道:"不去沿着谢剑仙那个方向登船,是对宝瓶洲和北俱芦洲很放心?"

陈平安摇头,答道:"是相信一头大妖的脑子足够聪明,不至于去打草惊蛇,对那用两头大妖性命换来的桐叶洲大好形势画蛇添足。"

陈淳安又说道:"原来丝毫不担心我白跑一趟会生气,就是要与我说桐叶洲?果然是做生意从来不亏。"

陈平安说道:"恳请老先生,相信一次宝瓶洲的眼光。真正豪赌,是我宝瓶洲最先最大!"

陈淳安沉默片刻,欣慰笑道:"善。"

米裕依旧装模作样为陆芝压阵。大日悬空,关键是好似近在咫尺,光是那份炙烤,就已经让他心烦意乱。

邵云岩"得寸进尺",借机掬了一把四溅而出的金色岩浆在手,不敢真正接触肌肤,只能是虚托在手心,然后手掌倾斜,小心翼翼浇在本命飞剑之上。

背负竹匣的谢松花大声问道:"陈老先生,能否送我些日精月魄?不还的那种!"

陈淳安抬头笑道:"谢剑仙,但取无妨。"

陈淳安看了眼无所事事的米裕,笑道:"米剑仙,能否借你佩剑一用?"

米裕立即摘下佩剑。

陈淳安伸手一招,握剑在手,拔剑出鞘,抬了抬袖子,抖搂出一道浓稠似水的月光:"这份月魄,本就得自蛮荒天下。"

陈淳安双指并拢,缓缓抹过,剑身上出现了一道细微不易见的凹槽,那道浓郁月光顺着手指,浇筑其中。

米裕心神摇曳,差一点就要热泪盈眶,而且绝对真挚。

且不谈自己佩剑的品秩注定会骤然拔高,关键是醇儒陈淳安竟然亲自出手,帮助自己炼剑!那东一榔头西一锤子、偷偷摸摸炼剑的邵云岩,能比?光明正大讨要日精月魄的谢松花,能比?

陈平安瞥了眼米裕,后者立即心领神会。这一切,皆是拜隐官大人所赐,我米裕最感恩念旧,天地良心!

陈淳安以月色帮助米裕炼剑完毕,收剑入鞘。佩剑转瞬即逝,回到了米裕身边。

米裕作揖抱拳:"米裕谢过醇儒老圣人。"

陈淳安点头而笑,然后对陈平安说道:"这件事情做得极好,但终究不是君子所为啊。"

陈平安说道:"晚辈如今连贤人都不是,就更不是君子了。"

陈淳安笑道:"与你家先生差不多,最喜欢拿头衔说事,什么'我这辈子可没当过贤人,没当过君子','只是你们强塞给我的圣人身份,问过我乐意不乐意了吗,当了圣人,我惶恐得要死啊,你们还要咋样'。"

陈平安一言不发。既然认了先生,就更该为尊者讳。

陈淳安感慨道:"儒家治学,中正平和,方可明德。"

老人望向远方,沉默许久,缓缓道:"贤人思虑,应当缜密。君子立言,尤贵精详。"

陈平安有感而发,脱口而出道:"修力,一拳一剑,皆不落空,占个理字。修心,只管往虚高处求大,于细微处问本心。"

陈淳安对此言论不置可否。

下一刻,陈平安被陈淳安丢到了天地之外,回到了渡船房间当中。

白溪依旧站在原地。天大地大,他一个小小元婴境修士,又能跑到哪里去?就算没有拦阻，容得他弃了渡船，去往茫茫大海躲藏？还是拼了命赶赴扶摇洲山水窟？

一位隐官，四位剑仙，尤其是还要加上南婆娑洲第一人陈淳安。白溪觉得自己就算身在剑气长城，已经跑到了蛮荒天下的大军当中，也未必能活。

陈平安笑问道："白船主，过去多长时间了？"

白溪答非所问，见到了年轻隐官的第一句话便是："隐官大人，我愿意将功补过！只要能活，万事可做！我家老祖勾结妖族一事，我来为隐官大人作证！山水窟有多少家底，我最知晓，全部可以拿来资助剑气长城……"

陈平安轻轻落座，打断对方言语，笑着招手道："万事可在神仙钱一物上泯恩仇，坐下聊，急什么。如何补救，不着急，想着是不是要涉险抓我当人质，赌那万一隐官境界不高，其实也不着急的。"

白溪大汗淋漓，动作僵硬，神色恍惚，跌坐在椅子上。

"白船主，这就过犹不及了啊。"陈平安笑道，"要说装模作样，你我是同道中人，可惜你虚长年岁，道行不高。比心黑，比境界，比家当，比什么都可以，你唯独不要跟我比这个。"

白溪突然站起身，椅子倒飞出去，堂堂元婴，后退数步，跪倒在地，开始磕头："隐官大人救我！"

因为那位年轻隐官不再单独一人，身后站着那位凭空现身的玉璞境剑仙米裕。

陈平安给自己倒了一杯茶水，笑问道："方寸物，咫尺物，私人的，山门的，都拿出来吧，记得帮忙打开。如果诚意足够了，我不介意让你因祸得福，坐一坐山水窟第一把交椅。我境界如何，来历如何，你估计现在都还迷糊着，但我是怎么样的人，你应该很清楚，最喜欢追求利益最大化。最后一次机会，好好珍惜。"

半盏茶工夫过后，年轻隐官身前桌上，搁放着一方海屋添筹样式的古朴砚台，是山水窟的咫尺物，还有一把脂粉气颇重的团扇，是这位渡船管事的私人方寸物，里面都搁放了不少好东西和神仙钱。

一些个山水窟秘事，也被白溪抖搂得七七八八，当然不会竹筒倒豆子，真的全部说出来。

白溪不蠢，陈平安更不傻。

陈平安掏出一把玉竹折扇，轻轻扇动，同时让米裕收起了咫尺物和方寸物，真要藏着杀机，米大剑仙要扛得住，就算不是那么打得住，总不能让一位下五境修士的隐官来扛。

然后陈平安身体后仰，转头问道："愣着做什么？做掉他啊。留着佐酒还是下饭啊？"

白溪与米裕皆是一愣。

然后天地又是悄然一变。

米裕一剑砍下，竟是极为顺畅，与身在剑气长城差不多，半点没有小天地的压胜气息,反观那个元婴境老修士就要凝滞些许。

这一快一慢,加上玉璞境剑仙与元婴境练气士的天壤之别,就毫无悬念了。

米裕那一剑,直接将元婴境白溪身躯一分为二,不但如此,还将对方一颗金丹与那元婴皆砍成两半。

只是当米裕要再递出一剑时,年轻隐官却出手了,以当年与书简湖刘志茂做买卖换来的一桩秘术,拘押了白溪的残余魂魄,聚拢起来,攥在手心,微笑道:"求我救你,我便救你,开心不开心?如何谢我?"

痛苦不已的那团魂魄忍住不去哀号,颤声道:"隐官大人只管说,只管提要求……"

陈平安微笑道:"说了让你诚意些,不听?结果如何,不太好吧?我再给你一次机会,与我说一说山水窟真正见不得光的事情,就可活。你境界太高了,让你当那山水窟下任宗主,我不放心,现在正好,境界稀烂,将来次次见我,就只能靠着神仙钱来凑。"

那团魂魄再不敢隐瞒,一五一十说了些山水窟老祖的隐秘事迹,以及山水窟出了名的"狡兔三窟,财宝四散"。

"以死谢我。"

陈平安点了点头,五指一握,将那团孱弱至极的魂魄,以拳罡悉数震杀,然后合拢折扇,轻轻挥动,驱散那些虚无缥缈的魂魄灰烬,并以折扇抵住心口,笑眯眯道:"意外不意外?"

米裕已经半点不奇怪了。

陈平安站起身,收起折扇,问道:"陆芝大概还需要多久才能宰杀那头名不副实的飞升境大妖,再就是有没有可能,问出大妖的真身一事?"

米裕一脸为难。

他问谁去?问陆芝?她哪里稀罕搭理自己。问陈淳安?米裕都没这脸皮。

陈平安无奈道:"米大剑仙,你就长点心吧你。"

米裕比较委屈。

然后米裕好奇更多,环顾四周,瞧出了一些端倪,再绣花枕头的上五境剑修那也是剑仙,眼光还是有的。

这就是咱们隐官大人的本命飞剑?!

陈平安收回了那把本命飞剑,走到窗台那边。

米裕收剑在鞘,在一旁护卫。

一座日月天地,一位女子大剑仙陆芝,与那飞升境大妖打得天翻地覆。

一座笼中雀小天地,米裕出剑斩杀元婴境白溪,魂魄又被陈平安以秘术拘押,再以拳罡震杀。

这艘瓦盆渡船上的其他所有练气士,始终没有察觉出异样。

在那之后，瓦盆渡船安然无恙，依旧去往扶摇洲山水窟，只是少了一头鬼鬼祟祟的飞升境大妖，以及身死道消的船主白溪，多出了一位陆芝。陈淳安并未随行，却交给陆芝一块儒家玉佩。

再就是邵云岩，负责帮着陆芝收拾山水窟的那个烂摊子。烂摊子是烂摊子，神仙钱真不少。

邵剑仙的春幡斋，名义上是可以得到一成收益的。

只不过如今整个春幡斋都是剑气长城隐官一脉的"私产"，邵云岩都不明白这一成收益有什么意义。

具体如何处置山水窟，那些个步骤，陈平安都已经跟陆芝和邵云岩讲清楚了。

陆芝听得心不在焉，反正有邵云岩在，她此去扶摇洲，还要小小闭关一次。这些算计人心的事情，她不喜欢，更不擅长。

至于谢松花，则要返回江高台那艘南箕渡船，一同去往皑皑洲。

分别之前，年轻隐官又忍不住絮叨起了那两个小娃儿，谢松花大怒，问这家伙，难不成那两个娃儿，是你我女儿不成？年轻隐官这才闭嘴。

米裕挺乐和，就是没敢流露出半点。毕竟能够让咱们隐官大人吃瘪的人，绝对不多，极少极少。

陈平安和米裕则一起乘坐符舟返回倒悬山。

陈平安站在渡船船头，回头瞥了眼米裕。

懒洋洋坐在渡船船尾的米裕，顿时有些不自在，咋的，又有重担要落在自己肩上了？来来来，尽管来，我米大剑仙要是皱一下眉头，就不是隐官一脉的扛把子！

陈平安笑道："忙活来忙活去，邵剑仙得了山水窟一成收益，谢剑仙还清了人情，陆大剑仙得了一份剑道裨益，外加那颗飞升妖丹，咱们米剑仙也提升了佩剑品秩，那咫尺物和方寸物也是咱们隐官一脉的公家所得，好像就我一人奔波万里没啥事？"

米裕正色道："隐官大人运筹帷幄，斩杀飞升境大妖是首功，当之无愧……"

陈平安打断米裕的言语，啧啧道："就你这点溜须拍马的本事，到了我家乡那山头，别说供奉，当个记名弟子都不配。"

米裕伤心不已。他本就不擅长此道，他的大道所在，一直是与好看女子以真心换真心啊。

只是米裕很快亡羊补牢说了一句："真要到了那边，隐官大人只管将那些造访山头的各路仙子交由我接待，只要出了半点纰漏，随便隐官大人问责。"

陈平安皮笑肉不笑道："死远点。我家山头的风气，本来就已经够玄乎了，连我这山主都有扳不回来的迹象，再加上你，以后名声还不得烂大街。"

米裕委屈得不行。

米裕犹豫了一下，好奇询问道："隐官大人为何不收下陆芝赠送的那颗妖丹？她是真不愿意收下。按照隐官一脉的战功计算，也该是隐官大人得到此物才对。"

陈平安坐下身，看着碧波万里浩渺无垠的壮阔景象，说道："我也不是没收，是收下了的，只是劳烦陆芝转交给南婆娑洲一个朋友。"

米裕哦了一声，突然有些后知后觉，得了一颗飞升境大妖的妖丹，搁在浩然天下，约莫是得了飞升境大修士的琉璃金身？这也叫"没啥事"？

陈平安以合拢折扇敲打手心，笑眯眯转过头："嗯？"

米裕立即感慨道："隐官大人两袖清风，不愧是神仙中人啊，浩然天下所有才子佳人、神怪志异小说当中，都该将那'谪仙人'悉数换成'陈平安'三字。"

米裕觉得自己渐入佳境了，虽说依旧不敢与隐官大人的嫡传弟子郭竹酒过过招，但是与顾见龙、王忻水，在此事上，如今应该算是有一战之力了。

陈平安转过身，继续望向前方，沉默许久，突然说道："米裕，很高兴我们能够从陌路人变成朋友。"

米裕愣了半天，最后点头说道："很荣幸遇见陈平安。"

片刻之后，陈平安说道："作为临别赠礼，你送给那位中土元婴境女修的那把折扇上，亲笔题写了什么内容？"

米裕有些笑容尴尬："这等上不得台面的儿女情长，说了只会让隐官大人笑话的，不提也罢，不提也罢。"

陈平安却说道："说说看。"

只说与女子相处之道，米裕的修行境界，可谓高耸入云。

米裕犹豫不定："那我可真就献丑了？"

毕竟这位年轻隐官在成为隐官大人之前，还是那二掌柜。《百剑仙印谱》与《丽剑仙印谱》，以及那么多的扇面题款，米裕极有可能是整个剑气长城最为用心钻研的一位剑仙了。学问多门道多，尤其是那些深受女子喜欢的扇面，让米裕一一打听来再抄录在纸上，看遍之后，反复揣摩，只觉得受益匪浅。

米裕其实内心深处，也觉得自己那扇面题款，至少也该有二掌柜的七八成功力了。

这会儿渡船上反正也无外人，就当是切磋道法了，拿出来说道说道，不至于太过丢人现眼。

扇子两面，一面写："怜取眼前人，却把青梅嗅。瘦应因此瘦，羞亦为郎羞。"另外一面，则写："行也思卿，坐也思卿，行不得坐难安。思卿不见卿，遇酒且呵呵，人生有几何。"

陈平安听了后，沉默很久，最后忍不住骂道："滚出渡船御剑去。"

实在是陈平安觉得自己这辈子，在男女情爱这条最讲天赋、不谈修行的道路上，注定是连米裕的背影都瞧不见了。

遭了无妄之灾的米大剑仙,只得悻悻然起身,乖乖离了符舟渡船,在不远处御剑远游。

到了倒悬山,先走了一趟春幡斋。这栋宅邸在四大私宅当中最特殊的一点在于整座春幡斋都是炼化之物,从建造之初,邵云岩就设置了极多的阵法符箓,故而春幡斋从一开始,就没有真正扎根在这方天地间最大的山字印上。反观耗资更多的猿蹂府,就无此考虑,至于梅花园子,更不可能被炼化。

邵云岩将大阵枢纽宝物交给了陈平安。陈平安确定一番细节后,才带着米裕离开春幡斋。

晏溟和纳兰彩焕留在宅邸当中,负责接待陆续靠岸的其他八洲渡船管事。

米裕也会留下,只是依然需要护送陈平安走到连接两座大天地的门口那边。他好奇问道:"为何次次不走更靠近春幡斋的那道旧门,守在那边的张禄前辈,与那个喜欢看书的小道童,都挺有意思的。"

陈平安只是嗯了一声,没有说什么。

米裕本就是随口一问,也懒得多想什么。

将隐官大人送到门口后,米裕就需要返回春幡斋,好些个女子船主或是渡船修士,与他都是旧识,可惜俱是有缘无分的那种遗憾。

陈平安到了避暑行宫大堂,所有人都抬起头。

郭竹酒第一个开口:"师父,这次出门,宰杀了几头飞升境大妖?"

陈平安有些疲惫,便坐在门槛那边:"就一头。"

郭竹酒眨了眨眼睛:"还真有啊?师父,我可不晓得接下去咋个说喽!"

剑仙愁苗望向陈平安。

陈平安点点头,笑道:"真有。"

愁苗抱拳却没有说什么。

第一拨去城头出剑的三位剑修,是愁苗、董不得、邓凉,已经归来。

因为米裕被陈平安带去了春幡斋,所以如今只有庞元济和林君璧去城头那边出剑。

陈平安说道:"到底不如这儿自在,我偷个懒休息会儿,你们先忙。"

屋内众人便各自忙碌起来。

哪怕是郭竹酒,也拗着性子,没起身去找师父唠唠嗑。

如今隐官一脉,逐渐形成了几座小山头。

林君璧和庞元济,比较投缘。庞元济如今心气不高,除了做事情,也就是偶尔会与林君璧下一盘棋,算是请教。庞元济学棋很快,林君璧在棋盘之外成长极快。隐官一脉其余所有人，都看在眼中，放在心上。

外乡剑修宋高元，和罗真意、徐凝、常太清，比较说得来。

邓凉喜欢隔三岔五就与董不得聊几句，瞎子也知道这位野修出身、最终跻身宗门谱牒仙师的元婴境剑修所求为何。只是董不得眼中没有邓凉，也谁都看得出来。

私底下，陈平安曾经与邓凉开过玩笑，说："我可是陈三秋的好兄弟，你再这样，我就把陈三秋拉进隐官一脉了。"

邓凉大笑，说："没事，我是元婴境剑修，那位陈大少爷才金丹境瓶颈。只要隐官大人不拉偏架，保证他竖着进来，横着出去。"然后邓凉又补了一句："即便不谈境界，只说喝酒，陈大少爷一样不是敌手。"

顾见龙和王忻水，加上曹衮、玄参，成了四大护法一般的存在，共进退，十分默契，并且喜欢唯郭竹酒马首是瞻，只要郭竹酒使出师门绝学，其余四人，个个跟上。

说到底，这四个年轻人，就是与隐官大人走得近的，并且还能够不要脸的。

今天是例外，实在是斩杀一头隐匿飞升境大妖的功劳，太过惊世骇俗，让顾见龙四个都没敢说话。

林君璧、玄参，都是手谈高手，经常一起下棋。陈平安也会帮着玄参指点江山。玄参傻了吧唧地不长记性，次次听了隐官大人的指点，次次兵败如山倒。郭竹酒就埋怨玄参怎么跟不上师父的念头，浪费了师父的一句句足可奠定胜局的金玉良言。

顾见龙和王忻水，不懂下棋，喜欢起哄，一个负责为玄参摇旗呐喊，一个负责絮叨林君璧，美其名曰攻心之法。

庞元济经常会在避暑行宫，寻一处僻静地方独自发呆。

愁苗会为邓凉、宋高元在内的所有年轻晚辈指点剑术，只要愿意问，已是剑仙的愁苗就愿意细心讲。

董不得时不时就拉上罗真意，一起说那女子闺房言语，原本喜欢一天到晚板着脸的罗真意，眉眼稍稍多了些女子温婉。

郭竹酒反而是最没山头的那一个，与愁苗剑仙也能请教剑术，与庞元济也能瞎扯，更喜欢凑到董不得与罗真意那边去。小姑娘强行与两位剑气长城的老姑娘嘀嘀咕咕，自然次次都是咚咚咚，不是脑袋磕桌子就是撞墙，以此收官，从无例外。

陈平安觉得这些都是好事情，一个人的心境，不能始终紧绷，舒缓有度，才能长久。

隐官一脉，各司其职的同时，相互补充，查补缺漏，取长补短，其实已经算有条不紊，步入正轨了。

陈平安已经不能奢望这些剑修做得更好，但是心中虽是如此想，身为隐官大人，某些时候，恶人还是得做。

真要论阴阳怪气说话的本事，用一些漂亮话说尖酸刻薄的内容，陈平安才是真正的宗师,此中高手顾见龙,亦自愧不如多矣。当然,前提是说得到点子上,不然一味挖苦,只会适得其反。

陈平安想起一事,将从山水窟瓦盆渡船得来的咫尺物和方寸物,抛给负责汇总记录的郭竹酒,笑道:"是额外收益。"

然后陈平安说了此次远游的详细过程,不能说的内容,就一笔带过。例如具体是怎样从一位元婴境船主那边,得出了山水窟诸多隐秘内幕,又是如何能够保证将其击杀的同时,又保全了砚台与团扇,尤其是连开门之法都知晓了。

郭竹酒腾空了自己那张桌案,两眼放光,伸手吐了口唾沫,搓了搓掌心,然后双手双指捻动,念叨着"开工开工",才开始清点咫尺物和方寸物里边的仙家宝物,以及那一大堆神仙钱。

董不得笑道:"隐官大人,你与我们实话实说,是不是有那本命物,名叫聚宝盆?"

先前回了一趟避暑行宫,从春幡斋带回了一百一十多件仙家宝物。

这次离开了倒悬山一趟,又带回来这两件山上重宝,以及里边藏着的丰厚家当。

郭竹酒头也不抬,哼哼道:"也就是我师父仗义,故意收敛了神通,不然今儿走一趟南婆娑洲,明天跑一趟中土神洲,金山银山都给搬来了。"

陈平安笑道:"金山银山搬不来,倒是给你带了个不值钱的雪球。你先忙手头事情,回头我们可以堆几个小些的雪人。"

陈平安从自家咫尺物当中取出那个大雪球。

在剑气长城别处,雪球此物难久留,但是在避暑行宫,只要放在那棵大树下边,估计什么都不管,也能保存好几天。

郭竹酒欢天喜地:"师父,又送礼给我啦?!亏得大师姐瞧不见,不然就要跟我换着师姐师妹当嘞!"

陈平安神色温柔,微笑道:"悠着点,你大师姐记仇,她那小账本,连我这个师父都不给看的。"

郭竹酒坐在原地,肩头左摇右晃,也是学那大师姐的,今儿她真是贼开心,都破天荒不知道该说什么好了。

小锣鼓儿不在手边,遗憾遗憾。

然后屋内众人,就看到那个坐在门槛上的年轻隐官,弯着腰,背对着他们,在这夏日酷暑的时节,在这温度最清凉的避暑行宫,堆起了小雪人。

陈平安突然说道:"关于飞升境大妖边境一事,不要对林君璧心怀芥蒂,与他全无关系。对方处心积虑成为林君璧的师兄,所谋甚大。"

愁苗笑道:"我们都在等隐官大人这句话。"

果然,不少人都松了口气。

陈平安又说道："对了，这山水窟家当珍藏，咱们隐官一脉是没分账的。"

嘘声四起。

郭竹酒双手拍打桌面，嚷着"放肆放肆"，算是唯一一个护着隐官大人的。

顾见龙和王忻水闹得最凶，使劲吹口哨。就连罗真意都跟着董不得一起埋怨起来。玄参与曹衮更是哀叹不已，说这苦兮兮抠搜搜的日子没法过了。

陈平安哈哈笑道："这下子是真没了。"

郭竹酒幸灾乐祸道："一个个小脑壳儿不太灵光哦。"

陈平安招了招手："来瞅瞅师父堆的小雪人。"

郭竹酒蹦跳起来，飞快背起小竹箱，大摇大摆跨过门槛，一屁股坐下，愣了半天，怯生生问道："师父，这是谁啊？是我那大师姐，对吧？"

小雪人那大脑壳上插了两枚歪斜竹叶，摆了个金鸡独立的姿势，手上拎了一根竹枝，瞧着傻了吧唧的，不俊啊。

陈平安微笑道："送你了，搁桌上。"

郭竹酒皱紧眉头，故作沉思状。

郭竹酒转头瞥了眼董不得，后者抬起一只手掌，轻轻按住桌面。

郭竹酒只好捧着小雪人，默默坐回原位，谨遵师命，老老实实将小雪人放在桌上，然后挪了挪它的位置，背对自己，面朝董不得。

陈平安拍了拍手，站起身。想起了那两个已经被谢松花带去皑皑洲的孩子，以后魏晋、邵云岩，以及所有离开剑气长城的返乡剑仙，都会带走一两个年纪还很小、境界还不高的剑修坯子。

蒲公英，随风去他乡。

希望剑气长城的这些孩子，将来都会是一个个从骊珠洞天离乡远游的刘羡阳、陈平安。甚至可以活得更好，更有出息。

第二章
群山回响

陈平安与隐官一脉剑修讲了那压胜一事,此中道理,剑修们都懂,只是陈平安举了个例子,让愁苗剑仙都觉得有嚼头。

青冥天下,白玉京三掌教陆沉,曾经到过年轻隐官的家乡,在骊珠洞天隐藏身份,摆摊子算命,待了十多年之久。他被浩然天下的大道压制,一直就是飞升境。

王忻水有些埋怨隐官大人,这种惊世骇俗的故事,早不说?早说了,他对隐官大人的敬仰,早就得有飞升境了,哪里会是现在的元婴境瓶颈。

在最向年轻隐官靠拢的最新六人小山头当中,郭竹酒境界最高,高不可攀,所以有资格按照悟性、成就来评点众人,顾见龙的某些公道话,连郭竹酒都觉得别开生面,让人意外,所以境界不低,有了仙人境,仅次于她。玄参因为下棋的缘故,有了一个撒手锏,就像那大宗子弟得了一部绝世秘籍,直通上五境,得了玉璞境,大道可期。曹衮上此山学此道太晚,又不够勤勉,只有金丹境。王忻水是元婴境瓶颈。至于那个米裕剑仙,资质差,没诚心,地仙都不是。

今天陈平安又出门散步,郭竹酒忙完了手头事务,挪了挪桌上小雪人的位置,拍了拍它的脑袋,然后背起小竹箱飞奔出去。

小雪人看着谁,是关怀勉励,小雪人手中竹枝所指,是督促,被郭竹酒美其名曰来自"小郭竹酒"的凝视与督促,谁敢不用心做事,竹枝作飞剑,小心狗头不保。

师父今天还是这般走得慢,郭竹酒没跑几步路就追上了。

郭竹酒问道:"师父,你最近走路为什么这么慢?是在修行吗?"

陈平安笑道:"是的啊,在修心。"

郭竹酒在一旁转圆圈,始终面朝师父:"这一门通天大的学问,弟子不用学吧?学也学不来吧?"

陈平安说道:"谁都学得来,但是不用学。"

小姑娘既开心又犯愁。

陈平安在一处僻静院落,拈出横江水符和撮壤土符各一张:"师父给你画一幅浩然天下的形势图。"

地面上每起一洲,便与小姑娘大致说些风土人情,有些是亲眼所见,有些是书上记载,道听途说。

有一座观道观的东南桐叶洲,师父家乡的东宝瓶洲,最多剑修游历剑气长城的北俱芦洲,天下雪花钱出产地的皑皑洲,佛家昌盛的西北流霞洲,有一座远古战场遗址的西金甲洲,如今动乱不已的西南扶摇洲,醇儒陈氏所在的南婆娑洲,林君璧的家乡中土神洲。

郭竹酒蹲在廊道中,看着那幅地图,感叹道:"天圆地方唉。咋个不是天圆地圆,那么师父在家乡宝瓶洲,想要去游历那金甲洲便近了,哪里需要绕这么远的路。"

陈平安笑道:"因为所有的天下,以及所有的洞天福地,都是破碎之后的新版图,若是都找到了,再加上如今儒家圣人们新发现的第五座天下,一起拼凑出来,兴许就是天大圆地小圆,好似圆套圆、月中月的场景了。"

在去往大隋山崖书院游学途中,曾经小宝瓶就有此问,只是当时回答此问的,是近乎无所不知的崔东山。

然后崔东山取出了一只水碗,一根刚刚攀折下来的翠绿树枝,以及手里随便捡来的一块石子,故作神秘,询问众人,关于天地,有何感想。可惜当时米饭煮熟了,炖鱼也香气弥漫,便没人搭理他。

崔东山便丢了石子,将那树枝斜插在后衣领当中,倒了碗中水,与陈平安求了一碗米饭。

陈平安说要去找不知藏在哪里发呆的庞元济,郭竹酒便跳起身,喊了声"得令",飞奔离开。

郭竹酒回了大堂,气氛依旧有些沉闷凝重。

师父在的时候,还好;师父不在的时候,就更加让人喘不过气来。

郭竹酒摘了竹箱,放在脚边。

那件事情发生后,林君璧询问隐官大人,是否可以将飞升境大妖边境被斩杀于倒悬山之外的事迹,告知剑气长城所有的剑修。不然长久以往,人心起伏涌动,万一如洪水决堤,很容易影响整个战局走势。

陈平安却只说:"没必要,可以再等等。"

沸沸扬扬的议论,针对的只是他这个隐官大人,不是隐官一脉所有剑修,那就暂时关系不大。

庞元济坐在一处廊道栏杆上,怔怔无言。心事重重,无话可说。

听到了脚步声,庞元济转头望去,点了点头,算是打过招呼了。

结果庞元济等了许久,才等到那家伙坐到身边。

好像陈平安最近每次离开大堂,就只是散步,步伐依旧,就是个慢字。

陈平安坐在一旁,递过去一壶酒:"是春幡斋的仙家酒酿,很贵的,滋味不比竹海洞天酒差。"

庞元济摇摇头:"算了,不喝酒很久了。"

陈平安看着这个满脸胡茬的家伙,说道:"说些让心里痛快些的言语,不用顾忌什么,我知道你对我是有怨气的,只是自己觉得没道理,便只好忍着,其实没必要如此。当自己是酒缸呢,攒着伤心事,能酿出美酒来?"

庞元济说道:"你应该逛过避暑行宫和躲寒行宫两处的角角落落了吧?"

陈平安点头道:"自然,可惜没什么隐秘机关,找不到什么意外之财。"

庞元济轻声道:"但是你一定不会有我的那种感受,不是如今我才如此觉得,是我进入旧隐官一脉没多久就发现了的。"

"什么感受?说说看。"

陈平安揭开那坛酒的泥封,喝了口酒,说道:"我只管喝酒,听你的牢骚。不用讲道理,有些时候,发泄情绪本身,就是一种道理。"

庞元济神色恍惚,喃喃道:"两处宅子,有一件多余之物吗?有任何零零碎碎的装饰物件吗?什么都没有,我师父离开剑气长城的时候,隐官玉牌留下了,所有的秘录档案留下了。然后我独自留在这边,就只有一个感觉,好像师父这辈子就没来过这座避暑行宫。我这段时间,就一直想,师父一个人待着的时候,会想什么,做什么呢?她会不会也有伤心失望了又不能与人说的时候?所有人都觉得我师父,就该是一直强大无敌,一次次杀妖,可我从来都不这么觉得。"

说到这里,庞元济看了眼城头,说起师父萧愻,便不由自主想起了那位老大剑仙。

两处隐官行宫是如此寂寥,那么唯有一座茅屋的老大剑仙,更是如此吧。

好像剑气长城这边,也极少有人细究深思过老大剑仙在想什么,有怎样的感受。

陈平安环顾四周,点头道:"被你这么一说,我才发现,宅子确实空荡荡的,这说明你师父萧愻,很厉害。只有内心极其强大且自我的人,才会全然不在意身外物。你做不到。当然,我也做不到。"

事实上，陈平安对于一个陌生环境的感受，要对某个陌生人感触更早、更多。

只是话不能这么聊。

庞元济眼眶泛红，仰起头，深吸一口气，惨然笑道："我还以为你会对我师父破口大骂，最少也该把我骂得狗血淋头。"

毕竟他庞元济的师父，在战场上，差点一拳打杀了这位年轻隐官的师兄左右，而且还是以一种最不光彩的偷袭方式出手。

一个人在最伤心处的自嘲，便是一种下意识的自我保护。

陈平安摇摇头，喝着酒："要讲那些高高在上的大道理，几箩筐都不够我说的，怎么骂你们这对师徒都不过分。没意思。总要容得下别人有私心，不然到最后，心累的还是自己，何苦来哉。"

陈平安继续说道："不谈萧瑟最后叛变一事，她替剑气长城做了多少事情，你清楚，我也清楚。至于她为何叛变，说不定我比你更理解，因为我是旁观者。只不过当下与以后，剑气长城许多剑仙、剑修，大多选择忘记，有些是故意的，有些是无心的，极少数是理解却不接受的。所以，我估计这才是你最憋屈的地方？"

庞元济默不作声。

陈平安灌了一大口酒，笑道："的确有私心的庞元济，依旧做着新隐官一脉的剑修事情，半点不比别人差。论事，你又没亏欠剑气长城半点；论心，你更没有愧对师徒情分，还要奢望庞元济如何，才算做得好？"

所以陈平安并不觉得庞元济的修行之路，因为剑心不稳，好似鬼打墙，就这么走到断头路了。

庞元济苦笑道："就算听你这么说，我心里也没好受半点啊。"

陈平安说道："我最后问你一个问题，你可以不回答。"

庞元济都不太想听这个问题，定然揪心不舒心。

陈平安问道："如果在萧瑟递出那一拳之后，你可以立即杀掉她，你会怎么做？"

庞元济下意识学陈平安师徒双手笼袖，垮着双肩与精气神，没有回答这个问题。

陈平安笑道："反正横竖都是难受，干脆让你更难受点。"

庞元济很想说问过了，隐官大人你可以继续忙碌去了。

不承想陈平安又道："不如我再问你一个问题？"

庞元济问道："是不是我不给出答案，你就能够一直问下去？"

陈平安喝着酒，只管自己询问："听说了林君璧的师兄边境，竟然是一头飞升境大妖，你内心深处，会不会稍稍好受一点？又会不会因为与林君璧是朋友了，然后发现竟然会如此认为，便更加难受？"

庞元济满脸苦涩。

陈平安拍了拍庞元济的肩膀:"你啊,就熬着吧,逃是逃不掉的。关了门可以不见人,本心呢,如何能够不见面?"

谁还没几个道理挂在嘴边?天底下就数骗自己最容易。

陈平安没有得寸进尺,喝了一大口酒,准备由着庞元济一个人清静独处。

庞元济转头问道:"陈平安,我怎么觉得你有点幸灾乐祸?"

陈平安惊讶道:"这也看得出来?我这人别的本事没有,藏私功力那是极其深厚的。庞兄,好眼力啊。"

庞元济疑惑道:"真有?"

陈平安没好气道:"这有什么真的假的,在这种事情上,咱俩是难兄难弟。不然你以为我为何找你喝酒,让你心里不得劲,我心里就得劲了。"

庞元济叹了口气,病恹恹道:"我求你滚吧。"

陈平安跳下栏杆,笑道:"与隐官大人这么讲话,仅此一次,下不为例啊。欺负老实人好说话,要不得。"

庞元济突然说道:"陈平安,我就不下城头厮杀了。"

廊道中陈平安转过身,笑道:"只要你自己不怕外边的骂声和腹诽更多,那么在我这边,你不用担心什么。新隐官一脉,没有规矩要求剑修必须出城杀妖。"

庞元济脸色悲苦,惨然道:"果然是难兄难弟。"

陈平安笑道:"什么时候你能够学一学林君璧,自己消受,苦中作乐,便是修心有成了。"

庞元济留在原地发呆。

蛮荒天下与剑气长城的问剑,还在持续。

但是在这期间,蛮荒天下做了一件问剑之外的事情。巅峰大妖仰止,那个帝王冠冕的龙袍女子,重返战场,悬停高空,手中拎着一个半死之人,是一位在蛮荒天下腹地阻滞一支大军北上的剑仙。仰止与辈分相当的黄鸾各有斩获,只是黄鸾截杀的两位剑仙,皆已尸骨无存,魂魄消散,仰止却生擒了一位剑仙。

那天战场上,仰止五指攥住那位濒死剑仙的头颅,站在两道剑气洪流不远处,先将这位剑仙的身世根脚、在蛮荒天下做了哪些事情,一一道破,然后在众目睽睽之下,将那剑仙血肉剥离殆尽,这个过程极其缓慢,先去血肉,再碎筋骨,紧接着剐出一颗金丹,寸寸消磨,又将那元婴一点点绞杀,最后才是——抽取、震散剑仙魂魄。

仰止现身之后,隐官一脉的飞剑,并且是那把篆刻"隐官"的飞剑,便传信剑气长城各处,不许任何剑仙、剑修擅自问剑仰止。

后来数位大剑仙私底下飞剑传信避暑行宫,询问能否剑阵依旧,但是准许他们合力打断仰止的举动。

隐官一脉的飞剑回信，依旧是不准大剑仙私自出手，小心黄鹂在内的巅峰大妖，都在守株待兔，这场手段更加明显的埋伏，极有可能比先前五山之中藏匿大妖更加致命。仰止站立位置，太有讲究了，稍稍靠后，这个稍稍靠后，极有可能就可以赚取一两位剑气长城大剑仙的性命。

一旦战事蔓延开来，双方最顶尖的战力纷纷入场，无论双方折损如何，都会极快推进这场战事的进程。

纳兰烧苇、岳青、姚连云在内，都忍住了不出剑，但是人人心中积郁注定不会少。连岳青都骂了一句娘，姚连云更是脸色阴沉。

在这之前，这位姚氏家主可是每天神清气爽的，次次出剑，极其酣畅淋漓，可谓神完气足。

最大的问题在于剑仙们都听从了隐官一脉的调令。

但是有一拨年轻剑修悲愤欲绝，反而比剑仙率先出剑，一时间数十把飞剑问剑大妖仰止。

如果不是数位大剑仙立即出手拦阻，说不定立即就会有一百多把本命飞剑齐齐掠向那头大妖，一旦如此，只会有更多飞剑跟上，到时候整座剑阵，极有可能就会随之出现分流。

仰止的应对，更是令人意外，见那几位大剑仙阻断了后续问剑后，她非但没有打烂任何一把近身飞剑，而是随手驾驭那些失去控制的城头剑修飞剑，接近了那位下场惨绝人寰的剑仙，好似故意让这位临终剑仙与那些年轻剑修打个照面，最后她再将那三十九把飞剑一一抛还城头，任由它们安然返回剑阵当中。

仰止最后震碎手中剑仙残余魂魄，大笑道："好一个剑气长城，好一个杀力通天的剑仙，人人见死不救，轮到一群小小剑修，拼了性命不要，都愿意出剑来救。前者惜命我理解，后者愚蠢我敬重！"

在那之后，剑气长城的人心，比上任隐官萧愻叛逃剑气长城、出拳重伤左右，似乎更加复杂。

隐官一脉对于城头之上原本已经越发顺畅的指挥调度，逐渐出现了这里一点、那边一处的稍稍凝滞。

剑气长城之上，私底下出现了一个发自肺腑的悲愤说法："又不用你隐官大人涉险，不用你死，为何不救?！我们剑修自己愿死，为何不肯？"

随后便演化出更多的言论：

"今日那剑仙拼了大道性命不顾，也要在蛮荒天下腹地出剑杀敌，尚且不救，以后蛮荒天下蚁附攻城，只要有可能是个陷阱，隐官大人又会救哪个剑修？"

"连那头大妖尚且敬重出剑赴死之人，不承想倒是我们的自家人，如此冷酷无情，处处算计事事算计,这样的隐官,当真有益于剑气长城?当真比得上前任隐官的所作所为?至少后者在叛变之前,还敢亲身陷阵,一场场大战,斩杀妖族,不计其数!"

有了这些浮出水面的说法,便意味着肯定有更多的念头与想法藏在人心水深处。

陈平安走向大堂外,刚好宋高元、曹衮和玄参三人从城头收剑返回,接下去就该轮到罗真意、徐凝和常太清三位本土剑修去城头出剑了。

宋高元和曹衮都脸色郁郁,玄参相对年纪最小,反而是最看得开的一个剑修,还有点笑脸,说道:"隐官大人,我劝罗真意三人暂时别去城头了,一来会被孤立,很多时候,反而会被其他剑修争抢战场,咱们出剑效果几乎没有,再者他们虽然没说我们三人如何,可是提及隐官大人,可没什么好话,也没有半点忌讳的意思。"

最早两拨去往城头杀妖的隐官一脉剑修,大多负伤而返,此次玄参三人却安然无恙,毫发无损。

罗真意三人站在门口那边,眼神询问年轻隐官。去不去,还是隐官大人说了算。

陈平安转头说道:"去还是要去的。"

罗真意点了点头,与其余两位剑修御剑离去。

陈平安笑道:"辛苦了。"

曹衮神色萎靡:"我们半点不辛苦。"

陈平安安慰道:"如此才是真心辛苦。"

曹衮笑容牵强,欲言又止。

一起返回大堂各自落座。

林君璧无奈道:"又不能敞开了和所有人说,如今浩然天下八洲渡船,与我们的买卖已经大不相同,我们有希望将这场战事拉长,足可让蛮荒天下耗费更多的家底,便是那些巅峰大妖都要个个肉疼。我们推衍了这么久,好不容易第一次看到了一点点胜利的希望,岂可因为仰止的那点下作伎俩,就功亏一篑。"

玄参闷闷不乐道:"常有司杀者杀,夫代司杀者杀,是代大匠斫。"

曹衮点头附和道:"夫代大匠斫者,希有不伤其手矣。"

林君璧苦笑道:"你们这是乱用圣人言语,何况又不是什么宽慰人心的话。"

陈平安笑道:"不谈圣人本义,只说用在此时此地,别有韵味。"

极少说话的愁苗剑仙竟然也有了些心得:"眼中事实是事实,终究并非真相,如此一来最难讲理。"

许多争执不休的吵架,不在于一方极端无理一方极端占理,而在于各有其理,各有多少与对错。

林君璧问道:"此局能解?"

陈平安点头道:"当然。"

"何解？"

"先认定其无解。"

众人皆哑然，唯有林君璧似有所悟。

等到庞元济返回落座后，陈平安以心声与愁苗剑仙、林君璧、庞元济三人言语。

愁苗剑仙直接拒绝了。庞元济则郁闷不已，懒得多说一个字。

林君璧问道："隐官大人，明明是你揪出了那头飞升境大妖，为何要将这桩天大奇功，分摊到我们三人头上？"

陈平安微笑道："破局啊。若是功劳在我一人，如今谁信？即便信了，又能如何？对了，等到剑气长城的年轻剑修们，人心落到了谷底，比如成群结队，来避暑行宫外边嚷嚷的时候，境界最高的愁苗剑仙，负责登城，拎出那颗大妖头颅，还礼蛮荒天下。"

庞元济说道："早知道我就应该答应喝酒，醉死在外边了。"

郭竹酒不知道师父与谁在嘀咕些什么，应该是在商量事情。

郭竹酒最后低头看着桌上归她保管的两件咫尺物、方寸物，都是扶摇洲山水窟的孝敬。

那件古砚咫尺物，是一方夔龙纹虫蛀砚台，上面刻有鉴藏印：云垂水立，文字缘深。

至于那把宝光流转的团扇，上边的字写得也挺秀气：金涟涟，玉团团。老痴顽，梦游月宫，斫去桂婆娑，人道是，清光更多。此夜最团圆，灯火百万家。

师父私底下偷偷与她说了，只要攒了些战功，这两件宝物，咱们师徒自己留下珍藏。

董不得突然抬头说道："绿端，那方寸物扇子，我可是早早相中了的。"

郭竹酒问道："如果是陈三秋怀里揣过的，董姐姐你要不要？"

董不得冷笑道："陈三秋想要见着这扇子的面，你得先把避暑行宫的墙壁撞烂，以此开路。"

郭竹酒伸手一拍额头，得意扬扬道："我这铁头功，可了不得，师父都比不了。"

陈平安笑道："不想比这个，记住，这不是什么师门绝学，是你自己悟出来的。"

郭竹酒点头道："大师姐的那套疯魔剑法，加上我这门绝学，以后都可以发扬光大！"

陈平安摆摆手，继续凝视着地上那幅画卷。

郭竹酒摸了摸小雪人的小脑壳儿，越来越小了。

陈平安突然问道："陆芝是不是应该快要返回倒悬山了？"

林君璧点头道："不出意外，应该与邵云岩今天返回。"

陈平安起身道："愁苗，陪我去一趟倒悬山。"

春幡斋。

米裕对待翻账查账一事，一丝不苟，十分专注。

这其实不是米裕所擅长的，说句难听的，经过晏溟、纳兰彩焕之手的账本，如果他们俩真想要假公济私，米裕能够找出纰漏来，只有一种可能性，那就是年轻隐官看过了，然后让死记硬背了的米裕过来挑刺。所以纳兰彩焕与晏溟，才是相互合作又能够相互掣肘，米裕不过是那位年轻隐官安插在春幡斋的钉子，做做样子罢了。纳兰彩焕看待米裕，无非是第二个故意喝竹海洞天酒的剑仙高魁，与年轻隐官沾了关系的，对她都没安好心。

只是米裕经常会遇到疑难症结，就询问晏溟其中关键诀窍。晏溟对米裕观感极差，只能算是有一说一，好脸色是绝对没有的。

剑气长城，但凡有点志向的，无论境界是不是剑仙，无论年纪大小，对这位喜好醉卧云霞的米剑仙，印象都好不到哪里去。

米裕竟然问了三次过后，还有以后再问三十次的架势。这让纳兰彩焕越发觉得眼前这个米裕有些陌生了。

纳兰彩焕也懒得和米裕遮掩什么，直截了当问道："米裕，你脑子抽筋了？"

结果米裕来了一句："又不是一天两天了。"

纳兰彩焕也没什么客气话，道："米裕，你真不适合算账，就别耽误晏家主忙正事了。待人接物一事，别说邵云岩如今不在倒悬山，就算他在春幡斋，终究是外乡剑仙，我们这边如果没人提早露面，就只是一个春幡斋一位剑仙，不妥。你之前有句随口说出的恶心言语，其实道理是有点的。"

米裕好奇问道："哪句？"

晏溟说道："震雷始于曜电，出师先乎威声。"

米裕哈哈大笑："原来如此。"

此语得自晏家铺子的某把扇面题款，之所以被米裕放在嘴边，是顺便，主要还是折扇另外一面的那句"佳人未至清香至，人未起身心已动"，让米裕一见倾心。折扇一面文字正经，一面措辞婉约，让米裕觉得简直就是为自己量身打造，可惜不知被哪位小娘子捷足先登，所幸晏家铺子那边也卖扇面题款的刻印册子，价格还不低。

房间内，还有个眼观鼻鼻观心的外人。

春幡斋邵云岩的嫡传弟子韦文龙，一位术算天才。

相较于屋内三位外人，韦文龙十分拘谨。

他只有独自一人枯坐账房，面对那些外人眼中枯燥乏味的账本，才会如鱼得水。

说到底，韦文龙就是不擅长与人打交道，此生好友，注定唯有数字、神仙钱两物。

钱粮、理财一事，自古被视为贱业，户部官员甚至会被讥讽为"浊官"，其实山上山下皆如此，例如那些八洲渡船的管事，哪个不是大道无望、破不开各自瓶颈的可怜人。

再者，韦文龙只是金丹境修士，面对屋内两位成名已久的元婴境剑修家主，一位听着聊天好像才下五境的米剑仙，他确实不太敢喘大气。

在倒悬山土生土长的练气士，对剑气长城其实不陌生，却也不熟悉。反而不如那些故意游历倒悬山的外乡人，后者往往是奔着剑气长城去的。像他韦文龙这样的倒悬山人氏，一辈子都没去过剑气长城，反而颇多。

韦文龙最怕的，其实是那个声名远播的剑仙米裕。

风流子，最薄情。何况还是一位剑仙。

米裕觉得纳兰彩焕那婆姨说得有理，便虚心纳谏了，起身离开屋子。

米裕离开之前，神色和善，言语真切，与韦文龙说了句："文龙啊，你是咱们隐官大人都相当器重的可造之才，莫要妄自菲薄，好好做事，大道可期。以后咱俩就是朋友了。"

韦文龙赶忙站起身，只是拘谨得很，怯怯懦懦，也没能放出个屁来。米裕便越发觉得这小子真顺眼，让韦文龙坐下做事，不用如此客气。

米裕走到空无一人的大堂那边，早先属于几位女子修士船主的座位，米裕都多瞥了几眼。

米裕最后坐在自己那张椅子上，摸出一枚准备送人的玉牌来，此事有些奇怪。

米裕手中这枚无事牌，篆刻数字九十九，隐官大人离开之前，专门叮嘱过，要送给老龙城范家的渡船桂花岛。别说皑皑洲的南箕船主江高台，就连邵剑仙的面子也没卖。

可事实上，丁家渡船那个小管事，战战兢兢，私底下找过隐官大人，给出了一个连米裕都感到意外的"公道"价格。

但是丁家也由衷希望将来走账一事，劳烦隐官大人这边劳心，免得丁家渡船沦为众矢之的，被人记恨。

年轻隐官笑着答应下来，说春幡斋一定会投桃报李。

事后米裕问起此事，隐官大人只说家家有本难念的经，老龙城丁家是不得已而为之。

丁家没女子船主，米剑仙便懒得多想。可关于范家跨洲渡船，米裕知道得不少，没办法，桂花岛上有位桂夫人十分出彩，却不在容貌。

米裕不是那种俗人，清楚女子的好看分千百种。只看那脸蛋胸脯腔儿大长腿，却不晓得女子有万般好的，简直就是不入流，称不上是他米裕的同道中人。

老龙城范家在做跨洲渡船买卖的山头、家族当中，很不起眼。

其实除了苻家稍稍有那么点薄面，其余几大姓氏的渡船停靠倒悬山，都不值一提。

就像先前春幡斋大堂议事的那个丁家船主，都不如霓裳船主柳深。

只要是关于动人的女子，米裕都会动心，绝不辜负美人。

米裕很快就记起好像桂花岛上有位桂花小娘，名叫金粟来着，姿容也绝佳。

米裕当然是没见过金粟的。米裕更不至于为了见金粟而如何，以前不会，如今更不会。

之前那次春幡斋，能够一口气聚集那么多条渡船，其实大有玄机。

吴虬、白溪这些个老狐狸，再加上那座在倒悬山有座私宅水精宫的雨龙宗，以及梅花园子，都是出了力的。只是隐官大人从头到尾都没提这茬，甚至根本没打算秋后算账。

到底只是小事。

像这一次，就只有十二位船主刚刚得到邀请，会在今夜到春幡斋做客议事。

有些早早停靠在倒悬山的船主，大多数都有意无意，选择多逗留一段时日，既不着急卸货，更不着急离开，就等着春幡斋的请帖。

除了距离最近的南婆娑洲，先前那些渡船应该都未返回各自大洲，应该依旧还在归途中。

宝瓶洲除了范家桂花岛，还有一条侯家的渡船烟灵。

应该是得了符家或是丁家的飞剑传信，这两艘跨洲渡船只隔了两天就先后赶到了倒悬山。

大大小小的八洲渡船，与晏家、纳兰家族，或是孙巨源这些交友广泛的剑仙，其实都有或多或少的私交，道理很简单，剑气长城这边，大族豪阀剑仙或是子弟，会有诸多稀奇古怪的要求，重金购买那些奇珍古玩不去说，光是价格翻了不知多少的山珍海味，就多达百余种。侯家渡船烟灵，便会在物资之外，专供奇香，让仙家山头编织香囊十六种，卖给剑气长城那拨固定买家。

关于此事，隐官一脉有过不小的争执，林君璧与愁苗剑仙难得站在一条战线，提议断绝所有这类渠道供给，以后剑气长城再不收取任何一件无用之物。

只是最终隐官一脉选择了一个折中方案，缩减这类买卖往来，并未一刀切下，彻底断绝此事。

依旧停靠在捉放亭渡口那边的桂花岛，得了春幡斋请帖，在侯家渡船管事赶来之后，先通气。

如今桂花岛管事一职，落到了范家供奉马致头上。马致是金丹境剑修，本命飞剑凉荫。

桂花岛上的那座圭脉小院，记在一个外乡人名下，已经多年不再对外开放。马致曾经在那边为一个外乡少年指点剑术。

在桂夫人的雅致小院当中，弟子金粟负责煮茶待客。

马致与侯家船主正在商量着如何送礼，因为听闻先前灵芝斋一夜之间就少了百余件仙家宝物，如今留下来的，要么是礼太轻情意便重不起来的一些个花哨灵器，要么是价格太过昂贵、让人望而生畏的稀罕法宝。

船主侯澎对待此事忧心得很，如今侯家虽说在老龙城以北、观湖书院以南的广袤地带生意做得极好，但是账面外的谷雨钱其实相当有限，如果自家渡船烟灵在离开老龙城之前，侯家就已经听说此事，需要走那趟春幡斋，进门之前先备好重礼，倒也不算太麻烦，这点谷雨钱还是掏得出来的，可是侯澎与桂花岛都是半路得到飞剑传信，侯澎需要自己先掏腰包，这就头疼了。少了，礼物不够分量，货比货，被春幡斋嫌弃，事后肯定要被范家祠堂拿来非议，可要是谷雨钱掏多了，春幡斋那关过去了，家族那边又得说另外一番闲话了。

真正做事情的人，就是这样，做多错多，在家享福的，反而一年到头，嚼舌头不闲着。

马致也好不到哪里去，如今范家是多事之秋，老剑修恰恰因为与未来家主范二关系亲近，所以也被殃及。如今他的一举一动，都被范家祠堂那些老头子仔细盯着。

大小姐范峻茂已经许久不曾露面，范家对外宣称她独自一人出门远游去了。

马致有些猜测，但是不敢与任何人谈及此事。

从少年变成年轻人的范二，也逐渐开始参与家族经营事务，马致自然是属于范二这座山头的，不然马致也当不上这个渡船管事，哪怕桂夫人开口提议，举荐马致担任船主，范家祠堂那边应该也无法通过。虽说桂花岛早就是范二名下的产业，但是如今范家对这个少不更事的二少爷非议不小，因为当初借了那么大一笔谷雨钱给大骊龙泉的落魄山，祠堂议事争论得就很激烈，范家许多老人都觉得范二还是太稚嫩、太意气用事，哪怕是未来家主，也不该完全掌管桂花岛渡船，应该有一个老成持重的范家前辈帮着打理一些年头，才好放心交给范二经营。如果不是有孙家跟着一起掏钱打水漂，再加上范二动用了一大笔本就记在他名下的私房钱，休想通过此事。

桂夫人只是喝茶，气态娴静，并无言语。

双方大致谈妥了如何准备礼物，以及进了春幡斋之后如何行事，大体上还是学先前的符家、丁家，少说多看，寡言无错。

侯澎放下茶杯，脸上泛起古怪神色。

马致谈完了事情，也就不再喝那茶水，自顾自喝起了一壶桂花小酿。

侯澎轻声问道："新任隐官是叫陈平安？"

马致绷着脸，仍是没忍住，大笑道："侯澎老弟，你想什么呢？！"

金粟一头雾水。

桂夫人轻声解释道："剑气长城的新任隐官是个年纪轻轻的剑仙，名叫陈平安。"

侯澎加上一句："浩然天下的大雅言说得极为流畅。"

金粟也忍不住偷偷笑了起来，与马致如出一辙，只是不像后者那么大笑出声。没办法，她与马致前辈，都对另外那个陈平安太过熟悉了。

来自大骊王朝的那个陈平安，早年就住在桂花岛距离此处不算太远的圭脉小院。

金粟都没觉得这是个事儿。这位侯船主的想法，也太不着调了些。两个人，同名同姓都叫陈平安罢了。怎么可能是同一人。可能吗？

在金粟的记忆当中，那就是个乘船游历途中还会掏钱请桂花岛丹青高手作画留念的客人，是一个穿着整洁却难掩身上那股寒酸气的外乡少年。

好像当年还背着一把剑？不过却是个境界不高的纯粹武夫。

最后在师父授意下，金粟还陪着少年一起游历了倒悬山各处景点。

拘束，古板，无趣，就是那么一个外乡少年。

依稀记得，好像皮肤黝黑，个子不高还瘦弱，说话嗓门都不大，喜欢四处张望，不过与人言语的时候，倒是眼神清澈，不会眼神游移不定，就那么看着对方，始终会竖耳聆听的样子。

侯澎说道："既然连那丁老儿都安然返回老龙城了，应该是我想多了。"

马致笑着点头。关于此事，不可多聊，各自心里有数即可。

山不转水转。一叶浮萍归大海，人生何处不相逢。

相逢是缘，可缘分也分善缘孽缘不是。一旦真是那个万一又万一的万一，那么桂花岛是天上掉下来了一桩善缘。对于符家以及其余老龙城大姓而言，可就不好说了。

灰尘药铺武夫宗师郑大风，与符家相约登龙台，动用了一件半仙兵的城主符畦，事后更是与郑大风有过一场截杀，除了范家和孙家，其余老龙城大姓，个个见者有份，亲自参与其中，负责帮助符家拦截灰尘药铺那伙外乡人。其中丁家，还牵扯到了那个原本不可一世的桐叶宗。

原本如日中天的桐叶洲第一大仙家宗门，据说如今日子不太好过，屋漏偏逢连夜雨，雪上加霜的事情，火上浇油的事情，一桩接一件，总之处境十分惨淡。丁家如今更是被殃及池鱼，白白遭罪一场，许多生意上的份额暗中都被莫名其妙瓜分了去，只是其余几家做得不算过火，丁家也能隐忍，何况大体上丁家还是跟着符家在赚着大钱。只是丁姓未来在老龙城沦为垫底是大势所趋。所以丁家对待跨洲渡船一事，注定会极为热衷，无比希望以此打破僵局，为的就是能够与春幡斋攀附关系。

马致与侯澎也都是老江湖了，所以完全可以想象，丁家一定会给出一个极低的价格，保证不亏的前提下，舍了一条渡船的挣钱渠道，也要与剑气长城结下一桩比同行更多的香火情。

随后马致与侯澎一起离开桂花岛，要先到几位相熟的渡船管事那边坐一坐，然后再按照约定的时辰各自去往春幡斋，携带重礼，登门做客。

桂花岛小院当中只剩下师徒二人，没了外人在场后，金粟便与师父埋怨起范家老人的短视。

桂夫人笑道："范家能有今天的光景，那些看似冥顽不化的老人，不去说年轻时候就开始躺着享福的几个，其余都是出了大力、有大功劳的。你之所以觉得他们短视，不过是偏袒与范家一起掏钱给落魄山的孙嘉树。"

金粟有些赧颜。

桂夫人正色道："看待人物，可以有个人喜恶，但是看待世事，不可以掺和太多的个人感情。这就是一位修道之人该有的修心本分，哪怕不是修道之人了，更该如此。不然你身为范家人，嫁给了孙嘉树，嫁入了孙家，若是万事不说，只是潜心修道，不去操持家务，倒还好了，不然你一个不小心，就能让范家与孙家结怨。"

师父极少有如此严肃的时候，金粟不敢造次，记在心上。

静坐片刻，桂夫人让金粟不用陪自己了，若是想要逛倒悬山麋鹿崖的铺子，她不拦着。

金粟没那兴致，如今倒悬山波诡云谲，连桂花岛都被笼罩其中，她就更没了这份心思。所以，她只是离开了院子去修行。

金粟离开没多久，便响起敲门声。

桂夫人起身笑道："陈公子请进。"

一位年轻人撕了脸上那张木讷男子的面皮，抱拳笑道："桂夫人，多有叨扰。"

桂夫人笑容和煦，打趣道："稀客，贵客。"

陈平安落座后，歉意道："桂夫人别多想，就只是来这边讨要一壶桂花小酿。"

桂夫人拎出一壶桂花小酿，递给陈平安，笑问道："既然这么说了，隐官大人言外之意，是开始注意梅花园子了？"

陈平安没说话。

桂夫人又问道："不担心我与那位酡颜夫人蛇鼠一窝？"

陈平安摇摇头："自然不会。"

桂夫人也就不再问那梅花园子的下场了。

陈平安说是来这边喝酒的，却也没有怎么喝那桂花小酿，笑问道："金粟姑娘，还是喜欢孙嘉树，不喜欢范二？"

桂夫人点头。

然后陈平安就只是坐了一会儿，桂夫人也只是聊了些范二的近况。

双方似乎除了一个范二，无更多话可说。

久别重逢，言语不多，反而不比当年初见时分，背剑少年与桂夫人那般投缘。

而桂夫人，自然也看得出来，年纪轻轻的隐官大人忧虑重重，显而易见，当下处境并不轻松。

陈平安喝过了一小壶桂花小酿，就准备返回倒悬山春幡斋，但是在那边不会现身。

此次前来，除了所谓的散心，更重要的是希望桂花岛帮忙转交给崔东山与藩王宋集薪各一封密信。

桂夫人收下了那两封密信。

陈平安道谢之后，刚要告辞离去，院门那边跑来一个熟人，正是昔年圭脉小院的桂花小娘金粟。

陈平安起身相迎，笑着打招呼："金粟姑娘。"

金粟愣了一下，停下脚步，显然没想到这个家伙会偷跑到桂花岛。她也笑道："陈平安，你怎么来了？"

然后金粟赶紧改口："陈公子。"

陈平安无奈道："喊我名字就可以了。"

金粟点了点头，坐在桂夫人身边，轻声问道："不是在剑气长城那边练拳吗？怎么有空跑来这边喝酒，听说如今倒悬山两道大门都管得可严了，防贼似的。"

金粟犹豫了一下，轻声问道："是不是不小心与那隐官同名同姓，有些郁闷，所以才跑来这边喝闷酒？"

陈平安忍住笑，点头道："是啊。"

桂夫人也会心一笑。

金粟惋惜道："我原本还心存一丝侥幸，你就是那个传说中的隐官大人，剑气长城的大剑仙。"

陈平安说道："万一我真是那隐官，我估计金粟姑娘也要郁闷得想要喝酒了。"

金粟展颜一笑，转头对桂夫人说道："师父，陈公子如今说话，可比以前讲究多了。"

桂夫人笑问道："回来做什么？"

金粟轻声说道："我还是想要去麋鹿崖逛逛。"

桂夫人望向陈平安，陈平安使劲使眼色。

桂夫人点了点头，却说道："正好，你与陈公子顺路，可以一起去往捉放亭。"

金粟连忙说道："不用不用，我比陈公子更熟悉倒悬山。"

金粟喜欢孙嘉树，不喜欢范二，陈平安与范二是好朋友，与孙嘉树如今也是生意伙伴，所以她觉得还是莫要与陈平安牵扯半点了。

桂夫人也没有继续为难两人，由着金粟独自离开。桂夫人脸上笑容多了些。

陈平安稍等片刻，这才起身跟桂夫人告辞。

桂夫人送到门口后,突然说道:"要小心最会藏拙的正阳山。"

陈平安随便瞥了眼宝瓶洲方向,点头道:"会的。"

同时在心中默念,以后正阳山要跪在地上,求我不要那么小心。

桂夫人问道:"终于是那剑修了?"

陈平安以心声说道:"两把本命飞剑,以后显露了剑修身份,就对外宣称一把名为斫柴,一把名为账簿。"

桂夫人沉默片刻,违心说道:"好名字。"

至于陈平安两把飞剑的本命神通是什么,桂夫人已经完全不好奇了。

陈平安挠挠头,说道:"至于飞剑的真正名字,一把笼中雀,本来想着取名中秋,只是与飞剑十五好像有些冲突。另外一把,我还在纠结是天上月,还是井底月。"

取名字这种事情,太擅长了也不好。

桂夫人笑了起来:"总算有点飞剑该有的名字了。"

陈平安悄然离开桂花岛,在捉放亭那边,先与愁苗剑仙见了面。

两人一起去往梅花园子,要见一见那位身在家乡却思异乡的酏颜夫人。

除了愁苗剑仙,当然还有走了一趟扶摇洲山水窟的陆芝。与女子讲道理,还得是女子。

梅花园子是倒悬山四大私宅当中最为回廊曲折的一座,当然最出名的,还是梅树,只不过梅花园子里边栽种的梅树,皆自然生发,不做那天梅病梅状,疏密自然,曲直随意。即便如此,还能够享誉四方,自然还是因为梅花园子向那八洲渡船重金收购了许多仙家梅树,移植在园中。

梅花园子赏景最佳处,是那悬挂"不争春"匾额的凉亭。

酏颜夫人跪坐在一张青神山青竹材质的凉席之上,双手叠放在膝盖上,姿容妩媚,面带笑意。

她望向三位缓缓走上凉亭台阶的剑修,微笑道:"既然事情已经败露,愿受责罚,只是恳请陆芝大剑仙出剑利落些。"

陈平安席地而坐,与酏颜夫人面对面,问道:"不补救一二?上五境的草木精魅,修行何其不易。"

整个宝瓶洲历史上,至今还没有出现一个上五境草木精魅。

酏颜夫人摇头道:"连那边境都找得出来,宰得掉,我注定活不了,就不惺惺作态了。"

陈平安问道:"那头飞升境大妖的真身,难不成就埋在梅花园子?不然你如何得知边境已死?"

酡颜夫人笑而不语，朝高瘦女子伸出一只手掌："有人曾说剑气长城的女子，以剑仙陆芝姿容最佳，最是倾国倾城，人与剑最相宜，今日一见，名副其实。"

陆芝皱了皱眉头。愁苗剑仙却叹了口气。因为他知道这种话，是谁说的。

陈平安说道："那我就只问你一件事，你明明生长于浩然天下，为何如此向往蛮荒天下？"

酡颜夫人笑道："礼圣老爷订立的规矩是好，可惜后世修道之人做得都不太好。上了山，修成了道，神仙人物万万千，又有几个拿咱们这些侥幸化了人形的草木精怪当个人？我自身饱受其苦不谈，侥幸脱离苦海之后，举目望去，千百年来，人世间几无例外，故而心中怨怼久矣。"

酡颜夫人扭头看了眼邻近梅花园子的一个大门，收回视线后，微笑道："倒也不是真的如何喜欢蛮荒天下，一帮未开化的畜生当家做主，那么座偏远天下，比起浩然天下，又能好到哪里去？我就只是想要亲眼见一见浩然天下，山上山下人皆死，其中修道之人又会先死绝，唯有草木照旧，一岁一枯荣，生生不息。这个理由，够了吗？隐官大人！"

陈平安说道："你说够了就够了。"

愁苗剑仙觉得这趟梅花园子之行出人意料地顺利。

陆芝突然说道："我攒下的那些战功，不用白不用，换她一条性命，以后我将她带在身边。隐官大人，如何？"

愁苗有些意外，酡颜夫人更是愕然。她方才的的确确心存死志。

早先千算万算，要么死，要么生不如死，既然如此，运气不算最差，剑仙当中好歹还有个女子，所幸不是只有那些腌臜男人，要不然还不如干脆些。

酡颜夫人怎么都想不到陆芝会如此言语。

陆芝对酡颜夫人说道："以后你就跟随我修行，不用当奴做婢。"

然后陆芝望向陈平安，想要知道那个答案。

陈平安想了想，点头道："可以。"

酡颜夫人瘫软在地，泫然欲泪。

整座梅花园子，一树树梅花绽放无数，这是酡颜夫人与整座小天地性命相通，牵引天地异象。

陆芝皱眉道："酡颜，我对你只有一个要求，以后再有生死关头，只要有男人在你眼前，就别这般模样。当然，他人要你死，并不容易。"

酡颜夫人朝陆芝伏地而拜："酡颜谢过道友陆芝！"

酡颜夫人站起身，姗姗而走，站在了陆芝身旁。

便是愁苗都不得不承认，酡颜夫人是一个天生尤物。

而那个年轻隐官，已经蹲地上，在卷那价值连城的青神山竹凉席。比自家那竹海洞天酒,是要货真价实一些。

愁苗剑仙假装什么都没看见。

酡颜夫人犹豫了一下,看着那个卷一些竹席挪一步的年轻人,忍不住以心声询问陆芝:"这是?"

陆芝笑道:"咱们隐官大人不好意思在春幡斋那边搜刮地皮,无主的梅花园子便要难逃一劫了。"

愁苗便越发疑惑了。

听大剑仙陆芝的口气,好像对于这位隐官大人,如今印象不算差?

陈平安卷好了凉席,夹在腋下,站起身:"陆芝,事先说好,梅花园子能够扎根倒悬山,不是只靠酡颜夫人的境界,而心机手腕,又恰好是你不擅长的。"

陆芝瞥了眼酡颜夫人:"没关系,只要不惜命,修道之人也好,草木精魅也罢,都是一剑的事情。"

说到这里,陆芝又说道:"陈平安,你擅长那些乱七八糟的算计,以后也帮我盯着点她。"

陆芝再对酡颜夫人说道:"与你实话实说,我暂时信不过你。不过我可以保证,千年之后,你就能恢复自由身。如果我大道夭折,在千年之内便死,就交由陈平安处置。酡颜,你要是觉得千年太久,可以与我讨价还价,我不答应就是了。"

酡颜夫人嫣然而笑,向陆芝施了个万福,婀娜多姿。

到了陆芝这个境界的剑修,剑心尤为清澈,加上陆芝那么多传闻事迹,酡颜夫人还真就愿意相信陆芝。

愁苗朝隐官大人伸出大拇指。果然,女人与女人讲道理,比较合适。

陈平安将那竹席收入咫尺物当中,再让陆芝、愁苗离开片刻,说是要与酡颜夫人问些事情。

两位剑仙离开凉亭。

酡颜夫人咦了一声,环顾四周:"隐官大人,竟然如此深藏不露,几年不见,便是剑修了?这把飞剑的本命神通,还如此罕见。"

陆芝在不在身边,天壤之别。

陈平安半点不奇怪,问道:"玉圭宗姜蘅当年来了一次倒悬山,下榻于梅花园子,这位姜氏嫡长子,所求何事?"

酡颜夫人反问道:"为何不直接问一问老龙城桂花岛的事情?是不忍心问,却不得不问,还是不打算问,因为不敢问?"

陈平安皱眉道:"此事无须过问。"

酡颜夫人又笑道:"敢问隐官大人,若是如今去了桂花岛,不知是喊那桂姨,还是桂夫人？"

陈平安答非所问："以后你跟在陆芝身边，多替她考虑些，剑仙修心，太过纯粹，可若是无此剑心，陆芝也不会是今天的陆芝，只是以后她到了浩然天下，未必能够事事顺心。"

酡颜夫人眼睛一亮："我不用一直留在剑气长城？"

陈平安点头道："你将来会陪着陆芝一起去往南婆娑洲。"

酡颜夫人微笑道："既然不但能活，还后顾无忧了，那我就有问必答，知无不言言无不尽。先说那姜蘹，委实是志大才疏，比那边境差了十万八千里，姜蘹最早是看中了范家桂花岛，桂夫人没有答应。便又痴心妄想，想要说服我这梅花园子，帮着玉圭宗开辟出一条崭新航道的中转渡口，是那练气士以采珠为业的芦花岛。"

陈平安问道："为何不是雨龙宗？"

酡颜夫人斜了一眼："隐官大人是真不知情，还是假装糊涂？"

陈平安说道："请说。"

酡颜夫人笑道："雨龙宗有位女子祖师，早年曾经游历桐叶洲，被那姜尚真搅碎了心肝一般，竟是直接跌境而返，好好一个仙人境坯子，数百年之后的今天，才堪堪跻身了玉璞境。那姜蘹作为姜尚真的儿子，敢去雨龙宗登门找死吗？不过今时不同往日，这会儿姜蘹若是再去雨龙宗，便是诚心找死，也很难死了。"

陈平安坐在长椅上，揉了揉眉心。

只要摊上姜尚真，就全是那些让人摸不着头脑的意外。

天底下有几个供奉，上杆子送钱给山头开销的？

不过最大的意外，还是姜尚真如今竟然成了玉圭宗的一宗之主！

苟渊此人，实在可怕。

在陈平安心目中，姜尚真能有今天的一切，苟渊功不可没。

撇开个人恩怨，在陈平安看来，只说当宗主一事，苟渊是当得最厉害的一个。苟渊当年算计自己一事，至今让陈平安心有余悸。

酡颜夫人一个掐诀，凉亭中出现了一副老者模样的皮囊，也被陈平安收入咫尺物中。

凉亭内随后的一问一答，都不拖泥带水。

最终一行人离开了梅花园子。

按照酡颜夫人先前泄露的天机，梅花园子还真会长脚跑路，只是如今又能跑到哪里去呢，何况酡颜夫人还跟在了陆芝身边。

陆芝直接带着酡颜夫人去了剑气长城。陆芝在城池以南有座私宅，酡颜夫人暂时就住在那边。

陈平安则与愁苗一起去往春幡斋，酡颜夫人答应会将梅花园子的所有珍藏记录在册，册子应该会比较厚，到时候送往避暑行宫。

梅花园子名义上的主人，只不过是酡颜夫人一手扶植起来的傀儡。其中故事之多之曲折，若是酡颜夫人愿意讲，年轻隐官又有那闲情逸致愿意记录，估计都能编出一本百转千回的神怪志异小说了。

陈平安到了春幡斋，米裕三人都去了大堂议事，邵云岩要比陆芝更晚到倒悬山，至今未归。不是邵剑仙不想与陆芝一起返回，实在是御剑根本赶不上陆芝。为了求快，不去乘坐渡船，想要从扶摇洲一路御剑赶往倒悬山，并不轻松。

今夜登门春幡斋的十二艘渡船管事，并不是人人都能够带走一枚玉牌，但是只要相互间关系没好到那份儿上，这些见惯了江湖险恶的船主，得了玉牌的，就都不会轻易言说此事；没得到手的，估计也恨不得他人以为玉牌收入囊中了。

陈平安没有去大堂，在账房找到了那个韦文龙。

愁苗没想着去跟一堆账本打照面，在避暑行宫，愁苗也没少翻书算账，用曹衮的话说，就是老子只要出了避暑行宫，这辈子都不想再看一页书了。但是陈平安硬拉着愁苗一起落座。

韦文龙见着了年轻隐官和剑仙愁苗，越发惶恐。韦文龙搬了些杂书来这边，陈平安捡起一本，翻开一看，十分惊喜，行家一伸手就知有没，这个韦文龙如果是个花架子，陈平安觉得自己都能把手上那本书吃下去。因为韦文龙用来打发光阴的这本"杂书"，竟然是宝瓶洲旧卢氏王朝的户部秘档案卷，应该是老龙城跨洲渡船的功劳。

韦文龙有些局促不安，硬着头皮轻声解释道："隐官大人，只要闲来无事，无须算账，我便看这些各大洲覆灭王朝的户部记录。这些户部案卷价格不贵，都是一麻袋一麻袋买的，相较于那些珍稀物件，花不了几枚雪花钱，而且靠着我师父的关系，老龙城六艘渡船都很客气，都是半卖半送。"

陈平安一拍韦文龙肩膀，笑容灿烂道："遇见高人了！"

韦文龙一个踉跄，其实更多是吓的。韦文龙笑容牵强，心中惴惴，不愧是大剑仙隐官大人，手劲之大，堪称恐怖。

陈平安搬了一张椅子坐在韦文龙附近，便开始询问一些大骊王朝的历年赋税情况。韦文龙对答如流，还说了些早些年户部官员的小手脚，不过也说了大骊王朝的户部财税，最近百年以来，一年比一年云遮雾绕，何况对于这种大王朝而言，账本上的数目往来都是虚的，关键还是要看那秘密珍藏的山水秘档账簿，不然都不用提那座大骊京城的仿造白玉京，只说墨家机关师为大骊打造的那种山岳渡船与剑舟，就需要耗费多少神仙钱。韦文龙猜测除了墨家，定然有那商家在幕后支撑着大骊财政运转，不然从山上神仙钱到山下金银铜钱，早该悉数崩溃，糜烂不堪了。

为了能够真正掌握财税一事,韦文龙就必须深入了解与之相关的一系列规矩。

陈平安多是抛出一个切入口极小的问题,就让韦文龙敞开了说去。

一说到钱财一事,韦文龙便是另外一个韦文龙了。文理明通,精熟律例,工于写算。

陈平安听得聚精会神。

这门学问,当真值钱。

愁苗剑仙是第一次见到如此神采奕奕的年轻隐官。

陈平安突然说道:"务完物,无息币。"

韦文龙愣了一下,然后轻声道:"何为治国之道也?"

陈平安微笑道:"农末俱利,平粜谷物,关市不乏。"

韦文龙又问:"宗旨为何?"

陈平安答道:"财币欲其行如流水!"

韦文龙咧嘴笑了起来,情难自禁,双手按住书案,兴高采烈道:"道友,真是道友!"

然后韦文龙无比尴尬,悻悻然收起手,使劲收敛起脸上神色,让自己尽量恭谨些,轻声道:"隐官大人,多有得罪。"

陈平安笑道:"同道中人,得罪他大爷的得罪。以后喊我陈道友便是!好人兄也是可以的。"

愁苗忍不住问道:"你们这是在谈论商家学问?"

陈平安摆摆手:"是有很大的关系,但是绝不可混为一谈。"

韦文龙瞥了眼那个呆坐着像个木头人似的愁苗剑仙,差点没忍住翻白眼,一开口就知道是个门外汉,外行得一塌糊涂。呵,还是个剑仙呢。难怪当不成剑气长城的隐官大人。

陈平安看了眼窗外天色,留了一壶桂花小酿在桌上,起身笑道:"欢迎以后来我们避暑行宫做客,若是愿意久住,更好,我直接帮你空出一座宅子。不过最早也得等到八洲渡船商贸一事步入正轨,不然难免耽误正事,不着急不着急。我回了避暑行宫,先帮你把独门独栋的宅子清理出来。"

韦文龙起身,慌张道:"隐官大人,这可使不得,使不得的。"

陈平安挥挥手:"就这么说定了。"

离开了屋子,正是冬末时分,陈平安习惯性搓手取暖。

愁苗剑仙笑道:"心情不错?"

陈平安笑道:"心情大好。"

如果有机会的话,将来一定要将韦文龙拐去落魄山,大可以拿那座莲藕福地给韦文龙练练手。

愁苗剑仙看着傻乐呵的年轻隐官,笑问道:"这韦文龙,真有那么厉害?"

陈平安点头道:"拿一座春幡斋跟我换,都不换。"

愁苗问道:"那再加上一座梅花园子呢?"

陈平安埋怨道:"愁苗大剑仙,这么聊天就没劲了啊。"

愁苗突然以心声说道:"隐官一脉这么多谋划,效果是有的,能够多拖延半年。若是八洲渡船商贸一事,也无大意外,大概又多出一年。所以,还差一年半。"

愁苗能够被视为下一任隐官的最佳人选,或者说之一,当然不是没有理由的。

陈平安骂了一句娘。

愁苗笑问道:"骂谁呢?"

陈平安说道:"反正不是老大剑仙。"

愁苗微笑道:"奉劝隐官大人,别把我当米裕大剑仙。"

陈平安道:"下不为例,事不过三也行。"

愁苗说道:"方才韦文龙最后看我的眼神,好像不太对劲。"

陈平安说道:"怎么可能,韦文龙看你,满眼仰慕,只差没把愁苗大剑仙当绝色女子看了。"

愁苗笑问道:"隐官大人,你这是想鼻青脸肿返回避暑行宫,还是想韦文龙被我砍个半死?"

陈平安笑道:"事不过三。"

成为新任隐官之前,在茅屋那边陈平安与老大剑仙有过一番对话。

"你当这隐官大人,只要能够为剑气长城额外拖延个三年,便可以了。"

"只要?"

"不然让你拖个三十年?你要觉得做得到,现在就答应下来,我这就帮你去宁府、姚家提亲去。"

"好的,没问题。"

"滚。"

在山崖书院和宝瓶姐姐道别后,裴钱与崔东山一起离开了大隋京城。

一路跋山涉水,即将走到昔年大隋的藩属国黄庭国边境,用大白鹅的话说就是"优哉游哉,与大道从"。

这一路上,手持行山杖背着小竹箱的裴钱,除了每天雷打不动的抄书,就是耍那套疯魔剑法,对阵崔东山,至今从无败绩。

不然就是对着那一团金丝发呆,金丝正是剑气长城荡秋千的女子剑仙周澄赠送给裴钱的数缕精粹剑意。

裴钱询问大白鹅多次,这玩意儿真不能吃?宝瓶姐姐和李槐喜欢看的江湖演义小说上边,都讲这些长辈馈赠的宝物,吃了就能增长内力的。

崔东山说真不能吃,吃了就等着开肠破肚吧,哗啦啦一大堆肠子,双手兜都兜不住,难不成放在小书箱里边去?多瘆人啊。

今天两人在河边,崔东山在钓鱼,裴钱在旁边蹲着抄书,将小书箱当作了小几案。

这是崔东山亲手做的一只绿竹小书箱,裴钱勉强收下了,比较嫌弃,也不直说自己觉得小书箱颜色不正,只问崔东山晓不晓得啥叫"青翠欲滴"。崔东山也假装没听见那些层出不穷的暗示。

崔东山一边钓鱼,一边絮叨起了一些裴钱只会左耳进右耳出的花哨学问。

什么练字一途,摹古之法,如鬼享祭,但吸其气,不食其质。师古贵神遇,算是过了一道门槛。

什么稚子初学提笔,但求间架森严,点画清朗,断勿高语神妙。切记不贵多写,无间断最妙。

还有那什么作小楷,宜清宜腴。

裴钱抄书的时候,极为用心,停笔间隙,也不爱听大白鹅胡说八道。

大白鹅你的字,比得上师父吗?你看看师父有这么多乌烟瘴气的说法吗?看把你瞎显摆的,欺负我抄书不多是吧?

崔东山转过头,看了眼一抄书写字就心无旁骛的大师姐,笑了笑。

自己的字行不行?入不入流?看三两巴掌大小的一幅字帖卖出多少枚谷雨钱,就知道了。只可惜不太好说这个,不然估计这个大师姐能立即上山,劈砍打造出七八只大竹箱来,让他写满装满,不然不让走。再者也不是所有提笔写字,就可以称得上是一幅字帖的。

抄完了书,裴钱蹲在地上,背靠小竹箱,安安静静,等着鱼儿上钩,炖鱼这种事情,她可是得了师父真传的。

崔东山突然问裴钱想不想独自闯荡江湖,一个人晃悠悠返回家乡落魄山。

裴钱当然不敢,大白鹅脑子该不会是被行山杖打傻了吧?问这问题,大煞风景。

裴钱连说不成不成,得师父同意了,她这个开山大弟子才可以独自下山,再有那一头小毛驴做伴儿,一起游历山河。

崔东山就说再往前走,黄庭国那条御江是陈灵均的发家地。还有那曹氏芝兰楼,更是暖树丫头的半个家乡。真不去走一走,看一看?

裴钱背好竹箱,站起身,开始在大白鹅身边散步,一手抓住小竹箱的绳子,一手攥紧行山杖:"恁多废话,游历事小,赶紧回家事大,没我在那边盯着,老厨子一身好厨艺岂不是白瞎了,再说了压岁铺子的生意,我不盯着,石柔姐姐可喜欢偷偷买那胭脂水粉了,假公济私了怎么办?"

崔东山笑道:"石柔买那胭脂水粉?干吗,抹脸上,先把人吓死,再吓唬鬼啊?"

裴钱皱眉道:"大白鹅,不许你这么说石柔姐姐啊。好不容易偷偷买了胭脂水粉,还得仔细藏好,免得让我瞧见,生怕我笑话她……"

崔东山笑呵呵道:"那你笑话她了没有?"

裴钱绷住脸,憋着笑。

崔东山说道:"先生又没在。"

裴钱哈哈大笑起来:"那会儿我年纪小,个儿更小,不懂事哩,所以差点没把我笑死,笑得我肚儿疼,差点没把柜台拍出几个窟窿。"

裴钱很快补充了一句:"不过我只是笑,可没说半句混账话啊,一个字都没说。天地良心!"

崔东山笑道:"是光顾着笑,说不出话来了吧?"

裴钱一巴掌拍在崔东山脑袋上,眉开眼笑:"还是小师兄懂我!瞧把你机灵的,钓起了鱼,炖它一大锅,吃饱喝足,咱俩还要一起赶路啊。"

随即裴钱有些小小的伤心:"石柔姐姐,挺可怜的,以后你就别欺负她了,讲道理嘛,学师父,好好讲呗,石柔姐姐又不笨,听得进去。当然了,我就是不是随口的这么一说……"

裴钱轻声道:"小师兄与师父,都是会想好多好多再去做事情的人,我就不管太多喽,书都抄不过来喽。"

崔东山盯着水面,抬手揉了揉自己的脑袋,啧啧道:"先生比你年纪还小的时候,可就敢一个人离开大隋,走回家乡了。"

裴钱疑惑道:"弟子不如师父,有什么好稀奇的?"

崔东山说道:"弟子不必不如师,是书上黑纸白字的圣人教诲。"

裴钱撇嘴道:"我只听师父的。"

崔东山无奈道:"我是真有着急的事情,得立即去趟大骊京城,坐渡船都嫌太慢的那种,再拖下去,估计下次与大师姐见面,都会比较难,不知道猴年马月了。"

裴钱想了想,点头道:"行吧,早这么苦兮兮求我,不就完事了。去吧!我一个人走回落魄山,米粒儿大的小事!"

裴钱从袖子里摸出一张黄纸符箓,没有立即贴在额头上,而是又小心翼翼藏入袖子。

她曾与师父走过千山万水,那么这张符箓,陪伴她的光阴,也差不离了。有它在,万事不怕。

崔东山笑问道:"那我可真走了啊?"

裴钱不耐烦道:"废话恁多!你当我的那套疯魔剑法是吃素的?"

崔东山哀叹一声:"算了算了,还是再陪着大师姐走上一段路程吧,不然先生以后知道了,会怪罪的。"

裴钱站在大白鹅身边,说道:"去吧去吧,不用管我,我连剑修那么多的剑气长城都不怕,还怕一个黄庭国?"

崔东山收起鱼竿:"稍微送送你,瞧见那边的石崖没,把你送到那儿就成。"

裴钱与崔东山走在河畔,轻声说道:"大白鹅,与你说句心里话?"

"行啊。"

"其实师父担心以后我不懂事,这个我理解啊,可是师父还要担心我以后像他,我就怎么都想不明白啦,像了师父,有什么不好呢?"

"怎么不与师父直接说?"

"师父本来就担心,我这么一说,师父估计就要更担心了,师父更担心,我就更更担心,最喜欢我这个开山大弟子的师父跟着再再再担心,然后我就又又又担心……"

崔东山望向远处青山,微笑道:"心湛静,笑白云多事,等闲为雨出山来。"

裴钱皱起眉头:"拐弯抹角笑话我?"

"夸你呢。"

"天地良心?"

"天地良心!"

最后裴钱停下脚步,沉声道:"小师兄,一路小心!"

崔东山微笑点头道:"如果没有遇到先生,我哪来这么好的大师姐呢?"

崔东山拔地而起,如一抹白云归乡去。只是崔东山却没有就此离去,而是施展了障眼法,俯瞰河边。

只见裴钱站在原地许久,最终才舍得挪步,甩开双手,每一步都想要迈出极大,就是慢了些,就这么个速度,想要走到棋墩山,估计得一百年吧。

崔东山揉了揉眉心,闹哪样嘛。

就这么看了老半天,大师姐似乎开窍了,深吸一口气,一脚重重踏地,瞬间前冲,一闪而逝,快若奔雷。

崔东山更愁了。就大师姐这米粒儿大小的胆子,真要遇见了那些山精鬼魅,还不得你吓我、我吓你的,互不耽误,一起吓死对方啊。

崔东山环顾四周,御风远游,更是风驰电掣,却悄无声息,去了一条更大些的江河,一跺脚,将那河水正神直接震出老巢,一把抓住对方头颅,拧转手腕,让其面门朝向远处那个背着竹箱的娇小身影。崔东山淡然道:"瞧见没,我大师姐,你一路护送去往红烛镇,不许现身,不许露出任何蛛丝马迹,然后你就可以打道回府,算你一桩功劳,事后可以得到一块大骊太平无事牌，大骊礼部自会送给你，在家等着便是。可要是稍有差错，我打烂你金身。"

说到这里，崔东山五指微微加重力道，一位水神的金身直接爆竹炸裂般当场崩出无数裂缝，收了手后，崔东山说道："我总觉得你这厮做事不靠谱啊，怕你不当回事，先碎了你一半金身，事成之后，你就去找铁符江水神杨花，让她帮你修缮金身，再取那无事牌。"

水神又听到白衣少年自顾自嘀咕道："碎了一半金身，歪心思是没了，只是本事越发不济，岂不是更不牢靠？"

水神差点自个儿就彻底金身崩溃了。这位术法通天、口气更比天大的老神仙，你到底要咋整嘛。从头到尾，小神我可是一句话没说、半件事没做啊。

崔东山松了五指，轻轻一拍水神的头颅，纵横交错的无数条金身缝隙竟是瞬间合拢，恢复如常。

崔东山抖了抖袖子，看着一脸痴呆的水神，问道："愣着干吗，金身碎了又补全，滋味太好，那就再来一遭？"

水神咽了口唾沫，就要御风去追那个所谓的"大师姐"。结果被白衣少年一巴掌甩到河水当中，溅起无数浪花，怒道："就这么去？说了让你不露痕迹！"

崔东山一拍脑袋："得找山神才对，怪我。对不住啊，你哪来哪去。"

不承想那水神倒也不算太过蠢笨，竟是忍着金身变故，以及外加一脚带来的剧痛，在水面上跪着磕头："小神拜见仙师。"

崔东山笑道："不愧是当年初为小小河伯，便敢持戟画地，与相邻山神放话'柳公界境，无一人敢犯者'的柳将军，起来说话吧。瞧把你机灵的，不错不错，相信你虽是水神，即便入了山，也不会差到哪里去。不过谨慎起见，我送你一张水神越山符。"

崔东山双指并拢，凭空浮现一张金色材质的符箓，轻轻丢下，被那水神双手接住。

水神再抬头一看，已经不见了那位白衣少年的身影。

这尊柳姓水神得了听也没听过的这张水神越山符，发现稍稍运转灵气，便与金身融为一体。小心翼翼上了岸之后，竟是比在辖境水域当中，更加行动自如。

水神只觉得做梦一般，立即匿了气息，去追赶那个小姑娘。

水神刚刚松了口气，心湖便有涟漪大震，宛如惊涛骇浪，只得停下脚步，才能竭力与之抗衡。又是那白衣少年的嗓音："记住，别轻易靠近我家大师姐百丈之内，不然你虽有符箓在身，依旧会被发现，后果自己掂量。到时候这张符箓，是保命符，还是催命符，可就不好说了。"

水神立即弯腰抱拳领命。

在那之后，远远跟着那个一路飞奔的小姑娘，水神只有一个感受：小姑娘瞧着年纪不大,那是真能跑啊。

若是饿了,便一边跑一边摘下小竹箱,打开竹箱,掏出干粮,再背好小竹箱,囫囵吃了,继续跑。

水神一开始以为小姑娘是在躲什么,可是不管水神如何寻觅,并无任何迹象。不过水神也越发纳闷起来,这么个小姑娘,偏不是那修习道法的神仙中人,怎么就成了最打熬体魄的武学宗师?

这一路,小姑娘遇到了遮风避雨的洞窟,不去;荒废了的破败寺庙,不去;灵气稍多的地儿,更不去。她好不容易跑累了,歇个脚儿,也故意拣选大白天,还要用那根行山杖画出一个大圆圈,念念叨叨,然后眯一会儿,打个盹儿,很快就立即起身,重新赶路。

等到小姑娘一次跃上高枝,遥遥瞧见了一座城池轮廓,使劲皱起脸,像是哭鼻子了。

水神刚要可怜小姑娘来着,就看到小姑娘落在了地面,大摇大摆,晃悠悠走起路来,行山杖甩得飞起,哼唱着"吃臭豆腐哟,臭豆腐好吃哟"。

水神自然不知道,一处高枝上,白衣少年就静悄悄站在那边,神色柔和,远远看着裴钱。

只有崔东山清楚裴钱为何如此。

先生不在裴钱身边的时候,或是她不在先生家的时候。那么她单独走过的所有地方,就都跟她小时候在的藕花福地如出一辙;所有她单独遇到的人,都会是藕花福地那些大街小巷遇到的人,没什么两样。

崔东山环顾四周,青山又青山。一人喃喃,群山回响。希望如此。

崔东山叹了口气,终于舍得离开了。他还得替崔瀺去见一个大人物。

一袭白衣冲霄而起,撞烂整座云海,天上闷雷炸起一大串,轰隆隆作响,好似道别。

走在山林中的裴钱,原本开心念叨着"走路嚣张妖魔慌张",愣了愣,赶紧转过身,抬起头,蹦跳着使劲挥手作别。

水神发现小姑娘即便到了郡县小镇也从不住客栈,顶多就是买些碎嘴吃食,有些放在兜里,更多则放在小竹箱里边。再就是会去大大小小的山水祠庙拜一拜,遇见了道观寺庙也会去烧个香。在那之外,几乎不与人言语,无非是比行走山林水泽脚步慢许多,不用那么埋头飞奔。

唯一一次长久逗留原地,是蹲在一处黄土矮墙上,远远看着一群骑马远游的江湖豪侠,小姑娘好像有些眼馋,却不是眼馋那些看似威风八面的江湖人,而是他们的坐骑。

黄庭国御江那边,小姑娘看了眼撒腿就跑,到了曹氏芝兰楼附近,也差不多,走在大街上鬼鬼祟祟瞥了两眼就跑。

终于到了那座红烛镇地界,水神如释重负,同时也有些哭笑不得,就小姑娘这么谨慎小心,哪里需要他一路护驾?难道自己就这么白得了一张珍稀符箓,真还有那大骊无事牌可以拿?水神不敢相信。无所谓了,就按照那位白衣仙师的吩咐,在此停步,打道回府!

水神转身离去。

这一路行来,除了极少数偶遇的中五境练气士,无人知晓他这尊大河正神上岸远游,而那拨修道之人瞧见了,也根本不敢多看。

一位江河正神敢如此光明正大地违例上岸,岂会简单?大骊的山水律法,如今是何等严酷?

水神突然转过头,发现那个小姑娘一路飞奔过来,在不远不近的地方停下脚步,将行山杖往地上重重一戳,然后朝他抱拳一笑,再鞠躬致礼。水神在小姑娘起身后,只是笑着抱拳还礼,作揖还礼就算了。

小姑娘咧嘴笑道:"我师父是落魄山山主,欢迎水神大人以后来我家做客!"

水神愣了半天,点点头。

这小丫头,忘记自报名号了?

小姑娘却已经拔起行山杖,转身走了,蹦蹦跳跳,晃悠着背后的小竹箱。

第三章
朱敛问拳

落魄山,晚来天欲雪。

朱敛拽文极多:才雨又晴晴又雨,不晴不雨雪再来,吾乡风物最清奇。

今天朱敛和郑大风一边下棋,一边相互埋怨,朱敛埋怨大风兄弟眼神太过正直,吓跑了黄庭仙子,郑大风埋怨老厨子手艺不精,没能留住仙子,害得落魄山白白少了一位元婴境剑修记名供奉,罪过大了去,必须拿出几本珍藏神仙书,交由他郑大风代为保管。

魏檗坐在一旁,不明白都过了这么久,两人还有什么好争的。再一想,便想通了,是那女冠黄庭足够好看?

朱敛望向魏檗,笑问道:"听说马上要赶去京城觐见皇帝老爷,看能不能蹭些龙气回来,好丢到福地里边去。这才算游必有方啊。"

郑大风附和道:"确实,山君不能总这么蹭着看棋不出力。"

魏檗无可奈何,如今北岳山君的名号,都传到北俱芦洲那边去了。过路的野鸡不下个蛋都不能走的那种。

只不过没白忙活一场,在砸了几千枚谷雨钱之后,莲藕福地跻身了中等福地不说,里面气象更是一新,应运而生的山水精怪、孤魂野鬼,以及人杰地灵的英灵神祇雏形,多如雨后春笋,不过总体数量上,会有个瓶颈。可只要砸下的神仙钱够多,天更高地更阔,气数一事,就越发浓厚,先前的瓶颈,就会自然而然被打破。

最让郑大风感兴趣的,还是一本在南苑国脍炙人口的才子佳人小说。书中那位女子以精魅之身现世,竟然属于感应而生,只是如今灵智未开,还有些浑浑噩噩,喜欢飘来荡去,在那些书籍、画卷当中,悄悄看着那座陌生的人间。

女子的出现,在浩然天下都是稀罕事。她与小丫头陈暖树的现世,还不太一样。这位从未有过真身的女子的诞生,纯粹是因各朝各代、天南地北、四面八方、丝丝缕缕的人心凝聚而成,算是一种比较不入流的"大道显化"。只是再不入流,也是大道显化,沾了丁点儿"道"的边,也是了不得的大事。

搁在其他福地,一经发现,她保证会被拘捕起来,根本不愁买家,随随便便就能够卖出个匪夷所思的天价。只是所幸生在了莲藕福地,摊上了那么个讲规矩的年轻山主,估计以后运道,差不到哪里去了。

郑大风抹了一把嘴:"人杰地灵,值得一逛!娇娇怯怯小娘子,怜香惜玉大豪杰,缺一不可,免得遭了那些孤魂厉鬼的毒手。"

朱敛却说道:"就这么留在山上,我看就不错。"

朱敛心中一直藏有大隐忧,昔年的藕花福地,如今的莲藕福地,朱敛始终依稀觉得那位老观主的算计会很深远。只要入了福地当中,不管是谁,都不轻松。

魏檗也说道:"既然选择了优哉日子,那就干脆把这份散淡生活一鼓作气过到老。"

郑大风笑道:"想什么呢,咱们这落魄山英才荟萃,哪里需要我出力,真的只是去逛荡逛荡,散散心。"

郑大风棋力其实是要比朱敛和魏檗都要胜出一筹的,所以下棋一事,十分轻松,这会儿朱敛陷入长考,郑大风便拎起了桌上一把折扇。大冬天的扇风,不像话,做个样子就成,最终握藏袖中,这般风雅之物,被自己这种俊俏汉子拎在手中,实在是绝了,女子只要不眼瞎,没有不喜欢的,真有那不喜欢的,也是假装不喜欢。

当下的落魄山,除了裴钱还在外边逛荡,种老夫子带着曹晴朗去了南婆娑洲游历,其实挺热闹,因为元来、元宝近期就留在山上修行。郑大风倒是想要诚心指点元宝小姑娘的拳法,可惜小姑娘太羞赧,脸皮子薄,与那岑鸳机一般,只喜欢去跟一个糟老头子学拳。少年元来想要跟郑大风学拳,郑大风又不太乐意教拳,只教了些杂七杂八的书上学问,少年私底下被姐姐说了许多次。

除此之外,落魄山拜剑台那边,又多出了三个不记名弟子在那儿隐居。是三个名副其实的外乡人,来自剑气长城。金丹境剑修崔嵬,以及据说是某铺子的俩伙计张嘉贞和蒋去。

三人并未通过披麻宗那艘从老龙城北归北俱芦洲的渡船,直接来到牛角山渡口,而是通过一条短途渡船北上,然后沿着那条相传是真龙凿出的地下河道,怀揣着三本通关文牒,以及一块大骊太平无事牌,一路向北游历,最后过了红烛镇、棋墩山,进入落魄山地界。最后在朱敛的安排下,在拜剑台那边落脚,无声无息。

因为三人只算是落魄山记名弟子,所以暂时不用去烧香拜挂像。

有了供奉周肥的一掷千金,落魄山所有藩属山头的府邸打造大兴土木,用周供奉的话说,就是怎么贵怎么来,别替我省钱。山上的仙气怎么来的?就是靠铜臭气最重的神仙钱一枚一枚堆出来的!

　　崔嵬尤其隐匿身份,先前那一路远游,对于一位金丹境瓶颈剑修在浩然天下的金贵程度,崔嵬已经心中大致有数。一位金丹境练气士就可以举办开峰仪式,并且是浩然天下宗字头仙家都会无比重视的典礼,更何况是一位板上钉钉会成为元婴境的剑修?但是崔嵬与那张嘉贞、蒋去比,收敛得近乎怯弱了。

　　崔嵬离开剑气长城,除了自身本命飞剑,就只带了两件东西:一件衣坊法袍,一把剑坊制式长剑。

　　张嘉贞得了陈平安亲笔撰写的一幅字帖:晴耕雨读。为首、居中钤印了两方印章。

　　蒋去得了陈平安赠送的一摞符箓,其中夹杂有一张金色材质的符箓。

　　郑大风问道:"老厨子,那两个少年就丢在拜剑台不管了?我看这样不好,不如送到压岁铺子那边去,沾些人气儿。"

　　魏檗笑道:"还真不能这么说,张嘉贞和蒋去本就是市井出身,不缺这个。"

　　郑大风笑道:"我这不是觉得那张嘉贞瞧着不错,想要撮合撮合他和小酒儿嘛。咱仨夜夜被窝凉飕飕,舒坦?难道还要这些晚辈们步咱们的后尘?我看不行,万万不行。"

　　压岁铺子石柔,草头铺子那边住着三位记名供奉——俗名徐莹震的目盲老道贾晟、瘸腿年轻人赵登高、小姑娘田酒儿。

　　朱敛笑道:"拜剑台那俩外乡少年,应该都会有出息的,不过比较大器晚成,需要我们耐心等待。"

　　魏檗说道:"就算他们想要没出息,也得问过周肥供奉的神仙钱答应不答应啊。"

　　朱敛和郑大风一起点头:"有理。"

　　郑大风说道:"回头让暖树丫头将此事记下,下次祖师堂议事,翻出来,给周肥兄弟瞧一瞧。"

　　陈暖树忙完了手头事情,跑来看下棋。

　　陈灵均打着哈欠走入院子,瞧见了陈暖树,笑嘻嘻道:"小蠢瓜子,你那只龙王篓还没炼化成功呢?"

　　当年陈平安离开落魄山之前,将得自北俱芦洲仙府遗址的那对龙王篓分别送给了陈暖树和陈灵均,让他们炼化了,作落魄山藩属山头黄湖山的压胜之物。陈灵均早已大炼成功,陈暖树却进展缓慢,只是这个缓慢,只是相对陈灵均而言。陈暖树差点被陆沉带去青冥天下修行,资质自然不会差。

　　陈暖树神色黯然,默不作声,两只小手攥紧衣袖。

　　魏檗伸手按住陈灵均的脑袋,弯腰笑问道:"什么?"

陈灵均眨了眨眼睛，一本正经道："暖树，修行一事，勤勉就够够的了，不要急，急了反而容易坏事。要学咱们老爷，走桩慢，出拳才能快。"

魏檗拍了拍陈灵均的脑袋："再这么嘴巴没个把门的，等裴钱回了落魄山，你自己看着办。"

陈灵均差点没给魏大山君下跪。陈灵均立即踮起脚尖，双手搭在魏檗肩膀上，笑容谄媚，让站着的魏檗坐下说话，他好帮着山君老爷揉揉肩膀。

北俱芦洲太徽剑宗，首屈一指的宗字头豪阀！剑仙刘景龙的嫡传弟子白首，厉害吧？被裴钱一脚下去，就躺地上抽搐了。

关键最可怕的事情，是裴钱记仇啊。

岑鸳机，元宝、元来姐弟，练拳间隙，三人也一起来到院子散心。

他们一到就发现那个陈灵均一边帮着魏檗揉肩敲背，一边称赞大风兄弟真是好雅兴，这扇子若是有了灵性开了窍，都得感激得一把鼻涕一把泪，庆幸自己上辈子积了德，才能在这辈子落到大风兄弟手中。

陈暖树让出位置来，岑鸳机和少年元来都没坐，元宝道了声谢，坐下了。

陈灵均使劲翻白眼。这个卢白象捡来的丫头片子，最没眼力见儿。

瞧瞧自己老爷捡来的，以自己为首，哪个不是天纵奇才？

就说那小米粒儿，这会儿还蹲在棋墩山那边眼巴巴等着裴钱吧？还揣着一大袋子的瓜子。米粒儿小姑娘的良心，比碗都大了。

元宝也就是运气好，来落魄山来得晚了，所有的奇人异士，都被他陈大爷拼了性命大道不要，硬是给摸了一遍底，什么陆沉啊阮邛啊杨老头啊，都是他亲自过过招的，不然就元宝这脾气，走路上，小脑袋瓜子早给人一巴掌打了个稀巴烂。

朱敛微笑道："元宝，有话说？"

元宝点点头："可以等朱老先生下完棋。"

少女虽然锋芒毕露，其实礼数还是有的。何况元宝对朱敛老前辈，印象极好；不好的，是那个郑大风；一般的，是那个有事没事就来落魄山逛荡的堂堂大山君。

先前朱老先生走了趟莲藕福地，只带出了一幅藏在秘处的画卷，极长，是早年老先生家乡一位丹青圣手的得意之作。富庶，繁华，熙熙攘攘，盛世气象。

当时裴钱眼尖，发现画卷上少马，多黄牛、驴骡，便感慨了一句这么多小驴儿，我要是咬咬牙，掏出一枚雪花钱，能不能买他个一百头？

元宝、元来姐弟二人也在场，元来在画卷上找那书肆去看，元宝瞥了几眼画卷后，便冷笑一句，衰败迹象，尽显无遗。

朱敛点了点头，是有道理的。事实上画卷所绘，正是朱敛所在的京城，不到一甲子，一切风花雪月，富贵气象，便都被马蹄踩得粉碎。哪怕朱敛竭尽心力，依旧未能力挽狂澜,最后才离开庙堂沙场,重返江湖,从贵公子变成儒将,最终变成了那个武疯子。

在那一世,过往人生,最得意事,朱敛有三:编书。朱敛的小楷,便是崔东山都觉得绝好。首创复式簿记。随便写了一本武学秘籍,门槛不高,破境极快,唯独登顶极难,一口气写了九十九本,见人就送,再让江湖中人争抢去。

读书人,老百姓,江湖。回顾一生,贵公子朱敛也好,武疯子朱敛也罢,都算有了个交代。

朱敛将手中即将落子的白棋放回棋盒,笑问道:"元宝,棋局一时间难分胜负,要等我们下完这局棋,就有得等了,你先说。"

郑大风嗑起了瓜子。

魏檗也没多说什么,棋局上,只要朱敛不去故意长考,郑大风三两手落子就结束了。

元宝说道:"有些关于莲藕福地的想法,我有什么说什么,若有不对之处,朱老先生恕罪。"

朱敛笑道:"但说无妨,对错与否,也未必是我可以说了算的,都可以争,可以论,可以相互讲道理。"

元宝就喜欢这位老前辈的豁达、敞亮,故而与之相处,从无拘束。

元宝沉声道:"将一些个粗浅的仙家术法,直接刊印成书籍,再让四国皇帝直接颁布圣旨下去,必须人人修习。再将武学秘籍,也这般推广开来,没有门槛,即便资质糟糕,修不成半点仙家术法,还有武道可走,成不成,反正机会已经给了,凭本事往上爬。不然咱们砸了那么多枚谷雨钱下去,难道就为了看些热闹不成?总得有赚,是吧?"

元来轻声道:"侠以武乱禁,对于朝廷官府而言,会很麻烦的。整个莲藕福地的天下,都会极难约束。一个不小心,官府就会沦为摆设。官府和朝廷一旦失去了威严,那么整个山水体系的运转,就会大有麻烦。曹晴朗曾经说过,一座天下,再小,也还是要求一个稳字。"

元宝冷笑道:"那些皇帝老儿、官老爷们不肯做事,或是做不好,那就直接换上一拨听话的傀儡,敢杀人,能杀人,镇得住山上练气士,宰得掉江湖宗师。退一步说,真怕那地方小,小池塘养不住蛟龙,也简单,一有那好苗子,直接从福地里边抓出来,养在落魄山便是。那么多山头,那么多仙家府邸,空着也是空着,例如有望跻身洞府境的练气士,已经是六境了的武夫,就可以成为咱们落魄山的不记名弟子,攒够了功劳,就能有位置,有更好的拳法秘籍、更高的仙家术法可学。"

元来嗓音越发小了:"人心怎么办?哪有这么简单。姐姐,光是师父山头那边,便有那么多复杂的人情往来。"

元宝瞪了眼这个书呆子弟弟,半点不省心!难怪与那曹晴朗最聊得来。

朱敛一直没有开口说话。

小姑娘的言语，不能说全对，也不能说全错。只是有些事情，环环相扣，不是简单的术家的增增减减，反而如搭建屋舍，一梁歪斜，时日稍久，一屋倒塌。

不过能多想多说，便是好事，所以朱敛不着急反驳或是认可什么，就只是笑望向小姑娘，示意她胆大些，继续直说心中想法。

元宝双臂环胸，眯眼说道："师父那边之所以束手束脚，是形势太乱，莲藕福地与落魄山不同，在这儿，咱们落魄山就是整个福地的老天爷！是个人，谁不怕死，谁不惜命！咱们浩然天下，术法神通何其玄妙。大势之下，人心算什么？说不定依附我们落魄山还来不及。"

郑大风笑眯眯道："儿时只怕读书难，少时总觉为人易。"

少年元来立即默默记在心中，郑叔叔的学问，其实真不小。

朱敛挠挠头，唏嘘道："昨天少年骑竹马，今夜怎是白头翁。"

魏檗笑问道："元宝，我有一问，这拨人到了浩然天下，养在了落魄山那些个藩属山头上边，以后做什么？"

元宝早有腹稿，脱口而出道："继续修行啊，或是督促他们练武啊，只要练气士成了龙门境修士，或是当了七境武夫宗师，直接卖给宝瓶洲各方势力，结善缘，挣大钱，心气高的，不甘心沦为货物，那就与咱们落魄山签订契约，离开落魄山之后，几十年一百年，随便约定个年限便是，让这帮人拿钱来买性命自由！"

魏檗又问："这拨人里边，若是有人为恶一方、祸乱一方，这笔糊涂账，算谁的？"

元宝皱眉道："管这些做什么？人在江湖，生死自负，咎由自取，本事不济被人踩，拳头大者道理多，山上山下的世道，历来如此！凭什么算在我们落魄山头上？"

朱敛依旧神色如常，郑大风翻白眼。魏檗伸出双指，捻动那枚金色耳环，也有些犯愁。

卢白象教徒弟，还真是省心省力。

元宝双拳紧握，沉声道："在莲藕福地，咱们是老天爷，处处管着他们，顺者昌逆者亡！以后走出了落魄山，与我们落魄山再无半点关系，就只剩下买卖。什么天地生养，这可是咱们落魄山用几千枚谷雨钱，硬生生砸出来的大好世道！以后还要继续砸钱，砸下更多的谷雨钱，凭什么？"

元宝有些恼火："那些天材地宝的形成，太慢了，灵气汇聚成为修行宝地，又能快到哪里去？难道我们就一直这么亏钱？我师父挣钱不容易，很辛苦！不比某些人，坐在山头上晒太阳，下下棋，赏赏雪。"

朱敛笑着摆手道："元宝，我们落魄山，不说当下你我议论，哪怕是以后吵架，也需要谨记'就事论事'四个字，不然有理也算你没理。"

元宝点了点头:"我听朱老先生的。"

郑大风嗑着瓜子,还真被小姑娘说得有点良心难安了。

元宝深吸一口气,眼神坚毅,瞥向郑大风与魏檗:"你们谁要是瞧他们不顺眼了,可以,以后我来负责出拳打杀,清理门户,就当白养了个不成材的废物。"

岑鸳机希望这个好姐妹少说些,所以一个劲使眼色,已经老半天了,这会儿已经使唤不动眼皮子了,泛酸。

岑鸳机这会儿开始揉眼睛。元宝轻轻捏了捏岑鸳机的手臂,示意自己心领了。

整个落魄山,也就岑鸳机最顺眼,是朋友。其余的,不是混饭吃的,就是坑人的,要不然就是嬉皮笑脸没个正行的,还有那脑子拎不清、一天到晚不知道想些什么的。

嗯,暖树那丫头例外,勤勤恳恳,与世无争,还是很讨巧喜人的。

朱敛说道:"元宝,你的想法,我大致清楚了,也记下了,放心,我不会就这么故意晾着,说不定下一次祖师堂议事,你的这个思路,会拿出来单独说一说。祖师堂议事,不是儿戏,每句话都是要记录在册的,所以你近期最好再想得缜密些,免得到时候被人找出漏洞。我给你一个建议,听不听?"

元宝笑道:"朱老先生请说!"

朱敛看了眼那个战战兢兢的少年元来,说道:"元来不是颇有异议嘛,那你回头就先放一放姐姐的架子,尝试着心平气和些,先说服了元来。你想若是连元来都说服不了,就算我愿意将此事放入祖师堂议程,你觉得自己真有底气吗?是不是这个理儿?"

元宝想了想,点头道:"好的!"

朱敛说道:"在祖师堂以外的落魄山各处,大道修行,各行其道,但是只要进了祖师堂落了座,每个人的言语,都要思量复思量。这句话,还是就事论事,并非是我倚老卖老,针对你元宝,或是觉得小姑娘锋芒太盛,必须压一压。我们落魄山,没有这些乱七八糟的坏规矩,如今没有,以后也不会有。"

元宝笑道:"朱老先生从来坦荡荡,元宝不会胡思乱想的。"

郑大风哀叹不已。老厨子随便说啥,小姑娘都听得进去啊。

那么多的神仙书,可都是老厨子买来藏在山上的,怎的唯独自己是个游手好闲的浪荡子了?

人比人气死人。

元宝带着好友岑鸳机和榆木疙瘩弟弟,乘兴而来乘兴而归,离开了院子。

陈灵均嘀咕道:"好霸道的小丫头片子。"

朱敛笑道:"落魄山该有这样的念头,用来打架和较劲,多多益善。所以我与你们事先说好,不管祖师堂议事的最终结果如何,都不许伤了小姑娘的心。"

魏檗摇头道:"此举不是说没益处,事实上,浩然天下不少福地的营生,大体上就是依循这个路数如此去做的,甚至还不如元宝的说法来得直接。一方面,过于市侩些,名声太差,以后想要成为宗字头候补,再升为正儿八经的宗门,阻力极大。另一方面,就像元来所担忧的,元宝还是太小觑了人心。越是大道种子,或是武道天才,不说全部,大部分都会造反的,会与落魄山反目成仇,最终容易涸泽而渔。"

郑大风说道:"小姑娘如今才几境武夫?能有这种眼界,已经很不容易了。"

魏檗突然脸色阴沉起来。

郑大风问道:"小米粒出事情了?"

魏檗先前只是心生微妙感应,当下立即运转神通,掌观山河。

不承想陈灵均已经御风而起,直接离开落魄山,去如一道青色长虹。

魏檗笑道:"裴钱已经护着小米粒了。"

朱敛神色淡然道:"魏檗,此事你别管,落魄山来管。"

魏檗不以为意,点头道:"我管了,反而不好管。刚好要去京城议事,我先离开,你们随意。"

朱敛突然扭捏起来:"这多不好意思,怪难为情的。"

魏檗笑问道:"那我晚点走?"

朱敛已经起身:"山君大事要紧,早去早归,最好带几笔横财回来。"

魏檗身形消散,瞬间就在千里之外。

郑大风示意暖树丫头别紧张,更不用跟着陈灵均跑去那三江汇流之地的红烛镇。

郑大风继续嗑瓜子。咱们落魄山,能在自家地盘给人欺负?开你大爷的玩笑呢。

然后郑大风揉了揉下巴,亏得年轻山主没在山头,不然就陈平安如今的心性,估摸着就是先一拳下去,至多寻那僻静处,断了某条江水,再说道理。

大骊皇帝的御书房,屋子其实不算太大。但是想要进入其中,坐下说话,官帽子得足够大,要么是境界足够高。

年轻皇帝宋和在闭目养神,今天破例无朝会,为的就是接下来这场议事,并且情形特殊,多是修道之人,大骊官员屈指可数,礼部尚书与两位侍郎三人而已。

宋和睁开眼睛,约莫还有一炷香工夫,年轻皇帝看了眼书案,有那李营邱的山水画轴,是先帝放在这边的,宋和继承大统之后,就没有从屋子里边拿走任何一件东西,只是稍稍添了些物件,然后觉得好像太过臃肿,又悄悄撤掉了些。

装着李营邱山水画轴的,是早年一只骊珠洞天龙窑烧造的青瓷笔海,其实挺碍眼的。

山下的琴棋书画,历来不入山上仙家的法眼,但也会有例外。李营邱虽不是山上人,却是大隋书画历史上绕不过的一位,不光是被大骊宋氏钟情,事实上宝瓶洲许多山上仙家也一样喜好。

笔海当中除了李营邱的工笔青绿山水，还有边野的花鸟画。

宋和瞥了眼笔海里边的那些卷轴，年轻皇帝都想要与李营邱说声"对不起了，委屈你老人家的山水画，与此人的花鸟画为邻"。

宋和对边野观感极差，无论是画作还是品行，都觉得上不了台面，此人是旧年卢氏王朝的一位落魄画家，辗转到了藩属大骊，是少有扎根在此的外乡人，所以备受那一代大骊皇帝的器重，所有画卷上边，都钤印了先后两位大骊皇帝的多枚印玺。边野大概自己都想不到死后不到百年，就因为当初在卢氏王朝混不下去，跑到了蛮夷之地的大骊混口饭吃，就莫名其妙成为如今宝瓶洲的画坛圣人，什么"最长于花鸟折枝之妙，设色精妙，浓艳如生"，什么"造诣精绝，可谓古今规式"，无数的溢美之词都一股脑儿涌现出来。

宋和年幼时，与一些皇子在这边聆听教诲，有人便和宋和看法一致，说此人画卷实在浓艳，先帝当时对于画卷好坏并无评点，只说以后不管谁是这间屋子的主人，不管喜好与否，此人画卷，都得留着。

不过那只笔海当中，一幅字帖，却是名副其实的重宝，甚至可以称为这个大骊御书房的第一宝。字帖名为《归乡不如不还乡帖》。

那是宋和的先生、大骊王朝国师崔瀺的一幅字，当然是真品。

崔瀺的字帖，尤其行草，超妙无比，是整个浩然天下公认的一字千金。

昔年文圣一脉首徒绣虎崔瀺，当得起那个"绣"字，就像婆娑洲陈淳安当得起醇儒的那个"醇"字。

崔瀺有花间四帖、云上四帖、泉边四帖、山巅四帖，总计十六帖传世。

十六帖散落九洲，皆落入享誉天下的大藏家之手。其中一位中土神洲的山巅大修士，与崔瀺结缘极深、耗资极多，才重金购买到了两幅字帖，将那《乞儿求米帖》与《争座帖》当众销毁，被视为壮举，大快人心。

只是百年之后，这位自称"唾弃崔瀺之人，当世我第一"的老修士，被子孙泄露了天机，外人才知道这个老修士竟然只是销毁了两幅赝品，暗藏真品用以传家。

此外，相传皑皑洲刘氏、白帝城、中土郁氏家主、玉圭宗姜尚真，皆珍藏其一。

崔瀺步入其中，作了一揖："陛下，可以议事了。"

是君臣之礼。

年轻皇帝宋和立即站起身，还了一礼，是师徒之礼。

其实无须如此，只是宋和从无例外，哪怕当着小朝会所有中枢重臣的面，也是如此。

崔瀺落座后没多久，先是礼部尚书、侍郎总计三人行礼再落座。

然后是一位位宝瓶洲的山上人：

神诰宗宗主、道门仙人、大天君祁真。

大骊首席供奉、龙泉剑宗宗主阮邛。

风雪庙老祖，一位貌若稚童的得道之人，他最近一次现世，还是风雷园与正阳山的那三场切磋。

真武山一位刚刚升任为祖师堂掌律的背剑男子。

真武山，在外人眼中，只需要拥有一个马苦玄，就拥有了将来。

其实风雪庙也不差，有一个神仙台魏晋，唯一美中不足的是，魏晋对风雪庙并无太多牵挂，因为师承缘故，对风雪庙一直疏远冷淡，如今更是去了剑气长城。不然今天该有剑仙魏晋的一席之地。

真境宗首席供奉、书简湖野修出身的刘老成。

观湖书院一位大君子。

披云山林鹿书院山长。

老龙城城主苻畦。

大隋王朝弋阳高氏老祖。

宝瓶洲新五岳大山君，只是今天只来了四位，其中就有北岳魏檗、中岳晋青。唯独南岳范峻茂没有现身。

墨家巨子、横剑身后的墨家游侠许弱。

云林姜氏一位老祖。

两位宝瓶洲中部的江水正神。传言要聚六江十二河之水，最终江河合流，入海为大渎！看来这个惊世骇俗的传言绝非空谈。

清风城许氏家主，得了一件瘊子甲后，如虎添翼，杀力极大。

正阳山一位年轻容貌的女子，据说是新近开始管着钱财往来的一位老祖师，相较于正阳山的那拨剑修老祖，可谓籍籍无名。她今天算是坐在末位，比几位旧大骊版图的山头领袖位置还要靠后。

照理说正阳山与清风城许氏是关系极深的盟友，但是许氏家主先前在别处等候召见，见着了身旁这位正阳山女修，也只是点头致意，都懒得如何寒暄客套。倒是正阳山女修主动起身打了个稽首，再落座。

总计三十六修道之人和山水神祇，先前汇聚一堂，大多相互言语，比如姜氏与老龙城苻家是姻亲，而清风城许氏与上柱国袁氏是姻亲，便与那礼部右侍郎又有些香火情，礼部尚书更是陪坐在阮邛身边，言谈亲切。魏檗与晋青两位山君在那相互膈应对方。其余两位新山君关系似乎也不差，在聊些正事。祁真与墨家巨子更是相谈甚欢。弋阳高氏老祖好歹在披云山林鹿书院隐居多年，再加上观湖书院的那位大君子，可以谈那治学一事。可怜这位正阳山的女子修士，竟是一个能够说上话的都没有。

崔瀺站起身，开门见山说道："今日召集诸位，议十事。"

屋里屋外，是两座天地。

所有人都闭气凝神，没有任何散淡神色。

除了今天御书房议事与所有人都息息相关之外，大骊国师如今云雾缭绕的境界，也很关键。

至于三位礼部大佬，更是好似学生聆听先生教诲。

崔瀺说道："第一件事，朝廷即将颁布五岳的储君辅佐之山。"

四位山君，当然仔细听此事，涉及大道根本。

事实上，此事不光是五岳家事，也涉及在座所有人的切身利益。

礼部尚书站起身，打开一本册子，开始报名。

礼部尚书读完最后一个字后，望向崔瀺，一直站着的崔瀺微微点头，老尚书这才落座。

崔瀺说道："第二件，选出几个众望所归的宗门候补山头。"

清风城许氏家主挺直腰杆，正襟危坐。

正阳山那位女修也赶紧敛了敛神色。

女子好像尤其不敢正视那位龙泉剑宗的圣人阮邛。哪怕是先前等候皇帝召见，女修也没看阮邛一眼。理由很简单，正阳山想要成为宗字头仙家，就要将整座朱荧王朝的剑道气运收入囊中，要在那边别开仙门府邸，招徕、搜刮所有剑道坯子。

最终是清风城许氏、正阳山在内的四个候补山头有望一举跻身宗门，往后大骊朝廷自会对其倾斜财力物力。

第三件事，商议开凿大渎入海一事，以及提名负责辅佐此事的各方仙师人选。

那两尊如今与铁符江杨花品秩相当的大江正神，难掩激动神色。

虽然今日议事并未决定最终谁来担任大渎水神，但是能够被邀请参与今日议事，本身就是莫大殊荣。

除此之外，大骊朝廷钦定选出了三个人：文官柳清风，武将关翳然、刘洵美。

其余辅佐人选，皆是山上修士，临近那条未来大渎的附近山头皆各有建言。

云林姜氏老祖更是觉得此行不虚，因为大渎入海口，距离云林姜氏极近，所以也提议一位姜氏子弟姜韫参与其中。

真境宗供奉刘老成会心一笑。

第四件事，对各地的山水祠庙，做一个筛选，提升为正统祠庙，朝廷颁布相对应的圣旨，各地山头、修道之人帮忙增添香火，若是被划分为淫祠，立即禁绝销毁。各地山头负责出手镇压。

两位礼部侍郎先后读了一遍各自册子的内容。

第五件事，将大骊京城这座仿白玉京搬迁到旧朱荧王朝中岳地界。

墨家巨子起身，简明扼要说了些注意事项。

十三境之下皆可杀。负责看守白玉京之人，是中岳山君晋青的老熟人——墨家游侠许弱。

第六件事，商议以后宝瓶洲所有仙家势力，需要按律例向大骊朝廷缴纳赋税一事。

御书房内，顿时陷入沉默。

崔瀺开口说话："此事复杂，想要面面俱到，不是一两天就能谈妥的，诸位今天只需要说答应，还是不答应。答应了，自有人去磨细节；不答应，暂且搁置，大骊朝廷近期不会刻意针对任何人。不管答应与否，离开此地，都会得到一本册子，上边有详细说明，不同山头，会有些出入，但是不会有太大差异。现在诸位无须急于表态，今天只是通知诸位，最多会有一年的缓冲期。"

第七件事，是大骊王朝向各大山头借人借钱一事，以及如何还账。再就是各座山头，需要修士下山历练，"安抚"各个覆灭王朝、藩属国的遗老和旧王孙们，将他们请到大骊京畿暂住一段时日，若是喜欢此处风土，大可以久居。

第八件事，商议重振宝瓶洲佛法、建造寺庙一事。让某位高僧大德担任主官。

听闻此事，天君祁真皱眉不已。

第九件事，大隋山崖书院必须重返儒家七十二书院之列，若是可以，林鹿书院也要竭力争取。

弋阳高氏老祖欣慰不已。

一件件事情，一项项议程，在崔瀺主导之下推进极快。

年轻皇帝宋和就只是坐在书案之后，非但没有半点国师僭越的恼怒，反而神采飞扬。

崔瀺说道："之前九件事，都是为了最后这第十件事。这最后一件事，也与在座诸位，包括皇帝陛下在内，性命攸关。"

崔瀺一挥袖子，一洲山河被所有人尽收眼底，所有重要山头、宗门，都如灯火亮起在画卷之上。

崔瀺说道："我们要谈一谈剑气长城被攻破之后，整个桐叶洲随之倾覆，宝瓶洲应该如何布置防线，抵御妖族大军北上。"

一洲五岳，统率群山。中部大渎，凝聚一洲水运。观湖书院、山崖书院、林鹿书院，是一洲文脉文运所在。神诰宗、龙泉剑宗、风雪庙、真武山、老龙城、云林姜氏、书简湖真境宗、正阳山、清风城许氏在内，皆是一洲防御重地。再加上各个藩属势力以及散乱各地的大山头，皆是一颗颗扎根不动的棋子。

第三章 朱敛问拳

崔瀺说道:"光有沿海一线的一系列防御重地,例如老龙城、云林姜氏等,肯定远远不够,还得有足够的战略纵深,以及山头与山头之间的相互策应。

"以点成线,再及面,依旧不够,太死板了。

"还需要大量的攻伐剑舟,更多的山岳渡船,得砸入不计其数的神仙钱。

"此外众多谋划,与你们无关,多说无益,将来你们自会一一知晓。"

一座大骊京城御书房,死寂一片。

崔瀺指了指宝瓶洲版图画卷的南端更远处,以及西边,一个是桐叶洲,一个应该是中土神洲。

崔瀺神色冷漠:"一座浩然天下,竟然需要一个最小的宝瓶洲来帮忙阻滞妖族大军,是不是个天大的笑话?我倒是想要让浩然天下七洲就这么活活笑死。"

最后崔瀺沉声道:"偌大一座桐叶洲,都挡不住妖族大军,注定转瞬覆灭陆沉,那就交由我们小小宝瓶洲,来将此事做成了。诸位,大势倾轧在即,愿挽天倾者,请起身。"

年轻皇帝率先起身。在座所有人,皆站起身。

这个时候御书房走入一位瞧着不像是修道之人的人物,微笑道:"我姓范,当然不是老龙城那个范家,我来自中土神洲,小有钱财,愿以神仙钱作中流砥柱,为宝瓶洲略尽绵薄之力。"

御书房外的廊道中,站着一位鲜红蟒服的老宦官,神色古怪,斜眼看着那个蹲地上靠着墙壁的白衣少年。

白衣少年怒道:"老子拼了命一路奔波劳碌,累死累活,才把这范老儿骗到这里来。方才在这站大半天了,还不许我歇会儿?我是在这里撒尿还是拉屎了?你管我是蹲着还是站着?你再瞅我试试看,我给你一记猴子摘桃、海底捞月,信不信,怕不怕?"

天地隔绝,无人知晓屋外言语,屋内崔瀺仍是轻喝道:"崔东山!"

眉心有痣的白衣少年崔东山晃荡着袖子,不是大步走入御书房,而是就那么走了,只撂下一句话:"有个好消息,剑气长城可以比预期多守住两三年。"

崔东山去了那座仿白玉京,独上高楼。

在楼顶,崔东山透过窗户,看着外边的天空,有些怀念小时候被关在阁楼里读书的光景了。

不承想,如今依旧少年郎,也是白发翁。

去他的少年不知愁滋味,去他的老鹤一鸣,喧啾俱废。

苗而不秀,自古斯恸。一洲如此,数洲如此,山上人间天下如此。

崔东山一巴掌拍在脸上:"此时此景,给我哭起来。"

他揉了揉脸颊,张大嘴巴,嗷呜一声:"我可凶。"

离开大骊京城后,官道上,行人侧目不已。一个瘦瘦弱弱的可怜孩子,背着个白衣少年,孩子蹒跚而行,少年郎贼开心。

裴钱到了红烛镇,还有些奇怪,小米粒竟敢不露面,光顾着在山上嗑瓜子,把良心都嗑没啦?到了落魄山,一定要带周米粒去祖师堂罚站,罚站完毕,再帮暖树洒扫庭院。

只是很快裴钱就发现不对劲,远处有街巷闹哄哄的,议论纷纷,裴钱耳朵尖,飞奔过去,一听,便攥紧了手中的行山杖。

但她仍是拗着性子,没有立即动身赶路,多听了片刻,这才脚尖一点,掠上了屋脊,举目张望,最后循着路人所说的大致路线,蜻蜓点水,跨越屋脊,转瞬即逝。

红烛镇边缘地带有一座月牙状河湾,漂着一种脂粉气冲天的精致画舫,住着些身世可怜的船家女。裴钱约莫四五次踩在画舫之上,每一条画舫都是稳稳下坠些许,便骤然抬升,船身倒也不至于太过摇晃。

裴钱过了河湾,继续往前,瞧见了一个黑衣小姑娘,离开了水边,一个人往山上走。这一路,裴钱也顾不得会不会引来某些修道之人或是那山精水怪的视线,总要先见着了小米粒才能放心。

一个没心没肺的黑衣小姑娘,晃晃悠悠,哼着小曲儿,走在山林里边。

裴钱轻轻落在一根树枝上,并没有立即现身。她环顾四周,皱了皱眉头,假装不知,大致掂量了一番,应该问题不大,毕竟隐匿在八十丈外的那头小精怪的修为道行,和那好心的水神差得有点远。裴钱原本又着急又恼火,结果却瞧见那个东逛逛西晃晃的小米粒,还有闲情逸致随手抓一把翠绿叶子往嘴里塞,嚼叶子之前,还先看看四周,见没人,那就是一大口。

裴钱当下着急是不着急了,却更加恼火。听先前那些人议论,事情真不算小。按照路人的说法,是米粒一个人在红烛镇附近一带瞎逛了很久,然后今天趴在一条江畔不知道做些什么,被那玉液江水神娘娘的水府巡狩精怪瞧见了,被当作了一头不在谱牒之列的水泽小精怪,便想要招徕一番,去那玉液江当差。周米粒没答应,一来二去,就起了冲突。水神府那边好像便扯了些大骊山水律例,乱七八糟的,把小米粒吓得不轻,反正最后小米粒就挨了顿揍。

裴钱知道些更多缘由,按照山君魏檗的说法,小米粒是北俱芦洲哑巴湖出身,根脚终究是别洲水精身份,与大骊三江水性其实略有相冲,好在如今得了落魄山供奉身份,影响几无,多逛逛,沾沾各方水汽,也就入乡随俗了,毕竟双方水性是可以融洽的。所以裴钱才会有事没事就带着小米粒离开落魄山,来到红烛镇棋墩山那边玩耍,却也不太过靠近三江水畔,总觉得慢慢来,次数多些,以后便是米粒一个人来冲澹、绣花、玉液三江水边也无妨了。

裴钱颠了颠背后小竹箱,叹了口气,喊了声周米粒。

黑衣小姑娘转过头，瞧见了飘落在地的裴钱，笑得合不拢嘴，挠了挠脸颊，然后微微侧过身，尽量以没红肿的那边脸颊对着裴钱。

裴钱何等眼力，一下子就瞧见了周米粒另外那边脸颊上的淤青。好嘛，回家走路这么慢，乱嚼树叶，敢情就是为了不泄露自己在这边挨了揍？

裴钱没说话。

周米粒眨了眨眼睛。

这个小姑娘一手紧攥着，另一手开始挠头。疏淡微黄的两条小眉毛，小姑娘都不敢使劲皱起来，怕裴钱觉得自己真受了多大委屈似的。

在北俱芦洲一起游山玩水的时候，那人曾经说过，小时候的每一个小忧愁，都是一粒小米粒儿，老了以后想来，就有一大碗，老大一碗！

裴钱问道："咋回事？"

周米粒想了想："我贪玩，去了江边，把脑袋钻水里去，瞅瞅有没有鱼虾，过过眼瘾，不敢吃了解馋的。然后遇见了玉液江水神府好大一个官儿，我解释了好久，他才相信了我住在槐黄县小镇上边，我可没说落魄山，更没讲泥瓶巷，随便糊弄了个别处的小巷名字，养了那些鸡啊鸭啊，我门儿清，那大官儿便信了我，放我回家嘞……"

裴钱怒道："周米粒！都这么给人欺负了，干吗不报上我师父的名号?！你的家是落魄山，你是落魄山的右护法！"

黑衣小姑娘怯生生道："怕给他惹麻烦，又不是多大事，米粒米粒小的。"

如今裴钱个儿又高了些，周米粒便觉得自己又矮了些。

周米粒摊开手，是仅剩的一把瓜子，先前带了一大袋子的，就剩下这点儿了。小姑娘轻声道："裴钱，回家不，咱们可以边嗑瓜子边赶路。"

裴钱一瞪眼，周米粒皱着脸，这下子是真要哭了。

裴钱离开家乡那么久，好不容易回来，结果一见面就凶自己，这个才让小姑娘觉得真的委屈。她把棋墩山、红烛镇逛了那么多遍，就为了等裴钱回家了，能够先见着自己，还有瓜子可以嗑。

裴钱揉了揉小米粒的脑袋，柔声道："莫哭莫哭。"

然后裴钱让周米粒把事情经过说得详细些。

根本不记事的黑衣小姑娘好不容易才掰扯清楚。

然后裴钱说道："周米粒，听令！"

周米粒立即挺起胸膛，踮起脚尖。

裴钱大手一挥："你先回家，跑快点，不许磨蹭，不许瞎逛，回家见着了老厨子，若是魏山君在咱们山上，你就私底下与老厨子说，我在红烛镇这边买些东西再回家。年关了，我得备些年货，如果回去晚了，那就是东西太多，你让老厨子来搭把手。"

周米粒蹲下身:"我又不傻,今儿不听令。要回咱们一起回。"

裴钱说道:"落魄山上,谁官儿更大?是谁举荐你当的右护法?周米粒!"

黑衣小姑娘蹲在地上装傻,伸出手指拨弄着泥土枯叶。

裴钱蹲下身,问道:"我有师父的法旨在身,怕什么?"

周米粒抬起头:"啥?"

裴钱从袖子里边掏出那团金色丝线:"瞧见没?"

周米粒张大嘴巴,又双手捂住嘴巴,含糊不清道:"瞧着可厉害可值钱。"

裴钱站起身:"赶紧回落魄山,跟老厨子说事情,这叫传递军情,职责极重,办不办得到?!有没有这份担当?"

周米粒立即站起身,大声道:"右护法得令!立即动身!"

裴钱收起了那团金色剑意,却又从袖子里边掏出那张珍藏多年的心爱符箓,往周米粒额头一拍:"符箓当头,妖魔避让。走你!"

周米粒飞奔离去,临走之前,没忘摊开手。

裴钱气笑道:"你自个儿路上嗑。"

裴钱转过身,攥紧行山杖,深吸一口气,直奔玉液江远处那座水神府。

人在江湖,得讲道义!成了山水神祇,更该庇护一方水土才对。欺负一个小米粒,算什么本事?

水神祠庙在对岸,裴钱飞奔下山之后,一个纵身飞跃,其间一拳砸在江水之上,下坠身形顿时拔高几分,最终一步便跨过了浩渺大江。

一位在红烛镇开书铺的黑衣年轻人坐在屋顶上,看到这一幕后,笑道:"好玩了。"

他如今是冲澹江的江水正神,与绣花江、玉液江算是同僚。

三江水性各异,绣花江水面宽阔,水性最柔,自家冲澹江水流湍急,故而水性最烈,玉液江相对河道最短,水性无常,灵气分布不定。玉液江水府所在,灵气最盛,那位水神娘娘是出了名的会"做人",与各方关系笼络得妥妥帖帖。

水神祠香火鼎盛。

不等裴钱进门去讲理,祠庙里便走出了一个庙祝老妪,和一个施展了拙劣障眼法的水府官吏,是个笑眯眯的中年男子。

老妪刚刚得了消息,一头先前负责追踪小姑娘的水府得力精怪火急火燎入水返回,告知了一个极其不妙的消息:那个黑衣小姑娘,竟是落魄山上的精怪,好像还是什么供奉护法来着。

老妪没当真,护法供奉?别说是那座谁都不敢擅自查探的落魄山,便是自家水神府,供奉不得是金丹境起步?能够让魏大山君那么庇护的落魄山,境界能低?

在旧骊珠洞天地界,落魄山是一个云遮雾绕的古怪存在,年轻山主陈平安据说早年只是个泥瓶巷的贫贱孤儿,但是机缘太好,先认识了圣人阮邛的心爱独女,后来又结识了正值落难之际、只是担任棋墩山土地爷的魏檗,遇到了这么两位大贵人,这才有了如今坐拥十数座风水宝地的吓人光景。

但是那个小姑娘,拥有落魄山的谱牒身份,估计不假。

外人只是依稀知道,落魄山似乎对于精怪之属,对于武夫、修士境界一事,不太计较。

有那魏大山君护着落魄山,谁敢吃饱了撑着了去一探究竟。一洲山君,唯有五尊,魏檗如今更是宝瓶洲唯一一位上五境神祇!是那皇帝陛下都十分亲近的自家人!北岳不光是大骊宋氏的龙兴之地,就连整个旧大骊版图,可都算是北岳地界辖境!

那个水神府官吏男子抱拳作揖,说道:"先前是我误会了那个小姑娘,误以为她是闯入市井的山水精怪,就想着职责所在,便盘问了一番,后来起了争执,确实是我无礼,我愿向落魄山赔礼道歉。"

老妪也笑着说道:"光是赔礼道歉怎么够,回头我们玉液江水神祠还会有所表示,老婆子我一定亲自携礼登门。"

裴钱手中攥紧行山杖,一言不发。

怎么办?

总觉得哪里不对,可是她又想不出哪里不对。

若是师父在身边就好了,就算师父不在,小师兄在也好啊。

老妪笑容镇定,那个男子更是偷偷扯了扯嘴角。自己落一顿责罚,事后还要掏腰包购置礼物,是肯定的了,但是眼前这个小姑娘找上门来兴师问罪,真当玉液江水神祠庙的面子如此不值钱吗?水神府忌惮的,是那个狗屎运绝好的年轻山主,以及那个年轻人后边的阮秀、魏檗。眼前这么个滑稽可笑的小武夫,怎的,还要靠一双拳头、一根山杖砸咱们祠庙不成?砸了也好,先由着你砸了门,到时候该轮到谁道歉谁赔礼,就不好说了。

裴钱眼尖,瞧见了,气得她只得深吸一口气。手中行山杖微微颤动,一只袖子里边更是起了些许不易察觉的涟漪,因为并非练气士运转神通术法的那种灵气牵扯,所以连道行最高的庙祝老妪也没发现。

"赔你娘的礼,道你娘的歉!"一抹青色身形气势如虹,直接落在水神祠门外,站在了裴钱身边。正是彻底炼化了一只龙王簩的陈灵均。

陈灵均二话不说,伸手托起那只被北俱芦洲火龙真人亲自修缮如初的龙王簩,龙王簩蓦然大如山峰,笼罩住整座水神祠。

世间龙王簩,连那蛟龙都可肆意拘捕,陈灵均眼前的老妪与水神府官吏,本身就是水仙水精出身,那份先天压胜,老妪还能支撑身形不动摇,水神府官吏男子则立即就要双膝一软，跪倒在地，只是被那老妪伸手抓住肩头，这才没有丢尽颜面。

陈灵均说道："赔礼道歉是吧，老子就学一学你，先打了你，再与你赔礼道歉！"

老妪微笑道："打了小姑娘，自然千错万错，只是有了错，赔礼道歉，又有何错？这位仙师，莫不是要仗势欺人，今天想要以这件仙家法宝镇压水神祠？"

陈灵均脸色阴沉，点头道："是的，打完了这座破烂水神祠，老子就直接去北俱芦洲了，我家老爷想骂我也骂不着。"

裴钱突然说道："陈灵均，我被师父骂习惯了，还是我来吧。"

陈灵均愕然，自家老爷哪里舍得骂这小姑娘嘛。

陈灵均笑道："裴钱，你如今境界……"

不等陈灵均说完，裴钱手中行山杖重重一敲地面，袖中那团连裴钱也压抑不住气象的金色丝线瞬间散开，如瀑布倾斜，丝丝缕缕，缠绕住行山杖，如同一把金色长剑。裴钱以剑拄地，刹那之间，天地之间，剑意森森，便是先天体魄坚韧异常的陈灵均，都忍不住挪开了数步。

女子剑仙周澄那一脉老祖大剑仙曾言心中有大不快意，当出剑。

那老妪仓皇失措，再也无法维持先前的镇定气派，觉得只是小事一桩了。

眼前这个背竹箱的小姑娘分明是剑修，甚至极有可能是那传说中的剑仙坯子！

庙祝老妪已经管不了那个水府品秩一般的官吏男子，连忙运转水仙本命神通，以心声涟漪通知大江水府当中的水神娘娘，只是毫无反应。因为水府上空江面之上，有个从落魄山御风远游的佝偻老人，老人悬停空中，双手负后，低头望向水中，笑眯眯道："会死的。"

裴钱提起一道道金色剑意萦绕裹缠的那根行山杖，一双眼眸熠熠生辉。她说道："我想起来师父说过的话了！道歉首要诚心，而不在赔礼之多寡。此事不对，顺序就不对。何谓诚心？你们不是要向落魄山道歉，是要向周米粒道歉。"

冲澹江水神收起手掌，一脸无奈，总不能真这么由着玉液江水神祠作死下去，便赶紧御风赶去，热闹看多了，光顾着乐和，容易惹祸上身，迟早被他人乐和乐和。

不承想刚刚靠近那座水府所在，那老人便笑道："拉偏架，讲歪理，也会死的。"

冲澹江水神只得落下身形，坐在玉液江水面上。

一位宫装雍容的婀娜女子浮出水面，冷笑道："落魄山恃武寻衅玉液江，我定要向大骊礼部参你们一本。"

老人掏出一枚大骊太平无事牌，还是第一等无事牌，放在腰间，点头笑道："好的。我就给你这个机会，免得让你那冲澹江同僚，觉得你这婆姨是在虚张声势。"

那位水神娘娘瞧见了那枚千真万确的头等无事牌后，脸色剧变，正犹豫不定，便要咬咬牙，先低个头，再做谋划……不承想一拳已至。她直接被一拳打到玉液江水底深处,金身颤动不说,七窍流淌出山水正神的金色血丝。而那矮小消瘦的老头,一身磅礴拳意炸开,竟是如那仙人辟水神通,直直落在了水底不远处。

老人笑呵呵道:"落魄山管事朱敛,今天问拳玉液江水神府,多有得罪。"

朱敛一步后撤,一步步轻轻踏出,佝偻身形越发弯曲,缓缓道:"老夫出拳,只分生死,不讲道理。"

水底战场远处的江面上,冲澹江水神眉头紧皱,神色凝重。水底那位武学宗师,不仅仅是远游境那么简单。

朱敛拳意之大,蓦然间压过了玉液江水运,竟是一种匪夷所思的压胜意味!

一拳过后,江水粉碎。

朱敛伸手拽着一位宫装女子的脖颈,后者全身流淌着金色鲜血,坠入那滚滚江水当中。

朱敛瞥了眼冲澹江水神,后者起身抱拳道:"前辈只管去往玉液江水神庙。"

朱敛笑道:"与水神大人的买书卖书情分,可不是一次两次,落魄山都记着呢,先前是我虚张声势罢了,水神大人莫要记恨啊。"

冲澹江水神苦笑点头。

在祠庙那边,庙祝远远瞧了一眼那副场景,朱敛御风远游而来,手中拽着自家重伤至极的水神娘娘。

老妪魂飞魄散,连忙运转那点微薄神通术法施展障眼法,并且立即关闭祠庙大门,免得里边的善男信女瞧见了这一幕。

水神祠庙早就闹哄哄了,毕竟人们不是瞎子,都能瞧见那只悬空的龙王簸。先前老妪故意没关门,只是拦阻了香客们,让他们不得出门,并故意让他们簇拥在门口看热闹。

朱敛落地后,将水神娘娘随手丢在老妪脚边,走到裴钱和陈灵均之间,伸出双手,按住两人的脑袋,笑道:"很好。"

裴钱一巴掌拍掉老厨子的手。

陈灵均收起了那只遮天蔽日的龙王簸。

朱敛向前走去,一脚踩在奄奄一息的水神娘娘脑袋上,望向大门那边,对庙祝老妪笑道:"你这老婆姨,人丑心坏,怎么不继续拉上老百姓帮你分摊危险了,是不是还想着要败坏一下咱们落魄山的名声?没用啊。"

朱敛那只脚加重力道,直接将水神大半头颅踩得凹陷进地面:"行了,就这样吧,记得赔礼道歉啊,人到不到没关系,还省了几碗茶水钱,但是玉液江水府的神仙钱一定得到。咱们落魄山是小山头,穷得揭不开锅啊。"

朱敛转头问道:"是想更舒心些,还是想着做人留一线,以后好相见?"

裴钱晃了晃行山杖,疑惑道:"啥意思?"

朱敛笑道:"等你秀秀姐一回来,就知道了。"

裴钱哦了一声:"那就道个歉完事啦。"

朱敛低头看了眼快死了还乐意装死的水神娘娘,聚音成线,与之笑道:"运道真是不错,遇上了咱们落魄山,你就偷着乐吧,不然别说这祠庙,以后有没有玉液江都两说了。救命之法,已经传授给你,自己琢磨去。"

朱敛最后带着裴钱和陈灵均一起离开,沿江而走,优哉游哉的。

朱敛揉了揉手腕,感慨道:"终究不够痛快。若都是这般秉性的山水神灵,元宝的路数,才是对的。亏得不全是如此。"

裴钱埋怨道:"打打杀杀,成何体统。老厨子,那傻憨憨的元宝又说了啥?她个儿挺高啊,脑子怎么从来迷迷糊糊的。"

朱敛笑道:"回了家再说。"

裴钱一棍子砸在闷闷不乐的陈灵均脑袋上,哪怕只是些许剑意遗留,也打得陈灵均差点倒地不起,抽搐起来。

陈灵均打摆子似的晃了半天,最后抱住脑袋嚷嚷道:"裴钱,嘛呢嘛呢!"

裴钱也愣了一下,赶紧道歉一番,说这行山杖今儿可古怪,见陈灵均并没生气,大气!裴钱便哈哈笑道:"陈灵均,今儿办事,真爽利。我那小账本上,把你抢瓜子的七十二条账目都给划掉,全部划掉!"

记账了七十二次……就为了嗑瓜子这么一件事。

陈灵均龇牙咧嘴,挨了一棍,竟然也有了笑脸:"我谢谢你啊。"

裴钱蹦跳起来:"找米粒吃瓜子去喽。"

朱敛说道:"裴钱,别忘了。"

裴钱耍着那套疯魔剑法,时不时吓唬一下陈灵均:"晓得了,我会叮嘱小米粒的。"

陈灵均说道:"老厨子,我打算去北俱芦洲了。"

朱敛点点头:"早去早回。"

阮邛从大骊京城回了龙泉剑宗,依旧是倾心于铸剑一事。

御书房议事一事,人人签订了山盟,谁泄露出去,遭了誓约反噬,大骊朝廷获悉之后,一律诛九族。

阮邛更无所谓这些,他与大骊朝廷本就是盟友。

龙泉剑宗,阮邛依旧万事不管,宗门大小具体事务,都交由董谷、徐小桥这些嫡传弟子打理。

和大骊朝廷和其余山上的人情往来,阮邛也早就逐步交出去,女儿阮秀在龙脊山修行数年之后，悄然下山北游，去往龙泉剑宗新辖境。还好，总算没打架，与那尊旧中岳山神和和气气谈妥了事情。这让阮邛放心不少。

地盘有了，没人打理，这就是龙泉剑宗最尴尬的地方。

对于一个宗字头门派而言，龙泉剑宗的祖师堂嫡传子弟，太少了。哪怕陆陆续续收了三拨弟子，但因为每一拨人数都不多，还是显得香火凋零。所以大骊宋氏将旧朱荧王朝版图交予正阳山，阮邛也没觉得有什么好埋怨的，自家本事不够，兜不住肥肉，然后落在了别人碗里，那就老老实实啃着自己碗里的咸菜。何况先前旧中岳地界，大骊划出一大块地盘给龙泉剑宗，算是做过铺垫了。

靠近京畿之地，是年轻皇帝的一种姿态，免得朝廷官员多想，误以为龙泉剑宗已经靠边，正阳山才是未来宝瓶洲剑道第一宗。当然，大骊宋氏也会少去一份过河拆桥的嫌疑。

大骊朝廷，从先帝到当今陛下，从阮邛坐镇骊珠洞天到现在，方方面面，对他阮邛都算极为厚道了。

主要还是阮邛自己不愿意滥收弟子，心性不过关的，任你是先天剑胚，自有其他去处收留，去了那座有望成为下一座剑宗的正阳山都无所谓。

先前十二名记名弟子当中就走了半数，其中就有那位先天剑胚，如今便去了正阳山，已经是那边的祖师堂嫡传弟子了，据说还被某座山峰老祖收为了关门弟子。

当然，阮邛的人缘好，那真是让年轻皇帝宋和都长了见识。

先前御书房议事之前，神诰宗祁真、风雪庙老祖、真武山掌律剑修、真境宗刘老成，连同魏檗、晋青在内的四位山君，再有那清风城许氏家主，都与阮邛聊得来，还都是主动开口与之攀谈，至少也会主动打声招呼，给足了礼数，独一份。

阮邛不善言辞不假，但是某位山上修道之人为人如何，时间久了，很难藏得住。

认识阮邛的，挑不出阮邛半点毛病，大多愿意倾心相交；不认识的，只要顺嘴提及阮邛，无论是以前的风雪庙阮邛，还是如今的阮宗主，也都愿意为这位宝瓶洲第一铸剑师说一句好话。

阮邛今天难得露面，喊了所有初代弟子同桌吃饭。

龙泉剑宗祖师堂谱牒上的开山大弟子董谷早年跻身金丹境后已经开峰。但董谷最尴尬的地方，在于他不是剑修，他的出身根脚，更是难以启齿。如今大骊朝廷那边，以及一些仙家山头，都已经有了些闲言碎语。

徐小桥最早便是风雪庙剑修，犯下大错被驱逐出师门后，找到了阮邛，自己砍掉了持剑右手的大拇指，才成了阮邛嫡传弟子。

谢灵早已是孕育出一把本命飞剑的剑修，不但如此，除了陆沉赠送的那件仙兵，老祖谢实也先后赠送给这位桃叶巷子孙两件重宝：一把名为桃叶的北俱芦洲剑仙遗物，被谢灵大炼为本命物之一；还有一枚品秩极高、名为满月的养剑葫。

师徒四人，刚好一人坐一张长凳。

阮秀还在旧中岳地界，阮邛想要夹菜给谁，都没机会。

虽说闺女不在，可只要想到那个陈平安如今不在落魄山，阮邛便心里舒服些。

阮邛说道："董谷，先前你与我说过，是争取百年之内跻身元婴境？"

董谷赶紧放下碗筷，擦了擦嘴角，正色道："是的，师父。"

阮邛说道："那就别因为别人修行路上的快慢，影响自己的心境，逼着自己提前跻身元婴境。修行证道，全是自家功夫。身在龙泉剑宗，不是剑修又如何，外人非议笑话又如何，哪怕是以后被徐小桥、谢灵超过了境界，又能如何？你就不是我龙泉剑宗的开山大弟子了？什么时候龙泉剑宗需要靠拳头论资排辈了，是我没教过，还是你没记住？"

阮邛看了眼董谷："继续吃饭。"

董谷立即拿起筷子。

阮邛转头说道："徐小桥、谢灵，你们俩吃过了饭，就去大骊旧中岳地界，如果秀秀不愿意回来，劝了没用，就随她。"

徐小桥点了点头。

阮邛突然说道："记得去那骑龙巷压岁铺子，多买些糕点。"

性情寡淡的徐小桥难得露出一份笑容。

谢灵更是难掩开心，总算能够见着秀姐姐了。

两位龙泉剑宗嫡传剑修御剑去往那座槐黄县小镇，到了骑龙巷铺子外边，徐小桥在压岁铺子每样糕点都挑选了些，以桃花糕最多，足足两大油纸包。

掌柜石柔见着了徐小桥，尤其是师门、家世都很显赫的谢灵，难免有些拘谨。

听说是给阮秀买糕点后，石柔便想要不收钱。毕竟秀秀姑娘，石柔是极亲近的，只是好些年没见到了。

谢灵微笑道："石掌柜，谢了啊，钱还是要付的。"

石柔便不敢多事。毕竟自己如今是这副尊容，真要计较起来，确实不妥。

然后徐小桥、谢灵两人御剑去往龙泉剑宗的新地盘。

云海之上，谢灵笑问道："二师姐，听说秀秀姐身边多了个小精魅？"

徐小桥嗯了一声，谢灵便不再多问。

在那积雪厚重的山野之中，有两人走在下山路上，一个是怀抱油纸伞的小姑娘，一个飞扑出去，然后满地打滚，浑身白雪，一路往下滚去，身后那个年轻女子缓缓跟着。

小姑娘起身后，将手中油纸伞当那铁锤，念叨着："老君抡锤儿，荧惑添炭屑，哎哟哎哟！雨师风伯在助阵唉，雷公电母来搭把手唉，噼里啪啦！"

年轻女子说道："铸剑口诀，不是这么背的。"

小姑娘停了手中抡锤子的动作,抬头看了眼远处大山,压低嗓音问道:"秀姐姐,那可是山神唉,以前咱们大骊王朝的山君!放个屁儿,都好像打雷,能把我这种小家伙炸死。为啥见着了你,怎么还是那么客气呢?瞧着都不是客气了,是怕秀姐姐呢。"

阮秀说道:"你这么聪明,知道答案,还问什么。多说话,容易饿。"

小姑娘眼珠子一转:"秀姐姐,那你岂不是比我更聪明?"

阮秀摇头道:"我不爱想事情,比较笨。"

小姑娘故意害怕起来:"秀姐姐,你那么容易饿,不会饿坏了,就把我吃掉吧?"

阮秀点头道:"会的。"

小姑娘屁颠屁颠跑到阮秀身边,这下子是真担惊受怕了,扯了扯她的袖子,轻声道:"秀姐姐,莫吃我。"

阮秀不太愿意说话。

小姑娘捧着那把昵称撑花的油纸伞:"秀姐姐,小心我告状哦……"

结果小姑娘被阮秀轻轻一巴掌打得旋转了数十圈,重重摔在远处积雪当中,一路滚去,压断了无数枯木树枝。

只是小姑娘很快就飞奔回阮秀身边,浑然不当回事,应该是习以为常了。

临近山脚,小姑娘赶紧躲在阮秀身后。

徐小桥和谢灵飘然而落,收剑入鞘。只说收剑姿势,师出同门的两人便迥然不同,一个干脆利落,一个风流写意。

一个毕恭毕敬喊"大师姐",一个笑着喊了声"秀秀姐"。

阮秀点了点头,只是说了句:"来了啊。"

小姑娘在阮秀身后探头探脑,奇了怪哉,剑仙一来来俩呀,瞧着不是神仙眷侣,那个模样周正坏了的少年,一看就是喜欢秀姐姐的。

方才喊了秀秀姐?

啧啧啧。小姑娘觉得这小剑仙,惨兮兮。

徐小桥摘下包裹,递给阮秀,笑道:"压岁铺子的糕点。"

阮秀笑了起来,接过包裹,稍稍掂量了一下,便更开心了。

小姑娘腹诽不已,瞧瞧,还不如一包裹糕点来得让秀姐姐高兴。

真想把这少年一棍子打晕了,拖回洞府当那未来的压寨夫君,先养着呗,好看真能当饭吃的。至于所谓的洞府,也就她一个人。

阮秀小心翼翼掏出一块桃花糕,放入嘴中,顿时满脸笑意。

然后拈了一块糕点给小姑娘,小姑娘一口吞下,味道如何,不晓得。

阮秀问道:"给钱没?"

徐小桥说道:"给了的。"

阮秀点点头,却说道:"我去那儿,不用给钱。"

徐小桥哑口无言,谢灵更是心情复杂。

徐小桥说道:"师父让我问大师姐,要不要回去。"

阮秀说道:"回啊,怎么不回。我还要听小米粒讲故事,这么久没见面,小米粒又可以瞎编出很多了。"

徐小桥觉得这样的理由,阮秀说了,反而是最天经地义的。

在一处旧朱荧王朝藩属小国郡城的坊间书肆,卖书人是位姿色寻常的年轻女子,名为何颊,身段绝好,哪怕脸蛋不够出彩,仍让许多浪荡子常去书肆那边晃悠,不过谁也没占着什么便宜,最多就是嘴花花一番。年轻女子何颊言语不多,对此更是置若罔闻。也有那家境殷实却也算不得郡望士族的年轻书生来此买书,更是醉翁之意不在酒。

今天黄昏中,何颊坐在柜台后边正在翻看一本书,看了眼天色,就要起身关了书肆,回住处休歇,住处不远,就隔了两条巷弄。

她刚放下书,便发现书肆门槛外边站着一个背剑的年轻男人,哪怕不修边幅,依旧难掩英俊容貌,玉树临风,如楠如松,美质棻然。

何颊柔声道:"这位公子,对不住,小店要关门了。"

年轻男人站在门槛外边,好像一步都不敢跨出,嘴唇颤抖,尽量让自己语气平静一些:"刚好路过这边,想要买几本书,不是有意找你的。"

何颊心中微微叹息,这么蹩脚的理由,你自己不信,骗得了别人吗?

只是何颊却没有多说什么,坐回椅子,拿起了那本书,轻声说道:"公子若是真想买书,自己挑书便是,我可以晚些关门。"

年轻男人依旧没有跨过门槛。

何颊就只是借着夕阳余晖低头翻看着书,哪怕如今境界不值一提,可到底不是凡夫俗子,依旧不觉得如何为难。

年轻男人鼓起勇气,颤声道:"随我去风雷园吧?好不好,苏稼?"

哪怕她没有施展那点障眼法,哪怕她真的改成了如今容貌,他依旧可以一眼就认出她来。哪怕光阴长河倒流,她突然变成了一个小姑娘,哪怕她又突然变成了一个白发苍苍的老妪,刘灞桥都不会在人海中错过她。只是这些话,他怎么说得出口,又凭什么说这些。

何颊抬起头,皱了皱眉头:"我虽然不再是祖师堂嫡传弟子,但是名字还在正阳山外门谱牒上边,清清楚楚,明明白白,刘公子,你为何有此说?"

何颊停顿片刻:"但是如今我算是下山历练,刘公子就别喊我苏稼了。"

刘灞桥只觉得心肝肚肠都绞在了一起,哪怕自己已是一位大道可期的金丹境瓶颈剑修，依旧在这一刻觉得窒息，都想要弯腰喘口气了。

刘灞桥问道："你如今叫什么？"

何频有些不胜其烦："刘公子，与你有关系吗？！"

刘灞桥低下头，小声呢喃道："我喜欢你啊，找了你很多年。"

书肆女掌柜何频，或者说正阳山苏稼，站起身，说道："刘公子，算我求你，留给我最后一点清静地方，行不行？在此安家立业，我耗尽了最后一点积蓄，并不容易。刘公子，我与你不一样的，以前是如此，如今更是，何况我从来就没有喜欢过你。刘公子，你扪心自问，你我见过几次面，说过几句话？"

刘灞桥抬起头，惨然笑道："以前不曾说过话，都是今天才说的。"

苏稼缓了缓语气："刘公子，你应该知道我并不喜欢你，对不对？"

刘灞桥点点头。

苏稼哭笑不得："刘公子是风雷园的天才剑修刘灞桥，喜欢苏稼，苏稼便要对你感恩戴德吗？"

刘灞桥摇摇头："天底下没有这样的道理。你不喜欢我，才是对的。"

苏稼合上书，轻轻放在桌上，说道："刘公子如果是因为师兄当年问剑胜了我，以至于让刘公子觉得有愧疚，那么我可以与刘公子诚心说一句，无须如此，我并不记恨你师兄黄河，相反，我当年与之问剑，更知道黄河无论是剑道造诣，还是境界修为，确实都远胜于我，输了便是输了。再者，刘公子若是觉得我落败之后，被祖师堂除名，沦落至此，就会对正阳山心怀怨怼，那刘公子更是误会我了。"

苏稼眼神清澈："我自幼便上山修行，对于山下毫无记忆，所以打从记事起，就把正阳山当作了唯一的家乡。"

刘灞桥轻声道："只要苏姑娘继续在这里开店，我便就此离去，而且保证以后再也不来纠缠苏姑娘。"

苏稼气笑道："早与你说了，在这里开一家书肆，买下一栋小宅子，已经耗光了积蓄，我就算想要搬，又能搬去哪儿？只是希望刘公子信守承诺。"

刘灞桥点头道："会的。"

最后刘灞桥还是没有跨过门槛一步，只是问道："我能不能在门槛这边坐一会儿？就一小会儿。"

苏稼无可奈何。

那个刘灞桥，还真就坐在门槛上了。

等到余晖将街上的人影拉得越来越长，刘灞桥终于起身走了。

禾之秀实为稼，好稼者众矣。

喜欢这样一个女子，有什么不对。

书肆里边,苏稼摇摇头,只想着这种莫名其妙的事情,到此为止就好。

刘灞桥喜欢她这件事,其实在正阳山和风雷园之间,早年就不算什么秘密,只是苏稼对他,是真不喜欢。

苏稼关了书肆门,走去小宅。

当年那场问剑之后,苏稼失去了一切,一座剑峰,祖师堂嫡传身份,师父馈赠的那枚养剑葫……以致如今的满身泥泞,只能躲在市井。

在这之前,不是没有坎坷,只是好不容易都将那些大大小小的糟心,一一应付过去了,人走过来了。

对于正阳山,就像她自己所说,并无恨意,甚至还有无法释怀的愧疚。

难以释怀的,只是某些人,某些言语。

但是对于那个李抟景的关门弟子、如今的风雷园园主黄河,苏稼则有一种无法描述的恐惧,经常会让她从噩梦中惊醒。

无法理解,极难释怀。

当年在三场问剑之地的风雪庙神仙台上,黄河背负剑匣,剑匣中装满了小剑,却非本命飞剑,分心驭剑,匪夷所思。

一剑洞穿了苏稼持剑之手,一剑切断了系挂腰间的那枚养剑葫红绳,最后又有两把飞剑分别钉入苏稼两只手腕。

苏稼昏厥闭眼之前的最后一幕,是黄河脚踩养剑葫,将其轻轻捻动。

山岳一般的男子,好似强大无敌的巍峨存在,却处处无情冷血。

哪怕今天见到了刘灞桥,苏稼其实都在心神战栗,因为不由自主又想到了黄河,又想到了那个噩梦,那个罪魁祸首。

苏稼走在僻静巷弄当中,伸出一手,环住肩头,似乎是想要以此取暖。

走着走着,苏稼脸色惨白,侧身背靠墙壁,再抬起一手,使劲揉着眉心。

长久过后,苏稼抬起手背,擦了擦额头汗水,去往那栋小宅子。

苏稼到了一条巷弄尽头,打开门后,呆立当场,然后瞬间满脸泪水。

对方妇人模样,但是就像刘灞桥可以一眼看出苏稼,苏稼也可以一眼看出眼前女子。正是带着她上山修行的师父。

但是不知为何,祖师堂谱牒上边,并不如此记载,苏稼很早就转投一位正阳山老祖门下,继而成为祖师堂嫡传。而她的师父,依旧门下无一弟子记录在册,师父的辈分却不低,只是在正阳山从来名声不显。

以前每次祖师堂议事,她师父几乎从不露面,位置极为靠后的那张椅子始终空着,因为师父喜欢下山云游,往往一走就是十年数十年。

女子撤了障眼法,正是那位去大骊御书房参与议事的正阳山女修,当时坐在末位,从头到尾，无一人搭理。

女子容貌年轻，算不得如何漂亮。

她走到泪眼蒙眬的苏稼身边，伸出手，摸了摸苏稼的脑袋，柔声笑道："傻徒儿。师父不过是离开正阳山，游历了些年，你就变成这般田地了。怎的，没了师父在身边，便一直是那个自己走夜路都不敢的小丫头了？早知道当年就不把你送到羽化峰了。"

苏稼笑得一双秋水长眸眯成月牙儿。

好像师父在身边了，便真的可以万事不怕，变成了当年那个无忧无虑的小姑娘。

女子收回手，手腕上系着红绳。

女子稍稍停留片刻，便起身离去。并没有说要带着苏稼重返正阳山，恢复祖师堂嫡传身份，更没有提那枚养剑葫的将来归属。但是苏稼反而觉得如今清清淡淡的日子，没有想象中那么难熬，虽然心中遗憾有许多，但是每天守着那间书肆，挣着银子铜钱，反而心神安宁，当然除了那个噩梦。

女子离去后，又变成了一个衣裙朴素的寻常妇人。

妇人离开没多久，敲门声响起。苏稼飞快跑去开门，误以为是师父返回了，然后踉跄后退，身形摇晃。剑心已毁，跌境为下五境的苏稼，此刻连那凡俗女子都不如。

那个男子站在门外，神色冷漠，缓缓道："苏稼，你应该很清楚，刘灞桥以后肯定会偷偷来见你，无非是让你不知道罢了。现在你有两个选择，要么滚回正阳山苟延残喘，要么找个男人嫁了，老老实实相夫教子。如果在这之后，刘灞桥依旧对你不死心，耽误了练剑，那我可就要让他彻底死心了。"

苏稼咬紧嘴唇，不觉渗出血丝，竟是一个字都说不出口。

此人，正是不知何时破关而出的风雷园园主黄河。

如果不是有风雪庙剑仙魏晋，黄河就该是如今宝瓶洲的剑道天才第一人。

黄河说完这些，便直接御剑离去。

如果刘灞桥不是师父极为器重之人，黄河根本懒得管这种无趣至极的男女情爱之事。如果不是风雷园必须再有一人，可以在他黄河出现意外之后，扛起大梁，黄河甚至都不觉得需要理会刘灞桥。

双方同样是剑修，只是大道相差太远。

黄河此次闭关又成功出关，就要等待正阳山某位老祖剑修问剑风雷园了。

一路遥遥跟着那个刘灞桥来到此处，黄河几次忍住没出手，次次想要在半路一剑砍晕刘灞桥，直接拖回风雷园，让这个挥霍天赋的家伙，干脆闭关个一百年。

苏稼魂不守舍关了门，背靠房门，瘫坐在地，呜咽起来。

阴魂不散的黄河，以后怎么办呢？

苏稼的师父，那位女子刚刚走出郡城城门，抬头看了眼天幕，继续赶路，不是去往正阳山,而是去寻找下一位弟子。

至于风雷园,以后数百年,也就止步于此了。

师兄弟结死仇。

留下一个黄河也好,剩下一个刘灞桥也罢,撑死了无非是下一个李抟景。

有意思的地方,根本不在于苏稼不喜欢刘灞桥,以后一样不会喜欢,而在于苏稼自己都不知道,她已经喜欢上的,其实是黄河。

若是刘灞桥和黄河两个都半死不活,当然更好。

至于数百年前被李抟景亲手斩杀的正阳山女子,事实上,也算是这位徒步而走的女子的弟子,与苏稼一样,属于不记名的那种。

也有些不是弟子的女子,也都与她有些关系。

或者她也做了些与师徒无关的小事情。例如风雪庙魏晋,如何会遇到并且喜欢贺小凉。

早年的朱荧王朝,也有些陈芝麻烂谷子的老皇历小故事。

不知不觉,千年以来的一洲剑道气运,就这么被她玩弄于股掌之中,不敢说全部,半数是有的。

在那之外,她曾经去过桐叶洲,在扶乩宗留下过一句谶语。

她抖了抖袖子,微微抬起手腕,低头望去,笑了笑,收起视线,缓缓前行。

许多所谓的山巅聪明人,也擅长那草蛇灰线、伏线千里的算计,只是这般伏线,终究只是伏线,容易断,一断就没。

但是世间唯有一条线,一旦成了,则剑仙也难断,即便看似断了,实则仍是藕断丝连,会纠缠不清一辈子的。

除非真有那算计深远且极擅长于细微处抽丝剥茧之人,才有希望面对此局死结,稍稍好受些。

一旦扯起线头,又不是剑仙出剑,其实死不了人,但是往往会生不如死,然后死了算。

她从不低估敌人,所以有些在意之人,就要多埋几条线。

世间痴情种,偏好伤心事,苦中作乐,乐在其中,不伤心如何算得痴心人。

女子思绪飘远。

只可惜多年未见师兄了。上一次其实距离很近,甚至可以算是擦身而过,没办法,只要师兄一心想要避开她,她恐怕就要当睁眼瞎了,近在咫尺都未必认得出。

听说上一次现身,是在桐叶洲观道观附近。

师兄有一点不好,向她借腕上红线,喜欢有借不还。

女子突然自嘲道:"总不会已经被察觉到了吧?"

女子摇摇头,笑道:"绝无可能,这才多大岁数。何必在意小小正阳山呢?"

一个邋里邋遢的青壮汉子,驼着背,先去小镇酒肆那边摸了把小手儿,讨了几句笑骂,然后逛荡到了杨家铺子所在的那条街上。

既是铺子伙计,也是杨老头弟子的少年石灵山坐在柜台后边,正在"蹚水"炼魂魄,心神沉浸其中,寂然无我,半睡半死。

比师弟石灵山修行要更加勤勉的苏店,今天反而没在以那古怪法子练拳,只是坐在门口晒太阳。见着了晃悠悠走近的师兄郑大风,苏店站起身,郑大风招手道:"苏丫头,咋个又俊俏了几分,再这么继续水灵下去,师兄一想到你以后终究是要嫁人的,这心里头越发不得劲啊。"

走到苏店近前,郑大风伸手捶胸,痛心不已。

苏店问道:"师兄是要找师父?"

郑大风无奈道:"不找师父啊。只是山上那叫一个冷啊,睡觉被子怎么也焐不热,冻死个人,这不就下山活动活动腿脚。苏丫头,你也真是的,离着师兄就几步路远,也从不想着去探望探望师兄,师兄那么大一栋宅子,还住不下瘦得跟柳条儿似的苏丫头?"

苏店摇头道:"不敢在那边过夜,怕外边墙根有老鼠乱窜一宿。"

郑大风一本正经道:"苏丫头,真不是师兄仗着辈分碎嘴念叨你,身为练武之人,还是要练就那一颗英雄胆的,岂可如此胆小。走,今夜就去师兄那边住着,磨砺磨砺胆识气魄。"

苏店无奈道:"师兄,真有事情,麻烦直说。"

如果不是知道这个混不吝的师兄只会耍嘴皮子不动手,苏店早就和他翻脸了。

郑大风双手负后,瞧见了小板凳,就想要一屁股坐下去,应该比较暖和嘛。结果小板凳被苏店以脚尖一挑,拎在了手中。

郑大风便跨过了门槛,瞧见了石灵山,摇头道:"都说近水楼台先得月,你小子倒好,连个朝夕相处的师姐都看不住,等着吧,以后有得你小子伤心。哪本江湖演义小说,不写那师姐或是师妹行走江湖,给英俊多金的少侠骗了身心去?石灵山,醒醒,你师姐要嫁人了!"

石灵山气得七窍生烟,打断了修行,怒目相视:"郑大风,你少在这里煽风点火,信口雌黄!"

郑大风白眼道:"连骂人都不会,你会个锤子。"

石灵山刚要说话,不承想苏店说道:"师兄,你先前说过,我如果想要破开四境瓶颈,或是跻身了第五境,就该挑选一处古战场遗址了,师兄心中有数吗?我想要出门一趟。"

石灵山目瞪口呆。

郑大风斜了一眼石灵山："师兄下山前就没吃饱,不去茅坑,你吃不着啥。"

石灵山一个伤心,一个悲愤,两两相加,便差点没忍住要与这个郑大风切磋切磋,只是瞧见了对方的驼背模样,又有些心酸,便算了。

郑大风笑了笑,转头对苏店说道："有是有数的,不过这种大事,师父他老人家自己有打算,轮不到我费心。"

苏店问道："师兄也觉得我如今可以独自离开家乡了?"

郑大风摇头道："还是带着个拖油瓶吧,好歹有个照应,你们如今境界还太浅,脑子又不灵光,外边的世道,危险其实都不在修为境界,更在人心。石灵山还好,平时心肠软,关键时刻,是狠得下心的,倒是你,平时心肠硬,反而麻烦。苏丫头,你俩出门远游后,可以对外宣称石灵山是你儿子,省得那些臭不要脸的光棍汉纠缠你,师兄在山上,一想到这个,便心疼得睡不着觉。"

苏店都不知道该说些什么,石灵山更是惨遭五雷轰顶。

郑大风看了眼竹帘子那边,转身离开了杨家铺子。

郑大风去了那座四块匾额都已经没了玄妙的牌坊楼,绕了一圈,毕竟匾额还在,四个说法都是极有嚼头的。

郑大风再去看了那口铁锁井,如今是某个山头的私人禁地,早年花了大价钱买下,结果什么好处都没捞着,脑子有坑,莫过于此。那个傻大个姜韫,机缘不算小。一想到云林姜氏,郑大风不禁龇牙咧嘴。

郑大风又离开了小镇,去了神仙坟那边。如今已没神仙坟这名称了,大骊有意无意淡化了这个老说法,如今破败神像都已经搀扶起来,修旧如旧,重塑也如旧,大骊朝廷还是花了心思的。至于那座占地极大的崭新武庙,就不去了,没啥好聊的,大眼瞪小眼的,也瞧不出朵花来。

然后绕路,去了铁符江与龙须河接壤处的瀑布,蹲那儿丢石子。

好一个杨入大水为萍。

郑大风换了个水流深缓的地方,盯着水面,自言自语道："世间竟有如此俊朗之男子?教人越看越欠揍啊。"

最后郑大风路过了阮邛最早的铸剑铺子。

走到了那座石拱桥,廊桥早已拆去,恢复了旧石桥真容。

郑大风独自一人,坐在石桥上。转头看了眼小镇北边,有那老瓷山,以及附近的众多龙窑。

郑大风收回视线。

三千年前,那位崛起迅速、消失也快的剑仙,不知哪根筋搭错了,骤然成名之后,专杀蛟龙，杀了个天昏地暗，据说是想要成为第一位打破飞升境瓶颈的剑修。

中土神洲那位最得意的读书人，到底不是剑修，就真的只是读书人。不然整个浩然天下的格局，兴许都要随之一变。

只是关于这桩秘事，肯定知道答案的老头子也没给个说法，郑大风早年拐弯抹角去求李二，希望师兄去问一嘴，李二答应是答应了，但后来也就没下文了。

没法子，如今还好，好歹能挨几句骂，以前老头子愿意跟他说句话，只要可以接近十个字，都能让郑大风像是过大年。

所以郑大风只知道世间最后一条真龙，没有试图去往那些历史悠久的海底秘境禁地，反而从老龙城上岸，撞出了一条地下走龙道，最终在大骊境内陨落。为的就是寻求庇护，试图让某位远古存在重开飞升台，遁入那些圣人难寻的未知之地。只是那个老人，并没有让它遂愿，选择了袖手旁观，最终造就出一座三十六小洞天之一的骊珠洞天。

三教一家四位圣人，订立规矩，打造出那座悬挂四匾、被骊珠洞天后世当地人笑称为螃蟹坊的牌坊楼。

大骊宋氏在原先那座拱桥之上，再建一座廊桥，为的就是让大骊国祚绵长、国势风生水起，争一争天下大势。

宋长镜带着宋集薪和婢女稚圭离开之前，专门让皇子宋集薪去廊桥台阶下敬了香。祭拜之人，皆是那些凄惨枉死的大骊宋氏龙子龙孙。

老督造官宋煜章亲手负责此事，等于是掌握了大骊宋氏的这场血腥内幕。

最终那位生儿子一事上比什么都厉害的娘娘，下令让那位卢氏亡国武将扈从王毅甫斩去宋煜章的头颅，装入匣中，送往大骊京城。

宋煜章被杀之后，以英灵之身成为落魄山的山神。都不好说是大骊皇帝对这位功臣的补偿，还是另外一种方式的追究责罚，毕竟宋煜章在某件事上，触犯了老皇帝的逆鳞。那就是宋煜章竟敢对宋集薪生出了父子之情，而宋集薪也确实对宋煜章夹杂有一种说不清道不明的复杂情感。一直以督造官私生子身份在泥瓶巷衣食无忧的宋集薪，的的确确在那些优哉游哉的岁月里，将宋煜章当作了生父，内心深处，既愤恨，又仰慕。

没来由想起了老龙城那座灰尘药铺。其实郑大风是有些怀念的。

人嘛，正儿八经的好事，往往惦念得不多，过去也就过去了，反而是那些不全是坏事的伤心事，反而念念不忘。

郑大风后仰倒去，双手作枕头，闭上眼睛喃喃道："不把自己当人上人，不把别人当傻子，有这么难吗？世道也怪。"

阮秀回了龙泉剑宗，与裴钱、周米粒约了在骑龙巷压岁铺子碰头。

今天三人一起坐在铺子门口晒太阳。

阮秀发现小米粒好像有些躲着自己,讲那北俱芦洲的山水故事都没往常利索了,阮秀再一看,便大致清楚了脉络。反正与那玉液江水神府有关,具体为何,阮秀不好奇,也懒得问。既然小米粒自己不想说,为难一个小姑娘作甚。

阮秀只是吃着桃花糕,不用花钱的。

真算起来,她还是两座铺子最早的代掌柜来着。

裴钱说道:"秀秀姐,我这趟出远门,走了好远好远的路。"

阮秀笑道:"真厉害呀。"

裴钱使劲点头:"厉害啊厉害,连我都要佩服自己了。"

裴钱犹豫了一下,轻声问道:"秀秀姐,你也远游很远吗?"

阮秀想了想,随口说道:"天上地下,五湖四海,大山古渊,无处不去。日之所照,皆是足迹。火光映彻,便是辖境。"

周米粒赶忙抬起两只手掌,拍手不合掌,但是飞快:"哇,秀秀姐,最厉害了!秀秀姐,鞋子肯定换了好多好多吧。"

阮秀笑了笑:"还好。"

周米粒绞尽脑汁讲完了那个故事,就去隔壁草头铺子找酒儿聊天去了。

裴钱要她不许念叨红烛镇那边的事情,周米粒其实本来都忘记了,结果被裴钱这么一说,睡觉都在念叨这件事,愁得她最近吃饭都不香,嗑瓜子也不顶饿了。所以今天见着了秀秀姐,可把她别扭坏了。

阮秀起身道:"走,耍去。"

裴钱跟着起身:"秀秀姐,别去玉液江。"

阮秀笑眯起眼,揉了揉裴钱的脑袋:"喜欢你,喜欢小米粒的故事,是一回事,如何做人,我自己说了算。"

下一刻,裴钱着急得直跺脚,使劲挠头,咋办咋办。所幸朱敛来了,和裴钱说道:"没事。"

裴钱笑逐颜开:"老厨子,咋个神出鬼没上瘾了?"

朱敛走入压岁铺子,裴钱跟在后头,笑嘻嘻道:"自家人,打八折。"

朱敛笑道:"我其实也会些糕点做法,其中那金团儿枣泥糕,小有名气,是我琢磨出来的。"

裴钱将信将疑道:"是当年南苑国京城贼贵贼贵的枣泥糕?"

朱敛双手负后,打量着铺子里边的各色糕点,点点头:"想不到吧?"

裴钱称赞道:"老厨子,你真是个厨子命。可惜模样不行,不然哪怕年纪大了,一样打不了光棍!"

朱敛嗯了一声。石柔神色古怪。

阮秀御风远游玉液江,犹豫了下,便不太情愿地施展了障眼法。

一入玉液江,江水瞬间沸腾,如日坠水底,大火烹炼。

天威浩荡。

阮秀走入水府大殿,那个先前正靠着水运修缮金身的水神娘娘已经跪地不起,甚至都不知道缘由,为何自己见了这个女子,便要情不自禁,只求速死!

阮秀走过那个伏地不起、浑身颤抖的所谓水神,跨上台阶,转身坐在了大殿主位之上,身姿微斜,单手托腮,凝视远方。

第四章
等一个人

朱敛到了压岁铺子,嫌弃铺子太久没开火,灶台成了摆设,便让裴钱去买些菜回来,说是做顿饭,热闹热闹。

裴钱忧心着去往玉液江的秀秀姐,不愿意挪窝,想着等秀秀姐回来了再说。就说隔壁草头铺子每天都开伙,咱们去那边蹭顿饭吃不就得了,酒儿小姐姐手艺还是不错的,整条骑龙巷都闻得着饭菜香。朱敛没答应,说一间铺子有一间铺子的人气风水,饭菜可以蹭,人气可带不回,人气哪里来,无非就是饮食起居,有炊烟,有被褥翻晒,最好有点读书声,光有打算盘的声响,不成事,天底下财运本就难留下,得靠一份人气帮着收拢在家中。

裴钱没辙,就数老厨子的规矩多、讲究怪,道理还说不过他,只好带上右护法小米粒,打算去不远处街巷铺子,买些野味、蔬菜回来。石柔心中愧且怕,总觉得朱敛是在敲打自己,嫌弃自己人不人鬼不鬼的,既没能帮着落魄山挣着大钱,又坏了铺子风水,便偷偷拿出了私房钱塞给裴钱,当时裴钱嘴上说"这哪成这哪成,记在铺子账上比较合适",却不等石柔收回钱袋子,便将一袋子铜钱收入袖中,一跺脚,埋怨一句"石柔姐姐你真是见外,下不为例啊",然后带着周米粒一起吆喝着呼啸远去,瞬间没影了。

小镇如今成了槐黄县县城,大街小巷,商铺林立,许多铺子开始贩卖古董,多是牛角山包袱斋瞧不上眼的,但是只要卖出一件,动辄几枚神仙钱,在新郡城那边都能买下一栋宅子。其实骑龙巷的草头铺子,如今名气不小,铺子里边摆放的那些物件,除了贵,至少东西是真的,但就是因为贵了点,所以买的人不多,看的人不少。

来此游历的大骊学子络绎不绝，会祭拜老瓷山、神仙坟的文武庙，游历西边的众多仙家山头，去往披云山，拜访林鹿书院。至于那些乘坐仙家渡船，在牛角山渡口下山的修道之人，无非与负笈游学的读书人相比，将赏景路线反一下，桃叶巷的桃树，杏花巷附近的铁锁井，骑龙巷卖糕点、果脯的压岁铺子，看似贩卖杂货、实则与仙气沾边的草头铺子，龙尾溪陈氏开设的新学塾，这些个地方，外乡人往往都是必须要顺路逛一遍的。

　　人来人往，不大的小镇，熙熙攘攘。

　　朱敛去了灶房那边，水缸里没水，便寻了根扁担，肩挑两只水桶，如今汲水，铁锁井是不成了，给圈禁了起来，大骊朝廷在小镇新凿了数口井，免得老百姓喝水都成麻烦，只是上了岁数的当地老人，总念叨着味儿不对，不如锁龙井那边挑出来的水甘甜。日子得过水得喝，就是不耽误碎碎念叨，就像没了那棵遮阴纳凉的老槐树，老人们伤透了心，可如今那群脸上挂鼻涕、穿开裆裤的孙子辈孩子们，不也过得十分欢快无忧？

　　压岁铺子一下子没了人，石柔独自坐在柜台后边，有些不适应，便想着裴钱会买什么菜回家，再想着朱敛稍后系上围裙、手持锅铲的下厨情景，就忍不住想笑，瞥了眼门外的黄昏余晖，也像是脚步悠悠，一点一点回了家，忙碌了一天，收工休歇去了。

　　隔壁同样是落魄山名下的草头铺子，生意进账，比起看似账本更厚更琐碎繁多的自家铺子，其实要好太多太多，随便卖出一件，便顶得上压岁铺子好多年。目盲老道人贾晟，如今也不爱抛头露面了，修行到了瓶颈，把铺子生意交给了两个弟子，不苟言笑的瘸子年轻人赵登高和乖巧伶俐的田酒儿。

　　贾老道人一年有大半年都在最近成为落魄山藩属的黄湖山那边修行，不问世事。

　　修道之人，大多如此。

　　凡夫俗子，半生在床，练气士更是大半生都在静坐修行，远离人烟，断绝红尘，所谓的下山历练，不过是以他人人心砥砺自家道心。按照朱敛以前随口与裴钱闲聊所说的，只在山上道场修行，无非是以道心探究天心，枯坐而已，能够有所成，但是极难大成，所以才有了静极思动，主动走入红尘中。

　　这样远离人间的山上神仙，听惯了山风松子落的云中客，按照朱敛的说法，心性如何？不如何。不说拳头大小，境界高低，只说那心路长远，山上光阴数百年，也未必比得上山下老百姓的短短一辈子走得更远。心路远不远，就得跟人多打交道，山上终究人少。

　　石柔觉得这番话，说得好没道理，细究之下，又有些道理。

　　至于自家那位年轻山主就比较另类了，从来没闲着，放着这么大一份家业不打理，一年到头当甩手掌柜，在外边游历的时日，远远多于在自家山头待着享福、修行。

　　据说那座水运极佳的大山头，之所以能够被收入囊中，陈灵均是立了大功的，落魄山与黄湖山，双方一手交钱一手给地契，龙州刺史府、朝廷礼部和户部记录在册，黄湖山就悄悄成了年轻山主名下的产业。对于一门心思想着有那么座山头的贾老道人,石柔不太亲近,总觉得过于市侩了。

黄湖山的风水,可不简单,也是你贾晟能够觊觎的?

成为落魄山记名供奉前后,贾老道就是两个人。之前,对石柔那是百般客气,串门殷勤,没话聊也要在这边坐上许久,拐弯抹角套近乎,让石柔都要头疼;师徒三人皆成了记名供奉之后,贾老道便一次都不来压岁铺子了,石柔清楚,这是在跟自己摆架子呢,想着自己主动去隔壁那边坐坐,说几句捧场话,石柔偏不。

以前忙着担惊受怕,万事不多想,不知不觉过了这么些年的安稳日子,终于让石柔嚼出许多余味来。

年轻山主买山头,真是精明得一塌糊涂,从来大赚,还是闷头挣钱不外露的那种。一个泥瓶巷出身的贫寒少年,也没读过一天书,发迹过后,竟然从来没有半点炫耀心思,实在难得,可要说山主小气吝啬,又万万不是,哪怕是在半点功劳都算不上的石柔这边,也算极为大方了。那么些山头,都是年轻山主以极低价格收入,不但如此,黄湖山有现成的一座座仙家府邸,一并转手交予落魄山祖师堂,朱砂山也差不多,牛角山更是有现成的一座大渡口,连包袱斋那些砸下许多神仙钱打造出来的仙家铺子,一样落入了落魄山口袋。

朱敛挑水而返,前脚刚到,各挽一只竹篮的裴钱和周米粒后脚就到了。

周米粒帮着生火,鼓起腮帮子对付吹火筒,裴钱一边择菜,一边打趣小米粒悠着点,小心把整个灶台给吹飞掉,小米粒一笑,就吸了好些草木灰烬在嘴里,裴钱捧腹大笑,周米粒哈哈笑着,说差点吃饱喽。老厨子系了围裙,用井水仔细清洗过了砧板,早已磨过了菜刀,准备大展手脚。

石柔想帮忙也帮不上,站在灶房门口那边显得有些多余,又不好走开,就那么杵在门口当门神。

其实石柔也没觉得有什么难为情,反正自己从来如此,她看着灶房里边的热闹劲儿,只是年关尚未到,便好像已经有了年味儿。

朱敛以刀切菜,行云流水,赏心悦目。

裴钱站在一旁,赞赏道:"好刀法,老厨子你咋个不使刀对敌?"

朱敛头也不抬,笑道:"菜刀啊?非要兵器傍身的话,仗剑远游,不是更好看些?"

裴钱无奈道:"我就奇了怪了,老厨子你年轻的时候肯定也俊不到哪里去,哪来这么多花头。"

朱敛说道:"就因为不俊,所以才要瞎讲究啊,不然破罐子破摔,岂不是更找不着媳妇?"

裴钱说道:"那你到底找着没?咱俩在那个江湖上,辈分隔得太远太远,你名气又不大,关于你的江湖事迹,我听得不多。"

朱敛随口道:"金团儿枣泥糕,你在南苑国京城那边,不早就听说过了?"

裴钱立即瞪眼轻声道:"隔墙有耳,还是老江湖哩,这么不谨慎!前边我这小江湖,说了这啥国啥京城的,就悔青了肠子,你当时不纠错就已经错了,怎么这会儿自己还来?"

朱敛点头笑道:"有道理有道理,以后我一定注意。"

裴钱问道:"不知道种夫子和曹木头今年赶不赶得回来?"

朱敛摇头道:"难,读书人到了那婆娑洲,就跟女子到了倒悬山麋鹿崖山脚铺子差不多,有的逛。"

裴钱又问道:"那今年春联谁来写?师父的祖宅、落魄山、雾色峰祖师堂、竹楼,加上那些宅子,还要加上别处那么多的山头,好像要写好多啊。"

朱敛笑道:"你要是忙不过来,我和大风兄弟都可以帮忙。"

裴钱皱眉道:"老厨子你帮忙,我勉强可以答应,但是郑大风写字,真能看?我怕他的字,太辟邪,山精鬼魅吓得不敢进没事,可千万别把那福气财运都一并吓跑了。"

朱敛说道:"大风兄弟其实内秀,除了下棋、写字学问,都很好的。"

不过朱敛突然说道:"算了,还是不让大风兄弟出力了。"

裴钱乐和起来。

坐灶台旁小板凳上的周米粒,一直拿着那根竹制吹火筒,一脸疑惑,裴钱坐在一旁嗑瓜子,小声解释道:"夸人内秀,其实就骂人长得丑。"

周米粒看了眼老厨子,再看了眼石柔,想了想郑大风的模样,咧嘴笑了起来。落魄山家里,如今好像也就魏山君的模样,比较对得起山上景色?

朱敛让石柔也炒两个小菜,石柔倒是想要拒绝,只是哪敢。

朱敛便拢了拢围裙,坐在灶房门槛那边。

裴钱嗑完了瓜子,开始掰手指:"我师父、魏山君、大白鹅、供奉周肥,其实落魄山,好看的人,还是很多的。"

周米粒伸手挡在嘴边,凑到裴钱耳边,小声道:"山上门派,镜花水月能挣钱嘞,他说过,其实天底下最容易挣钱,是那些仙子的神仙钱。"

裴钱一把扯住周米粒的耳朵:"想啥?我师父能挣这种钱?"

周米粒改口道:"不能,绝对不能!"

裴钱松开手,嬉笑道:"但是可以让大白鹅、魏山君和周肥三人,出卖色相挣这钱,说不定真可以财源滚滚。"

周米粒赶紧做了一个翻书抄书的动作。

裴钱点头道:"可以,在账本上再记你一功。"

朱敛有些幸灾乐祸："此事可行，下次祖师堂议事，可以说一说。"

裴钱聚音成线，和老厨子说道："在剑气长城，瞧见个玉璞境剑仙，叫米裕，长得也还行，就是傻了吧唧的，瞧着心境吧，漫山遍野的花朵儿，可花心，笑死个人，惹了咱们，师父和大白鹅都还没出手，那米裕就差点挨了大师伯一剑，其实也可以将功补过嘛，来咱们落魄山当个外门的首席杂役弟子，与大白鹅他们一起凑成四个人，帮着落魄山挣够了钱，就可以回家。"

朱敛点头道："咱们落魄山是需要个剑仙镇场子，花架子的也成。"

然后朱敛蓦然大笑起来，也不与裴钱、小米粒说缘由。

崔东山，上五境了。

魏檗老弟，上五境的北岳山君。

供奉周肥，或者说姜尚真，更是仙人境，如今的玉圭宗宗主。

若是再加上一个玉璞境剑仙米裕……

这四位，反正也都不把脸皮当回事，挣这镜花水月的神仙钱，肯定一个个谁都不别扭。

朱敛身体后仰，瞥了眼正屋那边的老旧春联，风吹日晒雨淋挂了一年，默默护了门院一年，很快便要换了。

朱敛说道："请春联，在我家乡那边还不太一样，有两请，春节时分，请春联上梁，是一请。少爷家乡这边，就是如此。只不过我家乡那边还有一请，在二月二前一天，请春联下梁，就是把春联请下来，请到敬字炉里边走一遭，算是功德圆满了。按照老话说，这些春联，是请给各路神仙的另外一种香火，然后得再写再请一次春联，这才是护着家家户户风水的。还有那福字倒贴，得贴家里边，大门那边是不贴的，福到家门口，终究还不算入了门，有些人家，祖上积德，家风纯正，自然留得住，不过有些是留不住的，所以最好得贴家里边。"

裴钱白眼道："我小小年纪就游荡江湖，四海为家，晓得这些闹啥子嘛。"

说到这里，裴钱与周米粒小声道："其实就是连个住的地儿都没有。"

周米粒使劲点头："都这样都这样，游荡，这个'游'字用得好，中意，可中意。我也是个小江湖，也喜欢游荡哑巴湖。"

周米粒抬起双手，比画起来，游来晃去。

裴钱就喜欢跟周米粒聊天，因为说了小时候的那些事儿，也不怕出糗，因为小米粒根本不懂风光和寒酸的分别嘛。

裴钱按住小米粒的脑袋，晃了一圈。黑衣小姑娘十分配合。

朱敛说道："拳不在重。"

裴钱问道："有说法？"

朱敛笑道:"你觉得我对那玉液江水神娘娘,下手重不重?"

裴钱点头道:"不算轻了。"

朱敛又问:"那么出拳为何?"

裴钱想了想,答道:"讲理,挣钱,救她。"

谁都不了解秀秀姐,裴钱了解。

朱敛又问:"祸端在何处?"

裴钱答道:"作为水神,身在江湖,风气不正,半点不讲江湖道义,一门心思想着结交豪杰神仙,对于辖境百姓、一地风水,做事也做,可其实全然不上心。"

朱敛点头道:"很好。你可以独自出门走江湖了。"

裴钱白眼道:"没有师父的允许,我才不下山出远门。"

周米粒点头道:"外边的江湖,可凶可凶!"

随后端菜上桌,不算太丰盛,米饭没少做。

有裴钱在桌上的时候,主位那都是需要空着的,每当逢年过节的时候,还要摆上碗筷。

今天四人一起吃饭的时候,刚要下筷子,阮秀便从压岁铺子前堂走到了后院,站在门槛那边,说道:"吃饭了啊。"

裴钱起身道:"哈哈,来得早不如来得巧,秀秀姐,一起吃一起吃,我跟你坐一张凳子。"

阮秀笑道:"好啊。"

石柔赶紧起身,拿了碗筷,去与周米粒坐在一起。

周米粒给阮秀盛了一大碗米饭,用饭勺压得结结实实,端到了阮秀桌前。

阮秀摸了摸小姑娘的脑袋,坐下身,拿起筷子,看到所有人都没动筷子的意思,笑道:"吃饭啊。"

裴钱欲言又止,瞥了眼压岁铺子前堂那边。那边来了个一身水运稀薄、金身不稳的玉液江水神娘娘。

阮秀说道:"要是嫌弃那个家伙,我让她先回了玉液江水府?或是去落魄山门口那边跪着去?"

裴钱使劲摇头道:"不用不用。"

朱敛跟着笑道:"吃饭,先吃饭。"

祖山落魄山,祖师堂所在落魄山雾色峰。

位于群山最东边的真珠山,因为太小的缘故,从未动土。

宝箓山,彩云峰,仙草山,租给龙泉剑宗三百年。

距离落魄山最近的北边灰蒙山,拥有仙家渡口的牛角山,朱砂山,鳌鱼背,蔚霞峰,位于群山最西的拜剑台,再加上新收入的黄湖山。落魄山其实已经拥有总计十一座藩属山头了。

落魄山,有些树大招风了。

尤其是那个清风城许氏,与落魄山有新仇旧怨,不太消停。毕竟当初清风城看不清形势,就与大骊划清了界限,转手出售朱砂山,根本不介意价格高低,朱砂山便落到了落魄山手中。在与上柱国袁氏联姻之前,清风城也顾不上这点,只是当形势安稳之后,就开始挠心挠肝了,毕竟一座朱砂山,不是一份什么可有可无的利益,更担心朱砂山会成为年轻皇帝心中的一根刺,就很想要收回去,所以许氏与龙州新刺史魏礼打过招呼,与礼部左侍郎也通过气,地方官府的封疆大吏,朝廷中枢的清贵京官,先后都找过落魄山,可惜在朱敛这边碰了一软一硬两颗钉子。

对于黄庭国郡守出身的新任刺史魏礼主动登山拜访,朱敛十分客气,可对于借着祭祀一事顺路来落魄山谈事情的礼部官吏,就没那么热络了。

毕竟魏礼只是公事公办,关于朱砂山一事,并无偏袒,哪怕碍于颜面,其实只需要让郡守登山,就算礼数足够,可魏礼仍是亲自登门,反而那位官位不高、架子不小的礼部员外郎,不过只是郎中辅官,一部一司的次官,到了落魄山山上,一开口就说想要去霁色峰祖师堂看看,朱敛也就没给什么好脸色了。郑大风因为这个,笑话了魏檗个把月,把魏檗给恶心得不行。

魏檗一怒之下,就要让那个礼部员外郎挪位置,真当一洲山君没点门路?

不过朱敛劝阻下来,说有这样傻子当对手,是好事,得好好养着。

其实那位大勇若怯的外乡剑修崔嵬已是金丹境瓶颈,照理来说,崔嵬问剑玉液江也是可以的,只不过朱敛觉得这么一个可用之才,太早就拿出来用,太可惜,一个清风城许氏,还不至于落魄山应付得手忙脚乱。

将来崔嵬出剑,必须得是元婴境瓶颈,甚至是玉璞境修为才行,务必一剑功成,必须要让对手死得不明就里,崔嵬便已经悄然返回。当然,这里边有个前提,崔嵬得真心认可落魄山。

至于小姑娘元宝的那个说法,最大的错,错在何处?错在还是低估了人心与心气,真正的一山栋梁,乱世当中的中流砥柱,皆是重生死,又可忘生死。对又对在何处?对在了小姑娘自己尚不自知,如果不将落魄山当作了自家山头,断然说不出那些话,不会想那些事。

朱敛知人心,深也远也。

落魄山只要有朱敛管家,山主陈平安便可放心远游,不怕晚归。

压岁铺子前堂那边,玉液江水神娘娘惶恐不安地站在原地。

赔礼道歉一事,水府是做了的,只不过不是她亲自出面去往落魄山,而是水府二把手,并且给了落魄山一件水府珍藏法宝,她觉得这已经足够有诚意了。

至于先前那个老人所谓给了她一门救命之法,她根本就没有当真。不但如此,她已经写好了一道可以直达礼部尚书手上的秘密折子。

落魄山有一头黄庭国御江出身的水怪,竟然公然祭出一只龙王篓,试图镇压玉液江水神祠,威慑百姓,差点酿成一祠百姓皆枉死的惨祸。

落魄山管事朱敛,更是一见面便蛮横不讲理,直接出拳重伤了一位有功于地方的江水正神。

其实在送出那道折子之前,冲澹江水神同僚奉劝过她一句:"忍一时风平浪静,对于你我水神而言,最是恰当了。"

但是她如何听得进去,更何况那头精怪出身、骤得神位的冲澹江同僚,她何曾真正瞧得上眼。至于某些拐弯抹角的内幕,他更是个局外人。

阮秀出自龙泉剑宗,是圣人阮邛的独女不假,可阮邛是出了名的守规矩,当真愿意为了这种事情,与整个大骊山水律例掰手腕?

当意外临头之前,一切都有道理。

等到自己被拘押到了这条小镇骑龙巷,玉液江水神娘娘更是欲哭无泪。委实是生不如死。

那一桌人,好像一家人融融洽洽地吃着家常饭。她这位水神娘娘就像捧着一碗断头饭,还是空碗,饭都不给吃的那种。

那边吃过了饭,除了石柔收拾碗筷桌子,其余人都走到了铺子那边。

阮秀在挑选糕点,裴钱带着周米粒站在柜台后边,一起站在了小板凳上,不然周米粒个儿太矮,脑壳儿都见不着。

朱敛坐在一条长凳上,笑着开口道:"市井斗殴,一拳打在谁身上,有多少疼,与那仙家斗法,谁挨了一记法宝,其实道理是一个道理,真要计较,道理没什么大小之分、贵贱之别。水神夫人,懂不懂?"

水神娘娘点了点头。不懂装懂,懂了其实她也不认可,但是形势所迫,还能如何。

如果周米粒不是落魄山谱牒子弟,若是落魄山没有那个"她"帮你们出手教训自己,哪有现在的事情。终究双方都是一路人,都在以势压人。

背对众人的阮秀皱了皱眉头。

朱敛笑道:"裴钱,带着小米粒去后边。"

裴钱哦了一声,拍了拍小米粒脑袋。

水神娘娘立即跪倒在地,面朝柜台:"我知错了。"

裴钱挠挠头，无奈道："咋个这么费劲呢，不就是诚心诚意认个错嘛，有那么难吗?!凭什么觉得礼数够了，表面功夫做足了，就啥都够了？"

然后裴钱病恹恹趴在桌上："我不喜欢这样。本来多简单一事，那水神府官吏与小米粒道个歉，说句'对不起'，不就行了吗？结果那老妪也好，官吏也罢，腌臜算计那么多，不认错也罢了，一个个歹意恶念横生，跟一团黑乎乎的水草似的吓唬人，这是干吗呢。"

朱敛笑道："错了，这还真就是咱们最强人所难的地方。要是给旁人看了去听了去，也会觉得咱们是得理不饶人，小题大做，咄咄逼人。而让你更加生闷气的事情，是这些旁人的恻隐之心，也不全是坏事，恰恰相反，是世道不至于太糟糕的底线所在。"

裴钱听得头疼，闷闷不乐道："可总不能就这么闹大了吧，打杀了一位水神娘娘，外人怎么看待我们落魄山？你都说了外人都会帮着玉液江了。何况我也觉得哪怕这位水神娘娘说不认错，也不至于打死她啊。师父在的话，会怎么处置呢？"

朱敛想了想，说道："大概少爷能够从上到下，从里到外，帮着整座玉液江水神府一一捋顺吧。对错是非，不多一点，不少一点。"

只是有些事情，朱敛就先不与裴钱说了。

例如牵扯到了清风城许氏、正阳山甚至更远的一些内幕。

迷迷糊糊的周米粒，已经悄悄弯下膝盖，偷偷把脑袋躲在了柜台后边。

我什么都不知道，我不在铺子里边，你们谁都看不见我……

朱敛不着急。这一切，也能帮着裴钱修心，不然朱敛早就随着阮姑娘行事了。

就像裴钱心中了然的，玉液江水神府真正的大敌，其实是裴钱的这位秀秀姐。

可能是直接将那位水神娘娘打烂金身，或者是炼化掉整条玉液江，只留下水神独活，不是喜欢觉得小事大事都不是事吗，那就用自己的道理与大骊朝廷讲去。

换一个更加尽心尽责的江水正神，对于如今的大骊朝廷而言，还不简单？

至于一些可能性，寻常人是不去想的，例如小精怪被掳走，被参了一本，一座山头就此覆灭，反正只要事情没有发生，就不是道理。论心论事自古难两全。

裴钱试探性问道："老厨子，不然就算了吧，我想不明白，以后师父回家了，我再问师父。"

朱敛笑着点头，望向阮秀。

阮秀拈起一块桃花糕放入嘴中，转过头，含糊不清道："我随便啊。"

阮秀望向那个跪地不起的水神娘娘："还不走？"

水神娘娘仓皇而走。

她心中恨死了那个清风城许氏供奉，更加恨死了那两个招惹祸事的下属官吏。

至于落魄山，丝毫不敢恨。至于那阮秀，想都不敢想。

朱敛对裴钱说道："修行一事，不是为了可以不讲理，而是为了更好讲理，力所能及地，帮弱者去把道理讲清楚。这和修行有成，境界够高，拳头便是道理，有着天壤之别。"

然后朱敛又笑道："慢慢来就是了，每个人的行善之事，兴许有大小，可善心就只是善心，并无分别。"

阮秀继续挑选着糕点，说道："其实没那么复杂啊。"

裴钱问道："秀秀姐，怎么说？"

阮秀说道："好好修行。"

朱敛如释重负，他还真怕这位阮姑娘说出些惊世骇俗的"纯粹"道理来。

阮秀拈起一块糕点，笑道："新鲜糕点，是好吃些。"

裴钱有些犯愁："我修行，乌龟爬爬嘞。"

周米粒探出脑袋，说道："其实乌龟凫水，上岸跑路，贼快贼快的！在哑巴湖那边，我追过它们很多次！"

裴钱伸手按住周米粒的脑袋："怎么回事？"

周米粒晃着脑袋，突然晃出了一个她经常想起又忘掉的小问题："为什么会有人喜欢欺负别人？"

朱敛哑然失笑。这个问题，还真不好回答。

阮秀说道："人饿了，吃万物。"

周米粒笑哈哈道："还是秀秀姐好，只喜欢吃糕点。"

朱敛不说话。裴钱眨了眨眼睛。阮秀笑了笑。

一主一婢女，两骑在风雪中南下，目的地是宝瓶洲最南端的老龙城，不过两骑绕路极多，游历了清风城许氏的那座狐国，也经过了石毫国，去了趟书简湖。

年轻男子坐在马背上，正打着瞌睡。婢女那一骑，只敢跟在后边，绝不敢和男子并驾齐驱。

泥瓶巷宋集薪有婢女稚圭跟随，杏花巷这位马苦玄，也就有样学样，收了一个婢女，取名数典。

身后婢女数典，估计打破脑袋，都想不到自己能够活命的真正理由便是这个。

南下路上，再没有偷袭刺杀了，因为愿意为她出头的人，都死绝了。

宝瓶洲的世道，从大乱逐渐趋于安稳，但是这一路，因为马苦玄从不乘坐仙家渡船，只是骑马赶路，又不喜欢走官道大路，所以难免会遇到各色存在：不知何去何从的山泽野修、精怪鬼魅，那些战战兢兢生怕被划为淫祠的地方山水神灵，许多纵情山水、莫名其妙就会大哭大喊的亡国遗老、旧王孙，也有那些骤然得势、有望从士族跻身为豪阀的子孙，趾高气扬，言必称我大骊如何如何。

马苦玄杀人,从来不拖泥带水,单凭喜好。

境界高的,看不顺眼,杀,境界低的,也杀,不是修道之人的,撞上了他马苦玄,一样杀。

但是数典依旧不知道这个杀心极重的天之骄子,为何偏能够风餐露宿,心情好的时候,也能与山野樵夫、田边老农攀谈许久。

前不久在石毫国,马苦玄便宰了一伙登山赏雪的权贵公子,他们瞧见了姿色动人的数典,又见马苦玄与数典两人牵马,应该不是那些仙家修士,误以为是自家石毫国地方上的殷实门户出身,而他们哪个不是京城权贵门庭里边出来的,便动了歪心思。石毫国是实打实经过一场战火洗劫的,寻常人出门在外,出点小意外,很正常。

马苦玄翻身上马,只给了数典两个选择:要么脱光了衣裳,任人凌辱;要么拿出一点仙家修士的风范,宰了那群公子哥。

数典脸色惨白,犹然胜过雪色。

马苦玄不太耐烦,手指一弹,先将一位公子哥打落山崖,公子哥身形去如飞鸟,就是"鸣叫声"凄惨了些,其余人等也一一跟上,一起狐裘登山,一起下山摔死,其间那土地公匆忙出面阻拦,为那些权贵子弟求情求饶,也被马苦玄一巴掌拍了个金身稀烂,天地间些许气数反扑,竟是靠近了马苦玄便自行退散。

数典最后被马苦玄拘押了境界修为,以绳索捆住双手,拖曳在马后,一路滑下山。

到了山脚,马苦玄才撤掉了术法神通,数典终究是修道之人,虽不至于血肉模糊,但是狼狈不堪,呆呆坐在雪地里。

马苦玄好像忘记了这么一个婢女,独自策马远走。数典犹豫许久,仍是在漫天风雪中,骑马跟上了马苦玄。

马苦玄当时只笑着说了一句话:"我滥杀是真,滥杀无辜,就是冤枉我了。"

数典当时也不知哪来的胆子,哭喊道:"你杀了那么多人,很多都是罪不至死!"

马苦玄笑道:"真正无辜而死的人,可没你幸运,不但能活着,还可以扯这么大嗓门说话。"

最后马苦玄抬头望天,微笑道:"如此杀人,天地当谢我。"

数典颓然坐在马背上,心力交瘁,呜咽呢喃道:"你就是个疯子,疯子!"

马苦玄打了个哈欠,继续懒洋洋赶路。

数典默默告诉自己不能死,绝对不能死,一定要亲眼看着这个疯子,多行不义必自毙,马苦玄这种人,肯定会遭天谴!然后她发现这个疯子好像心情不错。

事实上,路过了书简湖之后,马苦玄就多了些笑意。

在书简湖南边散修野修扎堆的大山,马苦玄还有闲情逸致,去了一座山头做客,坐在主位上,问了些事情,就越发开心了。

泥瓶巷那家伙在这边待了差不多三年,好像过得十分不顺心,那么马苦玄就很顺心。

马苦玄伸手攥了个雪球,转过身,随手砸在数典脑袋上,数典没敢躲,雪球炸开,雪屑四溅,稍稍遮挡了她的视线。

马苦玄伸了个懒腰,笑道:"在小镇那边,我从来没跟人打过雪仗,也不对,是有的,就是经常莫名其妙挨了砸,看他们开心,我也开心。"

一想到那个小镇,那个骊珠洞天,婢女数典就遍体生寒。

今日一切,都是那场游历带来的后果。

马苦玄招了招手,示意数典跟上。

马苦玄说道:"骊珠洞天每甲子一次的开门,你们这伙人是最后的人选,你就没点想法?"

马苦玄自顾自说道:"应该没想过,随波逐流,从来不会想着上岸。"

数典说道:"有想过。"

马苦玄转过头,笑道:"哦?你竟然还是有脑子的?"

数典说道:"你既然心比天高,百般作践我,意义何在?"

马苦玄根本懒得回答这种问题,只是问道:"比你们更早进入骊珠洞天的那拨人,记得住?"

数典默不作声。

马苦玄伸出双手,又开始攥雪球,自顾自说道:"大骊朝廷最后一次开门迎客,最早那拨到达小镇、率先进入骊珠洞天的寻宝人,哪个简单。你们这些稍后赶到的,一样是大骊宋氏先帝与绣虎精心挑选过的人选,也不算废物。当然,除了你。话说回来,你是彻头彻尾的废物,可是被你连累的那支海潮铁骑,于大骊而言,原本是有些用处的。"

马苦玄摇摇头:"可惜好死不死,遇上了我。"

数典惨然哭道:"是你自己说一人做事一人当,更是你有错在先,当年故意出手,误了我修行,事后就算我犯下大错,你为何不只是杀了我,而是要如此大开杀戒?"

马苦玄早已转去想着自己的事情,片刻之后,转头问道:"你方才说了什么?"

数典再次默然。

马苦玄也无所谓,数典若是道心真碎了个彻底,也就不好玩了。

马苦玄突然问道:"不如我收个将来肯定喜欢你的弟子,让他来帮你报仇?"

数典愕然。

马苦玄神采奕奕,觉得此事似乎有趣:"如何?我保证他出手杀我之前,绝不杀他,事后更不杀你。你只管看戏。我只提醒你一件事,千万别轻易让他得了手,更别弄假成真,喜欢上了他。我倒是无所谓这些,只是如此一来,说不定他腻歪了你,反客为主,通过杀你,来向我表忠心,到时候你俩算是殉情?恶心我啊?"

数典死死盯着马苦玄这个疯子。

修道之人,绝情寡欲。但是又有几个,会像眼前这个男人这么极端?

马苦玄撇撇嘴:"什么时候想通了,与我开口,定然让你遂愿。"

马苦玄掂量着手中雪球,举目远眺,风雪弥漫,前路茫茫,天地肃杀。

马苦玄思绪飘远。

当年泥瓶巷那个泥腿子,跑去小镇栅栏门口与郑大风收信的时候,其实马苦玄也跟着离开了杏花巷,然后远远看着大门那边。

陈平安看到的门外光景,马苦玄自然也看到了。

早先宝瓶洲唯一一位上五境野修刘老成的唯一嫡传弟子、云林姜氏子孙姜韫得了铁锁井那桩机缘。

大隋皇子高煊从李二手中买下了那条金色鲤鱼,还白白得了一只龙王篓。后来大隋与大骊签订盟约,高煊担任质子,寄人篱下,在披云山林鹿书院求学。以后多半是要当大隋皇帝的。

苻南华,老龙城下一任城主。

云霞山蔡金简。云霞山是宝瓶洲少数以佛家路数修行精进的仙家山头,如今顺势成了四大宗门候补之一。云霞山的修士,历来精通佛家律例、寺庙营造法式,纷纷下山,辅佐大骊工部官员,在各个大骊藩属境内重建寺庙,风光不风光?

正阳山,搬山老猿护着个小姑娘,叫什么来着,陶紫?记得她小小年纪,就极其像个山上人了。

还有那对清风城许氏母子。后来靠着嫡女嫁庶子,终究是与大骊上柱国袁氏联姻,攀上了一门亲家关系,如今也是宗门候补。

宁姚。高煊。随从宦官。姜韫。苻南华。蔡金简。搬山猿。陶紫。清风城许氏妇人,带着一个身穿鲜红法袍的孩子。当时挣钱送信的泥瓶巷少年,站在门口,一行人站在门外。估计门内门外双方谁都没有想到,将来他们会扯出那么多的恩怨情仇。

当年马苦玄最遗憾的事情,是清风城下手太软绵了,那头搬山猿老畜生更不济事,刘羡阳也好,陈平安也罢,竟然一个都没能做掉。

马苦玄叹了口气:"山巅之下,其实稍微有点脑子的,算计的深度和精度,都有,缺少的只是高度,这是聪明人最恨的地方,睁眼瞧见了,偏偏走不到那里去。

"命不好,又有什么法子?

"泥瓶巷宋集薪,从一个被戳脊梁骨的督造官私生子,摇身一变,成了大骊宋氏的龙种,如今成了藩王,不过就是个命好的,仅此而已。"

马苦玄轻轻抛着雪球:"没想到还要给这么个命好的蠢货打下手,我的命,也不算太好啊。"

书简湖宫柳岛，真境宗祖师堂所在。

姜尚真从宝瓶洲一杀回桐叶洲，立即天翻地覆，不但玉圭宗本身，事实上，一洲格局皆随之剧变。

只说玉圭宗，九弈峰峰主韦滢，玉璞境剑仙，就被姜尚真亲自"礼送出境"，去玉圭宗的下宗书简湖真境宗担任新任宗主。

韦滢离洲北上，带了不少人，其中就有姜尚真的嫡长子姜蘅。

还有位年轻女子，是被姜尚真当年从藕花福地带到浩然天下的鸦儿。

整个九弈峰子弟六人，皆是韦滢嫡传。这六人，兵家修士一人，纯粹武夫一人，剑修四人。六人又有各自弟子，总计十四人。

除了九弈峰，还有玉圭宗各大山头的别峰弟子，皆是百岁之下的修道之人，境界多是元婴境之下的中五境修士，少男少女岁数的练气士占据多数，总计六十人。

韦滢率队到达书简湖的时候，真境宗首席供奉刘老成刚好在大骊京城议事。

刘老成人不在书简湖，影响力其实早已渗透真境宗上上下下，甚至可以说书简湖的角角落落，都带着浓重的刘老成烙印。

韦滢一到真境宗，或者准确说来是姜尚真一离开书简湖，真境宗一下子就形成了三座山头，三方势力。

刘老成为首的旧书简湖势力。

李芙蕖这拨最早离开桐叶洲的玉圭宗谱牒仙师，其实当年跟随之人，都不是姜尚真，而是那位携带镇山之宝、叛逃到玉圭宗的桐叶宗掌律老祖。

成了供奉，又跻身了上五境，最终成功将青峡岛重新捞到手的刘志茂，与李芙蕖走得很近，也算这座山头的顶梁柱，不然李芙蕖这股过江龙势力，根本无法与刘老成这些地头蛇抗衡。

再就是韦滢，这位捡现成的新任宗主。

姜尚真在书简湖的时候，没这么复杂，我的就是我的，你们的还是我的。

韦滢到了书简湖后，没有任何动作，反正该如何安置这群玉圭宗修士，真境宗早就有了既定章程，岛屿众多，几乎全是一宗藩属，落脚的地方，还能少了新任宗主的扶龙之臣？李芙蕖是玉圭宗出身，对于韦滢，自然不敢有半点不敬。但敬畏归敬畏，也就止步于此了，李芙蕖根本不敢去投靠、依附韦滢。

今天李芙蕖到了青峡岛，与刘志茂在那重新修建起来的府邸一起饮茶。

李芙蕖忧心忡忡，愁眉不展。

刘志茂笑道："就这么怕姜宗主吗？"

李芙蕖与刘志茂关系不差,虽不至于掏心掏肺,但是涉及大事,还是愿意多给几分诚意的,坦然道:"能不怕吗?怕到了骨子里。"

刘志茂点头道:"不光是你我,刘老成其实也怕,所以就这样吧。该做什么就做什么,能活着,就烧高香吧。"

李芙蕖苦笑道:"不然还能如何。"

哪怕姜尚真从在书简湖建立下宗,到如今返回桐叶洲,一跃成为玉圭宗宗主,根本就不稀罕与李芙蕖说话,更没有交代过什么言语,一副你李芙蕖爱怎么折腾都随便的架势,所以招呼都没打一声,便独自一人潇洒返回桐叶洲了,可李芙蕖依旧兢兢业业,不敢有丝毫小动作,恪守本分,守着原先的一亩三分地,争取不减一分,不争一毫。

即便韦滢是公认的玉圭宗修道资质第一人,更是九弈峰的主人、如今的真境宗宗主,李芙蕖还是不敢有任何逾越之举,只能是硬着头皮当那不知好歹的恶人,负责掣肘韦滢与刘老成。道理很简单,她怕自己怎么死的都不知道。

李芙蕖甚至觉得就算是这个韦滢,哪天死在了书简湖,比如闭关闭死了,或是不小心掉水里淹死了,吃个馒头噎死了,都不奇怪。

因为李芙蕖根本不知道姜尚真想要什么,会做什么,做了事情又到底图什么。反而是锋芒毕露的韦滢的一些想法,到底是有迹可循的。反观姜尚真,永远是近在眼前、远在天边的那么一个男人。更可怕的是,姜尚真明明远在天边,又偏偏像是下一刻就会近在眼前。

当初姜尚真一气之下离开玉圭宗,传闻杜懋曾经亲自邀请姜尚真入桐叶宗,答应当时只是金丹境的姜尚真,只要跻身了上五境,就是桐叶宗下任宗主。

姜尚真问杜懋是不是自己不答应就会死,杜懋大笑摇头,姜尚真便没答应,继续北上,一路远游,去了北俱芦洲。

不过据说回来的时候,姜尚真故意绕路,不走陆路,选择从海上偷摸南下,依旧被桐叶宗一位玉璞境修士截下,然后追杀了数万里之遥,结果就是姜尚真乞丐似的登了岸,那位玉璞境老神仙竟是不知所终了,名副其实的泥牛入海杳无音信。姜尚真直到今天,也没说缘由,桐叶宗事后也没过问,双方就这么当作什么事情都没有发生过,成了一桩让外人津津乐道的悬案。

真境宗尚未在宝瓶洲站稳脚跟,身为宗主的姜尚真就撂挑子游山玩水去了,第二次去北俱芦洲,然后啥事没做,就只带回了一个襁褓中的小娃儿,孩子资质极其平常,但是姜尚真待之如亲生女儿,而姜尚真又是如何对待独子姜蘅的,整个玉圭宗哪个不知哪个不晓?

关于姜尚真的怪事奇谈,一桩桩一件件,几大箩筐都装不下。

早年没能去成九弈峰,所有人都觉得姜尚真这辈子算是与"宗主"二字无缘了,结果先是出人意料顶替了那位叛逃到玉圭宗的桐叶宗掌律老祖,当了下宗宗主,如今更是破例当了玉圭宗宗主。

这么一个一人就将北俱芦洲折腾得鸡飞狗跳的家伙,当了真境宗宗主后,结果反而莫名其妙开始夹着尾巴做人了,然后当了玉圭宗宗主之后,在所有人都以为他要对桐叶宗下手的时候,却又亲自跑了一趟风雨飘摇的桐叶宗,主动要求结盟。

李芙蕖问道:"刘老成何时返回?他会不会与韦宗主联手,对付你我?"

刘志茂笑道:"你是不是高看了自己,也高看了我?小看了刘老成,更小看了韦宗主?"

李芙蕖有些恼火,随即便点头道:"确实如此。"

刘志茂说道:"我们这些所谓的聪明人,总觉得处处是利益,可以被随手捡取,所以总想着多做些事情。其实更聪明的人,应该一开始就知道自己不能做什么。"

李芙蕖思量片刻:"我不如你。"

刘志茂笑道:"你不是心智不如我,只是山泽野修出身的练气士,喜欢多想些事情。大宗门的谱牒仙师,万事无忧,修行路上不用修心太多,按部就班,步步登天。野修可不成,一件小事,想简单了,就要万劫不复。你知道我这辈子最糟心的一件事,至今都未能释怀,是什么事情吗?"

李芙蕖摇头。

刘志茂说道:"是我在成为三境练气士后,因为自己愚蠢,折损了一件下品灵器。当时只觉得天地昏暗,这辈子算是完蛋了,差点因此一蹶不振,大道断绝。在那之后,哪怕险象环生,多次命悬一线,也再没有如此灰心丧气过。"

李芙蕖诚恳道:"确实无法想象。"

新任宗主韦滢到了宫柳岛之后,便在宅子里边深居简出。

闲来无事,韦滢就在大堂打造了一幅山水画卷,在上边圈圈画画。例如将北岳披云山与龙泉剑宗圈画在一起,将中岳与观湖书院圈在一起,又如南岳与老龙城,东岳和真武山,西岳则与风雪庙,云林姜氏与青鸾国……

韦滢抬起头,笑道:"刘供奉无须计较那些繁文缛节,直接进府便是。"

刘老成来到大堂外,韦滢随手打散那幅画卷。

刘老成只是看了一眼画卷。

韦滢与刘老成一起落座,韦滢没有坐在主位上,两人只是一左一右,相对而坐。

刘老成说道:"不曾迎接宗主,失礼至极。"

韦滢笑道:"我们这些修道之人,问心即可。"

虽然刘老成在大骊京城那边签订了一桩秘密山盟,不过韦滢是新任宗主,有权知晓,无碍契约。

韦滢听过之后,说道:"崔国师令人神往,真境宗既然选址宝瓶洲,当然应该竭尽全力,除了留下些大道种子,其余该出钱就出钱,出人出力更是理所应当。刘供奉可以马上回复大骊皇帝,连同我在内,刘志茂、李芙蕖,所有那些大道种子之外的真境宗修士,所有藩属势力,悉数可以为大骊朝廷调用。"

刘老成沉默片刻,起身抱拳道:"宗主远见。"

韦滢起身笑道:"刘供奉,有一事相求。"

刘老成问也没问,直接点头。

最后韦滢从桌上取了一把长剑,与刘老成离开了府邸,找到了一位在宫柳岛水畔散步的女子——隋右边。

刘老成其实有些莫名其妙,不知为何这位年轻宗主要见隋右边,还必须带上自己一起露面。

韦滢走到隋右边身边:"若是不拉上刘供奉,我怕你又白死一次。"

至于隋右边为何能活,韦滢不会问;至于隋右边为何不跟随姜尚真一起返回玉圭宗,避开自己,韦滢更不会问。因为天底下很多事情的答案或是真相,其实半点不重要。

隋右边停下脚步:"说完了?"

韦滢微笑道:"不管如何,能够这么快就又见面。十分意外。"

韦滢提起手中长剑:"这是你的那把痴心剑,帮你捡回来了。品秩不高,名字很好。"

韦滢将那把长剑轻轻抛给隋右边。隋右边却没有去接,等到长剑落地后,被她一脚踢入书简湖,远远坠落湖底:"等我境界足够,自会取剑。"

韦滢点头道:"好的。"

隋右边继续前行,韦滢留在原地。

那位姜叔叔,只交代了他两件事,都与真境宗千秋大业没有半枚铜钱关系。

一件事,是别再去招惹隋右边。另外一件事,是好好照顾那个他从北俱芦洲抱回来的孩子,所有开销都记账上,姜氏自会加倍还钱。

韦滢都答应下来。

看着那个愈行愈远的女子背影,韦滢开始期待那场问剑,希望不要让自己等太久。

韦滢当下唯一的忧虑是宝瓶洲的剑道气运一事,透着些古怪。这会影响到自己的大道。

一条巷弄里边,一位白衣少年郎在下野棋挣钱,已经挣了不少铜钱,晚饭算是有着落了。

至于棋盘棋子,都是从一位同道中人那边赢来的,后者输了个精光,骂骂咧咧地走了。

白衣少年身边蹲着个神色木讷的孩子。

崔东山看了眼天色,差不多了。卷起行头离开了巷子,至于棋盘棋子,都让孩子背在了包裹里边。

崔东山靠着挣来的钱,吃了顿酒菜,找了座客栈住下。

崔东山掏出一张白纸,趴在桌上,倒持毛笔,轻轻敲击桌面。

瞥了眼安安静静坐在对面的孩子,崔东山笑眯眯道:"高老弟,说不定以后你与那崔赐,就是老祖宗嘞。"

孩子懵懵懂懂,看着崔东山。

崔东山收回视线,始终没有落笔,只是在心中继续完善那三条根本脉络,九条大纲,三十六条细则。

但是在这之中,需要崔东山去筛选和界定太多的事项。

喜,怒,哀,乐,愁,忧,浑噩,惊,惧,寂静,思虑。眼、耳、鼻、舌、身、意。身,家族,民风乡俗,国,天下,生死。

认同感,抵御孤独。归属感,身心安处。成就感,以虚无之物消解实在之物。

人生道路上的众多情况:生离,死别。喧嚣,独处,孤苦,愉悦,饱餐,饥寒。舒适,温暖,惬意,满足。酷暑,严寒。扎针,心绞,悲恸,震怒,愠怒,窃喜,侥幸,羞愧,懊恼,悔恨,敬仰,爱慕,艳羡,憎恨,愤懑,愉悦,伤感,忧愁,嫉妒……

下一个相对复杂的层次:释然,恍惚,迷茫,纠结,顿悟……

再下一个高度的感知:坚韧,崩散,执着,淡然,冷漠,炙热,奋发,从容……

三者之间,崔东山还要做大量的颠倒、替换、修正。

三者之间,又有着一个极其复杂的相互争斗、融合、打杀、消逝、新生、壮大、归无的过程。

会有一处处虚化、大小不一的旋涡,涟漪四散,有些增减抵消,有些叠加,有些相互绕开,有些几乎从头到尾,都不打照面。

其中一个关键的起始点,在于人之念头的储藏,到底有多少,如何分类。

亲眼看见,远在书上,近在眼前。听说,记住,自以为记住,清晰,记住却浑然不觉,模糊,混沌,偶尔会触发,只在一些关键时刻生发,如那围棋打谱,定式定理,灵犀一点通,灵光乍现,就是神仙手。

所以这就衍生出来第二件事,断定出一种触发机制,唯有如此,才有了那言行举止,诗词歌赋,人心起伏等等,万千气象。

世间万事万物,都没有纯粹的"不动寂然",皆是拼凑而成,无数极小物,变成肉眼可见之实物,件件极小事,变成一场如梦如幻的人生。书会泛黄,山岳会高低,草木会生发荣枯，人会生老病死。

崔东山一直以笔尾端轻轻敲击桌面，盯着那张一字未写的白纸。

当年远游大隋途中，他曾经拿出三物：一碗水，一块石，一根树枝。

也曾与先生、小宝瓶他们半开玩笑，说过一个凡夫俗子，这辈子需要脱胎换骨多少次，悄无声息生死转换多少次。

石子，如人之身躯，又如山岳，风吹日晒，承载万物，是一座天地，其实一直是一种相对静止的流转状态。碗中水，是那念头流转。树枝，是那根本脉络，是大道运转的规矩所在。

这些年，崔东山其实就是在这些事情上与自己较劲。

仅仅是那较为笼统的七情六欲，事实上，远远不够。

崔东山第一个打造出来的瓷人，那个被李希圣带在身边的书童崔赐，其实已经可算精于一般的计算，但是"情感"一事，还是很稀薄，简单而言，就是脉络根本太脆弱，很难有归属感，以及受限于太过简单的身体魂魄，大道瓶颈太大，结成金丹客都是奢望。

但是眼前这个"高老弟"，念头会更多，脉络更加清晰且牢固，将来不但会弈棋，可以修行到元婴境瓶颈，还会诗词曲赋，会自己去创造一切与感性有关的事物，更能够由衷认为自己是真正的"人"。天底下根本就不存在什么虚无缥缈的事情，一切皆有迹可循，所以那些个所谓开了窍的符篆傀儡，碰到崔东山打造出来的崔赐，尤其是高老弟，都得跪在地上喊祖宗在上。

但是哪怕如此，距离崔东山的预期，依旧存在着一大段距离。

一个是成本太高，一个是瓶颈太大。再一个，就是崔东山真正的顾虑所在，重蹈神、人覆辙。

崔东山叹了口气，烦。

招呼一声高老弟，让那孩子背着自己满屋子跑。

崔东山一手甩起雪白大袖子，一只手摸着孩子的脑袋，学那大师姐说话，开心道："小老弟，咋个这么听话嘞。"

宝瓶洲东南地带，一位白衣少年郎在深山野林停步，那是一条已经废弃数年的砚台河床，开凿取石痕迹明显，只是算不得什么老坑名石。溪水干涸，崔东山跳入河床，使劲扒拉着石头泥土，最后被他挖出了一块石板，可以勉强打造一块板砚。屈指轻轻一叩，侧耳聆听，音质还不错，便拂去泥土，越看越喜欢，偶遇之物最可人，花钱买不着的。崔东山呵了口气，吹平石纹褶皱、细微缝隙，然后用脸颊摩挲了半天，砚石纹路越发细腻，被崔东山拎在手中。那个孩子蹲在岸上，眼神呆滞，似乎不理解崔东山在做什么。崔东山爬上岸的时候，一板砚砸在孩子脑袋上。最后崔东山上了岸，让孩子顶着石板走路,双手不许去扶。

回望一眼河床,崔东山啧啧道:"下得水,上得岸,真乃豪杰。"

一路逛荡,夜宿荒郊野岭一处乱葬岗,趴在地上,以一根纤细小草篆刻砚铭。

然后出现了一位年轻书生,蹲在一旁,笑道:"人见过了,不错,是个好坯子,我那师兄,说不定真能相中,愿意收为嫡传。"

崔东山只是手持小草,盯着石板,问道:"帮你重返白帝城,你不得谢谢我?"

年轻书生正是去过一趟书简湖云楼城的柳赤诚。

柳赤诚笑道:"我本该是在此搅乱宝瓶洲形势的,如今什么事情都不做,咱俩就当扯平了吧?"

崔东山嗤笑道:"你可拉倒吧,被关了千年,怎么破阵而出的,你心里没点数?你这副皮囊,不是我精心挑选,再帮他开路,能误打误撞,把你放出来?还扯平,不如我把你关回去,再来谈扯平不扯平?"

柳赤诚一屁股坐在地上,好奇问道:"我离开白帝城太久了,你与我师兄下棋,感受如何?他的棋力,相较以往,是高了,还是低了?"

崔东山坐起身,抖了抖袖子,用胳膊擦了擦石板,砚铭为十六字:沐口浴月,形体健全,精神饱满,反以相天。

崔东山问道:"当年是谁让你来宝瓶洲避难的?"

柳赤诚笑呵呵道:"这个不能讲,出来混,义字当头。"

崔东山点了点头,用手指抹过十六字砚铭,顿时一笔一画皆如河床,有金色溪水在其中流淌:"佩服佩服。"

柳赤诚立即说道:"救命之恩,更是大义,那个名字,可以讲可以讲。"

在宝瓶洲,眼前少年是无敌手的,这与境界关系不大,只跟脑子有关系。

落魄山竹楼一楼。

裴钱今天抄完书之后,好不容易从放在脚边的小竹箱底部,一大摞文字、条目密密麻麻的册子里边掏出一本空白册子,轻轻抖了抖,摊开放在桌上,做了一个气沉丹田的姿势,准备开工记账了,都与玉液江水神府有关。

周米粒扛着一根小小的金扁担,一溜烟儿跑进屋子,裴钱赶紧伸手挡住其实还是空白的账本,皱眉道:"放肆了啊,这里是咱们落魄山的一等一的重地,你进门都不晓得敲门?"

周米粒赶紧转身跑到门外,敲了敲门,裴钱说了句"进来",黑衣小姑娘这才屁颠屁颠跨过门槛,跑到书案对面,轻声禀报军情:"老厨子的那个大风兄弟去了趟红烛镇,买了一麻袋的书回来,开销可大!"

裴钱点头道:"等会儿我们就去查账,这是公事,万一伤了老厨子的心,也是没得法子。"

周米粒踮起脚尖,伸长脖子,想要看看裴钱做什么:"写啥嘞?"

裴钱一挥手:"去门口站着护法,除了暖树,谁都不许进来。"

周米粒哦了一声,突然又转身趴到桌子上,皱着疏淡微黄的小眉毛,欲言又止。

裴钱疑惑道:"干吗?"

周米粒压低嗓音说道:"州城城隍阁老爷的那个香火小人儿,咱们都认识的,还是朋友,对吧?想要顶替我先前那个骑龙巷右护法的位置,中不中?"

裴钱想了想,摇头道:"中个锤儿的中,不中不中。虽说骑龙巷左右护法两个职务,是我一个人就可以定夺的,但是不能那个小家伙一问,咱们就点头答应,先晾一晾,考验一番再说。"

周米粒哭丧着脸,先前她还拍胸脯与对方保证来着。

裴钱叹了口气:"行吧行吧,你去跟他说,我答应了,但是职责重大,不许他玩忽职守,每个月都要来我这边点卯一次。至于孝敬什么的,就算了,那也是个小穷光蛋。"

周米粒直腰挺身:"领命!"

一骑离开大隋京城,南下远游。

年轻女子身穿红衣,腰间悬挂一把狭刀、一枚银色养剑葫。

她抬头看了眼天上云海。

记得小时候,随便看一眼云朵,便会觉得那些是爱装扮的仙子们换着穿的衣裳。

她在小时候,好像每天都会有这些乱七八糟的想法,成群结队闹哄哄,就像一群调皮捣蛋的小人儿,她管都管不过来,拦也拦不住。

她这会儿,摘下养剑葫,喝了一口酒。

李宝瓶有些小小的伤感。

小师叔,长大以后,我好像再也没有那些念头了。好像它们不打声招呼,就一个个离家出走,再也不回来找我了。

双方剑修问剑过后,一支支妖族北迁大军陆续赶到战场。

这一次坐镇大军的大妖是荷花庵主和那尊金甲神灵。

战场之上首次出现两头王座大妖共同主持一场战事。

荷花庵主炼化了蛮荒天下其中一轮月的半数月魄精华,先前在战场上,与游历剑气长城的婆娑洲醇儒陈淳安过招一次,谈不上胜负,不过荷花庵主小亏些许,是显而易见的事实。这与双方都未竭尽全力有关,或者说是战场形势复杂至极,根本容不得双方全力出手。

先前四场战事，都只有一头大妖负责，分别是枯骨大妖白莹、旧曳落河共主仰止，喜好炼化建筑打造天上城池的黄鸾，以及负责蛮荒天下问剑剑气长城的大髯汉子、与阿良亦敌亦友的豪侠刘叉。刘叉背剑佩刀，只是比白莹这些大妖更加做做样子，不过是在战场后方瞧了几眼双方剑阵，不过是大战落幕后挑选了十数位年轻剑修作为自己的记名弟子。

刘叉的开山大弟子、如今的唯一嫡传只有剑修背篓。

这些个个如同做梦一般的年轻剑修，其实距离成为刘叉的嫡传弟子还有两道大门槛，先入门，再入室。

记名之后，若是弟子学道有成，通过考验，便可入门。此后才是登堂入室，成为师父亲传，即为嫡传，可以得其恩师正法、正统。

即便大道依旧遥远，十余人仍然人人心情激荡，瞬间抱团，形成一座小山头。

毕竟半个师父的剑客刘叉是蛮荒天下剑道的最高峰，能够成为他的弟子，哪怕暂时只是记名，也足够自傲。

至于关门弟子，更是半点不比那开山大弟子简单，往往是传道之人认为此生技艺、学问托付无忧，可以至此休歇，弟子关门，外人止步，即为关门弟子。

投师如投胎，选徒如生子，对于双方而言，皆是大事。

大战开幕之前，齐狩就已经跻身了元婴境，高野侯如今也瓶颈松动，即将成为一位元婴境剑修，资质要好于高野侯、最终大道成就被视为比齐狩更高一筹的庞元济，反而剑心蒙尘，境界不稳，这大概就是所谓的大道无常了。

大战波澜壮阔，一个小小龙门境的范大澈更进一步，得以跻身金丹境，其实是一件小事，无非是大战间隙，叠嶂他们几个朋友和范大澈各自喝了一壶庆功酒。

那拨妖族修士重新赶赴战场，继续以法宝洪流对撞剑阵。

妖族剑修却没有参与其中，实在是太过金贵，不愿意太多消耗在攻城战当中。

如果说那些尚未化作人形的蛮荒天下妖族，就是性命最不值钱的市井铜钱；那么开了窍修了道的妖族散修，便是雪花钱；修心有成了，便是那些坐拥灵器、法宝的小暑钱；妖族剑修才是那最被呵护的谷雨钱。不是说继续问剑剑气长城无意义，而是能够用源源不断的铜钱堆积出同样的战果，何必消耗那些用掉一枚便极难出现第二枚的剑修谷雨钱？

若是在浩然天下，这般攻城，军帐胆敢如此调兵遣将，无视蝼蚁性命，动辄让数以十万计妖族去送死，尸骨堆积城下战场，注定会遗臭万年，但是在蛮荒天下，毫无问题。

蛮荒天下终于第一次出现了蚁附攻城。

为此专门有号角声悠扬响起，响彻云霄，蛮荒天下军心大振。

纯粹武夫郁狷夫苦等已久，一身拳意盎然，终于可以酣畅淋漓地出拳杀妖。

隐官一脉的剑修，依旧是三人一拨，轮番上阵，去往城头出剑。

每天的双方战损都会详细记录在册，郭竹酒负责汇总，避暑行宫的大堂，气氛越来越凝重，人人忙碌得焦头烂额，便是郭竹酒都会一天到晚死守着书案。

倒悬山那边，几乎所有做倒悬山买卖的八洲渡船管事，都已经去过一次春幡斋。

晏溟、纳兰彩焕和米裕，再加上邵云岩和嫡传弟子韦文龙，也没闲着。

打仗一事，除厮杀搏命之外，其实也在账本上。

这是剑气长城与八洲渡船，双方尝试着以一种崭新方式进行贸易，小摩擦极多。而且皑皑洲渡船的收集雪花钱一事，进展也不是特别顺利。主要还是皑皑洲刘氏对此一直没有表态，而刘氏又掌握着天下雪花钱的所有矿脉与分成，刘氏不开口，不愿给折扣。再者光凭那几艘跨洲渡船，哪怕能收到雪花钱，也不敢大摇大摆跨洲远游。一船的雪花钱，便是上五境修士，也要眼红心动了，呼朋唤友，三五个，隐匿海上，截杀渡船，那就是天大的祸事。皑皑洲渡船不敢如此涉险，剑气长城同样不愿看到这种结果，所以皑皑洲渡船那边，第一次返回再赶赴倒悬山后，并未携带雪花钱，只带了当初春幡斋那本册子上的其他物资。江高台在内的皑皑洲船主，与春幡斋提出一个要求，希望剑气长城这边能够调动剑仙，帮着渡船保驾护航，而且必须是往返皆有剑仙坐镇。

晏溟和纳兰彩焕都觉得此事不可行，还是希望渡船这边能够自己出钱雇用一两位上五境修士，毕竟这种雪花钱生意，只要做成了一笔，皑皑洲渡船就挣得足够多了，不该奢望春幡斋这边调用剑仙护阵。不然一趟往返，加上中途滞留皑皑洲，往往大半年甚至是一年光阴，一位剑仙就这么远离剑气长城了。

邵云岩给了个折中建议，每一艘渡船，不用全部押注雪花钱买卖，皑皑洲物资丰富，有大利可图。

这些大生意之下的小意外，都需要双方去磨，只要一个环节出错，一桩买卖其实就算是黄了。

春幡斋那边已是酷暑，天地大窑，万物陶镕，剑气长城这边今年冬天无雪。

这让郭竹酒有些遗憾，原本早早与师父谈妥了，大雪时分，堆他十七八个雪人，隐官一脉的剑修，人人有份。

隐官一脉剑修，唯一心中好受点的事情，便是年轻隐官当初以飞剑"隐官"传信城头，带来的极大非议自己消散了。或者非议还在心头留着，只是顾不上言语什么了。

大战惨烈，死人太多。以至于愁苴剑仙和庞元济、林君璧三人，就只是拖着那具飞升境大妖的真身，拣选了一个大战间隙，去城头走了一遭，说了这头大妖隐藏在倒悬山，试图作乱，被他们三人循着蛛丝马迹，发现根脚，果断联手陆芝在内数位剑仙，将其合围斩杀于海上。

斩杀飞升境大妖。这件事当然不是什么可有可无的小事,剑气长城,喧哗一片。有无数的大声叫好。

到最后林君璧没舍得割下头颅,还礼蛮荒天下,便硬着头皮擅作主张,保留了这头飞升境大妖的全部真身,拖回避暑行宫。

回去后,年轻隐官瞧见了头颅还在的大妖真身,笑得合不拢嘴,嘴上骂着林君璧不大气,抠抠搜搜的,坠了隐官一脉的名头,却立即将那真身收入咫尺物,重重拍打林君璧的肩膀,笑得像个路上捡了钱赶紧揣兜里的鸡贼孩子。

顾见龙与王忻水对视一眼,知道林君璧这小狗腿,肯定要被隐官大人记一功了。

这天陈平安离开避暑行宫大堂,出门散步的时候,林君璧跟上。

陈平安笑道:"有想法?"

林君璧说道:"八洲渡船一事,暂时进展还算顺利,可最大的问题不在买卖双方,只在浩然天下学宫书院的看法。"

陈平安似有好奇神色,说道:"说说看。"

林君璧忧心忡忡道:"之前八洲渡船,如果没有改变与剑气长城的买卖方式,依旧散乱,各行其是,文庙兴许也不会过多干涉,只是如今形势被我们更改,文庙说不定会有一些反弹。说实话,咱们是动了浩然天下不少根本利益的,物资每多一分运到倒悬山,浩然天下便要少一分。"

陈平安点头道:"是此理。"

林君璧问道:"一旦文庙下令约束赶赴倒悬山的八洲渡船,只准在浩然天下运转物资,我们怎么办?"

林君璧虽是剑修,实则术法驳杂,他双指掐诀,以符箓土法撮壤成山,塑造出一幅悬空的天下形势图,跟随两人一起缓缓移动。林君璧指了指地图,凝气成水,画出一条条崭新航线,往来于各洲之间:"中土神洲、皑皑洲渡船物资,只准运往南婆娑洲,流霞洲、金甲洲增援西南扶摇洲,北俱芦洲、宝瓶洲渡船,只能去往东南桐叶洲,构建打造、加固这三洲沿海防线,便是价格比剑气长城低一两成,甚至是三成,我相信八洲渡船,还是会不得已而为之,乖乖照做。至于婆娑洲在内三洲原有渡船,就更不会赶来倒悬山。"

陈平安带着林君璧一起散步:"关于八洲渡船一事,你所说的这个最坏结果,其实愁苗剑仙一早就提醒过我,但是没办法,总不能怕这结果临头,就什么都不去做。走一步看一步,每有一艘渡船靠岸倒悬山,我们就当是多挣了一笔物资。只希望文庙那边,慢点出结果。"

林君璧问道:"文圣先生能在这么大的事情上,去文庙那边说上话吗?"

陈平安摇头道:"比较难。儒家重名分,讲究师出有名。"

林君璧又问道:"加上醇儒陈氏,还是不够?"

陈平安还是摇头:"各有各的难处。"

林君璧一咬牙:"我写一封密信寄给自己先生,帮忙说一两句话?"

陈平安停下脚步,道:"要记住,你在剑气长城,就只是剑修林君璧,别扯上自家文脉,更别拖邵元王朝下水,因为不但没有任何用处,还会让你白忙活一场,甚至坏事。"

陈平安笑道:"这份好意,我心领了。"

其实陈平安大可以点头答应下来,不管林君璧是意气用事,还是人心算计,都让林君璧写过了信,以飞剑寄去邵元王朝,再让剑仙半路截取,等看过内容再决定,那封密信到底是留,归档避暑行宫,放入只能隐官一人可见的秘录,还是继续送往中土神洲。

只是相处久了,对于林君璧的性情,陈平安大致还是清楚的,事功,为达目的可以不择手段,只是林君璧的追求,并非只是个人利益,野心勃勃,却也在那家国天下的修齐治平。

想到这里,陈平安便将这份心思与林君璧坦白说了,让他去写这封信,然后走个形式,最终归档隐官一脉,争取找个机会,以不露痕迹的方式,让浩然天下知晓这桩小小秘事。说不定将来某天,可以为重返浩然天下的林君璧锦上添花。

林君璧愣了半天,感叹道:"真要如此吗?"

陈平安笑道:"好心好报,奇怪什么。善行无辙迹,当然是最好的,但是既然世道暂时无法那么事事纯粹,人心澄澈,那就稍次一等,不是听说书画,有那'真迹下一等'的美誉吗?我看能够这样,就挺好。君璧,关于此事,你无须难以释怀,不是处处以赤子之心行善,事情才算唯一的善事。"

林君璧稍一思量,便也没有别扭什么,很爽快就点头答应下来。

陈平安说道:"文庙真要如此行事,也非个人私心,或是对剑气长城有成见。"

陈平安无奈道:"开门揖盗,只是为了关门打狗,能够一劳永逸,解决掉蛮荒天下这个大隐患,自古以来,文庙那边就有这样的想法。只是这种想法,关起门来争论没问题,对外说不得,一个字都不能外传。身上的仁义包袱,太重。只说这开门揖盗一事,由哪一支文脉来担负骂名?总得有人开个头,首倡此事吧?文庙那边的记录,定然记录得一清二楚。大门一开,数洲百姓生灵涂炭,就算最终结果是好的,又能如何?那一脉的所有儒家弟子,良心关怎么过?会不会痛心疾首,对自家文脉圣贤大为失望?身为一位陪祀文庙的道德圣人,竟会如此草菅人命,与那事功小人何异?一脉文运、道统传承,当真不会就此崩坏?涉及文脉之争,圣贤们可以秉持君子之争的底线,只是不计其数的儒家门生,那么多半吊子的读书人,岂会个个如此高风亮节?

"更大的麻烦,在于一脉之内,更有那些只顾自家文脉荣辱、不顾是非对错的,到时候这拨人,肯定便是与外人争论最为惨烈的,坏事更坏,错事更错,圣贤们如何收场?是先对付外人非议,还是压制自家文脉弟子的群情汹汹?难道先说一句我们有错在先,你们闭嘴别骂人?

"读书人,修行人,归根结底,还不是个人?"

说到这里,陈平安拍了拍林君璧的肩膀:"只说你身边的人,与你忘年交的那位溪庐先生,不就因为跑去打砸神像,投机取巧,事后暴得大名?要说没有点学问本事,能写出《快哉亭棋谱》?要说他不曾有功于邵元王朝的文运,我看未必吧?"

某些读书人的谄媚,那真是好看得如同花团锦簇,其实早已烂了根本。这些人,一旦用心钻营起来,很容易走到高位上去。也不能说这些人什么事情都没做,只是尸位素餐。世道之所以复杂,无外乎坏人做好事,好人会犯错,一些事情的好坏本身,也会因地而异,因人而异。

当世人获知消息越来越容易,能够将一个个事实串联成真相,并且习惯了如此时,世道应该就会越来越好。大概那就是仓廪足而知礼节。

什么都不知道,很难不失望。知道得多了,哪怕还是失望,终究可以看到一点希望。怕就怕一个人以自己的绝望,随意打杀他人的希望。

陈平安笑问道:"林君璧,你会真心认可此人?"

林君璧悻悻然不言语。

关于打砸神像一事,林君璧不认可是真不认可,倒也不至于在这里附和年轻隐官骂人,那他林君璧也太小人了。何况林君璧对那位溪庐先生,也有不少的认可之处。

秋高气爽,斫贼无数。

郭竹酒今天翻看了那部庚本,然后翻看着页数,小姑娘额头上渗出汗水。

师父说过,什么时候人数上战损过半,所有隐官一脉剑修就要议事一次。

这天有人拜访避暑行宫,恪守规矩,只在门外。

剑仙苦夏会暂时离开剑气长城一段时间,需要护送金真梦、郁狷夫、朱枚三人去往倒悬山,再送到南婆娑洲地界,然后返回。

临行之前,剑仙苦夏便带着三人拜访了避暑行宫,他们身边还有三个年纪不大的孩子,两个剑修坯子,一个比较稀罕的纯粹武夫。

林君璧得了隐官大人的破例许可,得以出门为他们送别。由此可见,林君璧在隐官大人心目中,确实比较特殊。

林君璧去往行宫大门那边的时候,有些感慨,那位崔先生,也不曾算到今天这些事情吧。

算不算自己拼了命,把脑袋拴在裤腰带上了,好不容易在崔先生遗留的那副棋盘上,靠着崔先生不再落子,自己才勉强扳回一局?

到了门外,林君璧作揖,并未主动言语,算是与他们默然告别。

郁狷夫破天荒主动与林君璧说了一句话,是第一次。

郁狷夫笑道："林君璧，能不死就别死，回了中土神洲，欢迎你绕路，先去郁家做客，家族有我同辈人，自幼善弈棋。"

林君璧苦笑道："恳请郁小姐莫做那蹩脚月老！"

郁狷夫展颜一笑："见了再说。"

林君璧犹豫了一下，后退一步，作揖，歉意道："曾经有些见不得光的算计，君璧在此向郁小姐赔礼。"

郁狷夫笑道："你家先生眼光不错，可惜学生本事不行。林君璧，你能如此直爽，那我这月老便当定了。"

果然。果然！又被崔先生说中了。好险。

别看郁狷夫是个被隐官大人按住脑袋撞墙的女子武夫，事实上，郁家嫡女岂会简单。

郁狷夫不再言语，揉了揉身边一个小女孩的脑袋，以后小丫头就是她的记名弟子了，会跟随她一起学拳，师徒一起游历浩然天下！

至于其余两个差不多岁数的剑修坯子，资质在剑气长城不算拔尖，但是在浩然天下也很不俗气了，只要是剑修，哪个宗门会嫌多？更何况所谓的不算拔尖，是相较于齐狩、庞元济、司徒蔚然、郭竹酒这拨天才而言。浩然天下的地仙剑修，还是很稀罕的。

金真梦说道："君璧，到了家乡，若不嫌弃我临阵脱逃，还当我是朋友，我就找你喝酒去！"

林君璧点头道："嫌弃还是有些嫌弃的，但是如果酒真的好，我便捏着鼻子喝了再骂人。"

性情内敛少言语的金真梦难得大笑，向前一步，拍了拍林君璧的肩膀："眼前少年，才是我心中的那个林君璧！是我们邵元王朝俊彦第一人。"

剑仙苦夏十分欣慰。

朱枚也有些开心，其乐融融，早该如此了。

朱枚的言语，十分简明扼要："林君璧，家乡见啊。"

林君璧笑着点头。

进了门，陈平安斜靠影壁，拿着养剑葫正在喝酒。陈平安将养剑葫别在腰间后，轻声道："君璧，你如果这会儿离开剑气长城，已经很赚了。一直没亏什么，接下来，可以赚得更多，但也可能赔上许多。一般来说，可以离开赌桌了。"

这位中土神洲的白衣少年、天才剑修，有些眉眼飞扬："押大赚大！"

林君璧又笑道："何况算准了隐官大人，不会让我死在剑气长城。"

陈平安问道："门外边，自然还是算计人心，但是你与人下棋，是不是会比以往更开心些？"

林君璧嗯了一声。

陈平安轻声道:"以前的本事,别丢,门外这类事,也习惯几分,那就很好了。"

林君璧点点头。

陈平安说道:"见人心更深者,本心已是渊中鱼、井底蛟。不用怕这个。"

林君璧问道:"何解?"

陈平安笑道:"明月在水。只要自己愿意睁开眼去看,便能瞧得见,触手可及。"

林君璧犹豫了一下,还是坦诚相见:"隐官大人,你见到了严律、蒋观澄这些人?不会觉得膈应?"

陈平安说道:"他们身边,不也还有郁狷夫、朱枚?更何况真正的大多数,其实是那些不愿说话或是不得言语之人。"

林君璧问道:"隐官大人,何时赶赴战场?"

陈平安笑道:"就算要去,也只能是偷摸过去。"

然后林君璧看到年轻隐官做了个奇怪的动作,抬起双手,捋了捋头发。

林君璧没敢多问,环顾四周,也无女子,米裕、顾见龙如此,很正常,只是年轻隐官如此,就有些别扭了。

陈平安看了眼天幕,说道:"我在等一个人,他是一名剑客。"

第五章
下 城 头

芦花岛上,那座传闻有道门高真修炼仙法的造化窟,一位有望跻身飞升境的仙人境瓶颈大妖,被左右先问一剑,试探出虚实,左右再出一剑,逼迫其远遁离开芦花岛,最终还是在海上被斩杀。

左右和王师子御剑登岸后,扶乩宗有两把飞剑先后传信倒悬山春幡斋。

与左右一同赶赴桐叶洲的金丹境剑修王师子尽量在传信飞剑上将事情经过说得详细。

左右与那头大妖交手后,王师子这个金丹境剑修就只敢也只能远远观战了。王师子境界不高,眼界却足够,毕竟在剑气长城战场上,见识过许多大妖惊天动地的出手,依稀辨认出那头造化窟中大妖的境界,绝对不是一般的仙人境。

当时王师子距战场将近三百里之遥,脚下依旧大浪滔天,潮水震动如雷鸣,还能够清晰感知到左右剑意激荡而出的剑气涟漪。

左右收剑后,找到王师子,只说事了,两人便继续赶路。

王师子实在忍不住,好奇询问身边一路沉默的"同龄人"剑仙"老前辈"。

当然是问那头大妖是否已经飞升境,左右摇头,说还差了一线,若是晚到芦花岛,短则几年,至多十数年,造化窟里边跑出来的,就会是一个货真价实的飞升境,会很麻烦。

然后左右又说了一句,如果是三五年后再遇到,自己无伤在身,其实也不算太麻烦。

左右话本就不多,只要开口言语,从来有一说一,绝不会夸大其词,也懒得刻意谦虚。

至于事后左右那把扶乩宗传信飞剑,很简单,就一句话:此行去往桐叶洲,顺路斩杀一头仙人境妖族,剑下尸骨无存,功劳记在师弟陈平安头上。

如果春幡斋和剑气长城只是收到左右一个人的传信飞剑,估计真就当作一头寻常仙人境的大妖了。

春幡斋账房那边,晏溟与纳兰彩焕先是惊愕,然后相视一笑,不愧是左右。韦文龙反正是听天书。

米裕笑呵呵道:"文龙啊。"

韦文龙头皮发麻,抬起头:"敢问米剑仙,有何指教?"

米裕问道:"知不知道左右前辈的小师弟是谁啊?"

韦文龙猜测道:"应该是隐官大人。"

境界不高,脑子好使,说的就是韦文龙了。

米裕看着这个把话聊死的家伙。

韦文龙赶紧亡羊补牢道:"呃?"

米裕笑着点头:"猜得还挺准,不愧是隐官大人相中的人才。文龙,可有心仪女子却求而不得?需不需要我教你些诀窍?放心,不是那些不入流的歪门邪道,绝对真心诚意。"

韦文龙赶紧摇头。就算有,也绝不敢让米裕认识。

米裕手持折扇,笑问道:"若是与你相互心生欢喜的女子,会转去喜欢我,还值得你去喜欢吗?"

韦文龙有些糟心。

纳兰彩焕烦死了这个花花肠子,怒道:"空有一副臭皮囊,显摆什么。"

米裕潇洒合拢折扇:"爱美之心,人皆有之。不让世间女子遇见了米裕,觉得有那半点碍眼,便是我米裕唯一能做的事情了。"

纳兰彩焕冷笑道:"我可觉得碍眼至极。"

米裕又打开折扇,遮掩面容:"愿为纳兰姑娘多做些事情。"

韦文龙大开眼界。

扶乩宗祖山垂裳山上。

原本宗主嵇海已经拒绝了钟魁的提议,毕竟那门独家秘术是他嵇海的大道根本,只会代代单传给宗主继承人,更何况嵇海其实已经相中了扶乩宗下任宗主,正是当年那个无意间揭穿隐伏大妖的年轻人,这个孩子与扶乩宗有缘。山上修道,道缘最重。

只等那孩子从大伏书院求学归来，嵇海就打算正式收其为关门弟子，先前并未在祖师堂敬香拜挂像，还算不得嵇海真正的关门弟子。

钟魁也知道只靠书院先生和太平山老天君的两封密信，很难让嵇海破例，再者于情于理，也确实是不该如此。如果不是被自家先生赶着过来，必须完成这桩任务，钟魁自己也不愿如此强人所难，只是师命难违，他便赖着不走了，隔三岔五就去和嵇宗主喝茶谈心，嵇海被纠缠得只能借口闭关，结果钟魁就在那处扶乩宗禁地的仙家洞府门口，摆上了几案，堆满了书籍，说是要为嵇宗主守关压阵，每天在那边读书。

嵇海不予理睬。

其他事，都可以谈，唯独此事，别说是太平山和大伏书院说话不管用，就是玉圭宗老宗主荀渊、新宗主姜尚真一起来求情，也一样不成。

黄庭没钟魁那脸皮，独自下山远游去了。

不知为何，先前一直着急她修行关隘的师父宋茅与老天君祖师，如今反而让她不用着急打破元婴境瓶颈，慢慢来，修道之人，最讲究自然而然，着急什么。尤其是老天君，更是语重心长地说了一大通乱七八糟的理由，最后连那"女子境界太高，不好找男人啊"的混账说法都来了。

在钟魁与嵇海比拼耐心的时候，左右与王师子一路远游，从海上到了扶乩宗，嵇海这才不得不出关。

然后嵇海便听了本洲金丹境剑修王师子的那番言语，左右前辈于海上斩杀大妖，需要飞剑传信倒悬山。

嵇海作为一宗宗主，原本对于这位一人问剑过后导致桐叶宗半死不活的"罪魁祸首"印象就绝好，甚至可以说左右被嵇海视为恩人。

如今桐叶洲最恨大妖之人，嵇海肯定算一个，因为他的道侣，当年便死在大妖手上。而那头大妖，疯狂逃遁，远离陆地，嵇海当时身受重伤，无法远游追杀，桐叶洲另有三人追杀大妖，分别是太平山山主宋茅，当时的桐叶宗掌律老祖，玉圭宗姜尚真。好巧不巧，那头仙人境大妖在海上遇到了左右，用姜尚真的说法，就是大妖莫名其妙见那左右前辈不顺眼，不肯绕道，便一头撞了上去，于是莫名其妙挨了一剑，然后就死翘翘了。

如今左右登岸，第一个消息，便是又在芦花岛那边斩杀一头仙人境瓶颈大妖。

何况看剑修王师子欲言又止、又不敢说太多的模样，明显左右在剑气长城这些年的经历不简单。

嵇海如何能够不开怀？

只是左右却不太搭理这个过分热情的宗主。

对于桐叶洲，印象稍好的也就那座太平山了。所以下山之前，左右主动与钟魁说了句话："我小师弟借给你的那支小雪锥，你是想着稀里糊涂蒙混过关，不打算还了？"

钟魁差点当场热泪盈眶。还不还的，可以暂且不提，关键是与这位剑仙前辈是自家人啊。

陈平安这小子可以啊，竟然成了这位前辈的小师弟，那么我钟魁与陈平安是好兄弟，左右就等于是我的师兄了。天底下有比这更合情合理的事情吗？

钟魁委委屈屈，与自家师兄半点不客气，下山路上，向左右开始说起了自己在扶乩宗的惨淡遭遇，不受人待见，吃闭门羹，挨白眼……把扶乩宗宗主嵇海气得脸色铁青，原本心中那点愧疚荡然无存。

左右思量片刻，先后以心声询问了钟魁和嵇海，最后说道："嵇海，你可以让钟魁发誓，那桩秘术不传外人，既然他已经不是儒家门生，可以同时担任扶乩宗供奉。不过我只是外人，随口一提。"

嵇海叹了口气，竟是点头答应下来。钟魁也无异议。

嵇海将左右一路送到了山门口，钟魁再想到自己与黄庭先前登山的光景，真是比不了。

左右刚好与钟魁同行，要去趟太平山。

钟魁问道："前辈，如何成了陈平安的师兄？"

左右笑道："先生强塞给我的小师弟，勉强认了。"

钟魁哑然。

便是那市井灶房砧板旁边的菜刀，剁多了菜蔬鱼肉，年月一久，也会刀刃翻卷，越来越钝。

钝刀需磨。可蛮荒天下一场紧接着一场的连绵攻势，除了用堆积成山的妖族尸骸换取剑气长城剑修的飞剑和性命，最重要的一点，还是不给城头剑仙任何磨剑的机会，若想养剑些许，撤出战场片刻，那就需要拿中五境剑修的性命和飞剑来换。

以往蛮荒天下的攻城战，不成章法，断断续续，意外极多，战场上的调兵遣将，后续兵力的赶赴战场，以及各自攻城、擅自离场，经常断了衔接，所以才会动辄休歇个把月甚至是小半年的光景。一方晒完了日头，就轮到一方看月色。战事爆发期间，战场也会惨烈异常，血肉横飞，飞剑崩碎，尤其是那些大妖与剑仙突然爆发的捉对厮杀，更是光彩夺目，双方的胜负生死，甚至可以决定一处战场甚至是整个战争的走势，但是绝对没有如今这一场大战，来得让双方都感到沉闷且窒息。

好像没有任何人能够最终决定什么，大妖各展神通，剑仙凌厉出剑，谁都未能一锤定音，生生死死，胜胜负负，最终都被战场淹没。

最大的一场战役，最为惊心动魄的那场厮杀，当属大妖重光搬移五岳到战场上，王座大妖仰止，坐镇其一，李退密三位剑仙先后拼死破局，左右随后入场，各方隐匿大妖现身围杀，老剑仙董三更离开城头，增援左右，左右最终被隐官萧愨一拳偷袭重创，以此落幕。

蛮荒天下六十军帐，源源不断的兵力补给，一个阶段一个阶段的攻城，衔接紧密，滴水不漏，摆明了不给剑气长城半点休养机会，尤其不愿意给上五境剑仙半点喘气机会。在这种形势严峻、压力极大的情况下，原本最初让剑仙倍感束手束脚的出剑，那种依循隐官一脉规矩，不够痛快的出剑，效果就逐渐显露出来了。

在这之前，城头之上，个体杀力的强大无匹，个体剑仙的卓绝风采，作为一种必需的代价，都被无形中减弱了，换来的结果，就是整体剑阵的杀力更强一筹。

如今当某位剑仙撤离战场，养剑休歇，弊端也就随之缩减。

因为隐官一脉对剑阵的钻研、渗透不断下沉，别说是上五境剑仙，隐官一脉不但熟悉每一位元婴境、金丹境剑修的飞剑与本命神通，如今对于其余三境剑修的本命飞剑，也到了一种烂熟于心的夸张地步。

水无常势，兵无常法，城头剑修不断变阵，更换驻守位置，与许多原本甚至都没有打过照面的陌生剑修不断相互磨合，以三三两两飞剑相互配合，甚至是数十把飞剑结阵，叠加本命神通，只要熬得过初期的磨合，便可以威力骤增。

光是五行之属的飞剑与神通结为一阵，剑气长城之上如今就有三十一座剑阵之多。

以前剑气长城就像是一个大户人家，家底之丰厚，到底有多少金银、良田，可能自己都不清楚。

如今的剑气长城，就是墙角缝里的一枚铜钱都要捡起来，记在账本上。

能够有此局面，隐官一脉，人人都是不可或缺的存在。在这之中，又以愁苗剑仙对飞剑、神通的了解，林君璧的大局观、统筹谋划，郭竹酒某些灵光乍现的奇怪想法，最为建功。

但是在此期间，隐官一脉的排兵布阵，不是没有出现过纰漏，甚至有些过错，还是需要战场上的剑修拿飞剑与身家性命去弥补的致命错误。

隐官一脉的剑修之间，也不是没有大伤和气的争吵，相互怨怼，毕竟同一座小战场上往往会出现存在分歧的两种方案，在结果出现之前，两种方案谁都不敢说胜算更大，更加稳妥。若是战场走势按照预期发展，还好说，一旦出现问题，就很麻烦，错的一方，愧疚难当，对的一方也憋闷。

最激烈的一场争执，发生在徐凝与曹衮之间，争得面红耳赤，双方差点就要问剑一场。

避暑行宫制定出来一个方案，导致剑气长城两位地仙剑修战死，连带中五境剑修三十一人悉数人死剑毁。

人人痛心,玄参负责制定具体方案,更是悔恨异常,徐凝的言语,虽然起先也只是牢骚一句,可到底是火上浇油。玄参神色黯然,心中有愧,没有反驳什么,与玄参关系极好的曹衮忍不了,直接开骂,让徐凝嘴巴干净点,少当事后聪明人。徐凝直接把玄参的祖宗十八代都给问候了一遍。

玄参棋力高,不然也不会经常与林君璧对弈,还能够互有胜负,骂人更是一绝,骂得徐凝脸色铁青,就要问剑。

当时大堂气氛凝重至极,一旦问剑,无论结果如何,对于隐官一脉,其实没有赢家。

罗真意便说了句:"先前若是选用徐凝方案,岂会折损如此严重?如果没记错,就是被你们驳回的,徐凝怎么就是事后聪明了?"

常太清与徐凝、罗真意本就是一个山头的,与徐凝更是生死好友,便说了句更重的言语:"事前蠢,事后犯错不认,更是蠢。"

外乡剑修宋高元,虽然平时与罗真意他们走得近,但是在此事上,显然是站在曹衮、玄参这边,便直接与常太清针锋相对,大吵起来。

林君璧试图劝架,结果两边不讨好,董不得不好骂徐凝与玄参,骂一骂林君璧是没负担的。

郭竹酒没见过这种阵仗,破天荒有些不知所措,好像说什么做什么都是个错。

如果不是陈平安与愁苗沉得住气,本土剑修与外乡剑修这两座隐蔽的山头,几乎就要因此出现裂痕。

愁苗与陈平安对视一眼后,便先让徐凝先闭嘴。

然后陈平安开口,询问他们到底是想讲理,还是发泄情绪。如果讲理,根本不用讲,战损如此之大,是整个隐官一脉的失策,人人有责,又以我这隐官过失最大,因为规矩是我订立的,每一个方案取舍,都是照规矩行事,事后追责,不是不可以,还是必需,但绝不是针对某个人,上纲上线,来一场秋后算账,敢这么算账的,隐官一脉庙太小,伺候不起,恕不供奉。

如果是谁都有火气,希望通过骂几句,发泄情绪,则无不可,便是痛痛快快问剑一场也是可以的,三对三,邓凉对阵罗真意,曹衮对阵常太清,玄参对阵徐凝,就当是一场迟来的守关过关,打完之后,事情就算过了。不过我那账本上,就要多写点各位剑仙老爷的壮举事迹了。

堂上众人皆寂然。

陈平安这才与愁苗、林君璧一起复盘,详细分析曹衮方案的利弊得失,并没有因为结果的糟糕,而去全盘否定方案本身。

到了这个时候,剑修大多已经心平气和。

陈平安最后再一次盖棺论定:"能够坐在这里的,都是极聪明的人,并且各有各的更聪明处。

"所以在座之人,要更加做事讲规矩,做人凭良心。我相信徐凝最早那句言语,并无太多恶意,我甚至不觉得这句话不能说,恰恰相反,得挑明了讲,得让玄参明白,做错了事情,不会因为你玄参的初衷是好心,就可以完全被原谅。

"既然是错的,一样不会因为大家是同僚,皆出自隐官一脉,便为你遮掩,恰恰相反,是朋友,才关起门来,当面骂你几句。我们成为隐官一脉,已经一年多了,大致性情如何,相互间一清二楚,都是聪明人,挑错、骂人,还不简单?道理其实你们谁不懂?"

愁苗剑仙随即说道:"最需要拿出来说道的,其实不是玄参与徐凝,而是曹衮与罗真意的各自护短,一件事情,非要搅浑水,才叫重情重义?"

陈平安笑道:"如果不是有剑术通神的愁苗大剑仙坐镇,你们都快要把对方的脑浆子打出来了吧?亏得我未卜先知,一拨三人登城杀妖,将你们分开了,不然今天少一个,明天没一个,不到半年,避暑行宫便少了大半,一张张空书案,我得放上一只只香炉,插上三炷香,这笔开销算在谁头上?好好一座避暑行宫,整得跟灵堂似的,我到时候是骂你们败家子呢,还是想念你们的劳苦功高?"

来了来了。隐官大人的拿手好戏,久违的阴阳怪气。

愁苗剑仙说道:"还是隐官大人光风霁月,愿意主动承担最大过错。"

陈平安转头望向顾见龙,没等到公道话,顾见龙默默转头望向王忻水,王忻水不愿接过重担,就去看郭竹酒,郭竹酒低头看书案。

陈平安只得翻开一本册子,专门记录隐官一脉功过得失的己本,开始提笔书写。

片刻之后,愁苗问道:"徐凝、罗真意写了,玄参、曹衮也写了,吵架内容都写了个大概,为何不见'隐官'二字,也不见'陈平安'三字?"

陈平安笑道:"愁苗剑仙,那咱们打个赌?押注我在己本上到底写没写自己的过错?"

愁苗点头道:"赌。"

陈平安一拍桌子:"人人可以押注。"

除了郭竹酒,全部跟着愁苗押注隐官大人没写,小赌怡情,几枚小暑钱而已。

结果陈平安翻回去一页,然后提起册子,笑眯眯道:"诸位瞪大狗眼瞧好了!拿钱拿钱。"

郭竹酒蹦跳起来:"收钱收钱!"

所有输钱的人,都望向愁苗。

愁苗神色无奈,望向陈平安,苦笑道:"不承想赔上了名声,那么四六分账就不行了,五五分吧。"

陈平安怒骂道:"愁苗你他娘的又不是我的托儿!"

顾见龙怯生生道:"隐官大人,容我说句公道话,钱财分明大丈夫,这就略微有些不厚道了啊。"

王忻水点头道:"满脸怒容,故作震惊状,过犹不及了。"

郭竹酒叹了口气。师父为了赚点私房钱,也真是辛苦。

陈平安突然看了眼地上画卷,沉声道:"需要准备让剑仙离开城头,帮忙分开战场了。"

陈平安站起身:"先前几次赶赴城头的机会,我都让给你们了,算是余着,所以现在我差不多有两旬光阴,可以离开避暑行宫出城杀妖。在这期间,愁苗与林君璧负责主持大局,如果真有难以决断之事,你们便以'隐官'飞剑传信城头剑仙魏晋,他会通知我临时返回这边议事。"

罗真意犹豫了一下,就要劝说这位年轻隐官不要意气用事。

罗真意不得不承认,随着隐官一脉的剑修越来越配合默契,其实陈平安坐镇避暑行宫,如今未必真的能够改变大局太多,可有无陈平安在此,到底还是有些不一样,至少许多没必要的争吵,会少些。

不承想愁苗以心声言语与罗真意说道:"让他去,心中郁闷最多的,不是我们。一个人从头到尾,足足一年多,不流露出半点情绪起伏,并不轻松。"

罗真意恍然,如果不是愁苗提醒,还真不曾在意过这件事情。

陈平安站起身,走出大堂,在院子里覆上一张老人面皮,背了一把剑坊佩剑,多穿了一件衣坊法袍。

顾见龙小声提醒道:"隐官大人,其实戴上另外那张面皮,更能遮掩耳目。"

陈平安笑着转头,身形已经佝偻几分,一身老态浑然天成,又以沙哑嗓音说道:"你这么会说话,等我回来,咱俩慢慢聊。"

不等顾见龙瞎扯什么,陈平安背后长剑已经掠出剑鞘,他脚尖一点,踩在长剑之上,御剑远游。

大堂之内,面面相觑,不像是伪装的剑修啊。

避暑行宫,本来除了年轻隐官,便人人是剑修,而且个个天才,这点眼力还是有的。

愁苗笑道:"来,咱们押注隐官大人是不是真剑修,这次我坐庄。"

然后愁苗立即说道:"郭竹酒你不许押注。"

不然别说赚钱,亏本是肯定的,而且多半还会亏个底朝天,这丫头别的不说,家当是真不少。

刚要把全部家当都押上的郭竹酒,瞪眼道:"凭啥?!"

结果不但是曹衮这拨人,就连罗真意、徐凝和常太清都押注陈平安是剑修了。

愁苗一挥手道:"赌什么赌,一个个小小年纪,境界稀烂,不务正业。还不赶紧开工做事?！郭竹酒，把东西都放回竹箱里边去!"

郭竹酒翻了个白眼。连个托儿都没有，还敢坐庄，师父可是说过，一张赌桌，连同坐庄的，一起十个人，得有八个托儿才像话。

郭竹酒收拢好大大小小的物件后，愁眉不展，看了一圈，最后还是不情不愿找了那个境界最高、脑子一般般的愁苗剑仙，问道："愁苗大剑仙，我师父不会有事吧?"

愁苗笑道："放心吧。"

其余剑修，一个个神色古怪。

顾见龙说道："隐官大人有事没事我不清楚，我只知道被你师父盯上的，肯定有事。"

王忻水点头道："顾兄此语甚合我心。"

众人很快沉默下来，因为画卷上出现了一次大的意外。

战场上，经常会有许多观战大妖的随意出手。这次是坐在白骨王座上的大妖白莹施展了一手神通，极其蛮横无理，只见靠近城墙的战场上，瞬间站立起十数万白骨累累的傀儡尸骸，分散四方，试图帮助大军蚁附登城。虽然失去灵智的尸骨，以这种姿态重新站起于战场，战力远远逊色于生前，但两军对垒，最前线战场上，刹那之间一方多出十数万兵力，对于城头剑修而言，并不轻松。

结果不等这些白骨傀儡蜂拥靠近城墙，玉璞境剑仙吴承霈便首次祭出本命飞剑甘霖。

吴承霈的飞剑现世之后，只见大地之上，战场只要有鲜血处，便有"雨水"从地面升起，攒簇向天幕，暴雨倒挂，那幅画面，就好似天地倒转，唯有吴承霈的剑意雨水在正常降落。一阵暴雨过后，白骨傀儡与墙根一线的妖族大军，几乎瞬间死去。

在那之后，吴承霈一次次运转本命飞剑，从城墙根向外推移，战场之上，接连五场大雨过后，侥幸不死的，十不存一，皆是境界够高的妖族修士，或是尚未化作人形却天生肉身坚韧的妖族，这些存在，于是就成了城头剑修的箭靶子，如此一来，蛮荒天下的大军攻城势头为之一滞。

吴承霈随之收剑，悄然换了一处城头，继续炼剑。

很难想象，这只是一位玉璞境剑仙的出手。

一位上了岁数的老剑修鬼鬼祟祟登上了城头，刚好近距离亲眼见证了这一幕。

随后一位位剑仙齐齐出阵，赶赴战场，更是令人神往。

董三更、陈熙、齐廷济，三位城墙刻字的老剑仙，陆芝、纳兰烧苇、岳青、姚连云、米祐在内这些大剑仙，也纷纷离开城头。

此外女子剑仙周澄、元青蜀、陶文等剑仙，也无例外。

坐镇剑气长城的儒释道三位圣人，更是开始施展神通，改天换地。

剑仙深入大军腹地后镇守的那条战线，极有讲究。

剑仙列阵的那一线之上，大地之上如江河滚走，是道家圣人以手中拂尘造就而成。河水两岸，皆有金色文字，造就出两条堤岸，河水之中，悬停一朵朵金色莲花。

老剑修跟随中五境剑修，浩浩荡荡，一起御剑离开城头。

落地之后，老剑修也没敢冲在第一线，持剑在手，倒也有一把飞剑祭出，环绕四周，眼见四周剑修的本命飞剑皆是一往无前，好像过意不去，便驾驭飞剑，再次跟上其余剑修的飞剑，戳死了一个挨了其他飞剑的半死妖族，被身边一位观海境剑修瞪了眼。老剑修骂骂咧咧，又驾驭飞剑去戳其他半死的妖族了。战场之上，针对妖族地仙境界之下的修士，唯有击杀他们的人才有战功。

妖族大军数量虽多，但相对而言修士较少，有些稍微值钱的战功，实在是抢不过旁人了，老剑修还会碎碎念叨。

一来二去，还是被老剑修捡漏了好几个斩杀妖族修士的战功，老剑修立即笑得合不拢嘴，一旁那位观海境剑修大骂道："你他娘的离我远点！"

老剑修回骂道："我他娘的偏不！"

前方战场，一头妖族龙门境修士先前竟是一直故意以真身现世，在观海境剑修与废物老剑修内讧之际，骤然前冲，幻化人形，一巴掌就要按住观海境剑修的头颅。

观海境剑修却也是老江湖，与那行事不讲究的老剑修对话，不过是些许分心，无碍他对战场走势的观察，他迅速驾驭飞剑，刺向妖族修士的眉心处，却被那妖族修士伸手阻挡住飞剑。妖族修士皮糙肉厚，体魄坚韧异常，虽然被飞剑洞穿，那把凝滞些许的飞剑却被他握拳攥紧，同时御风跟随身形后撤的观海境剑修，拼着一只拳头被炸碎，也要继续一巴掌拍下，打烂观海境剑修脑袋。

观海境剑修还有剑坊长剑，横剑一抹，不承想来势汹汹的龙门境妖族修士蓦然挪步，以更快速度来到他一侧，一臂横扫，就要将其头颅扫落在地。

老剑修莫名其妙来到观海境剑修与妖族修士之间，以两根并拢手指挡住那条手臂，妖族修士被瞬间回过神的观海境剑修以飞剑洞穿头颅。

老剑修立即回头骂道："你他娘的抢我功劳！这可是一头大妖啊……"

刚要向老剑修道谢的观海境剑修，硬生生将那句言语憋回肚子，直接走了，还腹诽不已："大妖你大爷。"

老剑修却死皮赖脸跟上了他。双方临时搭伙，并肩作战，一次次险象环生，但是一次次毫发无损，等到观海境剑修不得不诚心诚意道一声谢的时候，那个老剑修已经不见了。

观海境剑修瞥了眼远处，那老剑修好像替人挨了一个金丹境妖族的迅猛一拳，整个人倒飞出去，满地打滚，一身尘土，站起身后，见那金丹境大妖已经被剑修围殴，便跟踉踉跄跄又跑了。

观海境剑修就奇了怪了,若真是元婴境、金丹境前辈,这般不要脸的,剑气长城倒是还真有一些,不过数得着,而且一个比一个名气大,比如那位喝了竹海洞天酒就突然会吟诗的,就属于这类剑修前辈里边的个中翘楚,可这位,面孔瞧着却很陌生啊。

老剑修一路逛荡,偶尔捡个小漏,最后被一个金丹境妖族纠缠上了,被追杀了百余丈,老剑修竟是又祭出了气息近乎完全相似的一把本命飞剑,一边躲避那头大妖气势凌人的近身厮杀,一边嘴上骂道:"不要逼我出全力啊,我这人飞剑可多!"

金丹境妖族修士凶性大发,看似攻势随意,实则即将祭出一件本命攻伐法宝,只是他突然一愣,那老剑修竟是以蛮荒天下的大雅言,与之心声言语:"速速收走其中一把飞剑,争取活着捎去甲子帐。"

金丹境妖族将信将疑,不管如何先抓取到手心再说,结果刚要伸手去抓那把果然慢了一线的近身飞剑,哪里想到飞剑骤然加速,直接戳穿了他的脑袋,搅烂了他的一颗眼珠子。

金丹境妖族剧痛不已,现出真身,同时祭出那件攻伐本命物,再怒吼一声,想要将麾下妖族兵力聚拢过来,合力围剿那个阴险至极的混账玩意儿,不承想再一看,那个该死的老剑修已经没影了。

等到他现出真身,又拉拢了附近七八十头麾下妖物,让它们靠拢身边,自然而然就已经被附近数位剑修专门针对了。

远离此处战场,一位年轻剑修被人一撞,当场横飞出去,原地则被妖族修士本命物砸出一个大坑,下一刻,年轻剑修被一个老剑修扶住身形,与此同时,周边妖族便展开了一场围杀,有埋头前冲的,也有纵身飞跃的,密密麻麻,汹涌而至,铺天盖地。

背剑在后的老剑修既没有长剑出鞘,也没有祭出飞剑,只是将那年轻人一掌推开,使得后者瞬间远离战场。然后老剑修随便拉开一个拳架,拳意四散,四周皆齑粉。

年轻剑修见了这一幕后,还来不及震惊,那老剑修便已经收了拳架,潇洒站定,一手负后,抬手抚须而笑,沾沾自得道:"一身剑气真无敌。"

年轻剑修愣了半天,这一处战场,已经空空荡荡,远处一些个见机不妙的妖族,哪怕多是灵智未开,却也知晓利害,纷纷绕路奔走,去往别处。

老剑修一眼扫过战场,其中几个境界不高的妖族修士,兵器物件都已连同身躯魂魄一并粉碎,半点没剩下,有些可惜了。下一次出手得稍微悠着点,蚊子腿也是肉。

年轻剑修飞掠到老剑修身边:"老前辈?"

老剑修嗓音沙哑,抚须微笑道:"喊我剑仙前辈即可,我年纪不大,老这个字,当不起当不起。"

年轻剑修错愕无语。

老剑修已经御剑远游,长剑贴地,飞快凿阵,如鱼游弋水草中,只对那些妖族修士祭出飞剑,能杀便杀,能伤则伤。而且拣选出手的时机恰到好处,不会耽误剑气长城的剑修出剑。

年轻剑修瞥了眼那位"剑仙前辈"的身影与出剑,也瞧不出境界高低、修为深浅,便按下心中疑惑,持剑往南,赶赴下一处战场。

这一次出城厮杀,剑气长城有六千余位中五境剑修,听上去数量极多,实则相较于千里战场,依旧会是人人身陷妖族大军的险峻境地,加上数量众多的洞府境、观海境剑修,更多是为了砥砺剑锋,熟悉战场,必须兼顾杀妖与练剑两事,就难免需要境界更高的同行剑修照顾一二。按照隐官一脉的规矩,这两境剑修,先求活命,再求破境,最后才是追求杀妖更多。至于境界相对最高、杀力最大的地仙剑修,杀妖立功第一,护住洞府、观海两境剑修性命为第二。

城头有剑修镇守,只要南北一线上不至于太过崩溃,不用担心妖族绕过剑修,去往城头。

介于两者之间的龙门境剑修,相对最为清爽直接,单独一人,仗剑破阵杀妖也可,与同境好友成群结队亦是无妨,并无太多规矩拘束。

在这期间,还有许多三三五五的剑修队伍,比较特殊,是相互间飞剑的本命神通可以叠加的剑修,此次出城迎敌,争取在沙场之上飞剑配合娴熟。为这拨剑修护阵的某位金丹境、元婴境剑修,往往是庇护前者为第一要务,杀妖立功反而在其次。一旦前者剑修的性命大道、飞剑受损,这些地仙剑修就要承担极大责罚,若想以战功弥补,属于极其不划算的那种。

一旦出城,隐官一脉制定出来的临阵规矩,其实不多,所以每一条都格外让剑修上心。

老剑修路过一处远离城头的战场,厮杀尤为惨烈。

能够将临近城头的妖族斩杀干净,一路往南方推进十数里,本身就说明了这拨剑修的杀力不小,杀心更大。

只是时下那七位剑修已经身陷重围,妖族修士多达数十位,麾下兵马更是数以千计,光是金丹境大妖便有三头之多。

老剑修见着了两个熟人,龙门境剑修任毅和金丹境剑修溥瑜,都是当初大街上守三关的剑修。老剑修看了眼溥瑜,叹了口气,这家伙还是那副额头写着"欠揍"二字的扎眼装扮。

也亏得这位英俊公子哥不是自家人,不然早就被老剑修骂了个狗血淋头。一袭白衣飘飘,在城池里边喝酒、与人切磋剑术也就罢了,到了战场上,非要这么显露谪仙人风采,不妥当啊。那衣坊法袍又不收你半枚雪花钱,披上一件又如何,如果不是规定只能白给剑修一件,老剑修都能披上个七八件,再扛个七八把剑坊佩剑,这才赶赴战场。

这位让人喊他"剑仙前辈"的老剑修,自然就是如今声名狼藉的隐官大人了。

在继"买卖公道二掌柜""一拳撂倒陈平安"之后,如今又多了个绰号——"见死不救真隐官"。

城头之上,先前隐官大人被叛变剑仙列戟"袭杀"之后。隐官一脉剑修迁往避暑行宫,隐官空悬多时,等到篆刻"隐官"二字的飞剑传信城头,其实剑气长城的剑修,几乎都已经心里有数。毕竟在妖族祭出一条法宝洪流,以及蛮荒天下剑修问剑两场大战之中,城头那道剑气瀑布,其间变阵极多,击杀元婴境妖族修士颇多,这些个路数,一连串过后,剑修们稍稍咀嚼,也就嚼出了那座酒铺的滋味来。

如果不是巅峰大妖仰止虐杀剑仙、隐官飞剑阻拦剑修相救一事,那位当了二掌柜再当隐官的年轻外乡人,如今在剑气长城的名声,其实已经从极差变作了绝好。

陈平安没有着急出手,溥瑜作为金丹境剑修,应该就是这拨年轻剑修的护阵剑师,而任毅身为战场上来去随意的龙门境,应该是想要与相熟的溥瑜联手破阵,既有个照应,也能杀妖更多,因为溥瑜的本命飞剑雨幕极具迷惑性,飞剑幻化极多,战场之上,很容易蒙蔽对手,何况真假飞剑,转换迅速,杀力也不算小。

陈平安仔细看过了战场,便更不着急,摆出了一副想要上前解围又没把握的姿态,还几次绕路,截杀一些试图绕过整座战场,往北冲向城头的妖族,毕竟妖族修士只要能够攀缘城头,便是一桩功劳,若是能够登上城头,又是一大功,哪怕最终身死,毫无斩获,两桩大小战功,一样会被蛮荒天下军帐记录在册,封赏给部族或是嫡传、亲眷。

陈平安盯住的,是一个不起眼的妖族修士,不是对方泄露了大妖气息,就只是一种直觉上的"碍眼",以及那种小战场上的胜券在握、进可攻退可守的生死无忧,却又有着绝对不合常理的必死之心。那个暂时不知境界有多高的妖族修士,出手看似咋咋呼呼,不遗余力,一件攻伐灵器要得十分花哨,但是碰到了"老剑修"陈平安这个同道中人,也算他运气不好。

一个坐镇战场的金丹境妖族修士,也觉得那个绕来绕去就是不近身的老剑修十分碍眼,便让三个麾下修士去探探虚实。

陈平安在意的,不是那三个脱离战场的妖族修士,甚至不是那个金丹境大妖的指挥调度,一直就只是那个深藏不露、极有可能在隐匿修为的妖族修士,所以越发确定是他提醒了金丹境妖族修士,来摆平自己这个小意外,免得坏了大事,例如绞杀溥瑜和任毅这两位年轻天才。

溥瑜和任毅毕竟境界不低,也完整参加过先前两次攻守战,如果他们真要舍了其余年轻剑修性命不顾,是有极大希望撤出战场的。

溥瑜与任毅是剑气长城两位毋庸置疑的年轻天才,不能因为他们所在的小山头,有光彩夺目的齐狩、高野侯，便觉得他俩是什么小人物。

虽然董黑炭曾经私底下点评过守关两剑修，对于境界低一层的任毅，反而是好话，说任毅是龙门境剑修里边年纪小的，飞剑快的，反而对溥瑜评价不高，说成了金丹境里边最为花架子的。但这种评价，是就捉对厮杀、剑修问剑而言，是事实，却并不全面。隐官一脉对溥瑜和他本命飞剑的评价极高，因为他的本命飞剑在战场上有奇效，所以被评为丙等，论品秩，仅次于齐狩那把被隐官一脉评为乙等的本命飞剑跳珠，至于甲等，则是吴承霈的甘霖，另外乙等还有岳青的百丈泉、云雀在天，婆娑洲剑仙元青蜀的本命飞剑，也在此列。许多剑仙的本命飞剑，虽然杀力极大，反而在避暑行宫那边等级不高。

当然这种划分，是隐官一脉剑修只考虑战场的一种极其功利"市侩"的点评。

既然确定了对方的真正后手，陈平安便不再犹豫，不再兜转逛荡，而是脚踩剑坊那把长剑，以正儿八经的剑修身份御剑，冲向那三个尝试着一探虚实的妖族修士。御剑贴地画出一个大弧，陈平安刚好躲过一道攻伐本命物的灵器流光，脚尖一点长剑，长剑继续冲向前方一个妖族修士，脚下那把剑坊制式长剑，去势之快宛如一把飞剑。

陈平安自己则已经离开长剑，祭出一把被命名为账簿的本命飞剑，针对另外一个妖族观海境修士。飞剑洞穿对方头颅，陈平安伸手"扶住"尸体，防止对方炸开本命窍穴，顺手牵羊扯下对方腰间一件铜铃铛，收入袖中，再扯住毙命了的妖族修士身躯，砸向第三个妖族修士的一道绚烂术法。一气呵成，行云流水，好一个唯手熟耳。

伸手一抓，将剑坊长剑驾驭返回，一步踏出，踩在长剑之上，舍了两个境界不高的妖族修士不去管，直奔那个躲躲藏藏的死士大妖。陈平安脚尖一点，避开几道术法和攻伐灵器轰砸，将那剑坊长剑一脚踩入地面，整个人高高跃起，双指掐诀，那把账簿飞剑，和溥瑜的飞剑雨幕如出一辙，瞬间分出十数把，只是不同飞剑之上，剑气剑意各有厚薄，剑尖直指那个妖族死士，转瞬即逝。

陈平安以心声提醒溥瑜和任毅，嗓音苍老沙哑："别贪战功，小心埋伏。"

那个一场厮杀下来，看似撑死不过是观海境的妖族修士，眼见着躲藏无用，摇身一变，不但成了剑修，至少也该是一位金丹境瓶颈剑修。

眉心处剑光一闪，本命飞剑，神通玄妙，金光点点，飘浮不定，刚好护住了周身，一阵清脆响声过后，竟是全部击退了剑气长城那个不知名老剑修的十数把飞剑。

这个藏头藏尾的妖族死士剑修，同样以心声提醒三个金丹境妖族："金丹境剑修起步，飞剑古怪，把把飞剑皆真，与那溥瑜的雨幕飞剑还不一样。你们不用留力了，争取杀任毅、伤溥瑜，好引诱此人滞留于此，我们再将其围困斩杀。"

这个妖族剑修本命飞剑散发出来的一点点金光迅速聚拢，最终凝聚为一小粒，光彩越发璀璨，一线直去，取敌头颅。

眼光毒辣揭穿大妖身份的老剑修，一个急急坠地，身形灵巧，换了路线，继续前冲。

妖族死士随手一抓,将战场上遗落在地的一把剑坊长剑握在手心,微微侧身,一剑劈出。

老剑修双膝微屈,骤然发力,脚下尘土飞扬,大地上响起一阵沉闷震动。他身影快如一缕烟雾,躲过一把飞剑,再躲长剑剑光,欺身而近。

那妖族死士剑修心中大定,对方飞剑够多够古怪,驾驭得也火候足够,但是杀力一般,算不得出类拔萃,飞剑多半还藏着暂时未知的本命神通,其实这才是最棘手的。但是眼瞧着对方竟然胆敢近身搏杀,这个妖族剑修便不再束手束脚了:"这老头儿,不知死活,与我比拼肉身坚韧、体魄浑厚?!"

转瞬之间,双方飞剑再次狭路相逢,又是一个变化出十数把,一个一粒金光凝聚又散开,双方相距十数丈距离,火光四溅。

等到双方距离不足五丈,各自本命飞剑再次撞击在一起,这一次星火点点,剑气涟漪轰然炸开,灵气紊乱,许多沾有残余剑气的火光飞溅开来,看似芥子大小的火光,许多妖族只要被触及,就是一阵刺骨疼痛,再一看,碗大伤口,早已血肉模糊。

妖族剑修心中越发镇定,双方飞剑对峙,自己犹有余力,对方却多半是倾力而出。五丈距离,双方面容,皆清晰可见,果不其然,那老剑修眼见着够快够多的本命飞剑无法得逞,就已经心生退意,眼神当中闪过一丝慌张,下一个前冲步伐骤然放慢一线,却还要故作镇定,然后一个停步,后掠出去,与此同时,竭力运转飞剑,压箱底的本事都用上了,因为飞剑再不藏掖丝毫,终于舍得祭出本命神通,一座相互牵连的剑阵,刚好挡在了两个剑修之间。

妖族剑修再无半点顾虑,眼前老剑修,虽非册子上所载人物,但是多杀一个剑气长城的金丹境剑修,也算意外之喜,大功一件!

以本命飞剑破开对方剑阵,妖族剑修不给对方撤退远离的机会,一掠而去,跟上那个神色焦急的老剑修,一剑当头劈砍而下。敢救人,就得搭上一条命才行!

老剑修慌乱之下,只得歪过脑袋,伸出一只手,去拦阻长剑,不然还是难逃被一剑劈成两半的下场。

片刻之后,妖族死士剑修有些神色恍惚,低头望去,魂魄震颤,心绞不已。

近在咫尺的老剑修面容依旧惶恐不安,但是左手却稳稳握住了长剑,不但如此,右手如铁骑凿阵,凿开了妖族剑修的胸膛,却又未曾透过后背而出,拳头虚握,刚好攥住了一颗虚无缥缈的金丹,在这之前就已经轰然炸开的沛然拳意,搅烂了妖族剑修本命窍穴的邻近气府,就像彻底隔绝出了一座小天地,半点不给死士剑修炸裂金丹的机会。

毙命之前,妖族死士剑修见到那老剑修还有心情在那边演戏,一脸诚挚的心有余悸,然后展颜一笑,心虚愧疚道:"小胜小胜,侥幸侥幸。"

蛮荒天下的攻城大军,被三教圣人合力打造出来的那条金色河流一分为二。

剑仙仗剑,据守长河,剑仙们身后的妖族,只能做那困兽之斗,再无后援,必须要与那些离开城头的中五境剑修乱战厮杀。

不过剑气长城这拨剑仙想要守住长河,将战阵拦腰截断,长久阻滞后续大军前移,也绝非易事。每一位剑仙都需要承受汹涌前冲的妖族大军。

战场之外,甲申帐。

这座军帐之中,虽然都是些年纪不大的孩子,却是六十军帐当中的大帐,戒备森严,规矩极多。外来访者,除非有重要军务在身,否则即便身为剑仙大妖,胆敢擅自近帐,一律斩立决。

今天甲申帐来了两位身份极其显赫的贵客。

一位身穿大红衣袍的魁梧老者,身上那件鲜红法袍,灿若烟霞,红光流溢,生生灭灭,倏忽不定,这是一件仙兵品秩的法袍。传闻最早出自那条大渊入口之一的曳落河,曾是大河根本压胜之物,老人辈分极高,与仰止、黄鸾辈分相当,只是各有恩怨,关系极其复杂。

老者是蛮荒天下英灵殿王座候补大妖之一,比大妖重光战力更高,只是一直独来独往,名声才不如重光。最近一次公开露面,便是当年被流浪途中的阿良事后所谓的"一个手痒没忍住",一剑砍塌了老人的大半巢穴,老人与重光联手,气势汹汹追杀阿良数十万里,一直将阿良追杀到剑气长城才止步,也"顺便"领教了董三更出城一剑。

老人身边站着一个身后背了足足五把长剑的年轻大妖。年轻大妖身穿一件同样大名鼎鼎的翠绿法袍束蕉炼,容貌英俊且年轻,只是一颗眼珠呈现出毫无生机的枯白色。年轻大剑仙也未刻意遮掩,甚至连障眼法都懒得施展。若不是被这颗眼珠子破坏了容貌,估计他都可以与剑气长城的剑仙米裕,比拼皮囊之出彩。

只是与玉璞境剑修米裕最不一样的地方,还是这个剑仙大妖剑术极高,是上五境剑仙妖族当中最年轻的一个。在那十三之争当中,剑仙大妖堂堂正正,赢过了成名已久的大剑仙张禄,使得后者身败名裂,以戴罪之身去看管倒悬山那道大门,只能与喜好坐蒲团看书的小道童朝夕相处。传闻张禄与宁府剑仙夫妇关系极好,只是好像朋友三人下场都好不到哪里去,两个战死,一个活了下来,却沦为笑柄。

甲申帐女子剑修流白,陪同军帐领袖少年木屐,两人一起出门相迎。

木屐毕恭毕敬道:"拜见官巷老祖,绶臣剑仙。"

流白言语要更加随意,透着亲昵,笑道:"见过官巷老儿,绶臣师兄。"

大妖官巷笑着点头:"流白丫头越发俊俏了,以后到了浩然天下,我亲自帮你抓些书院的君子贤人,让你挑选。"

这便是师承的好处了。

流白的传道恩师,是化名周密、自号老书虫的王座第二高位,被誉为蛮荒天下的"学海",而剑仙绶臣,刚好是流白的大师兄。周密诸多弟子当中的全部剑修,绶臣、采滢、同玄、桐荫、鱼藻,加上流白,皆是托月山评点出来的百剑仙大道种子。

托月山点评出来的天下百剑仙,不以境界高低分先后,流白这位绶臣师兄,不但当下境界高,排名更是极高,和刘叉嫡传背篼、托月山关门弟子离真紧挨着。

流白发现了绶臣的异样,忧心问道:"绶臣师兄?"

不明白为何才几年不见,绶臣师兄便遭此重伤。上次分别,绶臣师兄据说是领了师命出门远游。

绶臣指了指自己那颗后来补上的眼珠子——大妖体魄坚韧,更何况是一头上五境大妖,但是他既没有重新生发一颗眼珠,也未炼化那颗后补眼珠,好像故意给人发现他瞎了一只眼睛——笑道:"被那老瞎子剜去了一颗眼珠子,丢给了那条看门狗嚼碎了当吃食,辱人至极,不过如此。此仇不报心难安,但是想要报仇,又不容易,就只好给外人瞧瞧,当个提醒,免得时日一久,自己忘了。"

木屐心中震撼不已。不提那喜好驱使金甲傀儡搬动十万大山的老瞎子,光是那条看门狗,据说便是一头破开了瓶颈去寻衅的飞升境大妖,结果寻衅不成,留在那边当起了一只名副其实的走狗。

当年大妖官巷带着剑仙绶臣,一起去找老瞎子谈事情,希望老瞎子能够出力,一起杀去浩然天下,不承想闹了个不欢而散。

十二境打十三境,仙人境对峙飞升境,就算打不过,全无胜算,可好歹也不是不能逃。

可一旦十二境、十三境对峙下一境,那就真是毫无道理可讲了。当然,飞升境的剑仙,还是有一战之力的,只要剑够快,破得开大道显化的那座天地。传说中的十四境,人在何处天地在何处,大道压制无处不在,绝非拥有一道屏障的小天地那么简单。剑仙之外的飞升境练气士身在其中,最为难受。所以仙人境剑修绶臣吃了大亏,还真不是他的剑道如何不堪,就只是因为那老瞎子太强,强大到了一个外人身在蛮荒天下,一样是那十万大山广袤疆域的老天爷。阿良曾经有个极其有意思的比喻,老瞎子就是蛮荒天下的"二大爷",除非那个消失了万年之久的"老大爷"不开心了,亲自出手镇压,不然一切术法神通,不过是浮云流水,皆是虚妄。

大妖官巷笑道:"先说正事,甲子帐那边怕你们这些孩子憋闷,根据军帐记录,这是甲子帐驳回甲申帐两次大的建言了,所以让我亲自跑一趟,与你们说些内幕,等下进了甲申帐,我说过了情况,你们知道就行,绝对不可外传。"

甲申帐内人人起身,恭迎两位前辈。一个岁月悠久,飞升境就摆在那边,蛮荒天下的那本老皇历,不少书页上边,都写着官巷的化名和相关事迹。一个年纪轻轻,战功彪炳,还是位剑仙。

官巷笑着点头,示意众人落座,无须客气。

剑仙绶臣看了一圈,不是剑修的年轻人便一眼扫过,是剑修便多看几眼。

离真、背篓、雨四、浑滩,加上师妹流白,甲申帐拥有五位蛮荒天下的剑仙坯子。

大妖官巷说道:"按照你们的计划,连我和重光在内,飞升境、仙人境齐齐出马,至多可以收获几颗剑仙头颅?"

木屐说道:"如果按照我们的策略,先只杀剑气长城的玉璞境剑仙,而且必须先杀元青蜀、蒲禾在内的这拨外乡剑仙,死上两位,剑气长城本土剑仙绝对不会后撤,也容不得他们离开战场,那么最终结果,最好的情况,是我们可以击杀四五位玉璞境剑仙,外加两位大剑仙。最差的结果,也能有三位玉璞境,以及一位大剑仙。在这之后,那条守着长河出剑的剑仙,不管如何,都该撤退了。"

大妖官巷点了点头:"是一个绝好的结果,你们的册子,甲子帐仔细翻阅过,方案缜密,就算与剑气长城一换一,我们这边也完全能够接受。所以,这也是你们最不甘心的理由,对不对?"

木屐点头道:"正是如此。如此之多的剑仙,好不容易被我们逼着离开了城头,陷阵厮杀,即便三教圣人帮他们打造出一座天地,得了一定庇护,可又非牢不可破。前辈你们只要倾力出手,剑仙头颅只要少于四颗,我木屐愿意让离真砍下头颅,提头去甲子帐向诸位前辈谢罪。"

官巷笑道:"城头上的三教圣人,能够打造出几次长河,帮忙割断战场,减缓城头剑修压力,你们可有推演结果?"

木屐摇头道:"有过猜测,但是太过玄妙,我们不敢以自己的猜测作为根据去推演战场走势。"

官巷说道:"这确实也不能怪你们,这种大事,就只能是甲子帐给出答案,你们这些孩子,胡思乱想个一百年,都只能靠赌。甲子帐那边的结果,是三次。三次过后,三教圣人,便会伤及大道根本。"

木屐疑惑道:"甲子帐是直接想要三教圣人陨落于此?"

官巷点头道:"剑气长城被攻破之后,浩然天下那些坐镇天幕的陪祀圣人,会如何做,我们拦不住,但是三教圣人必须要死在剑气长城。所以甲子帐那边有了新的决定,不全盘接受你们的方案,但是也不会坐视不管,由着那些剑仙抖搂威风,我、重光、绶臣,还有十数位境界够看的,皆会倾力出手。但是绶臣、流白的师父,背篓的师父,依旧不会出手。"

木屐笑容灿烂,道:"前辈们的甲子帐深谋远虑,甲申帐晚辈,心悦诚服。"

官巷感慨道:"你们才是我们蛮荒天下的将来所在,我们腐朽老矣。"

然后官巷转头笑道:"当然绶臣不算,还是很年轻的。"

木屐突然说道:"官巷老祖,绶臣剑仙,我还有一个请求。"

官巷说道:"说说看。"

木屐便将那场甲申帐早已谈妥的围杀之局,与老人详细说了一遍,希望下一场剑仙坐镇长河之际,他们甲申帐五位剑修齐齐出阵,隐匿于大军之中,合力围剿剑气长城新一任隐官陈平安。所以木屐希望甲子帐那边,能够安排一位前辈,负责凿开一条撤退之路。当然,甲申帐自己也会审时度势,不会一开始就匆忙现身,使得负责护阵开阵的前辈太过处境凶险。

官巷说道:"此事甚大,我点头答应也没用,得去甲子帐那边提一提,你们等我消息。"

木屐道了一声谢。

流白说道:"绶臣师兄,千万要让师父点头答应下来啊。"

绶臣无奈道:"得看接下来你们的两个大小方案,效果到底如何,不然师父的脾气你又不是不清楚。"

除了针对那条金色长河的离城剑仙的大方案,其实还有双方年轻一辈的某个较劲,已经暗流涌动,蓄势待发。

以甲申帐为首,数座军帐联手谋划,精心拣选出来一大拨妖族死士,皆是一些停滞金丹境或是元婴境瓶颈多年的地仙剑修。

这些成了剑修依旧沦为死士的各方豪杰,在赶赴战场之前,人手一本甲申帐撰写的小册子,上边记录了五十位剑气长城天才剑修的全部消息。

宁姚在首页。齐狩,高野侯,庞元济,司徒蔚然,罗真意,陈三秋,董画符,叠嶂,晏琢,徐凝,常太清,顾见龙,郭竹酒,高幼清……

一长串名字,境界,飞剑,飞剑的本命神通,性情,厮杀风格,极有可能出现在同一处战场的熟悉朋友会有哪些,册子上边,皆有近乎烦琐的记载。

估计就算和剑气长城隐官一脉的档案有差距,也不会差太多。

只不过庞元济被记录在册,却又被划去名字,再以朱笔写了"不可杀"三字。

在这期间,有位主动要求担任死士的妖族金丹境老剑修,在去往战场之前,突然被军帐修士找到,就地斩杀。

一旁妖族剑修只是惊愕,也未多想。已经死了的,早死而已,没死的,也无须看笑话,晚死而已。

估计是一位想要与剑气长城通风报信的叛徒。

这个关于妖族与人类、剑修与生死、蛮荒天下与剑气长城的小故事,就这样永远消失于光阴长河当中,好像一叶浮萍,长久漂流,打了个旋儿,便无影无踪。

这一代剑气长城,天才辈出,被誉为万年以来剑仙坯子的第二个大年份。蛮荒天下接下来要做的,就是以己方地仙剑修的一条条性命作为代价,把对手的大年份硬生生消磨成一个小年份。

看似做成了，也不算赚。实则不然。事实已经证明，剑气长城遗留下来的纯粹剑意，越是久远的剑意，越是不排斥蛮荒天下的剑修，后者只要剑心纯粹澄澈，一样可以得到那些远古剑意的青睐，抓住大道机缘。

数座天下，只说剑道气运，剑气长城是当之无愧的最为浩大鼎盛。

那么剑气长城一旦被破，剑仙死绝，加上活下来的年轻天才越少，蛮荒天下就攫取越多，百剑仙种子就可以在无形之中如获甘霖，快速成长起来。

战场上，溥瑜也没闲着，全力祭出本命飞剑雨幕，就算帮不上大忙，也争取让那位好像形势不妙的老剑修不至于因为救他们反而身陷重围。毕竟剑修温养飞剑一事，除了淬炼剑意，养剑本身，还可以淬炼体魄，而妖族先天体魄坚韧，一旦还是剑修，那么体魄之坚固程度，更是到了一种夸张的地步。

任毅更是配合溥瑜的飞剑神通，以极快飞剑刺杀妖族修士，只是对方有金丹境妖族修士，故意舍了溥瑜和任毅，除非飞剑近身，不然就专门针对那些境界不高的年轻剑修，逼得两位天才剑修很难真正酣畅出剑。

其余年轻剑修已经得了溥瑜和任毅的提醒，暂时只管相互策应，驾驭飞剑自保。

那个偷偷摸摸得了一颗金丹偷藏入袖的老剑修，自己好像挨了一记重创，倒飞出去，翻滚起身后，"呕血"在手掌，又祭出了飞剑，对着那个已经断气的妖族死士剑修一顿乱戳，然后又一个侧飞出去，在地上滑出去数丈，歪斜摇晃着起身，往脸上抹了一把血迹。

老剑修伸手一探，将那把地上的剑坊长剑握在手中。

又有一道凌厉剑光瞬间而至。又是一个金丹境妖族剑修！

老剑修手持长剑，挡住那道剑光，整个人倒滑出去，在地上犁出一道由深及浅的沟壑。

剑坊长剑最终被剑光断折，老剑修掐指驭断剑，先后归鞘背后，与单独出阵的金丹境妖族死士剑修遥遥对峙。

不光是溥瑜这些剑气长城年轻剑修错愕不已，便是那些金丹境妖族和麾下兵马也十分茫然，何时自己一方，多出了两个蛮荒天下最值钱的剑修了？

陈平安心中大致有数了。

蛮荒天下此次被割断了战场，也早安排有后手。比如溥瑜、任毅，就各自招来了一名金丹境剑修死士。

岁数大，极有可能还是那种此生瓶颈难破、大道无望的剑修，担任死士刺客，最是合适不过。

一旦战场上处处如此,是蛮荒天下早就预谋的一个缜密方案,对于剑气长城的年轻天才剑修,麻烦极大。

所以陈平安打算不再停留太久,打扫过这处战场,先飞剑传信城头魏晋,将消息传给避暑行宫,然后就需要早点赶去那处战场。毕竟,自己还是范大澈的护阵剑师,答应之事,总得做到。

陈平安卷了卷袖子,一脚踩地,原地瞬间无身影。

那名金丹境妖族剑修显然有些不知所措,飞剑已出,找不到人,如何是好。

刹那之间,这名暮气沉沉的金丹境剑修就倒飞了出去,一副坚韧异常的身躯,直接撞开了整座包围圈,被撞妖族,血肉碎烂,当场毙命。

背剑坊长剑、穿衣坊法袍的那个老剑修,如影随形,不等那金丹境妖族剑修身躯落地,便是第二拳递出,将其身躯连同本命金丹,一起炸碎。

下一刻,飘然落地的老剑修,悄然飞剑传信城头,城头驻守地仙剑修,必须抽调出一部分,离开城头之后,隐匿气息,争取反过来截杀对方死士剑修。

这处战场上的妖族大军,如鸟兽散,疯狂逃命,几名金丹境妖族修士更是御风极快,纷纷祭出防御本命物法宝,只要不往南边撤退太远,转换战场继续厮杀,并不算过错。再者,如今战场被拦腰截断,蛮荒天下的督战官还真管不了临阵怯战一事。上阵妖族,虽说个个都是拼死挣取功劳,可终究不是明知必死去找死,哪怕去摸几下城墙都是好的,好歹也算一件功劳。

溥瑜在内剑修,不过是追杀而已。

任毅瞥了眼那位御剑远去的老剑修,神色复杂。

溥瑜无奈道:"不用猜了,就是那个狗日的二掌柜。"

只是两人都不太理解,为何才一年没见,成了新任隐官的年轻人,就好像完全变了个人。尤其是最后一拳的杀心之重,便是剑气长城的这些年轻人,都觉得心中不适,会有些窒息感觉。若是与之战场敌对,又是什么感觉?

两位久经厮杀的天才剑修,几乎同时摒弃心中杂念,心境空明,剑心澄澈,尽量出剑更快。

至于那个年轻隐官,是不是剑修,还是一种新的伪装,双方都懒得去猜,反正猜不到的,真相如何,只有天晓得了。

不管如何,只知道那个其实算是同龄人的家伙,如今杀金丹境,如拾草芥。拳与剑下皆蝼蚁。

第五章 下城头

第六章
开阵

剑气长城的天幕云海之上,道家圣人起身,向来者恭谨行礼,打了个稽首,然后笑道:"难得难得。"

陈清都笑道:"居高望远,是要比我那小破茅屋所见风景更好。"

大概客气话聊完,便无话可说了。

这位难得大驾光临云海之上的老大剑仙,便只是望向南方的喧嚣战场。

这位道门老神仙突然问道:"那位年轻隐官似乎对贫道有些成见?"

陈清都说道:"他对整个道家都有些意见,并非针对你一个人。其实他也知道如此不妥,只是一时半会儿很难更改。"

总有那么些怪人,针对自身的言语事情,往往放得下,唯独针对身旁人的某些言行,反而长长久久,难以释怀。这样的人,其实老大剑仙见过不少。远的不去说,近的就有左右,当然还有庞元济。

道家圣人抬了抬袖子,开始掐指算卦,道人不愿私底下如此作为,只是既然老大剑仙露了面,便再无拘束,掐指一算,片刻之后:"不承想还有这么一桩天大恩怨缠身,难怪难怪。"

这位道家圣人是整座剑气长城最为远离红尘的那个,真真正正做到了清净修为,别说是剑气长城的事务,便是自家道门的起起伏伏也不去理睬。没人会来此地找他,他也不去主动找人。

这位负责替道门坐镇剑气长城的老神仙,是道祖座下大弟子那一脉的得道高人,若是回了那座青冥天下的白玉京,五城十二楼,其中一楼,极高,便是他的仙家洞府、修道之地。

陈清都说道:"这么多年,害你虚度光阴,难以百尺竿头更进一步,辛苦了。"

道人赶紧打了个稽首:"惶恐惶恐。"

陈清都无奈道:"那小子若是见了你的面,估计你俩还真聊得来。"

道人又是掐指心算,摇头道:"未必未必。"

陈清都已经不愿意多说什么,只是来了就走,又不太好,便站在原地,俯瞰南方战场。

道人突然咦了一声:"咱们这位年轻隐官,竟然与那玄都观的孙道长,还有些牵扯?"

玄都观观主孙怀中,早已剑术通神,又被誉为青冥天下雷打不动的第五人。

道人感慨道:"更不承想这位孙道长,竟然会离开自家天下,走了一趟浩然天下。"

不算则已,一算十算千百算,近乎天算。

陈清都笑道:"那道门剑仙一脉,还是有点东西的。那位孙道长,为人也是有点意思的。"

只要是提及剑一事,能够被老大剑仙说一句"有点东西",那自然是很有东西了。

不然陈清都岂会吃饱了撑的,隔三岔五就逮住左右一人,说你剑术不够高?左右只说剑术,其实早已是当之无愧的浩然天下第一人了。

四把仙剑,最早便代表着天下剑道的四脉"显学"。

龙虎山天师府一把,中土神洲那位最得意的读书人一把,道老二拥有一把,加上浩然天下一直对外宣称,九座雄镇楼之一的镇剑楼,镇压着最后一把。

事实上中土神洲读书人的那把仙剑,本该属于道门剑仙这一脉,于情于理,都该在玄都观祖师堂供奉起来,只是这牵扯到一条极其复杂的渊源脉络,加上玄都观孙怀中又是那种侠气多于仙气的修道之人,始终不愿仗势将其取回。这才有了后来读书人一剑破开黄河洞天的壮举,再有了那句传遍天下的"白也诗无敌,人间最得意"。

道人感慨道:"突然想起那玄都观,桃花开时,若是花上还有黄鹂,尤为动人,眼不敢动,心魄动也。"

陈清都笑道:"不是'绝美绝美'?"

道人摇头道:"这便俗了。"

有了三间店面的酒铺那边生意冷清,其实不光是这座铺子,城里边所有的酒楼酒肆,多是如此。

老幼妇孺,或是那些毁了本命飞剑、算不得剑修的男子,才会留在城中,何况城头那边大战惨烈，少有人在这个时候花钱喝酒。

铺子里两个同龄人伙计，少年丘垅与少女刘娥，都有些奇怪，因为先前冯康乐一路飞奔过来，和铺子里边那个年纪最小的同行桃板窃窃私语了一番，就一起跑远了，等到再回来，两个孩子已经鼻青脸肿，浑身尘土。落了座，冯康乐让自己爹做了两大碗阳春面，与桃板两人就光吃面，个子太小，双脚离地，俩孩子还得直腰趴桌上吃。没那酱菜，是因为桃板说不买酒水便没那酱菜可吃，是铺子的规矩。

刘娥坐到桌旁，笑问道："怎么回事？"

冯康乐闷闷不乐，埋头吃面。

桃板愤愤道："一帮小王八蛋骂咱们二掌柜没良心，不是好人，反正说了好些难听话，欠揍不是？我和康乐就揍了他们一顿。"

刘娥打趣道："到底是谁揍谁？"

冯康乐嗤笑道："他们人多好不好，就咱们俩怎么打，好汉走江湖，双拳难敌四手，书上都这么讲，你这都不晓得？"

桃板越说越生气："最可气的，是那些躲旁边看戏的，一个个听了二掌柜那么多不收钱的故事，也不知道帮咱们搭把手。这伙人，更没良心。"

刘娥忍住笑："我去拿两个鸡蛋，你们自己拿着散瘀。"

桃板点点头："康乐，再让你爹多做两碗阳春面，咱们刚好一人一碗阳春面，加个煎蛋，香得很。"

冯康乐凑过脑袋，小声道："别别别，咱们受了伤，晚点好，让二掌柜瞧见了才最好。"

桃板问道："干吗？二掌柜那么抠搜一人，又不会送你钱。"

冯康乐嘿嘿一笑："我多听个故事呗。"

桃板白眼道："然后说给那小丫头片子听？你啊，还是太年轻，不知道这些好看的小姑娘，也精着呢，家里有钱没钱，才重要。"

冯康乐笑道："我家如今有钱。"

桃板默默吃着阳春面。

冯康乐挠挠头，轻声说道："桃板，你以后要是缺钱花，记得一定要先找我借啊，我那陶罐里边全是铜钱，如今沉得很哪，我都快要拎不动了！不过那些都是我的媳妇本，你等我什么时候讨媳妇了，记得还我啊。"

冯康乐与桃板什么话都聊，有次聊到了自己的委屈，大半夜起床去门外撒尿，结果迷迷糊糊就坐在门口扫帚旁睡着了，睡得比较死，结果爹娘找了他大半夜，好不容易把他找着了，娘亲就打得他屁股开花，他那叫一个嗷嗷哭啊。只是桃板听到这个事情后，低着脑袋，竟然哭鼻子了，后来冯康乐才知道，桃板祖祖辈辈，再到他的爹娘，都是衣坊劳役，桃板一年到头也见不着爹娘的面。

桃板突然笑道:"其实我也挺中意那小丫头的。"

冯康乐目瞪口呆。

桃板哈哈大笑:"逗你呢,姑娘唉,有啥好喜欢的。"

冯康乐跟着笑起来。

少年丘埌拿了两个鸡蛋过来,笑道:"记我账上。"

桃板学那二掌柜竖起大拇指:"大气。"

冯康乐点头道:"我与二掌柜是铁哥们,感情好得很,回头让他做个媒,把刘娥送你了。"

少年丘埌无言以对,少女刘娥满脸通红,一张脸庞羞恼得像是红了的桃花。

隐官一脉的躲寒行宫,一直空空荡荡,今天却多出了十余人。

除了一位白发苍苍的老妪,皆是孩子,小则四五岁,最大的也不过七八岁,男女皆有,出身有着云泥之别,既有太象街、玉笏街锦衣玉食的豪阀子弟,也有市井巷弄里摸爬滚打的小泥腿子。

老妪说道:"你们都是武夫坯子,以前咱们剑气长城,武学宗师也有些,只是大多命不长久,很难活过百岁,武道一途,靠天赋,更靠后天勤勉,所以活得短了,境界自然也就高不到哪里去。我算是比较幸运的一个,你们知道我是谁吗?"

一个出身太象街的孩子,年纪小,胆子大,稚声稚气道:"宁府的白嬷嬷,拳头很硬的一个老婆娘。"

"对,我叫白炼霜,出身宁府,是女子武夫,拳法尚可。"老妪笑着点头,一脚踹在了这个孩子的腹部,孩子倒飞出去,摔在地上,满地打滚,最后整个人蜷缩起来,痛得眼泪鼻涕一大把。

白嬷嬷又问道:"知道为什么要把你们聚在此地吗?"

一个玉笏街出身的小女孩脸色发白,颤声道:"白嬷嬷,我想成为剑修,不想学武,练武没出息的。"

白嬷嬷揉了揉小女孩的脑袋,轻轻一按,后者一屁股坐在地上,老妪瞥了眼地上那个比较娇气的孩子,稍稍掂量一番,只能说根骨尚可,微笑道:"想不想成为剑修,与能不能成为剑修,是两回事。早年我也与你是差不多的想法,只是成为不了剑修,也是没法子的事情,强求不得。"

小女孩刚想要说话,白嬷嬷笑道:"不着急,一个月过后,想学武的,未必能够留下,不想学的,说不定反而就留下了。"

白嬷嬷转头望向那拨神色拘谨却眼神炙热的孩子:"习武的资质,比起学剑是没那么重要,但只是相对而言。但是行不行,你们得吃过了大苦头才知道,对不对?"

这拨孩子先后点头。

白嬷嬷说道:"先与我学两个拳桩。拳无桩屋无柱,万万不成。先教你们一站一走两桩,入门很简单,纯熟不容易。练拳千招,以熟为先。"

白嬷嬷教了八个孩子立桩和走桩之后,缓缓而行,打量着那些孩子别别扭扭、东倒西歪的立桩,缓缓道:"拳打千遍,身法自然。这个说法,信也别信,要相信的是此中道理,拳要多练,不信的是千遍拳就能得自然。任你是根骨、资质、性情皆好的武道天才,只出一千拳,依旧难以让拳意上身。"

那个在地上打完滚的孩子坐在地上,还真是个犟种,咬牙切齿道:"那个中土神洲的天才武夫曹慈呢,同样一招拳法,他需要练习一千拳吗?!肯定不用!"

白嬷嬷也不生气,看着那个孩子,笑道:"浩然天下武学盛大,纯粹武夫,能够拳不讲理,却也讲究一个未曾学艺先学礼,未曾习武先习德。"

孩子双臂环胸,冷笑道:"我与你说拳法,你就与我讲道理?白老嬷嬷,我看你的拳法,其实未必有多高啊。"

白嬷嬷越发神色和蔼,绕过那排已经有人率先身姿摇晃起来的八个孩子:"心正拳正,心邪拳邪,所以教拳就是教人。"

那个孩子看着笑容越来越多的白嬷嬷,心知不妙,灵机一动,大声道:"你是个老婆娘,与你学拳,还不如跟那二掌柜学拳,他就是高手,我亲眼瞧见过他出手的!虽说早些时候输了曹慈三场,可后来不也赢了郁狷夫三场?"

白嬷嬷哈哈大笑:"小崽儿倒是伶俐。行了行了,起来吧,与其他人一起立桩,站得好,就能少挨打。方才教你们的六步走桩,就是从陈先生那边传出来的。"

那孩子站起身,揉了揉肚子,龇牙咧嘴,是真疼啊。

白嬷嬷笑了笑,这孩子的疼是真疼,不过皮肉而已,而且很快就会熬过去。

孩子嘀嘀咕咕道:"家有抓把粮,不吃这一行。"

白嬷嬷瞥了眼他。

孩子立即哀号道:"我学,我学还不成嘛。"

白嬷嬷心中有些无奈,与孩子打交道,确实还是自家姑爷比较在行。

其实连这教拳一事,也不是她擅长的,哪怕她白炼霜曾经是剑气长城唯一一位十境武夫。哪怕是在宁府给姑爷喂拳,连自己都觉得过意不去,委实是下不了狠心,出不了重拳。

只是自家姑爷说了,剑气长城的武夫种子,在剑气长城是不起眼,未来会如何,便说不准了。退一万步说,有个一技之长傍身,终归是好事。

陈平安找了一处僻静地带,瞬间更换了一张面皮,以少年面容示人。

他偷偷地从咫尺物当中取出一把借来的剑坊长剑,再将背后在鞘的断折长剑收入咫尺物,到时候还是要还给庞元济的。

重新御剑,整个人的气息,瞬间从迟暮沉沉的沧桑老者,变成了一位朝气勃勃的少年郎,眉眼飞扬,眼神清澈。

大炼飞剑初一、十五,恨剑山仿剑松针、咳雷,若非紧急情形,必须一剑不出。

皆是仙兵品秩的佩剑剑仙与法袍金醴,都已经交给宁姚。

所以陈平安的御剑远游,再加上祭出一把名为账簿的本命飞剑,以千真万确的剑修身份投身战场,本身就是一种最好的伪装。至于朱敛打造的那几张脸上面皮,反而是其次的。

反正技多不压身,多多益善。

陈平安心意微动,御剑迅速去往高处,看了眼战场形势,很快就重新贴地御剑。

战场上,数千名剑修纷纷凿阵南下,不断将妖族大军往南方压缩。

战事最为惨烈的,还是那条金色长河一线,更南方的妖族大军,蜂拥冲撞剑仙据守的那条长河,往往剑仙一剑递出后的间隙,妖族大军就能够瞬间堆积出一座倾斜山坡,挤压长河小天地的那道无形屏障,被那一层层浪头激荡而起的金色长河,拍打得鲜血四溅,大浪一去一返,便留下不计其数的累累白骨,白骨又被后方妖族覆盖,层层叠叠,不断销蚀金色长河南岸的文字堤岸。

剑仙就只能稍稍收剑几分,出剑清扫近在眼前的战场,免得那些白骨血肉在原地堆积太多,不断消磨金色长河。

一个个金色如同蝇头小篆的圣贤文字,以及长河当中摇曳生姿的一株株金色莲花,无时无刻不在消逝,只是三教圣人不断遥遥加持长河,才不至于使得这座小天地消散太快。

那处战场上,已经出现了数头亲自破阵的大妖。更有搬山、徙水这两种本命神通的妖族修士,不断地往金色长河和那些剑仙头顶砸下山峰,或是降下一场场阴气、污秽极重的滂沱大雨。

有那大妖直接施展术法,翻裂大地,凿空地面,或是驾驭天生庞然大物的妖族,破土深入地底,一个轰然翻拱,撕裂地面,硬扛着剑仙一剑劈斩而下,也要试图要将那条坚不可摧的金色长河,变成一条无土可依的悬空河流,以便南方战场上的妖族大军,迅速与北方战场大军衔接在一起。

坐在城头两端的两位圣人,几乎同时施展大神通,不但整条长河之水水势暴涨,如瀑布倾泻而下,还有那一株株金色莲花蓦然生出根须,随长河大水一起下垂,扎根在大地更深处,金色莲花之上,更有一行行细细密密的金色文字缠绕,文字内容皆是世间文豪、诗词大家称赞莲花的著名诗篇。

第六章 开阵

其中某位女子剑仙脚下附近的长河当中的一株莲花，尤大且美，竟是高达百余丈，香气清远，凝出丝丝缕缕的金色灵气，最终再聚为一颗颗水珠，滚落在莲叶之上，叮咚作响。

一行行金色文字如小鸟依人，如树影婆娑，姗姗可爱。

"水陆草木之花，可爱者甚蕃。"

"不蔓不枝，亭亭净植。出淤泥而不染是也。"

女子剑仙身形落在不断蔓延生长的莲叶之上，站在金色莲花当中，天地清明几分，灵气盎然。

女子随后每次出剑都越发流畅写意。那一刻，本就姿容绝美的女子剑仙越发绝色。

与她相邻的一位男子剑仙，出剑对敌狠辣至极，一剑剑毫无凝滞，同时以心声与她言语道："真不愿意当我的弟媳妇？"

女子剑仙周澄淡然道："米裕就是个绣花枕头，还喜欢说些我听不懂的酸文，厌烦至极。"

米祜沉默片刻，又问道："那我如何？"

周澄沉默片刻，再回答道："太丑。"

成为大剑仙没多久的米祜，非但没有恼火，反而爽朗大笑，新递出一剑，风采卓绝。生死之间，更能见到剑仙大风流。

陈平安一路御剑极快，直奔南方某处战场，去找那拨凿阵南下最快的剑修。

有叠嶂与董黑炭仗剑开路，想慢下来都很难。

妖族大军也放弃了埋头前冲的念头，若是能够成功斩杀那些出城作战的剑修，功劳只会比攀缘城头更大。何况一旦接近城墙，驻守剑修的出剑，只会越发凌厉，速死而已，围杀狩猎置身于沙场的剑修，好歹可以多活片刻。所以剑气长城以南，金色长河以北的广袤战场之上，无意中就形成了一个个大小不一的包围圈。

或近或远，看见不少熟人。

剑仙陶文在最远处的战场第一线，与其余剑仙一起，死死守住那条金色长河。

近一些的，除了先前遇到的溥瑜、任毅，还有那位担任护阵剑师的元婴境剑修叶震春，一个个喝过许多竹海洞天酒、吃过很多碗阳春面的酒铺常客，和不少押注赔本的光棍、赌鬼。

这一路去找宁姚他们，陈平安只能是力所能及，救下几拨形势严峻的剑修让他们得以暂时离开包围圈。

按照隐官一脉订立的规矩，南下凿阵、绞杀妖族一事，不同境界的剑修会有不同的推进距离，到了那个距离，或是斩杀相对应数量的妖族，便都可自行北撤，返回剑气长城墙根那边休整,若有余力,可以继续南下,若是折损严重,那就直接登城头,换下一拨养精蓄锐的剑修顶替,赶赴战场,绝对不能够贪功冒进,也不能想着与妖族以命换命。

同一条战线的城下城上两拨剑修,一退一进间前者务必果断,不然环环相扣,一旦下城剑修恋战不退,死伤惨重,宁死不撤,后者就只能提前出城,补上窟窿,长此以往,整个南北向的某条战线,就会彻底糜烂不堪,变成一个需要更多剑修去收拾的烂摊子。

归根结底,隐官一脉还是希望剑修能够活下来,继续出剑,如此一来,才可以活下更多人。

只不过一场战争,却注定会一直死人,再死人。

生离与死别,到了战场,就像一双门对门的邻居。

被拦住退路的妖族大军,必须斩杀殆尽,剑气长城下场厮杀的中五境剑修还要尽量减少战损。

蛮荒天下如今赶赴北方战场的一支支迁徙大军,源源不断,剑气长城的剑修却是每战死一人,就意味着剑气长城失去一份战力。这些还都只是冷冰冰账本上的计算方式,人心又该如何去算?

敌我双方相互绞杀的战场上,相对而言,距离金色长河已算最近的那拨出城剑修,如同一座势如破竹的剑阵,所有人都在一瞬间停下了脚步,不再前冲。

哪怕是杀得性起的叠嶂也收了收剑,选择后掠数十丈,她单手持大剑镇嶽,微微弯腰,剑尖抵住地面,与董画符并肩而立。

两人的本命飞剑,依旧杀敌不停。理由很简单,他们破阵太快,两侧始终皆是妖族。

战场更后方是背负剑匣、身穿法袍金醴的宁姚,剑匣内装有那把剑仙,宁姚手中只持一剑。

宁姚左右两侧二十丈外,分别是陈三秋与晏琢。范大澈站在更后方。

他们这拨剑修,本该继续向前推进一百五十余里才开始后撤,截杀身后众多漏网之鱼,但是方才宁姚说了句:"好像不太对劲。"

能够让宁姚觉得不对劲的形势,叠嶂与董黑炭只要没失心疯,就都得小心翼翼,郑重对待。

陈三秋与晏琢是喜欢将各自佩剑经书、紫电当那飞剑使唤的。除了各自本命飞剑,两把佩剑的飞掠轨迹,极其规矩。长剑经书,约莫在半腰高度,以陈三秋为圆心,在两里地之外,飞快画出一个大圈;晏琢的那把紫电,则在稍高一些的寻常男子脖颈处,再画出一个圆圈。两把长剑,互不冲突,一旦有妖族凭借运气或是蛮力、傍身法宝,侥幸冲入包围圈,两人根本不用去管,全部交给宁姚与范大澈清理,十分简单直接。

至于"顾头不顾腚"的大掌柜叠嶂,与"吭哧吭哧砍人"的董黑炭,陈三秋与晏琢的这座圆形剑阵，懒得管前边那两位。

反正真要有意外，主持大局的宁姚自会出手解决。

陈三秋原本还有一把云纹剑，已经借给了范大澈。

这些品秩极高的佩剑，都是阿良从大骊王朝那座仿白玉京借来的好剑。

只有那把浩然气，被叠嶂喜欢的那位儒家君子带去了浩然天下。

宁姚又说道："应该是有埋伏，等下我拖住境界最高的几个，你们只管放心后撤。"

跟她平常言语，是差不多轻描淡写的语气，不过唯有同样是女子的叠嶂，才听出一点蛛丝马迹。

宁姚藏着点小小的埋怨。

叠嶂也是无奈，隐官一脉所有剑修搬去避暑行宫之后，年轻隐官便太久没有在城头露面了。就连范大澈好不容易跻身了金丹境剑修，也没来喝一壶庆功酒，要知道范大澈第一个想要告知喜讯的，都已经不是好友陈三秋了。

宁姚环顾四周，战场形势，其实并无异样，反正四面八方皆是密密麻麻的妖族大军。

宁姚皱了皱眉头，刚想要提醒范大澈先行后撤，然后让最前方的叠嶂和董画符为范大澈殿后，防止范大澈身陷大军围困之中，至于她自己，与陈三秋和晏琢相对慢些北归无碍。陈三秋有法袍和救命符傍身，晏琢更是天生擅长自保，这两个朋友，杀敌速度兴许远远不如叠嶂和董黑炭，但是杀人与自救之间，会有个极好的平衡。

只是不等宁姚以心声言语，就略微惊讶地发现范大澈已经御剑而起，二话不说便主动北撤。宁姚有些纳闷，什么时候范大澈如此灵光了？

不但如此，一个"晃悠悠"御剑而至的少年郎，一次次险之又险躲过妖族大军的法宝灵器，最终一把扯住了范大澈肩膀，笑嘻嘻喊了"走你"两字，甩开膀子使劲一摔，一脚踹在那把云纹剑剑柄上，使得范大澈一人一剑，去势更快，转瞬间就被丢到了百余丈外。

离场方式略显狼狈的金丹境剑修范大澈，此后御剑极快，毫不犹豫，什么都不管，埋头跑路便是了。

理由就两个，久违的那声"大澈啊"，以及来者那句简明扼要的言语："还不跑路，想送人头？"

与此同时，所有剑修心湖响起一个再熟悉不过的嗓音，言语极快："依次撤退，我与宁姚殿后，陈三秋和晏琢居中策应，叠嶂、董黑炭负责跟在范大澈身后开路，我们三方之间，拉开百余丈间距即可，不可过长，不许太短。对手伏兵极多，我暂时只发现两处，叠嶂此刻东北方位三十丈外，范大澈西南方位，大概一百二十丈外，各自留心，对手皆是金丹境起步的剑修，元婴境可能性最大，说不定还会有玉璞境剑仙，都小心。

"尤其小心对手剑修率先针对大澈，被来一场围点打援。大澈啊，御剑轨迹，麻烦你妖娆些,直不隆咚的,对方飞剑一悬停,你是打算一头撞上去啊?

"三秋、晏胖子,随时准备动用压箱底的傍身法宝,对方此次伏杀你们,志在必得,死士皆是妖族剑修,绝对不会让我们轻松撤回,记得同时护住范大澈。"

一贯的絮絮叨叨,婆婆妈妈。

陈平安只能以最快速度排兵布阵,更多的猜测,无须多说。必然会有两到三位元婴境剑修死士,隐藏极好,伺机而动。说不定还会有那妖族的玉璞境剑仙,躲藏更深,学那剑仙列缺,能够全然不顾性命,只求递出一剑。理由再简单不过,这拨剑修当中,除了新跻身金丹境的范大澈,人人属于蛮荒天下必杀之列。

宁姚、陈三秋、董画符、叠嶂、晏琢,皆是剑气长城如今大年份里的佼佼者。

宁姚一挑眉头,看似是有些烦那人的唠叨不停,实则她那双天底下最好看的眉眼里,全是微微漾开的开心、喜悦和骄傲,就像那春风微微吹皱的湖水涟漪。

宁姚身边,一位身材修长的"少年郎",御剑悬停。

她与他,不再仅仅是剑气长城宁姚,与浩然天下陈平安。还是剑修与剑修,一起出现在战场上。

万事开头难,身边这个家伙,喜欢想太多太多,所以做事更是比开头最难更难。但是只要给他开了头,那就不用再担心他了。比如喜欢她。又比如练拳。再比如成为剑修,再成为大剑仙。

宁姚以心声询问:"本命飞剑?"

陈平安微笑回答:"两把。"

宁姚不再言语。看吧。

陈平安自然不会知道宁姚在想什么,也顾不上去猜她的心思。

最让他担心的事情,是对方死士选择了隐忍不发,继续遮掩踪迹。

宁姚他们负责的这条战线,城头那边,既没有后续剑修顶替下城,又需要杀敌最多,凿阵最快,最早杀穿大军阵形,最终接近那条金色长河,才算大功告成。

一旦敌我双方势均力敌,刚刚跻身金丹境没多久的范大澈,就会是最好的突破口。

若是这样就要求范大澈直接离开战场,作壁上观,于情于理都说不通。

不管如何,陈平安只确定自己的出现,可能已经打杀了一个意外,却也可能带来一个蓄势更大的意外。

这就像玄参和徐凝的两个方案,在结果水落石出之前,其实谁都不知道哪个选择更好。

最无奈的地方,则在于徐凝的那个方案,一旦被隐官一脉落实,未必一定比玄参的结果更好,但是当时陈平安不愿意说这句重话,愁苗是不方便说这个,林君璧则是不敢如此说。

人算相较于天算，任你不遗余力千般算计，依旧会给人一种渺小无力的感觉。这就是陈平安当了隐官之后，内心深处一个最大的感触。

一行人且战且退。

叠嶂和董画符尽量护着范大澈撤出战场，有宁姚和陈平安位于身后，陈三秋和晏琢没有后顾之忧，重心还是放在杀妖一事之上。

宁姚并未祭出飞剑，只是持剑出手，依旧给人一种世间剑术精髓不过横竖二字的错觉。

一剑接一剑，宁姚相较先前的气定神闲，变得出剑极快，剑气纵横，瞬间分尸一大片。以至于陈平安御剑跟在宁姚身边，一时间完全无事可做，刚好更多留心那些战场上的蛛丝马迹。

加上先前两个露出马脚的死士剑修，又被陈平安找出一个金丹境气息的妖族剑修，因为无意间被宁姚剑气横扫而过，只有这个修士躲避稍快，且有一个不易察觉的凝滞动作，甚至为了不泄露身份，对方还故意受了些伤，任由肩头被剑气扫落大块血肉。

宁姚出剑求快，甚至有些时候会显得漫无目的，显然是故意为之，就为了让陈平安能够看到更多的细微处。

宁姚他们从破阵最为迅猛、距离金色长河最接近的一拨剑修，不知不觉，竟然反过来变成了距离城头最近的一拨剑修。

陈三秋他们对此根本无所谓。反正这条线上的妖族大军，没人会抢。何况也没谁觉得自己会比其他战线上的剑修，更慢凿穿大阵。因为有宁姚，如今又有了一个陈平安。所有人便觉得这是最天经地义的事情。

暂时远离那个危机四伏的意外之后，范大澈欲言又止。

陈三秋轻声道："没事，别觉得丢脸。"

叠嶂等人也同样觉得范大澈是打算率先返回城头。

范大澈却说道："我境界最低，本事最稀烂，那就让我来当那个诱饵，不怕贼偷就怕贼惦记，与其大家一直分心，还不如主动破局。"

陈平安有些意外。

范大澈望向陈平安："护阵剑师，怎么说？"

陈平安想了想，笑着点头："好的。"

陈平安看了眼战场前方，战场上出现了极为诡谲的一幕，妖族大军攒簇在一条线上，在距离这拨剑气长城年轻剑修百丈之外，竟是一个个都死活不愿意前冲了。

陈平安说道："我来殿后。你们只管放手出剑。"

然后陈平安望向宁姚，宁姚也点头道："好的。"

宁姚手中长剑返回背后剑匣归入鞘中，那把剑仙却出鞘被她握在手中："我来开阵。"

叠嶂和董画符对视一眼，也笑道："好的。"

陈三秋和晏琢更是充满了期待。道理很简单，范大澈与他们并肩作战，是怎么个感受，那么陈三秋他们这些年来，与宁姚并肩作战，就更是那么个感受。因为宁姚一直在迁就、照顾他们这些"天才"，她出剑一事，束手束脚已久。

最后宁姚补上一句："开阵极快，别跟不上。"

武夫曹慈之于拳，剑修宁姚之于剑，仿佛天生就拥有一种玄之又玄的天地大气象。这与陈平安的第一把本命飞剑笼中雀，刘景龙的那把自称读书读出来的飞剑规矩，两人皆可以飞剑的本命神通造就出一种小天地，不是一回事。

所以当宁姚率先走出队伍，手持那把剑仙，即将破阵之时，原本就已经阻滞不前的妖族大军，竟是开始不由自主地后退了，这导致大军第一线兵力，越发密集簇拥，臃肿不堪。

这兴许就是天生万物，万物对待天地变化，皆有本能，如人之感应四季流转冷暖变化。

陈平安其实也很期待宁姚毫无顾忌地出剑，一直以来，他就没见过战场上的真正宁姚。

至于那把陈平安历经千辛万苦才稍稍驯服的剑仙，在自己手上，脾气差得跟个大爷似的，结果落在了宁姚手中，便乖巧得像个小丫头，陈平安是半点不介意的。

宁姚缓缓走向前，并不着急递出第一剑。

她手中那把剑仙，金光流转，加上那件战场上本就引人瞩目的金色法袍，宁姚此刻在战场上被衬托得恍如一尊行走人间的至高神灵。

借此机会，陈平安以心声言语，向陈三秋和晏琢询问了一些先前破阵的战场细节。比如一些境界够高又未曾重伤的龙门境、金丹境妖族修士，大致数量、各自容貌和术法神通、本命物。先前撤退途中，陈平安更多心思还是在搜寻那些隐匿剑修死士一事上，难免会有大量遗漏。

若是问叠嶂或是董画符，问了也是白问，一路砍杀，飞剑乱撞，这两位估计连个大致战功都记不住。

陈平安以极快的言语心声涟漪，提醒所有人："接下来破阵，你们不用太过考虑当场毙敌，我与范大澈，会补上几剑，除了宁姚开阵，什么都不用多想，三秋你们四人，出剑最重要的，还是凭借大范围的'误伤'，逼迫那拨死士露出马脚，我会一一点明身份、位置，若是时机适合，你们自行出剑解决，我与范大澈，还是会见机行事，后手跟上。真有那顾不过来的，再听我提醒，因时因地制宜，争取合力击杀。"

范大澈其实有些紧张,终究还是担心自己会沦为这些朋友的累赘,这会儿,听过了陈平安详细的排兵布阵,略微心安几分。

"大澈啊。"陈平安只与范大澈言语,"脑子一热,假装出来的英雄气概,怎么就不是英雄气概了?"

范大澈深吸一口气,笑道:"也对。"

如今董画符的模样,介于少年与年轻男子之间,只有爹娘取错的名字,没有江湖朋友给错的绰号,董黑炭确实是有点黑,估计这辈子都甩不掉这个绰号了。一掷千金董黑炭,从不赊账董画符。

董画符偏拿了那把名字最脂粉气、样式也十分"婉约"的红妆,剑身纤细如柳条。

叠嶂手持镇嶽,独臂女子大掌柜,其实身姿婀娜,是个眉目清秀的女子,佩剑偏是一把剑身宽广的大剑。

杀心最重的董画符与叠嶂,会紧随宁姚身后,一左一右,尽可能帮助率先凿阵的宁姚,将妖族大军撕裂出一道更大的口子。

如果说为首宁姚的出剑,会决定他们这拨剑修的破阵速度,那么叠嶂和董画符却也职责不轻,若是七人剑阵的整体杀力不够巨大,即便成功凿阵,以最快速度南卜接近那条剑仙坐镇的金色长河,其实对于整个战场形势,意义不大。

大致位置处于董画符和叠嶂身后的陈三秋和晏琢,则需要负责帮助前两人稳固战线,斩杀更多横向战场上的妖族。

即将开阵。陈平安也敛了敛神色,心神沉浸,始终御剑贴地几尺高而已,自己的身份,兴许骗不过某些死士剑修,但是会有个隐蔽用处,一旦那些剑修为了求稳,巩固战场形势,以心声告知某些死士之外的重要妖族修士,那么只要有一两个眼神,不小心望向"少年剑修",陈平安就可以借机多找出一两个关键敌人。

要做大买卖,就得锱铢必较。

随着六位剑修各自前行。司职殿后的陈平安,不知不觉已经位于战场最后方。他突然笑了起来。果然,宁姚穿那件法袍金醴,才是最好看的。至于先前嫌弃公子哥溥瑜身穿雪白法袍,那是半点记忆都没有了。

当然,宁姚身在战场,任何障眼法其实都没有半点用处,一来她身边剑修好友皆是大年份里的同龄人年轻天才,更重要的还是宁姚本身出剑太过明显。

毕竟像陈平安这种推崇技多不压身的人,能用四两气力杀敌绝不用半斤,一个心狠起来,还愿意覆盖女子面皮,甚至是假装妖族内应的,确实不多见。

宁姚一闪而逝,瞬间前掠数十丈,一剑横扫。

妖族大军第一线,宽达百余丈的战场,悉数被那道金色剑光拦腰斩断。

一个负责督战的元婴境妖族修士,在后方发号施令,以一道术法,砸死了前方战场上数十头临阵怯战的撤退妖族。

宁姚飘然前行,笔直一线递出一剑后,根本不屑再次出剑,以剑光斫杀妖族,只以一身磅礴剑气开道,隐约之间,竟是与那剑术最高的左右十分相似,剑气太多,气势太盛,简直就是一座坚不可摧的小天地剑阵,想要她针对谁出剑,也得看那人有没有资格值得她出手。

妖族修士不愿更不敢束手待毙,数十件灵器、数件本命法宝,疯狂砸向那团剑气,至于会不会殃及那条战线上的妖族大军,已经根本无法顾及。只求尽早消磨掉那座锋芒无匹的剑气天地,不然由着宁姚如此破阵,战损更大,而且兵力消耗必然极快。一场裹挟大势、浩浩荡荡的战争,是可以拿命去堆出战果的,可是在某些具体战场上,则未必。面对宁姚,更无可能。

反正只需将宁姚视为一位剑仙便是了,莫管她的境界。她是金丹境还是元婴境剑修,根本不重要。这是剑气长城与蛮荒天下都公认的一个事实。

刹那之间,宁姚就直接掠过了满地尸骸的战场,一线之上,被剑气触及,妖族粉碎,连那魂魄也一并搅烂,先前法宝、灵器或折损或崩碎,根本就无法阻拦她的推进速度。宁姚一人仗剑,转瞬间便已经独自来到妖族大军腹地,一手轻轻加重力道,握住金光缠绕的那把剑仙,一手双指并拢,随意掐剑诀,剑仙剑上的那些金色光线,瞬间四散出去,方圆数里之地的战场上,除了逃遁及时的金丹境修士,以及拼了一件护身本命物的修士,皆死。

陈平安远远看着那幅画卷,就像在心中开出了一朵金色的莲花。

又一个瞬间,宁姚身形远去数百丈,却是对准远处一个金丹境妖族,一剑劈下,同时抬头看了看远处,轻声道:"过来。"

那个正在慌张指挥麾下兵马的金丹境妖族修士,不承想自己"运气如此之好",能够单独承受一剑,立即祭出一件本命法宝,是一把类似枪戟的古朴兵器,篆刻有金光符箓。金丹境妖族修士双手握住兵器,旋转一圈,竟是变幻出一座类似护山大阵的淡金色符箓大圆盘,不但如此,枪戟之上的一大串淡金色云篆文字,如水倒流,布满全身,有祭出兵家甲丸披挂在身的效果。

以符阵死死护在自己身前,再披挂一件仿佛兵家神人承露甲,妖族本身体魄又足够坚韧,看似牢不可破。且那件法宝,攻守兼备,绝对是一件品秩极其不俗的仙家重宝,在浩然天下,估计便是元婴境修士见着了,也会眼馋心热。只可惜一条金色长线当头落下之后,符阵、金甲与金丹境妖族修士,皆分为两半。大地之上,更被那去势犹然惊人的金色长线划出一道极长的沟壑。

破符阵、破金甲、破身躯,就只是宁姚的随手一剑。

在宁姚稍稍停步,现身那处战场之时,其实四周妖族大军就已经在疯狂后撤,只是当她轻描淡写说出"过来"两字后，异象横生。

宁姚四周，四个方向，各有一条游荡在天地间的远古纯粹剑意，如被敕令，纷纷笔直落地，原本丝丝缕缕的剑意，如获性命通灵犀，不但首次被一位剑气长城后世剑修晚辈敕令现身，更能够汲取天地间的充沛剑气。四条上达云海、下入大地极深处的精粹剑意，不断扩大，如同大屋廊柱，最终在天地四方立起四大天地相通的剑意砥柱。然后瞬间分化出无数条极其细微的剑意，纵横交错，涵盖整座天地。

这一次，宁姚四周无一人存活在战场上，并且所有妖族大军，皆是身躯、魂魄与那修士本命物、兵器，一起稀烂。

宁姚再一次身形前掠，与身后剑修再次拉开一大段距离。

那四缕剑意再次各自收敛为一线，如影随形，萦绕在宁姚身边。故而宁姚在剑气大阵之外，又有剑意。

手中那把金色长剑，用武之地，确实不多。

范大澈哪怕是自己人，远远瞧见了这一幕后，也觉得头皮发麻。

若是林君璧有机会能够看到这一幕，大概就会告诉自己虽败犹荣了，绝对不会有半点的伤感失落，反而只会挺开心。

剑道一途，输给宁姚，有什么丢人的？不信去问问庞元济、齐狩和高野侯，有那本事请宁姚亲自出手吗？

回头再看。宁姚成为金丹境剑修之前，兴许置身战场主要还是为了自己练剑且杀敌，同时尽可能兼顾朋友们的安危。但是当宁姚走过一趟浩然天下，再返回剑气长城时，先后三场战事，好像就只是帮着叠嶂、陈三秋他们练剑了。她好像已无剑可练。

宁姚身后很远处，战场上，空荡荡的，一些个离得远些的小鱼小虾妖族修士，还有那些灵智未开的妖族兵马，也被拼了命跟随宁姚的叠嶂和董画符轻松斩杀。

董画符都有那闲工夫挠挠头了，小声嘀咕道："宁姐姐，好歹多留些给咱们啊。"

叠嶂一个身姿拧转，迅猛丢出手中那把镇嶽，直接将一个妖族观海境修士刹死，再一招手，没有收剑在手，而是脚尖一点，御剑去往宁姚那边，她与董画符离着南边最近的那缕剑意，其实还有百余丈距离，

叠嶂转头埋怨道："念叨个什么，跟上啊。等下咱俩连宁姚的背影都瞧不见了。"

叠嶂当然不会埋怨宁姚，只是埋怨董黑炭几句，没问题。

陈三秋和晏琢自然比在前边一些的叠嶂和董黑炭更加无事可做。

陈三秋天生性子懒散，不介意当下这种无敌可杀的尴尬处境，晏琢倒是有些介意，可也没辙。

范大澈只管御剑前冲。

最后边吊尾巴上的陈平安，至多就是稍稍御剑绕路，四处逛荡，捡捡拣拣，收获

不大。

其实就数陈平安最无奈，好像战场盯着也是在盯着，但不看也是没差别的，一些个好不容易被他看破的蛛丝马迹，不等开口提醒，不是跑得屁滚尿流，就是跑慢些，便死绝了。只不过也不算全然无意义，与宁姚实在距离太远，陈平安打算以心声与陈三秋言语，希望能够再传给董黑炭，最后再通知宁姚，小心地底下，刚刚有一个至少金丹境瓶颈、甚至是元婴境境界的妖族修士，终于按捺不住，要出手了。

只是陈平安刚要开口，不断独自开阵的宁姚，在极远处的那座战场上，总算又一次停步，以手中剑仙拄地，轻轻一按剑柄，金色长剑瞬间没入大地，不见踪迹。显然是已经察觉到了那个元婴境妖族的鬼祟迹象。

宁姚脚下大地翻裂，金色长剑率先迎敌，附近剑气如滂沱雨水落地，急促渗入地下，她都懒得去花心思，如何精准找到隐匿妖族修士的藏身之所。

宁姚瞥了眼"剑阵"边缘地带的几个境界还算可以的妖族修士，淡然道："再来。"

又有四条万年以来无数剑修擦肩而过、苦求不得的远古剑意，只因为宁姚开口的两字个，在天地间现身。

加上先前四条剑意，总计八条远古剑气，在宁姚的四面八方，打造出一座更大的剑阵牢笼。

大阵之内，死伤无数。即便如此，宁姚仍是觉得不够。

双指掐一古老剑诀，心念微动，八条剑意，竟是仿佛以剑气作为血肉、以剑意作为骨架，凭空幻化出了八位白衣缥缈的剑仙。八位神色冷漠的剑仙，白衣飘摇，身高数丈，人人伸手一握，皆以附近剑气凝为手中长剑，齐齐转身，背朝那位将他们敕令现身的宁姚，往四面八方纷纷散去，几乎同时出剑杀敌。

这些并无灵智的上古"剑仙"，自然无法恢复到巅峰状态，只说战力，如今不过相当于金丹境剑修，当然也无那本命飞剑和神通。但是八位金丹境剑修战力非凡，并且即便被蛮荒天下的妖族大军打碎"身躯"，无非是再次凝聚战场剑气而已，生生不息，不知疲倦，不知生死，根本无须顾虑灵气积蓄。以此绞杀战场，还不容易？只要宁姚心神消耗不过于巨大，再加上某种以之作为"大道根本"的八条纯粹剑意，不被敌方元婴境剑修或是上五境剑仙，强行打断与宁姚的心神牵连，八位上古剑仙，就可以一直存在于战场之上。

"宁丫头的剑术、剑意、剑道，只要给她时间，而且不用太久，三者都是可以很高的。"这是老大剑仙陈清都亲口所说。

为何宁姚在剑修天才辈出的剑气长城，好像没有任何人称呼她为天才？因为如果她才算天才，那么齐狩、庞元济他们这拨年轻剑修，就要齐齐整整全部降一等，连天才都算不上了。

宁姚，从来独一档。

从宁姚年幼时练剑的第一天起，就没有同龄人、甚至是高出一个辈分的所谓天才，愿意与她问剑、切磋。没必要。

宁姚先前站立的脚下大地，已经支离破碎，崩碎塌陷，她便成了悬停在空中。宁姚还转头看了眼身后，大概是看看叠嶂和董画符有没有跟上。

不过几个眨眼工夫，当那个元婴境修士被金色长剑找到，宁姚便身形急坠，不见了踪迹。

等到叠嶂和董画符赶到那个大坑边缘，宁姚又已经提剑现身于大坑最南端，然后继续往南开阵而去。因为她找到了一个玉璞境剑修死士，只是对方竟然选择不战而退。

面朝南方的宁姚抬起手，抹了抹脸上一道被法刀割出的伤痕，只是些许擦伤。

叠嶂瞥了眼大坑底部，大坑之中，是一头现出真身的元婴境妖族，庞然大物的猿猴，好像是远古搬山之属，下场大概能算是被大卸八块，尸体缝隙之间，犹有金色剑气存留。显然是为宁姚手中那把仙兵品秩的剑仙所杀，甚至连那金丹和元婴都来不及自毁炸开。

大坑底部，尸体旁边，安安静静悬停着一把相对于巨大身躯好似绣花针的莹白狭刀，刀光流转不定，颇为显眼。

董画符就要下去捞取宝物，结果被叠嶂一瞪眼："傻啊？"

董画符哦了一声，与叠嶂一起快速御剑南下。

陈三秋和晏琢沿着大坑边缘，跟着南下，两人的本命飞剑，与当飞剑使唤的佩剑，唯一的用处，不过就是往左右两侧战场，尽量收取一些战功，聊胜于无，免得太没有事情可做，不像话。两人就像从地上捡麦穗到碗里，一个一个的，直到现在，都还没填平碗底。

范大澈有些茫然啊。说好的让我来当诱饵呢？

范大澈到了大坑南端后，回头看了眼，二掌柜蹲那儿捡破烂呢，动作麻利，竟然都有了几分赏心悦目的风采。

范大澈离着陈平安最近，何况既然当了诱饵，稍稍分心也无碍，所以他很清楚二掌柜这一路南下，积少成多，破铜烂铁也收，没有化作齑粉却已碎裂散落满地的灵器、法宝碎片，更不错过，所以数量上还是比较可观的，估计加上走完这趟大坑，便连法宝质量也有了。

陈平安御剑离开大坑，心情复杂，总这么捡漏似乎也不太像话啊。

看样子，那些妖族剑修死士，已经连出手袭杀的胆子都没了。

陈平安只好以言语心声提醒陈三秋和晏琢："估计我们是跟不上了，找机会斩杀已经身份明显的金丹境妖族吧。若是有元婴境,合力拦截,别让他们流窜到别处战场。"

不承想南方最远处的宁姚更早一步,便让那位上古剑仙不再绞杀南北一线战场上的妖族大军,而是开始去寻觅那些试图向两侧逃逸的金丹境、元婴境妖族,一旦发现,她便稍稍放缓南下破阵脚步,手持剑仙,绕路追杀。

那位玉璞境剑修似乎极其擅长隐匿,与纳兰爷爷是差不多的路数,宁姚也不多想,躲着便是。

如此一来,叠嶂和董画符总算是跟上了宁姚。

陈平安挠挠头。

随后这拨剑修,就这样一路南下了。

估计那拨妖族死士,原本想着宁姚总会有心神耗竭那一刻,但是如何都想不到宁姚一路南下,始终开阵在前,都没有任何心神萎靡、灵气枯竭的迹象。

再者两个金丹境剑修死士,和一个元婴境妖族剑修,也陆续被斩杀,宁姚亲手斩杀元婴,其余两个受伤金丹,交予身后叠嶂他们去处置。宁姚甚至都懒得假装,不屑去诱使对手出手。

我找得到你们,然后你们就可以死了。这就是宁姚的出剑。

与那个声名狼藉的二掌柜,双方置身战场,完全是两种截然不同的风格。

就真的只是这样一路南下了。

临近那条金色长河,一位剑仙笑着与宁姚打了声招呼。

宁姚嗯了一声,与那位剑仙前辈点头致礼。

然后宁姚终于停下脚步,七位剑修好不容易头一次聚拢在起来。

宁姚望向陈平安,问道:"杀回去?叠嶂四人一起,换一处战场北归,我,你,加上范大澈,三人换一路。可以吗?"

陈平安笑道:"这有什么不可以的。"

叠嶂、陈三秋四人去往别处战场,从南往北,掉头返回剑气长城。

这一路跟随,除了一些小打小闹,好像人人不用出剑,无剑可出,也是尴尬。

宁姚陪着陈平安和范大澈,三人一起北归剑气长城。

范大澈觉得自己越发多余了。

陈平安不再御剑,收了剑坊长剑在背后,抖了抖袖子。

范大澈率先御剑北去,只是不敢与身后两人拉开太大距离。

陈平安连"大澈啊"三字都省去了,一年多没见,范大澈还是开窍不少的,难怪能够跻身金丹境,估计竹海洞天酒没少喝。

在范大澈识趣离开后,宁姚突然问道:"当那隐官,累不累?"

陈平安笑道:"这会儿累也不累了。"

第六章 开阵

宁姚犹豫了一下,有些别扭,还是轻声说出了心里话:"反正在我身边,你可以少想些。"

然后宁姚一挑眉头。这就是事实啊,她有什么好难为情的。

陈平安转过身,抬起手,用拇指轻轻擦拭宁姚脸上的那道伤口,然后拧了拧她的脸颊,柔声笑道:"谁说不是呢。"

第七章 同道中人

先前宁姚一人出阵，打算率先破阵之时，前线妖族阻滞不前，等到宁姚杀穿阵形，带领六位剑修来到金色长河附近，两边战场的妖族大军又纷纷加快冲阵，尽量远离这位出剑太过凌厉的女子"剑仙"。这一刻的宁姚好像是"帮忙压阵"的督战官，妖族大军拼了命前冲。所以范大澈率先御剑离开两人之后，莫名其妙就变成了一位金丹境剑修，独自一人追杀茫茫妖族大军的奇怪形势。

范大澈觉得只凭此事，回头就该喝上一壶最贵的青神山酒水，战功足够，终于可以不用与陈三秋借钱买酒了。

陈平安看了眼战场前方，妖族大军后方阵形越发厚重紧密，以极快速度簇拥向前，而且越是境界高的妖族修士，越是远离后方他们三人，当然事实上，只是为了远离宁姚一人。

陈平安说道："两边剑修，因为我们的关系，压力会大上不少。"

宁姚说道："那就争取早点与最前边的剑修碰头。具体的，怎么讲？"

陈平安踩在那把剑坊长剑之上，越来越习惯御剑贴地，他迅速卷起双手袖管："这次换我开阵，你殿后。一旦有那金丹境、元婴境妖族现身，就交给你处置。"

宁姚问道："不打算祭出飞剑？"

"只出拳。刚好能够打磨一下武道瓶颈。"

陈平安说道："放心，开阵速度，跟你肯定不好比，但是相较于别处战场，不会慢。"

宁姚点头道："那就只管出拳。"

陈平安深吸一口气，御剑如虹，跟上范大澈后，以心声与之言语："大澈，你居中出剑，我在前方开阵，其间不管出现任何情况，你都不用计较，只管御剑向前。我兴许无法太分心照顾你，不过有宁姚殿后，问题应该不大。"

范大澈沉声道："好的！"

其实当二掌柜没来那句"大澈啊"的时候，范大澈就知道需要自己多加小心了。

一瞬间，身穿两件衣坊法袍的陈平安御剑骤然加快，笔直一线，呼啸而去。

御剑途中，距离前方妖族大军犹有百余丈距离，陈平安便已经拉开拳架，一脚踩踏，脚下长剑一个倾斜下坠，竟是不堪重负，成了名副其实的贴地飞掠。在身后范大澈眼中，陈平安身形在原地瞬间消失，明明没有用上那缩地成寸的方寸符，就已经有了方寸符的效果，莫不是跻身了武夫金身境才一年多，便又破瓶颈，成为一位远游境宗师了？

宁姚这一次选择御剑，与范大澈解释道："他目前还只是金身境，并未到远游境。穿了三件法袍，如今已经不是保命了，就只是为了压制拳意，再加上某种程度上的剑气压胜，三者相互砥砺，也算是一种历练。跟江湖武把式一天到晚脚上绑沙袋差不多。"

宁姚之所以愿意说这么多，当然因为是跟陈平安有关，以及范大澈是她和陈平安的共同朋友，并且陈平安对范大澈照顾最多。不单单因为范大澈境界不够而已，好像在范大澈身上，陈平安可以看到很多自己往昔岁月的影子，细细碎碎，拼凑起来，便会自然而然，格外亲近。

只是这里边的具体缘由，宁姚想不明白，相信以后陈平安得空了，或是隐官大人好不容易忙里偷闲，自然会说给她听的。

宁姚又说道："他早年在家乡刚开始学拳的时候，腿上就绑了装满碎石子的袋子，第一次出门游历，就用上了半斤符、八两符，他早就习惯了如此，自己都不知道自己全力出拳，到底如何，既然他都不知道出拳有多重，有多快，那么对手就更不清楚了。"

言语之间，宁姚一剑劈出，是别处战场上一个金丹境妖族修士，远远瞥了她一眼，宁姚心生感应，手中剑仙，一剑过后，一线之上，如同刀切豆腐，尤其是那个被针对的妖族修士，身躯对半开，向两侧砰然分尸，一颗金丹炸开，殃及池鱼无数。

宁姚没来由想起一件小事。记得当年还是少年的陈平安，背着槐木剑匣，装着两把剑，第一次来剑气长城找她的时候，两人独处时分，他喜欢没话找话说，说了许多乡野市井的事情，比如那木匠弹墨线，手艺精湛的木匠老师傅弹线很准。

宁姚难得多看了眼一剑过后的战场，挺像那么回事。

范大澈根本不知道如何搭话。

其实站在宁姚身边，压力之大，大到无法想象。

好朋友陈三秋，私底下就曾与范大澈说过，当他和叠嶂这些朋友，如果境界比宁姚低一层的时候，其实还好，可一旦双方是相同境界，那就真会怀疑人生的。我真的也是剑修吗?我这个境界不是假的吧?

只不过范大澈当时看着陈三秋悠悠然喝着酒,说着牢骚话,却是满脸笑意。

二掌柜曾经说过,酒水就是天底下最好的一根鱼竿,能把酒鬼的心底话钩到嘴边,尤其是我家的竹海洞天酒,更了不得。

大概能够与宁姚成为朋友,便是陈三秋这样的天之骄子,也会觉得既有压力,却又值得快意饮酒。

范大澈小心翼翼注意着战场四周,其实空荡荡,毫无危机,只是他依旧担心大地之下,藏着些鬼祟妖族修士,会戳他一剑,或是砸来一件法宝。

战场上,这样的事情很多。范大澈曾经亲眼见过一位资质绝好的同龄人剑修,一着不慎,被一个藏身于地底的搬山妖族修士,早早算准了御剑轨迹,妖族修士破土而出,扯住剑修两只脚踝,将后者直接撕成了两半。战场上,真正最可怕的敌人,往往不是那种瓶颈境界、杀力碾压某处战场的强悍妖族,与之对峙,除非必死之地,大可以避其锋芒。更加让人忌惮的,是妖族修士当中那些初衷不为战功、只求砥砺道行,出手阴险,擅长伪装,永远追求一击毙命,杀人于无形,一击不中便果断远遁。这类妖族修士,在战场上更加如鱼得水,活得长久,偷偷摸摸游弋于各处战场,一桩桩战功累加,其实十分可观。

据说蛮荒天下年龄最小的上五境剑仙、那个叫绶臣的大妖,当年就是凭借这个阴险路数,一步步崛起。

更可怕的地方在于,绶臣哪怕成了上五境剑仙,依旧喜欢如此鬼祟行事,隐匿大妖气息,刻意压制剑仙气象,一直以金丹境妖族修士投身战场,伺机而动。

就因为这个,阿良当年在一场战事中,曾亲自寻觅绶臣的动向,最终阿良找出,遥遥递出一剑,只是绶臣本身就是剑仙,当时又用上了传道恩师的一道护身符箓,最终得以逃离战场。

范大澈突然愣了一下。自家那位二掌柜,不正是如此吗?并且可以算是这一行当的祖师爷水准?

只是可惜成了剑气长城的隐官大人。不然二掌柜哪怕不担任他范大澈的护阵剑师,一个人肆意出没各处战场,加上成了剑修,本身又是纯粹武夫,再有那种对于战场细微的把控能力,以及对某处战场敌我战力的精准计算,相信无论是战功积攒,还是成长速度,都不会比那个绶臣大妖逊色半点。

宁姚的那种剑仙风采,当然惊心动魄,让人心神往之。但是无论如何敬畏、仰慕,宁姚就只是宁姚,整个剑气长城的同龄人,谁都学不来。可是二掌柜的对敌风格,其实就连范大澈都可以学,只要有心,亲眼看见,多听多看多记,就能够化为己用,精进修为。在战场上只要多出一丝的胜算,往往就能够帮助剑修打杀某个意外。

前方战场上,陈平安不再御剑后,主动身陷重围,落在了一处妖族结阵厚重的包围圈当中。拳架大开,一身磅礴拳意如江河流泻,与宁姚先前以剑气结阵小天地,有异曲同工之妙。

不小心或是胆敢近身者,先与我拳意为敌。

一头身躯天生大如凉亭的妖族,既开窍成了修士,两件本命物又专门用来叠加护身神通,凭借天生强横体魄,横行战场。结果陈平安直接以拳开路,整个人如一把长剑,当场将其切割为两半,拳意又震散打退了汹涌鲜血。

打人千下,不如一扎。陈平安对敌,就只一拳。

一人陷阵,四面八方皆是敌寇环绕,依旧力争一拳毙敌,伤其根本,碎其魂魄。

每一拳看似都是在节省气力,但是每一拳事实上又都极其势大力沉,一往无前,拳意之纯粹,隐隐约约,竟是可以让四周剑气主动避让开来。

一个躲之不及的妖族修士,身材魁梧,身高两丈,抡起大锤朝陈平安砸下。

面对那个传说中的宁姚,兴许不过是等死而已,但是与眼前这个没有飞剑、唯有拳法极高的"少年郎",好歹不缺那一战之心。

陈平安伸出一手,抵住那当头劈下的大锤,整个人都被阴影笼罩其中。陈平安脚腕稍挪寸余,将那股巨大劲道卸至地面,即便如此,依旧被砸得双膝没入大地。

能躲开却没躲开,硬扛一记重锤,并且故意身形凝滞些许,为的就是让四周隐匿的妖族修士觉得有机可乘。

一个披挂精铁符甲的妖族兵家修士,双手持刀近身陈平安,气势如虹,劈砍而至。还有一个金丹境修士一手出袖,丢出两张分别绘有五岳真形图、江河蜿蜒的金色符篆,再伸出一掌,重重抬起。

陈平安脚下四周大地,先是被那金丹境修士以术法结冰,封禁了方圆数十丈之地。

金色材质的山岳符篆,显化出五座色彩各异、只有拳头大小的山岳,其中四座,悬在陈平安身边,唯有中岳砸向陈平安头颅。

一手撑住大锤的陈平安,抬起左手,直接攥住那把秽气浓稠如墨汁的漆黑法刀,手掌心的纯澈拳意与黑色刀光摩擦,火光四溅。手腕一拧,将那死活不愿脱手丢刀的兵家修士拽到身前,去撞击金色符篆造就而成的袖珍山头。

已经完成诱敌职责的砸锤妖族,手中大锤再无法砸下丝毫,便暂时收回兵器,高高抡起手臂,想要再来一次。兵家妖族修士一个见机不妙,既不想挨上那中岳撞击,也不愿意被随后的大锤误伤砸中,果断弃刀而退,一脚踹在陈平安胸口,借势后撤。

下一刻,原本一直使用朱敛所传猿猴拳架的陈平安,蓦然变作种秋的顶峰拳架,稍显肩头松垮、腰背佝偻的他立即恢复正常身架,拳意一变,越发浑厚,直接碎开四周术法封禁,一拳砸在那座袖珍中岳之上,拳与小山头触及之时,激荡起一阵疯狂四散的拳意涟漪，将那山岳碎成一团溅射开来的金色光亮。

左手还握住那把法刀邻近刀尖处的陈平安，整个人倒滑出去，躲过了魁梧妖族的第二记重锤砸落。

左手持刀收回些许，右拳松开作掌刀状，一刀砍下，将那把法刀硬生生剁成两截，使得原本想要主动炸毁这件攻伐本命物的兵家妖族，偷鸡不成蚀把米，反而一口心头精血喷出。瞥了眼依旧被四岳围困阵法中的陈平安，这个兵家修士竟直接御风远离了这处战场。

金色材质符箓显化凝聚而成的四座山岳，虽小，此刻却仍悬停空中，依旧有那山岳矗立大地之上的不俗气象，将陈平安和持锤妖族一并围在阵法当中。只是缺了那座中枢山岳，稍有不足，好在另外一张金色符箓，已经化作一条长达数丈的水蛟，终究还是形成了山定水流转的格局。

那个被连累得只能与那少年搏命的魁梧妖族，不再惜命，战场之上，浑然不怕死必死，只是也有那怕死更死。

魁梧妖族手持大锤，凶性大发，在有一条水蛟扑杀的四岳阵法牢笼当中，直奔拳头重得不讲道理的陈平安，能与之换命便换命！最后便是被陈平安一拳打烂胸膛，在这之前，那条符箓水蛟次次冲撞，便已经将这个魁梧妖族消磨得骨肉模糊。估计这个结果，连那金丹境妖族事先都没有预料到，竟然成了一场道友先死贫道也不活了的相互坑害。因为陈平安在拳杀魁梧妖族之后，脚尖一点，高高跃起，按住后者头颅，撞向那头水蛟，选择自行炸碎金丹的魁梧妖族，身躯魂魄与那水蛟一同灰飞烟灭。

金丹境修士定睛一看，陈平安扯去身上破碎法袍，然后里边还穿着一件衣坊法袍。脸上那张面皮也破碎不堪，便被他随手撕掉，收入袖中，连地上那大锤也消逝不见了，被他收入了咫尺物当中。

金丹境修士毫不犹豫，不再管那四岳符箓，施展了一门独门术法，化作数股青烟，分头遁地而走。

陈平安没有刻意追杀这个金丹境修士，少去一件法袍对自身拳意的掣肘，越发充沛几分的拳罡将那摇摇欲坠的四座袖珍山岳推远，向前狂奔途中，遥遥递出四拳，四道金光崩裂开来，转瞬之间战场上便死伤近百头妖族。没了面皮遮掩，妖族大军里不知是谁率先喊出"隐官"二字，原本还在督战之下试图结阵迎敌的大军轰然逃散。

陈平安随后开阵的路线，不再是笔直前冲，而是选择在战场上画出一个大圆，再稍稍偏移向前，越是逃窜快，越是出拳先杀。

一口武夫纯粹真气，出拳不停，打到即将耗竭之时，便找机会喘口气，若是形势险峻，那就强撑一口气。

战场之上，再四面树敌，能比得上十境武夫的喂拳？应付后者，那才是真正的命悬一线,所谓的体魄坚韧,在十境武夫动辄九境巅峰的一拳之下,不也是纸糊一般?只能靠猜、靠赌、靠本能,更靠近乎通神、心有灵犀的人随拳走。

对于陈平安而言,只要没有元婴境剑修死士在旁隐匿,所谓的一人陷阵,战场根本就不是战场,一直就是在捉对厮杀。

李二曾言,当年差点一个不小心打死宋长镜的那场单挑,那位大骊藩王资质,当然是好,但是当时拳头还是太轻了,只不过宋长镜当时之所以能够支撑那么久,就在于宋长镜不单单是习武之人,更是沙场搏杀出来的武人,在沙场上磨砺拳法久了,自然而然就有了一种"沙场万人敌"的气象,再将其打熬透彻,返璞归真,对手与之厮杀,如敌千军,就会束手束脚。

如今陈平安身在战场,就是在求这种气象的第一层境界,山水千万重,真正近身者,又能有多少高山大水?

只要出拳够重、身形够快、眼睛看得够准,无非是蹚水过山,一处一地"慢慢"过。

在那之后,打得性起的陈平安,越发纯粹,行走也好,飞掠也罢,时时刻刻皆是六步走桩,出拳唯有铁骑凿阵、神人擂鼓和云蒸大泽三式。

李二虽然是十境武夫,可是对于拳理,当年在狮子峰仙府遗址当中喂拳,却所说不多,偶尔说出口几句,也直言不讳,说都是听郑大风时常念叨的。李二跟陈平安说,这些话可能你听了有用,反正几句拳理言语,也没个分量,压不到人。

其中就有那句:目中有敌始出拳,意中无敌即通神,拳法至大,处处在法中,时时法无碍。

此次开阵,陈平安既不会对那些咆哮不已的凶悍妖族以拳虐杀,也不会对那些满怀恐惧、眼神祈求的年轻妖族修士,拳下留情。

纯粹武夫,只是出拳。术高者活,拳轻者死。

战场上的武夫陈平安,神色沉寂,眼神冷漠。

宁姚只提醒了范大澈一句话:"别靠近他。"

陈平安的念头越来越少,以往所思所虑皆放下,无限趋近于李二所谓的那种"忘我记拳"之境。

没有使用缩地符,更没有使用初一、十五,甚至连可以牵引身形的松针、咳雷都没有祭出。

至于两把本命飞剑笼中雀和井底月,更是有大用处,绝对不会早早现身。

到了这一刻,陈平安甚至已经全然忘记了自己是剑修,有四把飞剑,更有了两把本命飞剑。

妖族大军结阵最厚重处,人未到拳意已先至。

宁姚依旧在找那些境界高的金丹境、元婴境妖族。

范大澈依旧无大事可做，好在比起先前宁姚开阵，一行人都只是跟着御剑，此次陈平安以拳开阵，范大澈出剑的机会多了些。

先前宁姚一人仗剑，开阵太快。

左右两翼的南北向战线，两拨下城厮杀的剑修，离着这条金色长河还很远，都没走到一半路程，并且越往后，破阵杀敌的速度会越慢，甚至极有可能未到一半，就需要撤回剑气长城，与城头上养精蓄锐的第二拨剑修轮番上阵，应对这场遍地尸骸的拉锯战。

金色长河与城墙之间的广袤战场别处，当下凿阵南下最快的一拨剑修，也只是堪堪推进到了半路而已，那还是因为有元婴境剑修齐狩帮忙带头开路的缘故。

叠嶂四人北归，与旁边那条战线上的十数位南下剑修，一头一尾，绞杀妖族大军。

四位年纪轻轻的天才剑修，站在一排，相互间拉开七八十丈距离，不再追求凿阵的速度和深度，开始尽可能多杀伤妖族大军，故而四位剑修都开始脚踩长剑镇嶽、红妆、经书、紫电，以御剑之姿，祭出各自本命飞剑，一路杀回剑气长城。

陈三秋本命飞剑名为白鹿，飞剑的本命神通之一是白鹿衔芝的景象，战场之上，会出现一头大如屋舍的白鹿，所衔灵芝即陈三秋的那把本命飞剑，白鹿天然浑身剑光，四周如雪纷飞，并且能够自主聚拢灵气，大为神异。

战场上，那头通体剑光如雪的白鹿肆意乱撞，杀力极大。

相传陈三秋孕育出本命飞剑之前，年幼时一场午后梦寐，麋鹿游前，四足跪地，主动认主。所以说陈三秋在剑气长城年轻一辈当中，以风流著称，绝对是大有本钱的。

家世好，脾气好，皮囊好，人缘好，资质根骨好，除了陈家少爷的酒品稍微差了点，几乎挑不出任何毛病。

而白鹿此等神物，往往与虚无缥缈的文运有些牵连，所以陈三秋得了那把大骊仿白玉京的压胜古剑之一经书，相得益彰。因为陈三秋的本命飞剑，是极少数拥有两种本命神通的珍稀存在，除了祭出飞剑，白鹿现身之外，还能够无形中增长陈三秋的文运，所以陈三秋其实既是先天剑胚，也是天生的读书种子。

要知道在浩然天下，拥有剑仙境界的儒家圣人，三大学宫、七十二书院，如今就只有两位。

可惜陈三秋生在了读书人寥寥的剑气长城，最关键的是陈三秋还姓陈，去不了那座处处学塾、书声琅琅的异乡。

能够在剑气长城摘得天才头衔的剑修，其实人人皆有故事。

只要是喜欢喝酒的剑修，谁都可以大醉酩酊，哪怕醉死都有理由。

宁姚始终不远不近跟着那个只管出拳的陈平安。

宁姚依稀感觉到了陈平安的一个想法，可能当下陈平安自己都浑然不觉的一个念头。

我若拳高天外，剑气长城以南战场，与我陈平安为敌者，不用出剑，皆要死绝。

宁姚没有觉得这样不好，但是又觉得这样可能不是最好的，道理只有一个，他是陈平安，所以宁姚喊了一声："陈平安。"

战场之上，陈平安立即收拳停步，转过头，有些疑惑。

范大澈一瞬间有些剑心不稳，只是感觉奇怪，一闪而逝。

宁姚说道："继续出拳，我在身后。"

陈平安愣了一下，不知道为何宁姚要说这句话，不过还是笑着点头。

先前与庞元济借来的那件衣坊法袍已经破碎收起，身上这件更是破碎得收都不用收了，便以拳意轻轻震散，破碎法袍如蒲公英飞走四方。

不但如此，连那件宁府青衫法袍也已被收起，于是当下陈平安只穿着一件最寻常材质的长袍。

陈平安深吸一口气，吐出一大口淤血，不知不觉，以他为圆心的数十丈之内，战场上已经没有活着的妖族。

陈平安一手抖了抖手腕，一手轻轻攥拳又松开，双手白骨裸露，再正常不过了，疼是当然的，只不过这种久违的熟悉感觉，反而让他安心。

不吃点疼，练什么拳，修什么行。

陈平安目视远方，最后抬高视线，才发现墙头上刻的那个大字，再熟悉不过了。

猛。字写得是真不好看。

陈平安下意识抬头望向天幕。可以晚来，别不来啊。哪怕只是回到半个家乡的剑气长城，看一眼也好，至于出不出剑，可以来了再说。

陈平安伸手一抓，结果记起那把剑坊长剑早已崩毁。

便从咫尺物当中取出搬山之属元婴境妖族的那把法刀，法刀狭长锋锐，宝光莹澈。

陈平安握住这把已经无主的法刀。法刀品秩极高，是一等一的法宝，轻轻掂量一番，重量足够，那就继续开阵。

片刻之后，范大澈忍不住转头看了眼身后。宁姚在揉眉头。而在两人前方，陈平安在持刀乱砍。

范大澈觉得这大概就是斫贼了。

一瞬间，宁姚递出一剑。

不是去救陈平安，哪怕偷袭之人，是一个深藏不露的元婴境剑修死士。

与其配合，选择刺杀宁姚的，正是先前那个精通隐匿之道的玉璞境剑仙。

一般的山上神仙道侣，若是境界高者，此时哪怕不会选择去救境界低者，也难免会有一丝犹豫。宁姚却毫无杂念，剑心反而越发澄澈光明。

她能杀敌，他能活。宁姚相信自己，更相信陈平安。

一直故意压境在金丹境瓶颈多年的宁姚,刹那之间,随随便便就跻身了元婴境瓶颈。

宁姚出剑之后,犹能分心,瞥了一眼城头。

陈清都双手负后站在城头上,面带笑意。

一旁魏晋苦笑道:"老大剑仙,为何故意要压制宁姚的破境?"

陈清都笑道:"不着急,不用刻意去争那些虚头巴脑的头衔,成为什么历史上第一位三十岁以下的剑仙,需要吗?"

四十岁成为剑仙的魏晋还是不理解:"宁姚又并非拔苗助长,属于顺势而成,老大剑仙你动用整个剑气长城的剑道,将宁姚压胜在元婴境瓶颈,是何故?"

陈清都笑呵呵道:"我是魏晋?"

魏晋无言以对。有些怀念左右前辈在城头的时光了。

老大剑仙的言下之意,你才是陈清都?

陈清都继续说道:"剑道压胜?那你也太小看宁丫头了。"

蛮荒天下那位灰衣老者,不管大战如何惨烈,始终不闻不问,只是在甲子帐闭目养神。

这会儿老人睁开眼睛,直接与陈清都笑着言语道:"这就坏规矩了啊。"

陈清都答道:"不服?来城头上干一架?"

甲子帐那边没有回应,陈清都有些遗憾神色,几乎整座蛮荒天下都是这老家伙的,自己不过是占据一座剑气长城而已,这都不敢登城一战?

果然,男人不是剑修,就都不行嘛。

陈清都沉默片刻,突然问道:"玉璞境瓶颈就这么难以破开吗?"

魏晋实话实说道:"对我来说,很难。当年偶遇阿良前辈,破开元婴境瓶颈,已是侥幸,贪天之功为己有,晚辈一直心有愧疚。"

本以为老大剑仙又该挖苦自己几句,不承想陈清都点了点头:"跻身仙人境,是不简单。其实剑修破境,境境都难。"

魏晋问道:"老大剑仙,能否指点晚辈几句?"

陈清都转头看着这位宝瓶洲剑道第一人,一个大大方方承认自己为情所困的年轻人。

至于魏晋在剑道气运相对稀薄的浩然天下,能够在四十岁就跻身上五境剑仙,搁在剑气长城,都算一件很了不起的大成就。

魏晋如何做到的?除了自身资质足够好,还要归功于阿良那个王八蛋传授了锦囊妙计,剑气长城的那本老皇历,随便翻翻,对于浩然天下的剑修,都是金科玉律,前提当然是翻得动这本老皇历,阿良当然没问题,几乎翻完了的那种,美其名曰读书人偷书,那

第七章 同道中人

也是雅贼。

阿良帮着魏晋以寅吃卯粮和强取横夺两种路数叠加,涉险提前破境,抢先成为宝瓶洲剑道的执牛耳者,严格意义上来说,手段并不光彩,也不算太过高明。陈清都活了万年之久,自然一眼看穿魏晋的修行根脚,强者强运这种说法,还是有些道理的,魏晋只要跻身了上五境,然后留在宝瓶洲,大可以盘踞一洲,位居山巅,八面风雨自来,可以肆意攫取宝瓶洲的剑运底蕴。魏晋只需要按部就班,反正本身资质就足够好,此后百年缓缓精进,不出意外,一个仙人境是跑不掉的。

魏晋此人,妙就妙在一个见好就收,不过是与北俱芦洲天君谢实问剑一场,稍稍巩固了玉璞境修为,就立即舍弃了唾手可得的大道台阶不走,反而跑来了剑气长城,如果不是新任隐官的横空出世,魏晋极有可能就会战死在这异乡,到最后,至多就是留给宝瓶洲一桩遥远、模糊的剑仙事迹。

陈清都一直很欣赏这样的年轻人。敢争大势,也舍得死!

反观某个小王八蛋,就很舍不得死。不过宁愿生不如死,也不死,在陈清都看来,是可以接受的,像自己嘛。

陈清都听到了魏晋的恳请后,并不着急给出答案,笑道:"为何直到今天才有此问?你魏晋聪明得很,让你住在后边那座小茅屋,你应该很清楚,这就是我的一种默认。先是曹慈,后有陈平安,加上你,不是每个人都能与陈清都当邻居的。"

魏晋眺望南方战场,轻声道:"作为唯一一位宝瓶洲剑仙,我希望心无私欲来到剑气长城,最后也能堂堂正正离开剑气长城。这是其一。再就是我希望靠出剑,来换取老大剑仙的指点。当年阿良前辈指点迷津,我不希望下一次重逢,让阿良前辈觉得当年帮了个废物,那个废物不成气候,沦为一个安心躺在境界簿上混吃等死的剑仙。"

魏晋有些话没有说出口。阿良前辈曾经与他喝酒的时候,调侃过自己,说那天底下的痴情种,其实都很难有情人终成眷属的,毕竟如今的月老红线乱牵连,又不能硬绑着姑娘上花轿。那就退一步,先让自己活得出息些,让自己错过的姑娘,因为早年的擦肩而过,在未来岁月里,在她心底,生出一个小小遗憾,说不定将来与丈夫争执时,她就好说一句早年那谁谁谁也是我的爱慕者。

陈清都喜欢魏晋的敞亮,于是笑道:"以后每次你积攒够了一点小战功,我就传授你一部剑诀,品秩不低,是我早年某位老友的大道根本所在。"

魏晋抱拳致礼,并无言语。在魏晋看来,剑修之心性与欲说言语,皆在出剑。

陈清都摇摇头:"不太上道啊。"

陈清都揉了揉下巴,啧啧道:"先有那阿良磨了百年耳根子,他一走,再有二掌柜顶上。看来真是由奢入俭难啊。"

魏晋无奈道:"晚辈学不来。"

陈清都笑道:"不用学,何况也学不来。"

魏晋问道:"阿良前辈会不会返回剑气长城?"

陈清都反问道:"有没有想过阿良为何要教你闭关破关之法?"

魏晋答道:"晚辈想过,只是没想明白。"

"阿良不是与你偶遇,是故意找到的你,然后教了你剑术,不是对你有所算计,觉得你一定会赶赴剑气长城,更不是觉得你成就不高,随手给予施舍,好让你这位未来一洲剑道气运的集大成者,对他感恩戴德,而是由衷希望你魏晋,将来能够与他阿良并肩而立。对魏晋是如此,对所有走在身后的同道中人,阿良皆一视同仁。"

陈清都说道:"这个答案所在,就是我教你那部剑诀的开宗之义所在,剑修需要与弱者为伍,与强者问剑。视他人为蝼蚁者,本身就是蝼蚁。遥想当年,大地之上,哪个不是脚下蝼蚁?"

魏晋似有所悟。

陈清都双手负后,瞥了眼天幕,收回视线,望向南方大地。

剑客剑客,天上剑术,做客大地。

当一位剑修,明明是剑仙,却愿意发自肺腑以剑客自居时,便有点意思了。

在陈清都看来,魏晋就是差了这么点意思,哪怕这位年轻剑仙,一直身在江湖,但事实上,魏晋从来不觉得自己属于江湖,而是整个人间的过客,最终还是要去山上当神仙的,带剑一起登山,与一切世俗红尘,竭力撇清关系,最怕那纷纷扰扰的因果牵扯。

可是……

陈清都举目远眺,想起了自己年轻时候的一幅画卷。

剑修登高,问剑于天,境界越高之人,与人间牵连越多,最终一步一步,极慢极慢,凭借着那些人心牵连的复杂丝线,好像是拖曳着整个世道在往上走。

这才是最早的剑修,这才是真正的剑心纯粹。以大毅力大愿望,挑起大负担,承受大磨难,定要让整座人间去往更高处。

现在的剑修也好,其他练气士也罢,哪个不是想着清心寡欲,断绝红尘,当那不惹丝毫尘埃的山上神仙? 即便天底下的修道之人,绝大多数如此心性,其实依旧没有问题,可一旦人人皆如此,那就有大麻烦了。

陈清都双手负后,以手掌轻轻敲击手心,自言自语道:"前者可以多些,后者可以稍微少点,两种人都得有,缺一不可。"

南方战场上,那个玉璞境剑仙死士与宁姚互换一剑后,受了点小伤,依旧决不恋战,立即以诡谲秘法远遁,战场上某些鲜血流淌处,先后出现一圈极其细微的涟漪,显然是那个妖族剑仙死士的魂魄所在,而且逃跑轨迹,并非直线,似乎用上了一种阵法。

宁姚第二剑，竟是直接落空，不但如此，宁姚身后六十丈外的一处鲜血洼地当中，涟漪微漾，对于剑修而言，这点距离，可谓近在咫尺，剑仙死士竟然想要搏命一击，宁姚更加心狠，打定主意要以伤换命，虽然可以及时躲避，她依然故意凝滞丝毫，给那妖族剑仙一个机会。只是那个死士随之放弃机会，彻底打消刺杀念头，选择远离战场。

宁姚身上那件金色法袍，按照甲子帐那本册子上的记载，是当之无愧的仙兵品秩，对于剑仙死士这种追击一击功成的顶尖刺客而言，极为克制。

宁姚搜寻不到对方的踪迹，环顾四周，附近战场也无对方身影，便就此作罢。

不过已经记住了那个剑仙死士的逃跑路线，在心中默默推演一番。

如果还有机会再次交手，宁姚出剑会更有分寸。

真正让宁姚恼火的地方，是那个针对陈平安的元婴境剑修，同样是一击不成，便果断撤退，妖族大军担任天然屏障，宁姚第三剑递出，便被那个元婴境剑修堪堪躲过，一个双手掐剑诀，剑修竟是直接化作千百道剑光，四散飞掠，去势极快。宁姚一抬手，大地之上遗留、舍弃的千百件破碎兵器，如同飞剑，一一追杀剑光。

战场天空像是下了一场布满细碎飞剑的滂沱大雨。与此同时，宁姚横掠出去十数丈，绕开远处的陈平安，一剑劈向前方。

只是元婴境剑修那一把飞剑，先前袭杀陈平安，所谓的不成，也就只是并未击杀陈平安而已。陈平安身陷大阵，一个元婴境剑修的骤然出剑，根本无处可躲，能做的，就只是避免遭受致命伤，所以整个肩头都被飞剑洞穿，炸烂了大半肩头。剑修以飞剑伤人，不单单在锋锐，更在剑气遗留，以受伤之人的人身小天地作为战场，细密复杂的剑气、丝丝缕缕的剑意，宛如无数条过江龙，剑气又如同洪水决堤，冲撞窍穴气府。

被剑修飞剑伤及，养伤最难痊愈，这是公认的事实，剑修能够占据山上四大难缠鬼榜首，更是当之无愧。

战场上，范大澈已经完全看不见陈平安的身影。浩浩荡荡的妖族大军，从四面八方蜂拥聚拢过来，铺天盖地，明摆着是要一起围杀陈平安。

最先有妖族修士认出了年轻隐官的面容，道破身份后，那种大军退散，是一种求生的本能。既是因为年轻隐官在与托月山关门弟子离真的捉对厮杀当中，不但一战胜之，并且打得离真这位蛮荒天下的头等天才魂飞魄散。这桩事迹，早已传遍妖族大军，并且这个消息注定会一直往南缓缓蔓延，成为整个蛮荒天下大野山泽、高城雄镇、街头小巷的热议，年复一年，如同离离原上草，处处枯荣生发，甚至百年之后，都有可能被记得住事的有心人，在那茶余饭后，津津乐道。更因为剑气长城的隐官大人，有太多太多年，就完全等同于那个名叫萧愻的羊角辫"小姑娘"。

等到妖族大军记起此隐官非彼隐官之后，加上陈平安独自一人，太过孤军深入，而那宁姚好像又完全没有增援新任隐官的意思，如此一来，有被陈平安击杀了至交好友的妖族修士，也已心存死志，要报仇，愿以一条性命换陈平安的伤势；有的觉得对方不过一人，已方大军却是结阵厚重，趁机偷偷丢出一道术法、砸出一件本命物，绝对安稳；更有各怀心思的金丹境妖族、剑修死士，出手极其精准狠辣，不奢望一击毙命，只求钝刀子割肉。

战场厮杀，是拥有一种巨大感染力的，个体置身其中，往往会跟随大势而走，溃败，哗变，奋发忘死，慷慨赴死，皆是如此。

最后再加上那个元婴境剑修的一剑伤及年轻隐官。

杀机四伏，铺天盖地。

远处范大澈喃喃道："不该这么开阵啊，太凶险了。这种战场之上，哪里不是意外，终究不是武夫问拳啊。"

如果不是宁姚压阵，二掌柜如此出拳，是必死无疑的下场。

宁姚说道："正因为有我在，他才会如此出拳。这是先后顺序，道理得这么讲。"

宁姚也知道范大澈为何如此心神不定，说到底还是担心陈平安的安危。

宁姚没有细说，范大澈终究不是纯粹武夫，剑修道路，与纯粹武夫的渐次登高、问拳于最高处，看似殊途同归，实则大不相同。

这才是真正的武夫问拳，与人争强斗勇，只是武学小道，以一己之力，单凭双拳，与天地争胜，才是大道风光。

远处那个包围圈的中心地带，几乎变作了一座缓缓移动的小山头。

范大澈在收剑间隙，还是忍不住问道："这样下去，真没事？"

宁姚说道："对方有事。"

范大澈无言以对。他只得继续在战场边缘地带出剑，尽可能为陈平安分担些压力。其实意义不大，但是总得做点什么。

为人处世，力所未逮，那就尽量求个心安，是好习惯。

宁姚驾驭那把剑仙，肆意穿梭在战场中，挥出一条条金色长线。在妖族大军当中，金光凝聚长久不散，既有纵横交错的笔直长线，也有歪歪扭扭的金色轨迹，长达数千丈，所到之处，皆是被金色长线割裂开来的残肢断骸，而那金光本身就像一座天然符阵，剑意蕴藉极重，加上四周剑气流溢，让妖族大军苦不堪言，不少中五境修士干脆趴地不起，好躲避那些位置较高、并且越来越攒聚密集的金色长线。不少龙门境、金丹境妖族修士都已经迅速离开这座悬空的金色剑阵。

宁姚瞥了眼战场上的金线，差不多聚拢足够的剑气之后，双指掐诀，轻轻向下一划。

如同一场大雨悬停空中，聚成一座离地不远的巨大池塘，然后骤然间坠落大地。

陈平安那处战场，大地震动，拳罡大如雷鸣。近身妖族，四溅飞散，一座妖族大军范大澈松了口气,总算瞅见了陈平安的身影,样子有些狼狈,衣衫褴褛,血肉模糊,拳意之浓厚,近乎肉眼可见,流淌陈平安全身,如那神灵庇护身躯。

大概这就是天底下最名副其实的武夫金身境了。

范大澈虽是剑修,做梦都想成为剑仙,但是目睹这幅场景之后,不得不承认,武夫陷阵,金身不破,实在是蛮横至极。

陈平安被一道绚烂术法砸中后背,踉跄一步而已,便借势前冲,笔直向前十数丈,以拳开路。

一个兵家妖族修士,以一根大戟扫中陈平安腰部,打得陈平安横飞出去数十丈,瞬间便有十数道术法神通、数十件本命物攻伐兵器,如影随形。

转瞬之间,陈平安刚刚落地,战场上就又形成了一座小山头,再不见踪迹。

范大澈有一点好,不做多余事。

只是范大澈越发心惊胆战,那些妖族修士是不是疯了?一个个如此不惜命?!

宁姚依旧将前线交给负伤累累的陈平安一人处理,她至多帮忙出剑,牵扯战场两侧,以那把剑仙削掉一些妖族大军的横向厚度。

那把剑仙作为一件仙兵,已经有了一份灵犀,如正在学语的懵懂稚子开窍些许,当下显然极为畅快。

以往在陈平安手上,也确实是有些憋屈,被那连剑修都不是的主人,呼之则来挥之则去也就罢了,关键是次次大战死战,每次现世,都远远不够尽兴。

宁姚虽然气定神闲,剑心镇静,出剑始终很精准,却并不意味着她半点不忧心陈平安的处境。

在战场上,斩杀剑气长城的隐官大人,功劳有多大?

蛮荒天下六十军帐,关于此事,争议极大,大致分成了三种看法。

以庚寅帐为首的一拨军帐,认为击杀隐官陈平安,战功视为斩杀一位玉璞境剑仙,理由是虽然陈平安身为新任隐官,在剑气长城位高权重,并且他坐镇隐官一脉,排兵布阵,对蛮荒天下造成了极大的损耗,这一点毋庸置疑,可陈平安毕竟一来不是剑修,再者就境界而言,实在不高,虽然在捉对厮杀当中,能够拳杀离真,事实上未必拥有一位元婴境巅峰剑修的战力,那么加一个上隐官身份,将其视为玉璞境剑仙,最是合情合理。

以丁卯帐为首的另外一大拨军帐,加上两位王座大妖仰止、黄莺附议,都认为这位年轻隐官,无论是实实在在的威胁,还是对于剑气长城的象征意义,杀掉他,战功等同于仙人境剑修,视为大剑仙,并不过分。

在这之外,又有一座孤零零的甲申帐,提出了一个更加惊世骇俗的看法,只要能够击杀陈平安,战功最少应该介于击杀董三更、陈熙、齐廷济与陆芝、老聋儿、纳兰烧苇这两拨剑仙之间,就算战功等同于飞升境剑修,也无不可!

争论不休,甲子帐专门汇总了意见,最终决定战功大小,以击杀一位大剑仙来论,但是介于纳兰烧苇和岳青之间,不可简单视为寻常大剑仙。

范大澈心口一颤。

远处战场,司职开阵前行的陈平安,是首次被一个妖族修士以双拳砸向范大澈这个方向。

陈平安在空中身形拧转,躲过一些关键术法、法宝的纠缠,硬扛其余手段,飘然落地,向后滑出五六步,一脚重重踩地,以更快速度重返战场,直接找那个同样是纯粹武夫路数的妖族修士。后者不但是一支妖族大军的领袖,还是修道之士,外加远游境,幻化人形后,身材魁梧,无兵器傍身,一身肌肉虬结,气势凌人。

一线之上,两位纯粹武夫,相对而冲,双方以拳对拳,拳罡大震,周围妖族大军当场被那股激荡开来的磅礴拳意震退。

远游境妖族与陈平安各自挨了一拳,又皆是一步不退,又换一拳,双方面门各中一拳,脑袋皆是向后晃荡了一下。

战场上一道道声响如沉闷擂鼓声。

那远游境妖族嘶吼一声,是要附近那些金丹境、龙门境修士,根本不用管自己生死,所有法宝、术法只管砸过来。

眨眼工夫,陈平安就双手互换,接连递出十六拳。

既然对方敢原地不动,他就更不会挪步,两人不管是什么身份,什么阵营,武夫问拳,就没有比原地换拳更酣畅的方式。

直来直往,光明正大,只要拳法够高,出拳够重,对方就乖乖倒地,好似在拳法一途,向拳更高者认祖归宗!

隐官一脉的剑修当中,邓凉是行事最稳重的一个,身为山泽野修出身的剑修,后来又被宗门收纳,成为谱牒仙师,最知道人间泥泞滋味,也耳濡目染了山上洞府的仙气缥缈,性子自然不会急躁。

几乎每个人,所有的心平气和,都是一点一点磨出来的。

但是邓凉今天不知为何,突然就一下子掀翻了书案。

然后邓凉瞬间安静下来,说了声"对不住",呆坐片刻之后,起身默默摆好书案。

愁苗剑仙轻轻摇头,示意所有人都不用说什么。

愁苗如此表态,其余剑修也就只好跟着视而不见,哪怕是玄参、曹衮这些与邓凉同样是外乡身份的剑修,也都保持沉默。

董不得瞪了一下使劲朝自己使眼色的郭竹酒。

什么跟什么，邓凉喜欢她董不得，又不是董不得喜欢他的理由。

邓凉神色郁郁，取出一只酒壶，默默饮酒。

在先前蛮荒天下向剑气长城问剑的过程中，剑气长城年轻天才本命飞剑毁弃的有三人。能够在剑气长城都算出类拔萃的三位剑仙坯子，大道却就此断绝，毫无悬念，再没有什么万一。

然后在这场混战当中，又被妖族死士剑修袭杀四人，至于不在册子上的年轻剑修，更多。这还是剑气长城后续犹有两位驻守剑仙、四十余位地仙剑修，临时下城支援、埋伏暗处的结果。

剑气长城的灵气急剧下降。每天的物资消耗，是一笔浩然天下任何宗门都无法想象的巨额支出，一旦折算成神仙钱，能够让那些管着钱财收支的修士，哪怕只是看一眼账本上的数字，便要道心不稳。

双方天地转换，一直在被蛮荒天下潜移默化地加速进程。按照那位隐官大人泄露的天机，三教圣人先前每次出手，其实都不轻松，合力打造出那条割裂战场的金色长河之后，更像是一种毅然决然的抉择，没有回头路可走，或者说原本有路也不走了。

大势汹汹而至，不管隐官一脉如何殚精竭虑，不论城头剑修如何忘却生死，倾力出剑杀敌，虽可拖延大势片刻，却好像终究难改大势走向。

邓凉是野修出身，不是不能接受失败，但是他从未如此感到憋屈、窝囊、愤懑，最终变成一种颓然，就只能借酒浇愁。

越是身在避暑行宫，越能够接触第一手情报，以此遍观全局。当将一场场战事、双方得失看得越是透彻后，最终邓凉对整场战争的走势越是感受深刻，就越会让他觉得无力。

林君璧只是忙碌着手上事务。

愁苗看了眼林君璧，年轻剑仙不露痕迹地点了点头。林君璧这位中土神洲的天之骄子，大道会比较高远。

林君璧并不知道自己在愁苗心目中，评价如此之高。

到了剑气长城之后，林君璧学到的第一件事，就是要把自己的姿态放低再放低。

事实上，林君璧虽然心计、急智、灵性皆有，并且都极其出类拔萃，可给人的感觉，终究不如愁苗那么值得信赖，仿佛一块先天璞玉，后天雕琢绝好，可恰恰因为如此，才会给人如此感觉。当然，这是将林君璧与愁苗作比对而已，避暑行宫大堂之内，其余剑修，都认可了林君璧的三把手座椅，且坐得稳当。

愁苗与林君璧恰好相反，浑朴，内敛。

这位年纪轻轻的剑仙，带着一大箩筐的传奇事迹，成了隐官一脉的剑修，却不是新任隐官，稍稍矮人一头，没说过任何一句让人拍案叫绝的言语，没做过任何一件让人倍感惊世骇俗的事,但偏偏能够服众,让人心生信赖。

隐官一脉估计人人想过,若是那个年轻隐官万一真有意外,谁会来当这个下任隐官,必然是愁苗,而非林君璧。

林君璧对此倒是没有太多怨怼,技不如人,就得认。林君璧从来不害怕与高手打交道,他学什么都很快,只要不是那种生死局,切磋之后,棋术增长,全是进了自己兜里的本钱。

林君璧很清楚,愁苗剑仙能够服众,这不光是愁苗境界高这么简单。

愁苗身上有很多地方,值得他去揣摩学习。比如所有人都不会觉得,愁苗剑仙是那种惊才绝艳、算无遗策的聪明人。任何人的第一印象,都绝对不会如此。

如果说愁苗是剑术高,却性情温和,无锋芒,那年轻隐官给人的印象,则是境界不高,却很能打,城府深沉心机重,却竟然是个好人。

再加上隐官一脉诸多剑修各有所长,林君璧在此历练,每天都会受益匪浅,所以为何要走?就算是陈平安赶他走,林君璧如今都未必会走。

林君璧看了眼那个暂时无人落座的主位,轻轻摇头,不走是不走,但是他绝对不当这隐官大人。

陈三秋看了眼临近战场的形势,稍稍思量,便喊了董画符一起,御剑靠近陈平安那边,同时让董胖子和叠嶂多出点力,等他们稍稍喘口气,就会立即返回增援。

两人御剑换了战场,与陈平安、宁姚,差不多形成一个掎角之势。

董画符蹲在长剑之上,开始盖棺论定:"比起宁姐姐开阵,是要慢些。"

董画符想了想,记起二掌柜的本命神通是那记账,便亡羊补牢了一句:"不过阿良说过,男人不能太快。"

陈三秋哈哈大笑。

不承想二掌柜刚好被一个披挂金乌甲的兵家妖族修士一拳打得好似强行破阵,凿穿了被陈三秋出剑削薄的大军阵形,最终跌落在陈三秋不远处,翻滚之后站起身,一拳打碎一件如同附骨之疽的本命器物,拳架一变,强提一口纯粹真气,稳住身形,身上伤口随之崩裂,鲜血流淌。

那些从隐官一脉剑修手上借来的衣坊法袍,都差不多消耗殆尽,陈平安身上穿着的最后一件也早已稀烂,他上半身近乎裸露,遍身伤势,处处白骨裸露。陈平安穿上宁府那件青衫法袍,转头看了眼董黑炭。

陈平安微笑。宁姚在远处也微笑。董画符报以傻笑。

陈平安一个身体后仰,堪堪躲过一道从背后袭杀而至的森严剑光,倒地之前,一掌拍地,身形翻转,一步踏出,终于头一次用上了缩地符,转瞬之间便来到那个鬼祟出剑次数极多的妖族剑修身侧,一臂横扫,扫落头颅,一个低头弯腰,借助剑修的无头尸体作为盾牌,侧向撞去。

一个神色木讷的妖族修士,中年男子模样,不知道从地上哪里捡了把破剑,品秩低劣,勉强有一把剑的样子而已,一步跨出,就来到了陈平安身侧,一剑劈下,没有璀璨剑光,没有凌厉剑意,就跟持剑之人一样沉默,但是陈平安甚至来不及使出方寸符,一身拳意登顶,这才好不容易双手握住剑锋,依旧被一剑砍得整个人陷入地下。

男子并未想着以蛮力直接将陈平安双手连同整个肩膀一同斩开,随手便抽出那把寻常长剑,一剑抹向陈平安脖颈。

陈平安直接左手握拳抵住心口,男子显然小有意外,自己这一剑确实会中途更换轨迹,搅碎对方心口。在变剑的关键时刻,男子走出一步,身形缥缈如同飞剑化虚,直接来到陈平安身后,剑尖拧转,十分随意,向后戳去,击中陈平安后脊柱,陈平安几乎同一瞬间,变拳架为校大龙,剑尖受阻片刻,借助一剑之力,本该前冲更为迅速,陈平安仍是横移数步,果不其然,"第二个"持剑男子,出现在陈平安原先位置的正前方,一剑直直劈下。

男子微微一笑,加重力道,轻轻握紧长剑。

战场之上,瞬间出现近百个剑修,将陈平安围成一圈,依旧是持剑,却没有任何一把本命飞剑,以各种出剑姿势,剑尖直刺陈平安。

不但如此,圆形剑阵之外的六处地方,皆有一个男子持剑,似乎在等待陈平安使用方寸符。

在这之外,在宁姚、范大澈、陈三秋与董画符眼前,出现了一座人人持剑的巨大圆形剑阵。

一人剑挑陈平安、宁姚、陈三秋和董画符几个在甲子帐册子上的年轻天才,再外加一位不在册上的金丹境剑修。

这个男人,真正出剑问剑的对象,既是陈平安,也是范大澈。

至于结果会如何,反正已经把选择权交给剑气长城的所有同龄人剑修,他对于结果,其实不太在乎。

剑修出剑,自己最对就好。战功大小,是其次。

每个持剑之人,是真又是假,会分摊战力,所以需要他精准计算。

持剑男子似乎有些无奈,某处本就缥缈不定的身形,砰然散开。

其余持剑之人,皆被少则两三把、多则五六把飞剑一一针对。

那个年轻隐官则岿然不动。

同样遮覆面皮、隐匿气象的男子,最后看了眼陈平安,会心一笑,以纯正的浩然天下大雅言撂下一句话:"同道中人。"

这个莫名其妙出现、神鬼出没的古怪剑修,不知去往何方。

陈平安收起了全部飞剑,归为一把井底月,这把飞剑的本命神通,便是那月照深井,只要心湖起涟漪,每次出剑与收剑,便是一轮明月碎又圆的境地,一切只在剑修一念间。

好不容易温养出两把本命飞剑,结果这把井底月不得不提前现身。

陈平安在心中骂了一句"狗日的同道中人"。

宁姚让陈平安先行返回城头,提醒了一句"路上小心"。

董画符觉得这句话说得有些多余了。有话直说,一直是董画符的风格。

陈三秋笑道:"男女之间,如果没有几句多余话,便麻烦了。"

董画符点头表示认可,然后问道:"你有那说多余话的机会吗?"

陈三秋学那二掌柜报以微笑。

董画符怕那二掌柜记仇算账,还真不怕做梦都想当自己姐夫的陈三秋,所以来了一些雪上加霜的言语:"我姐之所以成为隐官一脉剑修,不会是故意躲着你吧?要真是这样,就过了,回头我帮你说道说道,这点朋友义气,还是有的。"

陈三秋摇头道:"不至于。你姐是爽快人,喜欢就是喜欢,不喜欢就是不喜欢,不会如何刻意。"

喜欢一个人,总是万般好。何况陈三秋从穿开裆裤起,就觉得邻居家的小董姐姐,不是入了自己的眼睛,才变得好,她是真的好。

就像陈三秋第一次从书上看到"青梅竹马"四个字,便觉得那是一个天底下最动人的说法,什么"大湖平如镜""山红若火",都得靠边站了。

要说董不得有多漂亮,其实不算。只是这么多年,陈三秋酒喝得越多就越喜欢。

在陈平安还没来到剑气长城的时候,以往几次下城厮杀,陈三秋在自己战场那边只要提前收剑,都会跑去董不得那边遥遥观战,一次形势严峻,陈三秋出手帮忙,董不得事后道了声谢后,结果跟了一句直截了当的剜心言语,是董不得第二次明确告诉陈三秋,大家都是剑修,还是熟人、朋友,战场上帮忙可以,只是奉劝陈三秋莫要有那山上道侣的念头,她董不得一想到这个就浑身起鸡皮疙瘩。那一次,陈三秋回了城池,喝了酒,在回家路上,就又去推墙撞树了。

陈平安受伤不轻,不单单是皮肉筋骨惨不忍睹,最麻烦的是那些剑修飞剑遗留下来的剑气,以及诸多妖族修士攻伐本命物带来的创伤。

不过整个人的精气神不减反增,宁姚已经很久没有看到这么眼神明亮的陈平安了。

当下整个人的人身小天地气机混乱不堪,不全是坏事,有弊有利,李二曾经说过,师弟郑大风早年观看那座螃蟹坊匾额，有些心得，回来后与他提过一嘴，大致意思，人身就是一处古战场遗址，所以"莫向外求"四个字，不全是蹈虚修心之言。

所以当下陈平安自身便是一座演武场，抽丝剥茧一事，以及用纯粹真气压胜修士灵气一途，刚好陈平安都还算擅长。

捡了把来历不明的受损长剑，长剑本身没有太过玄妙，就是入手极沉，估计铸剑材质不错，值点神仙钱。

估计在宝瓶洲那些藩属小国的江湖上，这就是一把货真价实的神兵利器了，连那些地方上的山水神祇都要忌惮几分。

陈平安率先御剑北去，拣选妖族大军的战阵单薄处，一路上稍稍出拳而已。

没有直接去往城头，而是御剑去了城墙上那个"猛"字的最高一横处，盘腿而坐，拿出养剑葫，喝了几口桂花酿，近距离多看几眼战场走势。一边静心调养气息，一边娴熟包扎伤口。

墙头刻下的每个大字，所有横向笔画，几乎皆是绝佳的修行之地。但是到了蚁附攻城的战事阶段，这些天然剑修道场，往往又是必死之地。所以能够在此修道动辄数百年的老剑修，必然杀力极大，且极其擅长保命。

陈平安身旁不远处，就坐着一位闭目养神的年老剑修，对方没有起身迎客，陈平安便没有出声打搅对方的清修养剑。

看老者模样，应该是丙本第六页的元婴境剑修殷沉，岁数已高，但是瓶颈难破，一直停滞在元婴境，性情桀骜，是一个无亲无故的孤家寡人。剑气长城的剑修，几乎都会有至交好友，要么还活着，要么已经战死了，总之都会有那么几个，但是殷沉却从来没有，只要投身战场，杀心极大，并且一旦出剑，喜欢不分敌我，所以杀妖极多，积攒下来的战功一直不大，还不如许多金丹境年轻剑修，因为许多战功被抹掉了。老剑修殷沉的名声更不好，毕竟没有人愿意接近一个连己方剑修也会杀的怪物。

甲本、丙本上的每一位本土剑修，每一页皆写有隐官一脉剑修的不同注解，如果避暑行宫的剑修见解太多，就夹杂几张额外的纸张。

关于丙本名册排名极高的殷沉，反而见解寥寥，只有愁苗与林君璧写了几笔，皆与剑气长城的普遍看法截然不同。

若说战场误伤，几乎任何一位剑仙皆有，那种伤及无辜，到底谈不上背负骂名，但是殷沉不一样，很多时候凌厉出剑，就是算准了会死掉几位剑修。

按照隐官一脉的职责划分，老剑修殷沉只需要镇守原地，不用出城厮杀。

陈平安包扎完大大小小的伤口，祭出一张祛秽符迅速除掉血迹，到底是客人，哪怕主人没个笑脸，也不是客人不讲半点礼数的理由。

殷沉睁开眼睛，沙哑开口道："你这娃儿也真是好玩，剑气长城的纯粹武夫，我还是见过一些的。别人出拳,是被飞剑、法宝克制,你倒好,自己压着自己。"

陈平安转头笑道:"殷前辈好眼力。"

殷沉问道:"没喊你一声隐官大人,心里边没点疙瘩?"

陈平安说道:"没有。"

殷沉望向战场前线,金色长河以北,有帮忙的宁姚,南边有职责所在的开阵剑修,讥笑道:"每次见着这些所谓的年轻天才,真是难免让人意志消沉几分。人比人,怎么比。"

陈平安笑道:"更多剑修见着了殷前辈,也会如此。"

事实上殷沉也曾是年轻天才之一,并且极为出类拔萃,当年在剑气长城的风光,大致相当于如今的高野侯、司徒蔚然。

练剑一事,极为顺畅,一路破境势如破竹,直到元婴境才停步,不承想这一停步,就是虚度光阴数百年。

殷沉冷笑道:"废物除了仰头看人,偷偷流哈喇子,还能做什么有用事?比如我,一年到头在这里枯坐,就从年轻废物坐出了个老废物。"

一个狠起来连自己都骂的人,如果只说吵架,基本上是无敌手的。

陈平安问道:"先前那个持剑男子,殷前辈可曾看破根脚?"

殷沉嗤笑道:"隐官一代不如一代啊,你这外乡小娃儿,都已经境界不高了,靠着些虚头巴脑的关系,鸠占鹊巢,得了萧愻前辈的那座避暑行宫,档案秘录无数,结果连这点情报都不知道?即便认不得,不会猜吗?"

陈平安不介意这些言语,你骂你的,我问我的,继续试探性说道:"是那托月山百剑仙前列的天之骄子?与背篓、离真排名差不多?"

殷沉则是你问你的,我骂我的:"现在我估摸着整座剑气长城,说那萧愻前辈的言语,什么难听话都有吧?真是一帮有娘生没爹教的玩意儿。我要是萧愻前辈,攻破了剑气长城,之前骂过的剑修,一个一个找出来,敢当面骂,就能活,不敢骂的,去死。如此才痛快。对了,先前大妖仰止在阵上虐杀那位南游剑仙,你小子为了大局考虑,也没少挨骂吧,滋味如何?如果再来一次,会不会由着那些找死剑修,死了拉倒?"

陈平安说道:"阿良曾经与我说过,一个人能别死,千万别死。如果挨几句骂,就能救不少人,有比这更划算的买卖吗?我看很少。"

殷沉立即闭上了嘴巴。

不是年轻人的道理有多对,完全不是这么一回事。

这个年轻隐官,是什么文圣一脉的关门弟子,左右的小师弟,甚至与老大剑仙关系不错,殷沉都根本不当回事,唯独与那阿良扯上了关系,殷沉就要头大如簸箕。

委实是上个百余年,殷沉被那个狗日的王八蛋坑惨了,那真是逮住了一头肥羊,往

第七章 同道中人

死里薅毛啊,薅完了肥羊换瘦羊,瘦羊没了,肥羊估摸着也该恢复几分家底了,很好,那就再薅一茬。如果阿良只是如此手段,殷沉大不了不搭理,但是那个家伙真能蹲在他身边,自言自语,絮叨好几个时辰,就为了"能够与殷老神仙说上一句,剑气长城才算不虚此行",殷沉当时忍不住骂了一个"滚"字,结果对方直接翻脸,自己被按在地上饱以老拳,痛打了一顿。

阿良走的时候那叫一个神清气爽,耍出那个招牌动作,双手捋着头发,撂下一句:"爽了爽了,吵架打架,大大小小八百多场啊,依旧是全胜战绩。"

殷沉当时躺在地上,蒙了半天。

在那之后阿良就经常来找殷老神仙,美其名曰闲聊谈心,顺便把胜场增加一两次。

记起那个阿良,殷沉倒也不全是怨怼,毕竟双方其实从未切磋问剑,更多就是那个男人在吹嘘自己在浩然天下,是如何被好姑娘们喜欢,只是从头到尾,也没能与殷沉说出一个女子的名字。可阿良偶尔蹦出的几句正经话,都是奔着他殷沉的元婴境瓶颈去的。

殷沉不管脾气如何糟糕,到底还是要念这份情。

殷沉可能不会做人,但是好人坏人,还是拎得清楚。

有些时候兴许正因为太拎得清楚,反而懒得会做人。

两个人不认识,加上双方性情相差太多,其实没什么好聊的,何况殷沉也不爱喝酒,不然陈平安倒是可以赠送一壶竹海洞天酒。

殷沉突然说道:"浩然天下的纯粹武夫,都是这般练拳的?"

陈平安摇头道:"练拳路数,其实大同小异,逃不过一个学拳先挨打,只是力道有大小。"

殷沉又问道:"当着宁丫头的面,捡了那么多破烂,你也好意思?"

这就有得聊了。

陈平安笑道:"我有一身臭毛病,好在宁姚都不介意。"

殷沉问道:"我看你长得也一般,凑合而已,怎么勾搭上的? 我只听说宁丫头走过一趟浩然天下,不承想就这么遭了毒手。要我看,你比那曹慈差远了,那小子我专程去城头那边看过一眼,模样也好,拳法也罢,你根本没法比嘛。"

这么聊就得劲了,老前辈这是夸人呢。

陈平安赶紧起身,与那位殷老神仙凑近些坐下,喝了口酒,笑呵呵道:"拳法没法比,我认,要说这模样,差距不大,不大的。"

不承想殷沉突然翻脸:"我要养剑了,劳烦隐官大人让让,少在这边碍眼,不讨喜的。"

陈平安悻悻然起身,御剑离开。

殷沉双手握拳撑在膝盖上，笑了笑，浩然天下的读书人，都他娘的一个欠揍德行。

陈平安去了城头茅屋那边，先跟撑起酒铺小半边天的魏大剑仙笑着打了声招呼。

魏晋笑道："好一通王八拳，反正瞧着是很厉害的，有那无敌神拳帮老帮主的风采，就是凿阵慢了些。"

硬生生以双拳捶杀了一个蛮荒天下的远游境武夫，这份战功，相较于剑仙出剑，自然不算大，但是比较稀罕，会是一碟子滋味不错的佐酒菜。

陈平安笑呵呵道："下次去铺子，多送你一碗阳春面解酒，可以少说醉话。"

魏晋指了指身后茅屋："老大剑仙心情不太好，你会说话就多说点。"

陈平安与魏晋分别，刚落下城头，老大剑仙便走出了茅屋，习惯性双手负后："哟，陈武神驾临，小小寒舍，蓬荜生辉。"

陈平安就奇了怪了，以前老大剑仙说话，没这么"客气"啊，印象中的老大剑仙，还是很德高望重、惜字如金的。

陈清都瞥了眼陈平安，伤势尚可，收获不小，以心声说道："先前欠了你两个秘密，现在可以说给你听了。"

陈平安收敛神色。

结果老大剑仙两个所谓的小秘密，一个比一个比天大。

一个是关于剑气长城所有刑徒剑修的家乡。最早那拨远古刑徒，家乡竟然半数来自蛮荒天下，半数来自如今开辟出来的第五座天下。

陈平安愕然。那么就是说，半数刑徒与后世子孙，其实从一开始就身在家乡？所以是生在剑气长城，死在剑气长城，皆在家乡？那么剩余半数刑徒的子孙，若是想要叶落归根，就与第五座天下有关了？只要能够活下来，至少还有返乡的机会？

第二个秘密，更大。

老大剑仙的说法，十分惊世骇俗，纯粹武夫的登天之路，其实正是一条成神之路，其中又会牵扯到兵家修士。

陈平安虽然之前有些猜测，但是等到老大剑仙亲口说出，就一下捋清楚了许多脉络，比如不再奇怪为何武学道路上，会有个金身境，而世间山水神祇，皆以塑造出一尊金身为大道根本所在。不谈那鬼魅英灵成神，只说活人立地成神，类似铁符江水神杨花的经历，"形销骨立"，是必经之路，这与武夫淬炼体魄，打熬筋骨，确实是差不多的路数。

陈清都并没有把话说透，反正这小子喜欢想，以后有的是时间去琢磨这本老皇历最前边的那些书页。

带着陈平安缓缓而行，既然都开始散步了，总不能没走几步路就回头，于是老人稍微多说了点："自古神仙有别。先神后仙，为何？按照如今的说法，人之魂魄，死而不散，即为神。享受人间香火祭祀，根本无须修行，便能够稳固金身。

"不死为仙,便是如今那些在山上趴窝的练气士了。读书人撰写史书,总是删删减减,久而久之,距离真相就越来越远,你以后有机会的话,可以去三大学宫逛一逛,当了那个老秀才的关门弟子,翻几本不值钱的旧书而已,这点门面还是有的。"

这些说法,陈平安就只是听着记着而已,暂时意义不大,若是再务实些,可以说是毫无意义。

只是接下来的一个说法,就让陈平安乖乖竖起耳朵,生怕错过一个字了。

"先远游境再山巅境,接着是那武道第十境,其中又分三层:气盛、归真、神到。何谓神到?我记得你家乡有个说法,叫什么来着?"

"到门!"陈平安脱口而出道,"如果一个人手艺足够好,无论是庄稼把式,还是烧造瓷器,别人都喜欢称赞为'到门了'。"

陈清都点了点头:"到门了,到什么门?路怎么走?谁来看门?答案都在你家乡小镇上……又怎么说来着?"

陈平安说道:"余着。"

陈清都笑着点头,又详细说了些十境三层的门道。

只是老人破天荒有些缅怀神色。在宝瓶洲那边,有个故友,一样画地为牢有万年光阴了吧。

所以陈清都说了一句题外话:"绣虎崔瀺,委实厉害。"

陈平安说道:"当年第一场问心局,因为齐先生在,所以安然渡过了,等到齐先生不在,第二局,我便如何都熬不过去。那还是崔瀺没有全力落子的缘故。"

陈清都说道:"所有难熬又熬过去的苦难,就是在心头砸下一个坑,坑越大,以后就可以容纳更多。"

陈平安嗯了一声。

但也有可能一辈子都在弥补那个坑,比如当世道亏欠一个人的童年越多后,那个人长大之后,就会一直在缝补和弥补。

离开城头,陈平安御剑去往避暑行宫的私宅,开始安心养伤。

短短两天之后,陈平安走了趟躲寒行宫,来去自如,手握玉牌,都不用消耗一张缩地符。

陈平安拣选了僻静处,看白嬷嬷为孩子们教拳,白嬷嬷正好说到了何为"全身是一拳",立意何在,如何学,再如何练。

其中有个孩子,陈平安不陌生,是那个叫元造化的假小子,自己送了她两把折扇,她也是剑气长城唯一一个能凭真本事坑到二掌柜神仙钱的小丫头。

其余那些孩子,事实上陈平安个个都不陌生,因为都是他和隐官一脉精心挑选出来的武道种子,其中一个孩子,已经被郁狷夫带去中土神洲,其余学拳还不算晚的,都在这里了。

剑气长城剑修极多，纯粹武夫却极少。

万一剑气长城被攻破，天地改换，沦为蛮荒天下的一块版图，难道那么多的武夫气运，留给蛮荒天下？当然不行。

只是陈平安也知道，临时抱佛脚，要让这拨孩子去争那"最强"二字，希望渺茫。何况剑气长城存在一种天然压胜，大道相冲得极为厉害，以前想不明白，先前在城头上，被老大剑仙点破之后，才有些明白。中土神洲的女子武神裴杯，极有可能是有备而来，至于曹慈练拳纯粹，是从来不要那武运的，这一点，陈平安自认远远比不上曹慈，如今只要武运愿意来，陈平安恨不得让那份武运喊上"亲戚""家眷"一股脑来，开门迎客，多多益善。

但是就算这拨孩子仓促练拳，挣不来武运，一样关系不大，只要有了一技之长，打好底子，将来不管到了哪里都能活，或者说活下去的机会，只会更大。身处乱世，想要安身立命，争一争那立锥之地，很多时候，身份不太管用。

演武场那边，白嬷嬷递出一拳，距离极短，出拳不过半臂，但是拳意很重，返璞归真，浑然天成。

到了七境武夫这个层次，再往高处走，所谓的拳招，其实就已经是比拼拳意的深浅，类似一种质朴的大道显化。

那一拳，白嬷嬷毫无征兆砸向身边一个虎头虎脑的男孩，后者站在原地纹丝不动，一脸你有本事打死我的表情。

男孩是出身太象街高门的姜匀，资质算是极为出彩的一个。

等到白嬷嬷收拳后，孩子自己浑然不觉，心中半点不怕的他，其实已经汗流浃背。

这是一种很难得的潜在天赋。

白嬷嬷又是一拳，拳头几乎要贴在一位玉笏街小姑娘的额头，后者就要比姜匀稍逊一筹，虽然没有挪步，但是身形微微一晃。

十余个孩子站在一排，白嬷嬷一个一个走过去，有些孩子后撤，有些孩子咬牙站在原地。只是白嬷嬷一拳未出。

但是陈平安看得出来，当白嬷嬷走到几个孩子身边的时候，拳未出意已到，只有一个暮蒙巷名叫许恭的孩子，他的直觉是对的，在白嬷嬷拳意微动之际，就已经早早挪步后退，虽然是与姜匀截然相反的选择，不过都属于有希望拳意更早"上身"的好坯子。

再看那假小子元造化，如临大敌，只是一味身体紧绷，白嬷嬷拳意悄然外放，却依旧没有察觉。

陈平安觉得这些都没什么，习武一途，不是不讲资质根骨，也很讲究，但是到底不如练气士那么苛刻，更不至于像剑修这么赌命靠运。剑修不是靠吃苦就能当上的，但是练拳,有了一定资质,就都可以细水长流,脚踏实地,缓缓见功力。当然,三境会是一个大门槛,只是这些孩子,过三境肯定不难,只有早晚、难易的那点区别。

陈平安斜靠廊道柱子,双手笼袖,看着那些孩子,想要用心学拳的,多半是妍媸巷、暮蒙巷的贫苦出身,不太想学的,往往是姜匀这样的大族子弟。

孩子们又开始练习站桩,白嬷嬷偶尔会帮着搭把手骨拧筋转,然后那个孩子就开始满地打滚,嗷嗷叫哇哇哭。看得原本心境祥和的陈平安,直接变成了幸灾乐祸,挺乐和。只是看到假小子元造化和一个陋巷孩子,先后疼得趴在地上,便又有些心酸。

白嬷嬷瞥了眼自家姑爷那个方向,神色慈祥,老妪的眼神,略带询问意味。

陈平安赶紧摆摆手,示意自己就是来这边看看。

不承想白嬷嬷却还是笑道:"隐官大人,这里边有人说要与你学拳,嫌弃我的拳法太娘们,不如你来教教看?"

陈平安刚要婉拒,那个姜匀就双臂环胸,扯开嗓子喊道:"隐官何在?!"

他娘的小兔崽子,到底谁是隐官大人。

陈平安看了眼那个坐起身的假小子元造化,她正默默抬起手,手臂颤抖,擦拭脸上的尘土和汗水。

白嬷嬷面带微笑,陈平安只得快步走到演武场。

陈平安也没多做什么,就只是说了些六步走桩的拳法心得,简明扼要,几句话的事情。

姜匀以为刚起了个头,结果年轻隐官就闭嘴了,孩子忍不住问道:"这就完事啦?"

陈平安点头道:"拳理本来就不会太多,这跟越薄的书籍,蕴含的学问越大,是一个道理。"

话说一半。

三教诸子百家的学问,越是宗旨所在,越是后世注经、训诂繁多,最终枝繁叶茂,包罗万象。

只是与孩子们打交道,讲得越烦琐,反而会让他们不知所措,无所适从。

白嬷嬷笑道:"隐官大人,如果不着急返回避暑行宫,刚好今天站桩演练得差不多了,可以教一教这撼山拳的走桩。"

有外人在,姑爷自然是不能喊了。

陈平安想了想,在这边逗留半个时辰,肯定没问题,便点头答应下来,笑道:"这走桩,源自《撼山拳》。"

那姜匀又插话道:"等会儿,这拳谱名字不霸气啊,撼山?咱们剑气长城,哪个剑修不是一剑下去,就把山给平喽?"

陈平安微笑道:"那你来教我拳法?"

姜匀皱眉道:"好好说话,讲点道理!"

陈平安会心一笑,继续说道:"拳谱名字兴许是真不如何,那我就多说几句。"

大致讲了些浩然天下的武夫处境,说那些不是高门出身的市井武夫,拳招驳杂,只要能够拳裂砖脚碎石,就已经是很不错的武把式了,所以"撼山"二字,分量其实半点不轻。言语之中,夹杂了一些陈平安自己的见闻,所以孩子们都听得比较专注入神。当然,能够难得偷个懒儿,不站桩挨打,不枯燥走桩,谁不喜欢。

讲完之后,陈平安演练了几遍走桩,再帮着孩子们指出一些走桩的瑕疵,一炷香过后,休息期间,陈平安先讲了市井江湖,又讲了些九境、十境武夫的武道山巅风光,孩子们爱听这个,反正躲寒行宫就是个牢笼,跑都跑不掉。姜匀曾经撺掇着玉笏街那个小丫头一起跑路,大半夜刚上了墙头,就被那凶神恶煞的老婆姨扯了回去,罚他们俩站桩,小姑娘站得晕厥过去,姜匀直接站得睡着了。

当时姜匀两人罚站的不远处,就有两个自己主动站桩的孩子,只是后者很快被白嬷嬷赶回去休息。

练拳忌个死字。穷学文富习武,习武就得有明师领路,打熬筋骨更是耗钱,不然太容易走岔路,练拳反而只会伤身,消磨人之元气。拳意未上身,反而好像练出个鬼上身,就是许多拜师无门的武夫最大的苦楚。

陈平安掐准时辰,告辞离去。白嬷嬷继续为孩子们教拳。

姜匀小声嘀咕道:"真见了面,失望得很啊。"

白嬷嬷笑道:"等你哪天自认有资格与隐官问拳,你就会知道什么叫绝望了。"

姜匀摇头道:"算了吧,二掌柜鬼精鬼精的,等我境界高了,赶上了二掌柜,我肯定先试探询问一番,只要他答应我问拳,我就不打了。"

白嬷嬷摇摇头,姜氏家族挺本分的,怎么养出这么个口无遮拦的小王八蛋。

姜匀瞥了眼老妪,孩子这会儿觉得更奇怪,自己爷爷当年怎么会喜欢这么个老婆娘?

陈平安回了趟避暑行宫,然后喊上愁苗剑仙,一起去往倒悬山春幡斋,顺便走了趟梅花园子,酢颜夫人送往避暑行宫的那本册子,不薄,所以陈平安这趟倒悬山之行,多带了两件咫尺物,都是跟晏溟、纳兰彩焕借来的,在空荡荡的梅花园子,愁苗剑仙看着那个两眼放光搬东西的隐官大人,忍不住问道:"你在宁府密库,也是这个德行?"

陈平安懒得跟他废话。这能一样?

到了春幡斋仔细翻看账本,韦文龙在一旁小声解释里边的某些门道,听得米裕剑仙有些犯困。

愁苗和林君璧最担心的那个结果,暂时还没有出现。八洲渡船依旧畅通无阻,能够顺利赶赴倒悬山。

来的路上,愁苗提议可以适当抬高出价了,陈平安觉得可行,就与晏溟、纳兰彩焕和邵云岩一起商议此事的细节,一些重要物资价格依旧,不然剑气长城的钱财运转,压力太大,哪怕额外加上春幡斋和梅花园子两座私宅的丰厚家底,依旧远远不够看,但是针对八洲每条渡船的某些次等"闲余"物资,可以适当让利更多,一步一步来。

回到剑气长城,这是陈平安第一次靠近城池以北的那座海市蜃楼,没有步入其中,只是远观。

愁苗剑仙抬头看了眼天幕,再以心声说道:"不谈出剑杀力高低,只说事情本质,你能做到老大剑仙那一步吗?"

陈平安摇头道:"很难做到。"

剑气长城那边,宁姚这拨剑修率先御剑返回城头。人人负伤,叠嶂受伤最重。

陈清都走出茅屋。

陈三秋喊了声"老祖宗",陈清都嗯了一声。仅此而已。

若是外乡人遇到了喝酒时候的陈三秋,很难想象,这个风流倜傥的年轻酒鬼,若是认祖归宗,老祖正是陈清都。

能够在城墙上刻下那个"陈"字的老剑仙陈熙,曾经私底下询问老祖陈清都,能否让陈三秋离开,跟随某位儒家圣人,一起去往浩然天下求学。

陈清都只问了一个问题,陈三秋以后姓不姓陈?最终陈熙黯然离开城头。

陈三秋毕恭毕敬告辞一声,然后率先御剑离开。

陈氏子孙,历来如此。有个剑术真正通天的老祖,等于没有,甚至可以说是不如没有。

董画符、晏琢他们也离开了,会返回城池休养几天,叠嶂需要养伤更久。只剩下宁姚。

陈平安御剑来到城头,陪着宁姚坐在城头上,陈平安双脚轻轻晃荡。

宁姚问道:"这一年多时间,一直待在避暑行宫,是藏着心事,不敢见我?"

陈平安欲言又止。

宁姚说道:"除了你喜欢别人了,没什么不能说的。"

陈平安哑然失笑,沉默片刻,说道:"原本不打算说,但是突然发现,自己觉得如何如何是最好的,可能结果往往就是最糟糕的。毕竟两个相互喜欢的人在一起,就真的不是一个人的事情了,所以还是与你说说看。听过之后,可以打人,不许生气。"

宁姚听完之后,点点头。

陈平安说了那件事,算是与老大剑仙的一桩约定。宁姚没有说话。

陈平安轻声问道:"不生气?"

宁姚反问道:"生气有用?"

陈平安想了想,好像没用,只是没敢这么说。

宁姚挑了挑眉头,这不就得了,她也没这么讲。

陈平安脚后跟轻轻磕着墙头。与宁姚在一起,以及在这之前,从遇到她,喜欢她,再到走来宁姚身边,跋山涉水,远游四方,练拳什么的,会有点累,但是永远不会心累。

宁姚问道:"以后再有这样的大心事,就直说,我就算生气,也会让你知道。"

陈平安轻轻握住她的手,然后两个人安安静静望向远方。

陈清都在散步,每次都走得不远,缓缓而行,再原路返回。

瞥了眼远处那对年轻男女的背影,陈清都笑了起来,因为想起了一件极有意思的小事。

之所以当年初次见面,就对陈平安印象不差,与陈平安接连问拳曹慈三场,敢出拳,能认输,没关系;与少年孤身一人,一路远游到剑气长城,为心爱姑娘送剑,也没关系;甚至跟陈平安与那位前辈的牵连,还是没关系。

陈清都当年看着那个原本地仙资质却被打断长生桥的少年,尤其是看着那个少年的眼神与身上那股朝气的时候,都让他觉得……哭笑不得。

与很多江湖老人、山上前辈看待陈平安不一样,陈清都兴许是唯一一个看到陈平安毫无暮气反而朝气勃勃的人。

当年还是少年的陈平安,似乎整个人都像是在默默询问,并且是那种神采飞扬的问询天地。

我是不是真的可以成为大剑仙,我能不能让自己喜欢的姑娘,喜欢自己并且一直喜欢,我将来能不能保护喜欢的姑娘,我是不是一定不会让某些人失望,我一定能够做到这些,对不对?!

陈清都觉得这样很好。

也难怪那个老秀才离开之前,一直死皮赖脸追问他陈清都:"我这关门弟子,善不善?羡慕不羡慕?老善了,老羡慕了对不对?唉,可惜羡慕不来啊。我要是陈老哥你啊,早给我迎面一拳了,不然难消心头嫉恨!"

第八章
立在明月中

牛角山渡口,如今不再只是大骊军方渡船往来而已,越来越多的商贸渡船起起落落,看得裴钱两眼放光,都是哗啦啦滚进师父兜里的神仙钱啊。

这趟"出远门",因为是在自家地盘,所以裴钱一旁的黑衣小姑娘,肩扛小扁担,手持行山杖,觉得自己已经不能更威风了。

周米粒还有一点点的惋惜,自己无法在额头贴上两张纸,一张写那落魄山右护法,一张写哑巴湖大水怪。

陈暖树在不远处,与即将动身去往北俱芦洲的陈灵均说些琐碎事情,听得陈灵均一直打哈欠。

裴钱双臂环胸,环顾四周,看着师父的大好河山,轻轻点头,很满意。

周米粒轻声问道:"陈灵均就要离开了,咱俩不说两句?再挤出些泪花儿,好像比较有诚意。"

裴钱白眼道:"落魄山那几条宗旨,给你当碗里米饭吃掉啦?"

裴钱腾出手来,摸了摸小矮冬瓜的脑袋,语重心长道:"我师父说过,道理就是那大白碗,其他的身外物,才是往里边装的饭菜,只要碗不丢,总能吃上饭。那么道理是啥呢,我是想不出来的,米粒你这迷糊脑壳儿,更不行了嘛,所以我们只需要记住那些落魄山的山规,就不会有错。"

周米粒皱着眉头,很快眉头舒展,懂了,轻声说道:"与陈灵均一说话,咱们就得送临别礼物,不中!反正我们关系那么好了,就别整那虚的!"

裴钱扯了扯小米粒的脸颊,笑哈哈道:"啥跟啥啊。"

周米粒跟着嘿嘿笑起来。

裴钱站在原地,深吸一口气,然后出拳距离极短极慢,自顾自念叨道:"指撮一根针,拳扫一大片,出拳如射箭,收拳如飞剑……"

周米粒问道:"吗呢?"

裴钱依旧缓缓出拳,一本正经道:"继疯魔剑法之后,我又自创了一套绝世拳法,口诀都是我自个儿编撰的,厉害得一塌糊涂。"

然后裴钱开始胡说八道:"世间拳法,除了我师父的拳法最强,还有两种也很强,一是自学成才的王八拳,一是偷师于天桥派。"

周米粒觉得自己又不傻,只是将信将疑:"你这拳法,怎么个厉害法子?练了拳,能飞来飞去不?"

裴钱没好气道:"那是远游境武夫才能做到的,我还早,没个几年工夫,万万不成。"

周米粒一跺脚,懊恼道:"这么久!得嗑多少瓜子才成!"

裴钱无奈道:"你以为八境武夫很容易啊。"

周米粒愣了愣,怀抱行山杖,伸手挠了挠脸颊:"可你是裴钱啊。"

裴钱眉开眼笑,收了拳,按住小米粒的脑袋,晃来晃去:"你这小脑壳儿,瞧着不大,咋个这么开窍嘞。"

周米粒晃荡了半天脑袋,突然叹了口气:"山主咋个还不回家啊。"

裴钱笑了笑:"不是跟你说了嘛,在剑气长城那边,因为师父帮你大肆宣扬,如今都有了哑巴湖大水怪的好多故事在流传,那可是另外一座天下!你啊,就偷着乐吧。"

周米粒又开始挠脸颊:"可我宁愿他不说故事了,早点回啊。"

裴钱做了鬼脸:"我师父回了家,你请他吃酸菜鱼啊?"

周米粒皱着脸,怯生生道:"不吃大盆,吃个小盆的?"

裴钱乐了,又有些伤感。

长大之后,就很难再像以前那样,大大小小的忧愁,一直只像是去心扉登门拜访的客人,来也快,去也快。

以前不太理解师父为什么不愿意自己和宝瓶姐姐快快长大,现在看着小米粒,裴钱就理解了。

陈灵均要登上那艘跨洲渡船了,裴钱拍了拍周米粒的脑袋:"走,道个别。记住了,师父说过,如果有朋友乘坐仙家渡船远游,咱们不能讲那一路顺风的。"

周米粒使劲点头:"晓得晓得!"

一个蠢瓜子暖树,加上裴钱和小米粒,都与他道别,陈灵均有些不太适应,但是小小别扭的同时,还是有些高兴,只是不愿意把心情放在脸上。

陈灵均离开后，裴钱三人一直等到那艘渡船穿过云海，这才返回落魄山。

陈暖树转头看了眼云海。

裴钱轻声说道："放心吧，没事的。陈灵均别看平时没个正行，其实机灵着呢。"

陈暖树展颜一笑，裴钱一手牵起一个小姑娘。

如今裴钱的身高，已经超出她们很多，终于像个少女了。

陈灵均在渡船房间里边无所事事，就趴在桌上发呆。

其实在牛角山渡口，陈灵均走上披麻宗跨洲渡船的那一刻就后悔了。他很想跳下渡船，偷溜回去，反正如今落魄山家大业大地盘多，随便找个地方躲起来，估计魏檗见他也烦，都未必乐意与老厨子、裴钱他们念叨此事，过些天，再去落魄山露个面，随便找个理由糊弄过去：忘了翻皇历挑个黄道吉日，放心不下黄湖山，忘记去御江与江湖朋友们道个别，在家潜心、努力、勤勉修行其实也没什么不好的……

桌上放着一只大竹箱，魏大山君难得大方一次，还借给他一件咫尺物。

竹箱里边，放着许多北俱芦洲形势图，既有山上仙家绘制的，也有许多朝廷官府的秘藏，加上乱七八糟一大堆的地方志，还有陈平安亲手撰写的几本册子，都是些大大小小的注意事项，用老厨子的话说，就是只差没在哪儿撒尿拉屎都给写上了，这要是还无法走江成功，把自个儿淹死拉倒。

陈灵均其实还是怕。

以前在黄庭国御江那边，其实就不喜欢挪窝，认了御江水神当兄弟，一起作威作福，到了落魄山，照样不挪窝，裴钱和小米粒还会偶尔去红烛镇那边逛荡，陈灵均就只在落魄山大小山头周边游山玩水，与邻居老仙师们瞎扯些有的没的，带着那条黑蛇，大摇大摆巡视各地，逍遥自在。

自从那个名叫贾晟的目盲老道人从骑龙巷搬到了黄湖山结茅修行，陈灵均就常去做客，很投缘，如果吹牛真管用，整座浩然天下都是他俩的私人园子了。

不过陈灵均如今也清楚，对方这么捧着自己，还是因为陈平安的缘故。

陈灵均没有不喜欢这种事儿，挺喜欢的。

落魄山风气再好，也还是难免有个远近亲疏，分那先来后到。

他和暖树那个小蠢瓜子，毕竟算是落魄山最早的"老人"。

后来才有了老厨子、裴钱、石柔他们，傻乎乎的岑鸳机，憨妞儿元宝，二呆子元来，因为大呆子是曹晴朗。

再后来，又被陈平安从北俱芦洲拐来了个小米粒。

有些时候陈灵均自己都觉得，魏檗、老厨子这些个家伙，瞧不起自己，怨不得他们眼高，真得怪自己不上进，喜欢混吃等死、吹牛打屁。

人多，热闹，多好。孤苦伶仃的，大老远跑去北俱芦洲，修行个锤子嘛。

什么骸骨滩,披麻宗,壁画城,宗主竺泉,还有两位落魄山记名供奉;什么哑巴湖,柳质清,春露圃,云上城;什么那条济渎,中部龙宫洞天;最西边的什么山来着,再加上狮子峰,李二夫妇,李槐他姐李柳;小宝瓶她哥李希圣;老爷他朋友,一座火神庙,太徽剑宗的刘景龙,他弟子小白头。

老子这是奔着大好前程去修行吗?是去走门串户登门送礼好不好?

不跳个渡船是不行了!

陈灵均收拾行李,从二楼往渡船一层溜去,结果魏檗凭空出现在渡船栏杆附近。

陈灵均哈哈笑道:"魏大山君,这么客气干吗,不用送不用送。"

魏檗笑道:"一洲北岳地界,都是我的辖境,忘了?"

陈灵均屁颠屁颠跑去给山君大人揉胳膊:"这哪敢忘,哪怕有尿也憋着,就怕玷污了北岳的大好河山!"

魏檗说道:"北岳储君之山,位于宝瓶洲最北端,我会与那位山神打声招呼,目送渡船去海上。到时候你再跳不迟,我就管不着了。可以慢慢悠悠往回赶,至于是在东岳地界上岸,还是甘州山,你看心情就行。"

陈灵均傻眼。

商贸繁华的清风城,百年复百年,一直歌舞升平。王朝更迭,山河变色,建造在山下的这座清风城,始终岿然不动,一位位皇帝君主,对许氏始终礼敬有加。

许氏因为老祖结下一桩天大善缘,得以坐拥一座狐国,抵得上半座福地。

传闻当年许氏老祖遇到的那位狐仙就已经是七条尾巴,只是不知如今是否增加了一条。

清风城许氏盛产的狐皮美人,价格昂贵,胜在珍稀,供不应求,是宝瓶洲一绝。随着北俱芦洲跨洲渡船往来更加频繁,清风城许氏家底越发雄厚,尤其是前些年,许氏家主一改祖法,让狐国开启镜花水月,使得一张狐皮符箓,直接价格翻番。

许氏聘请丹青圣手,绘制四美图、十八仕女图,或精心版刻或临摹,加上零零散散的文房四侯、折扇,一经推出,皆被抢购一空。

有些与清风城不对付的山上仙家,有些泛酸言语,如这许家就只差没卖春宫图了,他许浑如果敢卖这个,才算真豪杰。故意将许浑贬低为一个在脂粉堆里打滚的男人。只不过这个男人,却是实打实的元婴境兵家修士,拥有了那件古怪瘭子甲后,更是如虎添翼,战力卓绝,是宝瓶洲上五境之下,屈指可数的杀力出众之人。

清风城闹市的一座酒楼雅间,一个年轻人继续吃饭,一位青衫书生早已放下筷子,起身靠窗而立,看着外边大街上熙攘人流,好看的女子确实多。

柳赤诚摇晃折扇,微笑道:"清风城这对夫妇,一个潜心修行,一个持家挣钱,真是绝配。"

年轻人只是埋头吃饭,柳赤诚动筷子极少,却点了一大桌子菜肴,桌上饭菜剩下不少。

柳赤诚转头看了眼年轻人,笑问道:"顾璨,你一直没说为什么要来这边逛,还要故意撇开曾掖和马笃宜,现在可以讲了吧?"

顾璨要与人言语,便停下筷子,咽下饭菜,抬头说道:"我有个朋友,当年被一个叫卢正醇的人差点打死,这卢正醇是福禄街卢氏子弟,如今好像在清风城许氏混得还行。"

骊珠洞天,大姓四姓十族中,宋、李、赵、卢,都是头等门户。

只是小镇卢氏与那覆灭王朝牵扯太多,所以下场是最为惨淡的一个,骊珠洞天坠落大地后,唯有小镇卢氏毫无建树可言。只有一个卢正醇早年跟随清风城许氏妇人,一起离开小镇。许家也算对其厚待,给了不少修道资源,还给了个祖师堂嫡传身份当作护身符,面子里子都是给了卢氏的。

柳赤诚对那个卢正醇没兴趣,只是好奇问道:"你这种人,也会有朋友?"

顾璨点头道:"有还是有的。"

柳赤诚笑道:"其实就只有一个陈平安吧?"

顾璨摇摇头:"从小到大,他就一直没有把我当朋友看待,差着太多岁数,我也一样,算是半个亲人吧,不一样的。至于那个心比天宽的刘羡阳,只是因为陈平安,才与我亲近些,不然我跟他从来不是一路人,以前不是,以后更不会是,不过勉强算是朋友。"

等到刘羡阳从南婆娑洲醇儒陈氏返回,应该会成为龙泉剑宗阮邛的嫡传弟子,当年刘羡阳本就是因为祖上是陈氏守墓人的缘故,才会被带着远走他乡。

刘羡阳有一点最让顾璨佩服,他天生就擅长入乡随俗,从来不会有什么水土不服的状况发生。

至于自己,到了书简湖之后,竟然连那个最大的长处——耐心,都丢了个一干二净。

顾璨回顾那段看似风光的青峡岛岁月,才发现自己竟然是在一步步往死路上走。

年纪小,根本不是借口。

顾璨看着桌上的菜碟,便继续拿起筷子吃饭。

柳赤诚突然说道:"以后去了白帝城,这些关系,能断就断吧。"

顾璨神色如常,只是吃饭,没说话。

柳赤诚也不觉得自己能够更改顾璨的性情,恐怕还得看师兄的传道手段,便转移话题:"先前你所谓'混得还行',是多行?既然是与你同乡的同龄人,那是金丹境剑修?还是元婴境练气士?"

顾璨说道:"如今是四境练气士,十年之内,有希望跻身洞府境。帮着许氏管着狐国的一小部分买卖,修行不快,可以用神仙钱堆出来。"

柳赤诚收起折扇,敲了敲自己脑袋,笑道:"未来的小师弟,你是在逗我玩呢,还是在讲笑话呢?"

顾璨神色沉稳,不喝酒,下筷慢,还喜欢细嚼慢咽:"如果杀个人就得跑路,这辈子真能有个安稳踏实的落脚地儿?"

柳赤诚哑然失笑,摇摇头:"一个修行如此不堪的废物,也值得你杀人跑路?我这个人很好说话的,你点个头,我帮你解决了。一个许浑而已,连上五境都不是,小事。"

顾璨反问道:"万一呢?何必呢?"

柳赤诚无言以对。

顾璨放下筷子,微笑道:"不过真要对死敌出手了,就得让对方连收尸的人都没有。"

再就是,让旁人挑不出错。

至于旁人,只分两种,一个陈平安,再加上其他人所有,一定要作取舍的话,就不用管后者。

总之陈平安这辈子都别想与自己彻彻底底撇清关系。

柳赤诚笑容灿烂。这小子,真是越看越顺眼。

自己当这护道人,可真是黄花闺女上花轿头一回的事情,只是心甘情愿,当得很舒心。这让柳赤诚都起了收徒的心思。

顾璨问道:"如果真的成了你的师弟,我能不能学到最顶尖的术法神通?"

柳赤诚忍俊不禁:"白帝城收藏极丰,你要是成了我的小师弟,当然可以学,随便你挑,只是能否学成,就不好说了。"

顾璨说道:"我都要学。"

柳赤诚用折扇点了点顾璨,笑道:"你啊,年少无知,痴人说梦。"

不是不清楚顾璨绝佳的修道资质,不然根本没有将其带往中土神洲的念头,作为重返白帝城的敲门砖,但是师兄创立的白帝城,可不是世间寻常道场。

柳赤诚对师兄怨怼极深不假,但是不提这些陈年旧怨,师兄的的确确是柳赤诚此生最敬畏之人。然后才是龙虎山大天师,再就是与师兄下出过彩云棋局的崔瀺。就这三个了。

柳赤诚忍不住提醒道:"我那师兄性情难测,你说不定是一步登天,也说不定就此沦为凡夫俗子,更惨的,是赔上好几辈子,你别想得太过轻巧。师兄曾经为了雕琢一位潜在的关门弟子候补,盯了那个可怜虫足足六百年。对于可怜虫本身而言,整整八辈子,其实都是在为最后一世的白帝城关门弟子作嫁衣裳,结果到最后,那人到了第九世,不知为何,依旧被师兄舍弃了。师兄最擅长分心行事,修行,下棋,经营白帝城,炼器,收徒……几乎没有师兄不擅长的事情,并且事事从容,滴水不漏。"

顾璨点头道:"那我找了个好师父。"

柳赤诚大笑不已。

顾璨起身结账。

柳赤诚突然讶异说道:"好俊的姑娘。"

顾璨没在意。

柳赤诚啧啧称奇道:"不常见不常见。大有来头啊。那枚银白葫芦,如果我没看错,是品秩最高的七枚养剑葫之一。"

顾璨皱了皱眉头,快步走到窗口那边,望向那个牵马缓行的年轻女子,红衣裳,腰悬酒葫芦和一把狭刀。是李宝瓶。

她怎么来清风城了?

顾璨说道:"我们不着急离开,等她离开清风城再说。不管在这期间有没有风波,都算我欠你一个人情。"

柳赤诚疑惑道:"这女子,你认识?"

顾璨默不作声。

柳赤诚掐指一算,突然骂了一句娘,赶紧捂住鼻子,依旧有鲜血从指缝间渗出。

柳赤诚神色凝重,难得收敛那份玩世不恭,沉声道:"别掺和!就当是师兄对你这个未来小师弟的建议!"

顾璨凝望着那个红衣女子的远去身影,说道:"要掺和。如果真出了事情,你救她,我自顾。"

柳赤诚怒容道:"图什么?!"

顾璨闭上眼睛,开始心算关于清风城的一切谍报内幕。

柳赤诚哎哟喂一声,斜靠窗口,自嘲道:"我这劳碌命唉。"

郑大风去杨家铺子之前,去了趟酒肆,与那位沽酒妇人是老相熟了,离着老相好,还是差些火候的。

妇人泼辣,小镇百姓都称呼她为黄二娘,真名早忘了。

早年有醉酒汉子夜敲寡妇门,妇人开了门,一记菜刀劈头盖脸摔过去,差点砍死人,事后赔了一大笔钱,只是在那之后,蹲墙头说荤话、翻墙偷衣裳的男人就没了,为了这个搭上命,终究不值当。

何况在酒铺里边说荤话,黄二娘可是半点不介意,有来有回的,多是男子求饶;端菜上酒的时候,给酒鬼们摸把小手儿,不过是挨她一脚踹,笑骂几句而已,这买卖,划算。若是那俊俏些的年轻后生登门喝酒,待遇就不同了,胆子大些的,连个白眼都落不着,到底谁揩谁的油,都两说。

酒铺生意兴隆,人满为患,早些年从铁匠变成神仙的阮师傅,也常来这边买酒,一来二去,黄二娘家的酒水就成了小镇的金字招牌,许多外乡人,都愿意来这边,蹭一蹭大骊首席供奉阮圣人的仙气。这里与那骑龙巷压岁铺子的糕点,如今生意都很好。

郑大风站在铺子门口,有些犯愁,有这么多邋遢汉子盯着,估摸着黄二娘脸皮薄,肯定不好意思调戏自己了。而且如今铺子大了,招了两个打杂伙计,郑大风便觉得喝酒滋味不如以前了。

哪像当年铺子生意冷清的时候,自己可是这儿的大主顾,黄二娘趴在柜台那边,瞧见了自己,就跟瞧见了自家男人回家差不多,次次都会摇晃腰肢,绕过柜台,一口一个大风哥,或是拧一下胳膊,低声骂一句"没良心的死鬼",喊得他都要酥成一块桃花酥了。

黄二娘还非要高高挽着他的手臂一起走入铺子,天底下竟有如此沉重的暗器? 很是伤人啊。郑大风都怕伤到了胳膊,每次落座,都要揉好久,才举得起酒碗。

七八张酒桌都坐满了人,郑大风就打算挑个人少的时候再来,不承想有一桌人,都是当地汉子,其中一位招手道:"哟哟哟,这不是大风兄弟吗?来这边坐,话先说好,今儿你请客,次次红白喜事,给你蹭走了多少酒水,如今帮着山上神仙看大门,多阔气,果然这男人啊,兜里有钱,才能腰杆挺直。"

身形佝偻的郑大风一路小跑过去,与那人坐在一条长凳上,笑道:"我请啥客,攒媳妇本呢,不比你刘大眼珠子,卖了两栋祖宅,在州城那边一口气买了两栋大宅子外加好些店铺,多大的派头,我请客? 这不是打你刘大眼珠子的这张富贵老爷脸吗?"

大眼珠子,是一个市井土话,寓意看不见人。

姓刘的汉子倒也不生气,是跟郑大风斗嘴惯了的人,相互间这点夹枪带棒的言语,毛毛雨,谁生气谁输。

汉子近些年不常来小镇,两座占地不小的祖宅都早早卖了,也不念旧,早先上坟的时候还会路过,后来连坟头都懒得上了,路太远,清明时节在州城大宅外的路边,多烧些黄纸,就算尽到孝心了。

汉子压低嗓音道:"你知不知道泥瓶巷那寡妇,如今可了不得,那才是当真大富大贵了。"

汉子竖起大拇指:"论家底,如今那俏寡妇能算这个。"

汉子随即后悔道:"早知道当年便多花些心思,不然如今在州城那边别说几座宅子铺子,两三条街都得随我姓!"

郑大风自己倒了一碗酒,不是黄二娘亲手端到嘴边的酒水,滋味好不到哪里去。郑大风先举起酒碗,敬了一桌子人一碗酒,一饮而尽,在座几个,都是跟刘大眼珠子差不多岁数的昔年街坊邻居,如今在州城那边都有了一份家业,过上了以前做梦都不敢想的享福日子,先进家门的黄脸婆,和后进家门的狐媚小妾之间,一年到头鸡飞狗跳的,再加上那些有些念想的伶俐丫鬟,寻常日子,热闹得比以往过年还热闹。

郑大风敬酒,除了一个相对憨厚的熟人回敬了一碗,其余都没动,假装没看见。

郑大风不管这些,老子就是蹭酒喝来了,要脸干吗?

赶紧又倒了一碗酒,郑大风这才抹嘴笑道:"不太清楚。当年就与顾家娘子不太熟,你是知道的。"

刘大眼珠子打趣道:"我就奇了怪了,同样是俏寡妇,泥瓶巷顾家娘子,性子还软绵,你怎就不去勾搭,咋的,就好黄二娘这一口?"

郑大风笑了笑。

另外一条长凳上的汉子,满脸的精明市侩,当年就是出了名的抠门吝啬,看似漫不经心,随口笑问道:"大风,听说你如今跟着泥瓶巷那个孩子厮混?看把你出息的,越混越回去了,早年看大门,好歹天不管地不管的,如今给一个差了辈分的后生打下手,不臊得慌?再说了,瞧你如今这样子,也不像是跟着发了大财的。不如我帮你一把,多少年的好兄弟了,你在小镇东边不还有个小破屋子吗,我在州城那边,帮你找个有钱的买家?"

郑大风又开始倒酒了,摆手道:"别,我那小窝儿,就老老实实趴那儿吧,屁大点地儿,老子屁股朝东边放个屁,西边窗户纸都要震一震,不值钱不值钱。"

那汉子瞥了眼刘大眼珠子,后者立即劝说道:"大风兄弟啊,如今州城那叫一个地上处处有钱捡,说句大实话,如今地上掉了一串铜钱儿,不是那金子银子,我都不稀罕弯个腰!你要是卖了那栋黄泥屋子,去州城安个家,什么漂亮媳妇讨不到?再说了,去了州城,咱们这拨老兄弟都在,相互也好有个帮衬,不比你给人看大门强些?"

郑大风便开始捣糨糊,也不拒绝,拖着便是,下次见了面还能蹭酒喝。

到最后,一桌人都给郑大风磨光了耐心,离开的时候也没结账。

郑大风喊了个熟面孔落座,熟面孔又喊了自己熟人喝酒,然后郑大风就想要脚底抹油。

不承想妇人眼尖,笑眯眯道:"大风哥,你这是兜里缺钱,还是裤裆里缺把儿啊?要是缺钱,付不起酒账,咱们什么关系,免了酒水钱便是,可要是缺了个把儿,那我可就帮不上忙喽。"

郑大风脚步不停,假装没听见。

黄二娘一拍桌子:"郑大风!你给我滚回来,老娘的豆腐,胆儿够大不怕刀,那就随便吃,只是这酒水钱也敢欠?天王老子借你尿人胆了?"

小镇民风,历来淳朴。

郑大风转过身,晃悠悠走到柜台那边,小声笑道:"缺钱缺钱,啥个时候不缺钱嘛,其他的缺不缺,黄二娘你还不晓得? 龙精虎猛大风哥,绝非浪得虚名。"

黄二娘斜靠柜台,嗑着瓜子:"如今怎么不赌钱了? 进了山,掉母猪窝里了?"

郑大风嬉皮笑脸道:"我赌钱就是闹着玩,从不求财,你见我赌钱,赢过?"

然后郑大风语重心长道:"赌桌挣来千万钱,不过是块河边田。生死钱,兜兜转转六十年。一技长,手艺钱,三代传。巴掌地,庄稼钱,万万年。"

黄二娘白了一眼:"就你喜欢假装读书人。"

郑大风瞥了眼黄二娘的衣裳,伸出手去,道:"妹子,你身上这是啥铺子的布料啊,这么结实,给大风哥瞅瞅。"

黄二娘只是嗑着瓜子,不躲不避,她还真不信这家伙敢摸自己胸口的布料。

果不其然,郑大风悻悻然缩回手,装模作样给自己找了个台阶,擦了擦桌面,埋怨道:"妹子啊,真不是哥念叨你,都不晓得找个手脚勤快的活计,瞧瞧这桌面儿,油乎乎的,苍蝇落了脚都要挪不动脚,再一个不小心,可不就要给两座大山压死?"

黄二娘只是冷笑:"好意思喊我妹子? 自己掰手指头算算看,多久没来铺子照顾生意了?"

郑大风趴在柜台上,转头瞥了眼闹哄哄的酒桌,笑道:"如今还照顾个啥,不缺我那几碗酒水。"

黄二娘趁着佝偻汉子转头望向别处,眼眶一红,只是很快就遮掩过去了。

好像一个眨眼工夫,就很多年过去了。她刚开这铺子的时候,还是个年轻女子,比如今更好看些,没有那眼角纹,双手更是水嫩得很。遥想当年,她壮着胆子,给客人们端酒上桌的时候,几乎所有酒鬼的眼珠子,都往她胸口瞥,唯独一个年轻汉子,也看胸脯,但是也喜欢看她的小手儿,会说很多讨喜的话,都跟书上言语似的,文绉绉的,听不太懂,偏是让人心里边欢喜。

铺子能熬过最早那段惨淡岁月,眼前这个汉子,帮了很多忙,不光是喝酒那么简单。

只是当年她最好看的时候,光顾着被那些言语羞恼了,如今岁数大了,晓得更多人情世故了,人也就不那么好看了。

她只是觉得郑大风跟一般汉子不一样,眼睛和嘴巴其实也都不老实,可是手老实。黄二娘是很后面才知道,原来这才是真正的老实人。

郑大风转过头:"老规矩,记账上,对了,给大风哥再来一碗。"

黄二娘摔了碗在桌上,亲自去舀了酒水倒入碗中,她面朝酒坛,转身弯腰的时候,知道那郑大风肯定在看自己。

黄二娘倒了酒,重新靠着柜台,看着小口抿酒的郑大风,轻声说道:"刘大眼珠子这伙人,是在打你屋子的主意,小心点。说不准这次回镇上,就是冲着你来的。"

郑大风点点头:"还是妹子晓得心疼人。"

"跟你说正经事!"黄二娘微微加重语气,皱眉道,"别不上心,听说如今这帮人有了钱后,在州城那边做生意,很不讲究,钱落到了好人手里,是那英雄胆,在这帮货色兜里,就是害人精。你那破屋子小归小,可是地段好啊,小镇往东边走,就是神仙坟,如今成了武庙,这些年,多少大官跑去烧香拜山头?多大的气派?你不清楚?不过我也要劝你一句,找着了合适买家,也就卖了吧,千万别太搭着,小心衙门那边开口跟你买,到时候价格便悬了,价格低到了脚边,你到底卖还是不卖?不卖,以后日子能消停?"

郑大风嗯了一声。所以要说龌龊事、糟心事,市井里边不少,家家户户,谁还没点鸡屎狗粪?可要说聪明、心善,其实也有一大把,户户家家,谁还没几碗干干净净的大米饭?

黄二娘突然有些伤感:"都快老了。"

郑大风笑道:"也对,你家那崽儿如今都是读书人了,听说有了个小秀才的绰号?如何,大风哥从来不骗你吧,那小子一看就是块好料,正儿八经的读书种子,酒铺春联是那孩子写的吧,有模有样的。妹子你啊,以后就等着享福吧。传家之宝,不在钱财,在积德行善嘛。"

黄二娘看了郑大风一眼。

郑大风故作娇羞,用酒碗挡了挡:"妹子你这眼神,不太正经,大风哥就像没穿衣服出门。"

黄二娘无可奈何。

她教孩子这件事,还真得谢郑大风。早年小寡妇带着个小拖油瓶,那真是恨不得割下肉来,也要让孩子吃饱喝好穿暖,孩子再大些,她舍不得半点打骂,孩子就野了去,连学塾都敢翘课,她只觉得不太好,又不知道如何教,劝了不听,孩子每次都是嘴上答应下来,还是经常下河摸鱼、上山抓蛇,然后郑大风有次喝酒,一大通荤话里边,藏了句"挣钱需精,待人宜宽,唯待子孙不可宽",她便听进去了,一顿结结实实的饱揍,就把孩子打得乖巧了。

黄二娘突然说道:"一心二意,不三不四,人五人六,乱七八糟,八九不离十,是个屁蛋。"

这曾经是郑大风在酒铺喝酒骂人的言语。其实没什么力道,太酸,骂人不痛不痒。不过黄二娘觉得挺有意思,便记住了,跟她们这些先骂再挠脸的妇道人家,还有那些乡野汉子,好像不是一个骂人路数。

郑大风假装没听懂,反而开始自怨自艾:"光棍愁,凉飕飕。怎么个穷法?老鼠挨饿,都要搬家。蚊虱勉强喝几口小酒。攒够了媳妇本,又有哪个姑娘愿意登门啊。"

黄二娘笑问道:"多大岁数的姑娘?"

郑大风瞥了眼妇人,笑呵呵道:"岁数嘛,不大不小都可以,只是该大还是得大。"

黄二娘丢了一把瓜子砸向郑大风。

郑大风躲了躲,一碗酒总有喝完的时候,放下酒碗,伸手拍了拍脸,啧啧道:"好一个饮如长鲸吸百川,醉如玉山将崩倒。妹子你有眼福啊。"

黄二娘嗤笑道:"你就是个棒槌。喝醉了掉茅坑里,淹死,吃撑死,都随你。"

郑大风说道:"走了走了,钱以后肯定还上。"

黄二娘突然问道:"又要出远门?"

郑大风说道:"不算太远。"

那座莲藕福地,说近,近在落魄山,说远,其实也远。

黄二娘低了嗓音:"还没吃够苦头,外边到底有什么好的?"

郑大风转过头,笑道:"曾经在书上见过一句话,"黄四娘家花满蹊",其实不如黄二娘。"

黄二娘问道:"就不能不走?酒水钱,欠着就一直欠着。"

郑大风摇摇头,还是走了。

黄二娘一直看着那个身形佝偻的汉子渐渐远去,早早就有些看不清了。

郑大风到了杨家铺子,是临时帮忙,早慧的师妹苏店,和那个不开窍的师弟石灵山,如今都去历练了。

当下铺子只有个杨家子弟在那边看着生意,郑大风如今脸皮厚多了,哪怕依旧不受师父待见,反正只在前边铺子待着,不去后院烦他老人家就行。

临近铺子,郑大风便悄然震散一身酒气,进了铺子,年轻伙计在那边打瞌睡,听见了郑大风搬动小板凳的声音,醒了就继续去睡。杨家子弟烦郑大风不是一年两年了,都不爱沾上关系,一个看大门的光棍汉,出了趟远门,在外边丢了半条命,灰溜溜跑回来继续看大门,能有多大出息?如果不是杨家老太爷说过几句不轻不重的言语,郑大风这种邋遢汉,都别想靠着与后院老头的那点关系,来铺子这边搭把手。

杨家这些年不太顺遂,连带着杨氏几房子弟都混得不太如意,以往的四姓十族,撇开几个直接举家搬迁去了大骊京城的,只要还留了些人手在家乡的,都在州城那边折腾得一个比一个风生水起,日进斗金,所以年纪不大,又有点志向的,都比较眼红心热。杨氏老太爷则是偷藏着心冷,不愿意管了,一群不成气候的子孙,由着去吧。

老太爷唯一的底气,就是后院杨老头的那个药方。

但是这笔买卖,整个家族经手之人,就三个,刚好是三代人,没了青黄不接的忧虑,很够了。

子孙一多,当家做主的,就喜欢给那些真正有出息的更多,没钱的就养着,饿不死,能挣钱的,只会更有钱。

郑大风搬了条板凳坐在铺子门口，晒太阳不花钱，不晒白不晒，山上赏花赏月，山下市井凑热闹，是两种好。

郑大风抬头看着太阳，万事青天都看见？

就这样看了很久，打小就是这样，看久了，也不刺眼，没啥感觉，后来郑大风学了拳习了武，就不去多想。

郑大风收回视线，拍着膝盖："去年盼着今年好，今年还是破棉袄。今年念想明年好，明年……"

柜台那边年轻人嘀咕道："吵死个人。"

郑大风转头笑道："死了没？"

年轻人瞪眼道："你怎么说话！"

郑大风一脸疑惑道："不用嘴巴，难道用腚啊？"

年轻人一拍桌子："郑大风，你嘴巴给我放干净点！"

郑大风笑了笑，抬手虚按了几下，耐着性子说道："小点声，咱们老百姓的桌子，要么是用来搁饭碗的，要么就是放香炉的，其余做什么，都不打紧，例如那算盘，就无所谓。所以别拍桌子，天地神灵皆不敬，要不得啊。"

年轻人讥笑道："你少他娘的在这里胡说八道扯老谱，死瘸子烂驼背，一辈子给人当看门狗的贱命，真把这铺子当你自个儿家的了？！"

牛角尖扎人，都不如刀子嘴戳人来得厉害。只不过郑大风与人切磋最多的，不是与师兄李二的问拳，还是这嘴上功夫。

小镇百姓不多，唯独这嘴把式高手最多。泥瓶巷、杏花巷，那都是人杰地灵，高手辈出。只说那个闷葫芦陈平安，在那段少年岁月里，也就是没出招，其实这门功夫，日复一日，都在攒着内力呢。

郑大风立马乐了，苏店太倔，石灵山太憨，总算来了个会说话懂聊天的，得劲得劲。郑大风搬了凳子靠近门槛，笑呵呵道："杨暑，听说你总爱去铁符江水神庙那边烧香？晓不晓得烧香的真正规矩？别的不说，这种事情，这可就要讲究讲究老谱了吧？你知不知道为何要左手持香？那你又知不知道你是个左撇子，如此一来，就不太妙了？"

名叫杨暑的年轻人心里边有些晃荡，只是脸色依旧不屑，都懒得搭话。

郑大风笑嘻嘻道："十五爱那邻家妇，三十喜别人子，五十六十他家好儿媳。杨家三房，好家风。"

杨暑顿时涨红了脸，一把扯起那算盘，就狠狠砸向那个王八蛋。

杨氏三房家主，确实在福禄街和桃叶巷那边风评不佳，是"裤腰带没打结"的那种有钱人。

郑大风伸手接住算盘："这可是你们杨家的挣钱家什，丢不得。摔坏了，找谁赔去？

我是光脚汉,你是小有余财,就算朝我泼脏水,管用吗?你说最后谁赔?你如今等着去蹚浑水,去州城挣那昧良心的偏门财,要我看啊,还是别去,家之兴替,在于礼义,不在富贵贫贱。好好读点书,你不行,多生几个带把的崽儿,还是有希望靠子孙光宗耀祖的。"

杨暑脸色转为铁青,气得浑身发抖。

郑大风摇摇头,抬起一手:"别跟我干架啊,我出手没轻没重的,这一拳下去,你估摸着就要开始练醉拳了,无师自通的那种。"

杨暑就要绕过柜台,不是打架,回家去。

突然帘子掀起,老人说道:"杨暑,你跟一个看门的较劲,不嫌丢人?"

杨暑冷哼一声,不过有了个台阶下,还是要离开杨家铺子,只是脚步放缓,走得比较稳当。

等到杨暑贴着大门一侧跨过门槛,最终远去,难得走到铺子前边的杨老头来到门口,说道:"跟一个废物较劲,好玩?对方听得懂人话吗?"

郑大风早已起身,尽量挺直腰杆。

老人收徒,尊师重道敬香火,这是首要。

郑大风跟随老人一起走到后院,老人掀起帘子,人过了门槛,便随手放下,郑大风轻轻扶住,人过了,依旧扶着,轻轻放下。

杨老头坐到正屋那边台阶上,敲了敲烟杆,拿起腰间烟袋,很快就又开始吞云吐雾。

细竹烟杆是别人送的,烟叶则是李槐那个小兔崽子送的,过了这些年,烟杆也从原本青翠欲滴的颜色,给摩挲、烟熏成了淡淡的竹黄色。

杨老头说道:"一座小小的莲藕福地,就算去了,又有什么意义。"

郑大风说道:"好歹是浩然天下。"

杨老头斜瞥这个弟子。太聪明,从来不是好事。

郑大风无奈道:"听师父的。"

得嘞,这下子是真要出远门了。

杨老头说道:"到了那边,从头再来,路会更难走,只不过只要路不难走,人就会多。之所以让范峻茂成为南岳山君,而不是你,不是没有理由的。"

郑大风反正就是听着教诲。

杨老头问道:"你觉得为什么偏偏是这个时候,给儒家开辟出了第五座天下?要知道,那座天下是早就发现了的。"

郑大风答道:"免得大战在即,诸子百家不帮忙,反而扯后腿,窝里横。如今凭空多出一块天下,有本事就争去。"

杨老头又问道:"知道为何独独浩然天下,最容得下道家、佛家吗?那青冥天下,儒家书院,佛家寺庙,有那立足之地?"

郑大风神色凝重,这个问题,靠自己想,是绝对想不出答案的。

杨老头竟是挥了挥手,驱散烟雾,问道:"曾经我骂过三教圣人是貔貅,对吧?"

郑大风点点头。

杨老头笑道:"就是不知道,到底是哪位,会率先打我一记耳光。"

如今师父在自己这边,倒是不介意多说些话了。但是郑大风反而有些怀念早年"师父话少,不过十字"的惨淡岁月。

郑大风突然愣住。

杨老头冷笑道:"总算想起来了?认为你不如李二聪明,还从来不服气。"

李二曾经提醒过郑大风,好好想一想,为何师父与你说话从来不超过十个字。

当年郑大风灯下黑,只觉得是师父觉得自己碍眼,不乐意多说一个字。

十。武夫十境。

当初自己以远游境巅峰的武夫境界,南下远游老龙城,守着那座灰尘铺子,后来遇到了陈平安,然后破境,差点,就真的只是差一点,就要连破两瓶颈,从八境直接跻身十境!

杨老头冷笑道:"你当年要有本事让我多说一个字,早就是十境了,哪有现在这么多乌烟瘴气的事情。你东逛荡西晃荡,与齐静春也问道,与那姚老儿也闲聊,又如何?如今是十境,还是十一境啊?嗯,乘以二,也差不多够了。"

郑大风还是比较习惯这样的师父。

不过郑大风难得顶嘴一次:"齐先生与姚老头,学问还是很好的,是我自己悟性差,学不到精妙处。"

"我有说你悟性好吗?"

杨老头拈出些烟丝,满脸讥讽之意:"一栋房屋,最伤筋动骨的,是什么?窗户纸破了?房门烂了?这算大事情吗?便是泥瓶巷、杏花巷的穷苦门户,这点缝补钱,还掏不出来?只说陈平安那祖宅,屁大孩子,拎了柴刀,上山下山一趟,就能新换旧一次。他人的道理,你学得再好,自以为懂得透彻,其实也就是贴门神、挂春联的活计,短短一年风吹雨打,就淡了。"

郑大风说道:"是换梁换柱,大动干戈。"

杨老头点头道:"你以为别人的道理,真有那么好学?得拆掉原先梁柱的,是心路的大翻修,这才是修心的真正意义所在,自己与自己较劲,得熬。"

杨老头叹了口气:"远的不说,就说那齐静春,在骊珠洞天问心一甲子,也没能想出一个'天经地义'的大道。再看那陈平安,你觉得他自认为懂得几个道理?不多的,就那么几个。为人,我到底是怎么个人;治学,应该如何认识这个世界;修行,如何立足,在世道里活下去,如何与世界相处融洽,活得更好。就这么三件事,几个道理而已,是不是好人,积少成多,当个真正的好人,复杂吗?简单得很,可做起来容易吗?很难。"

杨老头大致猜得出来齐静春当年的学问脉络。

道祖曾言,失道而后德,失德而后仁,失仁而后义。

齐静春大概就是在想此事的破解之法,有可能是在试图反推回去,不是顺序,又是顺序。

甚至齐静春所思所虑,要比这个更大些。可惜一切都已成过眼云烟。

郑大风问道:"那弟子?"

杨老头反问道:"师父领进门修行在个人,难道还需要师父教弟子怎么吃饭、拉屎?"

郑大风说道:"去了那座天下,弟子好好琢磨。"

杨老头抬起手,抖了抖袖子,摔出那座被炼化收起的袖珍小庙,挥了挥手掌,金光点点,一闪而逝,没入郑大风眉心处。郑大风纹丝不动。

杨老头说道:"物归原主,放在我这边,不碍眼,反正不会去看,就是糟心。"

那些金光,是郑大风的魂魄。

郑大风站起身,弯腰抱拳:"弟子谢过师父传道护道。"

杨老头吞云吐雾。郑大风立即坐下。就那么站着,不太恭敬。

郑大风转头望去,没过多久,走入一个眉眼飞扬的儒衫青年,背着竹箱,手持行山杖。郑大风绷着脸。

风尘仆仆的年轻人快步走到杨老头身边,蹲下身,揉捏肩膀,啧啧道:"放心了放心了,这筋骨,依旧强健,跟青壮小伙似的,娶媳妇不过分啊。大风你也真是的,怎么当的徒弟,都不知道帮着自己师父物色物色?你找个媳妇很难,找个师娘也很难吗?"

杨老头不计较。郑大风见怪不怪了。天大地大的,估计也就李槐敢这么对待老头子了。

杨老头问道:"又要去披云山林鹿书院游学?"

李槐干脆一屁股坐地上:"这还是其次,我要去与裴钱斗法,当然是文斗,几年不见,我与她都积攒了好些家当,这不就约战于雾色峰祖师堂外边的广场上,一场绝顶高手过招的江湖盛事啊。她走了趟剑气长城,先前在书院碰了面,她说得收拾收拾宝贝,以后再战。"

李槐遗憾道:"可惜李宝瓶独自游历江湖去了,万一输给了裴钱还好说,要是不小心赢了她,没有李宝瓶帮忙压阵,我都怕下不了落魄山。"

郑大风笑道:"还有你怕的人?"

李槐点头道:"怕啊,怕齐先生,怕宝瓶,怕裴钱,那么多书院夫子先生,我都怕。"

郑大风打趣道："陈平安怕不怕？"

李槐认真想了想，道："有他在，才不怕吧。"

福禄街，有远游北俱芦洲的读书人李希圣，在大隋山崖书院求学的李宝瓶，远走中土神洲的赵繇。

桃叶巷有龙泉剑宗嫡传谢灵，去往大骊京城的魏家丫鬟桃芽，还有安心修道、治学两不误的林守一。

泥瓶巷有去了剑气长城的陈平安，在书简湖掀起惊涛骇浪又开始蛰伏的顾璨，成为大骊藩王的宋集薪、婢女稚圭。

杏花巷有个被誉为一洲年轻天才领袖的马苦玄。

李柳、李槐这对姐弟。

经商的董水井。

杨家铺子，也有苏店、石灵山。

小镇运道最好的，往往根骨重，比如李槐、顾璨。当年老槐树落叶，数量最多的，其实是顾璨，神不知鬼不觉，当年那个小鼻涕虫，就装了一大兜。等到回泥瓶巷，被陈平安提醒，才发现兜里那么多槐叶。

命最硬的，大概还是陈平安。

但是这一切，一转眼便过去了将近十五年时间，昔年骊珠洞天大街小巷的孩子和少年们，能够人人各有际遇、机缘和成就，并不是顺风顺水的。

不知不觉十五年，小镇很多的孩子，都已经弱冠之龄，而当年的那拨少年郎，更要三十而立了。

一位身材高大的年轻人，与一位姿容出彩的女子，一起进入了大骊王朝的龙州地界，昔年骊珠洞天破碎扎根大地后的风水宝地。

这里山水故事极多，更是宝瓶洲一等一的修行道场。

只是一切的山水人事，好像都沾着山风水雾，让人看不真切。

当两人沿着铁符江一路去往槐黄县城，途经一座香火鼎盛的水神娘娘祠庙时，两位碍于身份和修行根脚，都没敢进门烧香。当他们好不容易看见了县城东大门，年轻人如释重负，感慨道："总算到了。马姑娘，我们是先去陈先生山头拜访，还是去州城顾璨家里做客？落魄山可能难找些，州城那边相对更好认路。"

这对男女这趟北行游历龙州，走得并不轻松，主要还是顾璨突然要他们自己往北走，他和那个名叫柳赤诚的古怪书生，要去趟清风城许氏，这让性情怯懦的曾掖十分忐忑。早年被青峡岛管事章霂从茅月岛那个大火坑拽出，带到了山门口的茅屋那边，见着了那位账房先生，曾掖的人生便迎来了翻天覆地的变化，后来又认识了顾璨，从畏惧到亲近,再到如今的依赖,其实也就几年的工夫,对于喜好静坐的修道之人而言,仿佛弹指瞬间。

不知何时,被顾璨随便看一眼都要做噩梦的曾掖,如今没了顾璨待在身边,反而处处不自在,游山玩水,步步不踏实。

事实上,天生就适宜鬼道修行的曾掖,这些年修行破境不慢,甚至可以说极快,只是身边有个顾璨,才不显眼。

曾掖当下已是名副其实的观海境练气士,在寻常藩属小国的江湖和山上,都能够被视为"中五境神仙老爷"了。

因为修行了旁门左道的术法,阴气较重,所以曾掖此次北游,顾璨同行的时候,还能靠近那些山水祠庙、仙家山头,等到与顾璨分道,就没这胆子了,加上身边马笃宜更是鬼魅,她只是靠着那件狐皮符箓才得以行走于人间。在那些道法高深的山上仙师眼中,曾掖也好,马笃宜也罢,都很容易被视为大逆不道的污秽存在。

马笃宜腰间悬挂了一块玉牌,正是顾璨留给他们作为护身符的太平无事牌。她想了想,笑道:"先去落魄山,咱们与陈先生那么熟悉,应该不至于吃闭门羹,即便陈先生不在那边,与人讨杯茶喝,总不难吧?"

曾掖咧嘴笑道:"行,我也是这么想的。"

总有那么一些人,想到了便会安心些。

过了槐黄县城,与当地百姓问路,结果言语不通,鸡同鸭讲,好不容易找到个会讲大骊官话的店铺掌柜,只是掌柜对那落魄山具体地址也讲不清楚,只说了个大概。过了小镇,先找到那座真珠山,就一小山包,到时候再找机会与山中神仙问个路。

进了灵气盎然的连绵大山,两人好一顿找,才只找到了那座落魄山藩属之地的灰蒙山,南下之后,结果到了落魄山悬崖峭壁那侧的山脚,离着正南边的山门不算太远,不过曾掖和马笃宜看到了匪夷所思的一幕。先是瞧见个黑衣小姑娘,背对他们,正仰头望向云海悬停如系雪白腰带的山崖高处,小姑娘一肩扛了根金色小扁担,一肩扛着根绿竹行山杖,大声嚷嚷道:"裴钱裴钱,这次可莫要跳歪了,填坑好麻烦嘞。"

曾掖瞥了眼小姑娘四周,地面上坑坑洼洼。

小姑娘肩头上的绿竹行山杖,很熟悉!

那个黑衣小姑娘突然转过头,遥遥看着两位停步不前的外乡人,以迅雷不及掩耳之势开溜。

曾掖猛然抬头望去,一粒黑点破开云海,带着呼啸声,骤然坠落,刹那之间,一个不高的消瘦身影,重重砸在地上,一阵巨响,大地震颤,尘土飞扬。

曾掖聚精会神,凝望远处,只见那大坑当中,有一个皮肤微黑、身材消瘦的少女,双膝微蹲,缓缓起身,转头望向那个抱头蹲在大坑边缘的黑衣小姑娘,埋怨道:"小米粒,咋回事,如果不是我眼尖,换了路线落地,你可就要掉坑里了,伤着了你怎么办,不是要你原地不动吗……"

言语之间,举止惊世骇俗的少女看似随意几步,就走到了小姑娘身边,然后有意无意,挡在了周米粒和两个外乡人之间。

马笃宜发现那个少女脚上穿着一双编织马虎的草鞋,鲜血流淌。

马笃宜忍不住瞥了眼山崖,再看了眼那少女。这到底是在跳崖自杀呢,还是在闹着玩啊?

曾掖和马笃宜终究不是纯粹武夫,并不清楚裴钱跳崖"砸地"的诸多精妙处。

问拳! 裴钱是在以人身与大地问拳。

必须收敛所有宛如神灵庇护的拳意,以纯粹肉身,借助下坠之势,好似从天上向人间,"递出最重一拳"。

用裴钱的话说,就是要给地面的小脑壳狠狠一锤儿!

这是裴钱自己想出来的练拳法子,暖树当然不同意,觉得太危险了,裴钱如今才五境瓶颈,肉身体魄还不够坚韧,小米粒觉得可行,二对一,所以可以做。陈暖树就想要问一声老厨子,结果裴钱脚踩竹楼外的那六块铺在地上的青砖,以六步走桩开路,纵身一跃,直接没了身影。

周米粒撅屁股趴在悬崖那边,陈暖树着急得不行,老厨子已经不知不觉出现在崖畔,瞥了眼地面,啧啧啧。

陈暖树松了口气,看样子没大事。

后来裴钱很快就攀缘崖壁而上,然后一瘸一拐,双眼熠熠生辉,大笑道:"得劲得劲!"

朱敛什么话都没说,转身走了。于是大地之上,就多出了一个个大坑。

周米粒对裴钱悄悄做了个扎猛子的姿势,被难得生气的陈暖树骂了一顿。

于是就有了曾掖和马笃宜今天看到的这幅画面。

如果这是落魄山的待客之道,也算别开生面了。

裴钱多看了几眼两位远道而来的陌生人,问道:"算盘声是在左边还是右边?"

曾掖一头雾水。

马笃宜答道:"面朝山门,左边账房。"

裴钱这才笑着抱拳道:"落魄山开山大弟子裴钱见过曾道友和马姐姐!"

马笃宜心中唏嘘,好伶俐一丫头。眼光更好! 要知道顾璨私底下说过,柳赤诚在他们俩身上都施展了障眼法,可以帮助遮掩阴物气息,只是顾璨也说此事不用与曾掖泄露,在外游历,由着曾掖小心些走路就是了。马笃宜当时就笑骂了一句:"是担心我瞎逛荡惹祸才对吧?"顾璨笑着不说话,只是递出了那块价值连城的太平无事牌。马笃宜这才不与顾璨计较。其实说到底，还是顾璨多思虑，更老江湖。有些时候与曾掖两人相处，没有顾璨在旁，也会感慨，顾璨学东西实在太快太快了，不管是学什么，修行一事不用多说，各地官话方言，与偶遇的江湖豪侠策马游历，与踏春的官宦人物相谈甚欢，与乡野樵夫、市井百姓拉家常，好像顾璨时时处处都能够入乡随俗，将马笃宜和曾掖随便就落下一大截。

这会儿周米粒站在裴钱身边，歪着脑袋，皱着眉头，然后故作恍然，轻轻点头，假装自己是走惯了江湖的，什么都听懂了。

既然是待客，就不好走山崖这条回家路了，裴钱带着两位客人绕路去往山门那边。当然没忘记介绍落魄山的右护法小米粒。

周米粒小声提醒道："是落魄山右护法，以前还是骑龙巷右护法，如今让贤给了……"

裴钱咳嗽一声，周米粒立即闭嘴，踮起脚尖，伸出手掌，挡在嘴边："莫要记账莫要记账，我这不是还没说漏嘴嘛。"

裴钱揉了揉她的小脑袋，没说什么。记什么账。小米粒和暖树其实都只有功劳簿，根本就没那小账本的。只是这种事情，不能讲，不然小米粒容易翘尾巴。

马笃宜听到后，脸色如常，其实愣了半天，曾掖反而还好，陈先生看待世间人事，只要无碍道理，一向心平气和。

到了山门那边，郑大风已经不在。如今少年元来就暂住那边，负责看大门。

岑鸳机刚好练拳从山顶到山脚，如今是四境武夫，只是三境瓶颈破得有些跌跌撞撞，好也不算太好，老厨子说很不错了，但是岑鸳机自己不太满意。与同龄人元宝关系再好，但是双方都是纯粹武夫，较劲肯定会有，女子往往如此，哪怕再好的关系，也会在可爱眉眼间、嫣然笑容里偷藏着小小的较劲，这些只是人之常情，比那男人的争强斗胜，其实更加婉约动人。

何况元宝、元来姐弟的师父是卢白象，而岑鸳机一直将朱老先生视为自己的传道恩师，朱老先生与卢白象在落魄山好像算一个辈分的，他们两位前辈不争什么，她与元宝身为两人的弟子，还是要争一争的。

青衫少年元来正在趁着姐姐不在，坐在墙根下看书，等到岑鸳机六步走桩到了山脚，便无心看书了，看岑姑娘。

郑叔叔远游之前，在宅子书房那边留了不少书给元来，并且语重心长告诉少年，等到岁数大了，就可以去老厨子的私人藏书楼了，那里的书籍，书上学问才大。少年有些神往。

见着了裴钱一行人，少年只好从岑姑娘的那双漂亮眼眸里，将自己的心神拽出来，赶紧走向山门牌坊那边，听了裴钱的介绍后，向两位与年轻山主是故交的外乡客人作揖行礼。少年突然发现这是读书人的讲究，若是被姐姐知道了，又得挨骂，赶紧抱拳一笑。

岑鸳机打过招呼后,继续独自练拳登山。朱老先生曾经叮嘱过,脚下路子走对了,勤才能补拙,练拳不能练得僵死,欲想拳意上身,必须在拳法当中找到一处源头活水,这就是所谓的武夫练拳登高,心中先立一意。最后朱老先生让岑鸳机好好思量一番,练拳到底所求为何,若是想明白了,练拳就不再是什么辛苦事。

到了山上,裴钱发现老厨子竟然不在家。还好有陈暖树,就不用担心会怠慢了两位客人。

只要是落魄山的客人,就没有身份的高下之分。

朱敛是去了拜剑台。剑修崔嵬、少年张嘉贞和蒋去,如今都住在这边。

魏檗站在山脚那边,与被自己临时喊来的朱敛一起缓缓登高。

魏檗笑道:"亏得如今龙泉剑宗管事的不是阮师傅,而是秀秀姑娘,不然就算是我,也未必遮掩得住全部。"

朱敛神色并不轻松:"那女子身份确定了?"

魏檗点头道:"正是陈平安让我们寻找的那位渡船女子,打醮山渡船春水。"

当年那条跨洲渡船坠毁在朱荧王朝境内之后,她侥幸活了下来,化名石湫,在一座仙家小山头,通过镜花水月揭露了天君谢实与大骊宋氏勾结,嫁祸给朱荧王朝。

关于这件事,其实大骊皇帝御书房都专门商议过,如果不是国师崔瀺觉得这点所谓的事情败露,根本无所谓,或者说崔瀺正是希冀着凭借此事,勾引大鱼咬饵,不然哪怕那位渡船婢女被人悄悄带走,以如今大骊谍报的交织成网,一个下五境女子修士,就算有高人营救,一样难逃一死。

朱敛问道:"事情很麻烦啊?"

魏檗笑道:"这是当然,不麻烦我能喊你来?这种事情,看似可大可小,终究最犯忌讳。"

朱敛说道:"也不麻烦,我确定一事即可。"

魏檗点点头:"你心中有数就行,我反正名声烂大街了,不怕这一桩。"

朱敛摇头道:"没这么轻巧。行了,我认识路,自己走就是了,你回披云山,就当什么都不知道。"

魏檗皱了皱眉头。

朱敛说道:"香火情想要长远,就别糟践了。魏兄,咱们朋友归朋友,事情归事情,既然是朋友,有些事情,就不该把你牵扯进来。"

魏檗笑道:"那我先盯着拜剑台周边,一有风吹草动,到时候我们商议出个章程就行。"

朱敛点了点头。

朋友为人厚道,得以厚道还之。这就是江湖道义。

早先将那一行人从北岳地界边缘"拘押"到拜剑台的魏檗,身形消散。

朱敛见到了风尘仆仆的一行人。

剑气长城的金丹境瓶颈剑修崔嵬一头雾水,只是守着那拨莫名其妙出现在山头的人。

一位复姓独孤的公子哥,婢女蒙珑,以及一位名叫石湫的女子。

朱敛到了之后,与崔嵬点点头,后者御剑离去。

朱敛望向那个真名春水的女子,问道:"春水姑娘,我就两个问题,请你坦诚相告。"

那个婢女蒙珑有些神色不悦,脸色惨白的公子哥却神色自若。

春水点点头。

朱敛神色和善,笑问道:"第一,是春水姑娘自己想来找我家少爷?第二,是何时才有这么个念头的?是渡船坠毁之后,便想要在异乡找到唯一信得过的人,还是如今走投无路了,才不得已而为之?"

春水眼神清澈,说道:"之前从来没想过要找陈平安,现在之所以反悔了,是因为连累独孤公子被追杀,我只希望独孤公子能够活下去,陈平安可以将我交给大骊王朝。"

春水略微停顿,笑容真诚:"可能很幼稚,却是真心话。"

朱敛点了点头,微笑道:"我信得过春水姑娘。"

然后佝偻老人笑眯眯转头:"朱荧王朝流亡四方的天潢贵胄,对吧?"

独孤公子点头道:"确实如此,不敢蒙骗前辈。我真名独孤端顺,如今化名邵坡仙,亡国之人,实在是暂时还不想死,才出此下策,以恩情要挟石湫姑娘,带我来这落魄山寻求庇护。"

朱敛问道:"是觉得到了落魄山一定能活,还是病急乱投医?"

独孤公子说道:"后者。"

他们三人这一路逃难,先后经过了两场截杀,一场是意外的狭路相逢,一场是大骊随军修士有备而来。

朱敛笑了:"你之于春水姑娘,有何恩情?说说看,我只是落魄山上管些琐碎事的,读书少,见识浅,主要好好请教独孤公子。"

孤独端顺哑然。之所以涉险救走石湫,他当然动机不纯,绝非什么光风霁月的侠义之举。

婢女蒙珑面容凄苦。怎的自己公子会沦落到这般田地?

朱敛沉默片刻,问道:"最后一场厮杀,发生在何处?"

独孤端顺说道:"南涧国周边,距离大骊龙州极远,之所以被截杀,是大骊随军修士当中,有人持有朱荧王朝的传国玉玺,能够循着蛛丝马迹找到我,厮杀过后,我先佯装南下,中途自行打断人身小天地当中的龙脉,再悄然北上,应该没有被大骊盯梢。"

年轻人的言语,可谓简明扼要。至于其中的万分凶险,以及付出的代价,不足为外人道也。

朱敛问道:"独孤公子,你是愿意在一亩三分地苟延残喘,还是慷慨殉国?"

独孤端顺笑道:"老前辈此问多余了。"

朱敛点点头,望向那个身世惨淡的北俱芦洲女子修士,笑道:"春水姑娘,知不知道自己这么做,会给我家少爷惹来很大的问题?"

春水刚要说话,朱敛就已经笑道:"你是怎么想的,之前说过了,我记性不错,听过就知道了,所以我现在只是说个事实。"

春水点点头,咬紧嘴唇,渗出血丝。

她一只手藏在袖中,死死攥紧一物,胳膊轻轻颤抖。

除了向独孤公子报答救命之恩,其实她是有私心的。她希望能够将一件东西,送到落魄山。在那之后,就算落魄山拿她与大骊宋氏邀功,都无所谓了。

朱敛笑了起来,环顾四周。

拜剑台多有野生的柿子树,入冬时分,一颗颗挂在高枝上,红彤彤得可爱。

在藕花福地的家乡那边,柿子有个别称,十分别致——凌霜侯。

朱敛最后对那个神色恍惚的年轻女子说道:"如果我家少爷在这里,一定会很高兴,能够与春水姑娘久别重逢。"

朱敛说完这句话之后,就离开了拜剑台。

婢女蒙珑轻声问道:"公子,这是?"

独孤端顺豁达笑道:"寄人篱下,讨口饭吃,也是不错的。"

朱敛走下拜剑台后,魏檗随之出现。

朱敛气笑道:"有你这么上杆子触霉头的大山君?"

魏檗笑道:"反正闲得慌。"

朱敛双手负后,缓缓说道:"那位石湫姑娘,是肯定要救的,至于其余两位,其实还是弄明白一件事就行了。"

魏檗说道:"那就是谁告诉了他,来到这座名声不显的落魄山,就都能活。"

朱敛一脸震惊道:"魏兄高见啊!"

魏檗报以礼节性微笑。

朱敛挠了挠头,笑呵呵道:"也好,我可以找点正事做做,不能总当个系围裙的厨子,还每天给人嫌弃咸了淡了。咱们落魄山,也该到了主动解决麻烦的时候了。不然没必要的麻烦,只会越来越多。"

朱敛嗤笑道:"拣软柿子捏?"

魏檗会心一笑。

看来玉液江水神娘娘一事,还没消气。

魏檗望向落魄山那边,说道:"巧了,又有客登门。"

两人一起凭空消失,出现在落魄山上。曾掖和马笃宜便看到了那位玉树临风的神仙中人。

至于一旁那位慈眉善目的老先生,实在是人比人,远远不如耳挂金环的俊美男子来得让人挪不开视线。

陈暖树赶紧起身,为两人介绍朱敛和魏檗,落魄山大管事朱老先生,北岳山君魏老爷。

曾掖和马笃宜吓了个半死。

如今一洲五岳大山君,其中又以魏檗境界最高,名声最大!

裴钱提醒道:"老厨子,到了吃饭点了啊,几手绝活都拿出来。"

小米粒抹了抹嘴:"可不可不。"

朱敛轻轻喊了声"好嘞",立即去后院灶房忙碌去了,仿佛小小灶房就是朱敛的小天地。

魏檗心中无奈。比那姜尚真更能够靠脸吃饭,非要当厨子。

骑龙巷压岁铺子那边,也有故友重逢。

董水井,林守一,还有当年那个忧心"小石头"绰号会传开的小姑娘石春嘉,她跟随家族搬去大骊京城之后,如今已经嫁为人妇。她和李宝瓶曾经是最要好的朋友。

骑龙巷的压岁铺子和隔壁的草头铺子,曾经都是石春嘉的祖业。而石春嘉与那桃叶巷出身的石灵山,也有些亲戚关系,不过石春嘉辈分高些,两人真要见了面,石灵山还得喊她一声姨。

世事难料,当年的同窗好友,小镇一别,分散四方,十多年之后,就已经是截然不同的身份。

石春嘉如今乐得相夫教子,夫君是位世家子弟,姓边名文茂,家族与那位画作能够搁放在御书房的丹青圣手却无渊源。边文茂所在家族,已在大骊京城定居数百年,祖上是卢氏王朝豪门,约莫是祖荫绵长,又是树挪死人挪活的缘故,在大骊扎根的家族,官场上不算显赫,但是大多身份十分清贵,家族多清客幕僚,皆是早年大骊文坛小有名气的读书人。

还有那山上神仙的家族记名供奉,更是不俗,一位是长春宫祖师堂长老,一位运道不济,早年与几位山中久居的得道好友,御风路过骊珠洞天辖境上空,不知为何与圣人阮邛起了冲突，下场不太好，可好歹留住了性命，比另外一位直接身死道消的道友，还是要幸运些。

这次碰头，还是董水井有次去大骊京城做买卖，去找石春嘉，石春嘉就想要约个时间，昔年同窗好友们，一起在家乡槐黄县聚一聚。

只是这次李宝瓶南下游历，错过了，所以石春嘉这会儿在可劲儿埋怨李宝瓶。

一行人都坐在店铺后院里边叙旧，掌柜石柔搬了桌凳，端来了茶水糕点，很快就离开了。

董水井听着石春嘉的絮叨，笑道："宝瓶连你的面子都不卖，确实不应该。"

林守一点点头："回头让李槐说她去。"

石春嘉白眼道："李槐？拉倒吧，针眼大小的胆儿，在我家宝瓶面前敢喘大气儿？"

突然意识到身边还坐着夫君，石春嘉赶紧坐好身姿，收敛神色。

边文茂是位风流倜傥的读书种子，长辈给取的名字绝好，如今在翰林院编撰史书，是大骊本土官员当中的清流俊彦，不算太拔尖，不过年纪轻轻，就能够在大骊京城文坛站稳脚跟，还在被誉为"储相之地"的翰林院当差，一旦外放，将来官位不会小。也就是来了这曹、袁两姓必争之处的槐黄县，到了别的地方，边文茂都是一等一的衙门座上宾。

边文茂对这两位年轻男子的印象，一个很一般，一个还凑合：很一般的，是商贾出身的董水井；还凑合的，是在大隋山崖书院求学的林守一。

至于两人家世背景，石春嘉大致提过，都是些无心言语。董水井家境不算太好，但是早早立业，至于成家一事，有些悬。

林守一的父亲，先后在三位龙窑督造官手下任职，据说如今也在大骊京城任职，只是与石家没什么往来，边文茂也不觉得值得如何结交一个外来户的林家，倒是林守一，能够在山崖书院求学，将来跻身大骊官场，应该混得不会太差。

李槐风风火火走入后院："好啊，羊角丫儿小石头，这么多年不见面，一见面就说我坏话？"

石春嘉转过头，愣了半天，虎头虎脑一李槐，怎么突然就长成了个高大年轻人？

林守一与董水井，前者变化不大，从来是那个模样德行，董水井也还好，唯独李槐，怎么都与小时候的印象不沾边。

比如裤衩给李宝瓶丢到了树上，李槐就满地打滚嗷嗷哭，就为了把齐先生招来。

石春嘉站起身，打趣道："李槐？这些年，饭没少吃嘛。"

边文茂缓缓起身，笑着没说话。

李槐是妻子说得比较多的一个同窗，言语无忌讳，说了许多糗事，所以也是边文茂最不感兴趣的一个，一看就是个读书不开窍的榆木疙瘩，靠着祖上积德才去的山崖书院，这种人给他几个台阶，也站不住脚，迟早会退回到台阶底下去。董水井好歹有一技之长,隐隐约约有些小道消息,说是此人同时攀附上了曹督造和袁郡守,若真是如此,买卖做得应该不会太小。

李槐先与边文茂打了声招呼,人家明摆着不是很待见自己,礼貌且疏远,可自己总不能让好朋友石春嘉下不来台,笑脸得有啊。再一屁股坐在石春嘉对面,抓起一块糕点,含糊不清说道:"宝瓶临行之前,说她返回书院之前,会去趟京城找你的。"

石春嘉笑道:"还算有点良心。"

林守一和董水井相对而坐,其实两人一直关系不错,但就是顶针,石春嘉觉得挺好玩,道理再简单不过了,都喜欢李槐他姐呗。

石春嘉倒是没觉得林守一出身更好,还是读书人,李柳便一定会喜欢林守一。

石春嘉总觉得那个经常去学塾接弟弟放学的李柳,感觉怪怪的,又说不上哪里奇怪。照理说,当年李柳岁数大些,已经是少女了,见谁都柔柔弱弱的,与那泥瓶巷宋集薪身边的稚圭,两人是截然不同的性子,也都是美人坯子,不过石春嘉反而觉得真要相处起来,见谁都没个笑脸的婢女稚圭,可能没李柳那么难打交道。

边文茂在州城那边还有一场朋友应酬,不过妻子难得出京返乡,又都是她小时候的朋友,这位探花郎也就熬着性子,不流露出半点情绪。

石春嘉善解人意,在压岁铺子待了约莫大半个时辰,就起身离去,去往州城,骑龙巷那边有夫君朋友的马车候着。

李槐他们一起送到铺子门口,刚好于禄和谢谢也从林鹿书院那边下山,来到骑龙巷,打算大家一起去落魄山。

先前李槐一个人去了趟落魄山,回了披云山书院,一直反复念叨着"惜败惜败"。

边文茂也没太上心,客客气气与众人告辞,扶着妻子走上马车,最后再作揖告别。

目送马车远去之后,所有人继续去铺子后院闲聊,李槐双手抱着后脑勺:"这个边文茂,心里头的架子恁大。"

林守一淡然道:"石春嘉是找夫君,边文茂真心喜欢她就成了,石春嘉又不是为我们找个聊得来的朋友。"

董水井点点头。

李槐撇撇嘴:"我只是觉得石春嘉可以找个更好的。"

林守一摇摇头:"没道理可讲。"

李槐突然忧心忡忡:"宝瓶一个人走江湖,真没事?她也不是修行之人啊。"

林守一想了想,还是没有道破玄机。

于禄和谢谢也是差不多的心态。

唯一一个被蒙在鼓里的,估计就只有出门走不走运、就看地上有无狗屎的李槐了。

林守一在去往落魄山之前,让李槐他们稍等,去了趟祖宅,洒扫庭院和祠堂,年轻读书人，独自一人，心中默念家训。最后上了三炷香，喃喃道："敬谢先贤。"

李槐性子急，说是他先去真珠山那边等着。

到了离自己祖宅不太远的那个小山头，裴钱和周米粒早就在那边等着了。

裴钱说道："败军之将！"

李槐赶紧说道："虽败犹荣，不敢言勇！"

裴钱点点头，上道。

裴钱问道："咱们分舵的那俩喽啰呢？"

李槐愧疚道："那俩文章写得岔了，给夫子骂了个狗血淋头，这会儿正啃笔杆子呢。"

裴钱摇摇头，然后指了指自己身边的小米粒："周米粒，以后就是咱们分舵的副舵主了。"

周米粒愣在当场，喜从天降啊！如今自个儿官衔好多！

李槐大喜。原本总共就三人的分舵，如今总算有点兵强马壮的意思了。

之后所有人浩浩荡荡去往落魄山。

到了落魄山，于禄在山门口那边就停步了，说晚些再登山，先去与看门翻书的少年元来闲聊。

谢谢也独自逛荡去了，在山巅山神祠那边遇见了走桩练拳的岑鸳机，以及一旁站桩的少女元宝。

谢谢有些神色恍惚，就像瞧见了早年无忧无虑在山上修道的自己。

在那之后，裴钱在老厨子和魏檗点头后，带着小米粒去了趟莲藕福地，一起沿着以前走过的道路跋山涉水，走到了南苑国京城。路过状元巷，去了那座寺庙烧香，然后坐在廊道那边发呆。

周米粒反正就是陪着裴钱，裴钱开心的时候，小米粒就多说些，裴钱不太开心的时候，就跟着沉默。

最后裴钱挑选了一处私宅，是她偷偷花钱买下来的，其实老厨子也知道，睁一只眼闭一只眼没管她。

那处，是昔年大魔头丁婴带着鸦儿和春潮宫簪花郎周仕，一起落脚的幽静宅邸。

裴钱在那边盘腿而坐，学师父卷起袖子，开始闭目养神，温养拳意。之所以来此，是为破武道关隘。

莲藕福地的武运，她裴钱要凭自己的本事，能收回几分是几分。

而且到时候魏檗会打开福地大门，裴钱也会将从浩然天下赢得的武运，学师父全部打散，反哺莲藕福地。

崔爷爷走了就是走了，是没得法子回家了，那就将崔爷爷遗留在这边的武运，由她带回落魄山。

宝瓶洲中部地带,已经动工开凿一条亘古未有的入海大渎,涉及十数条江河、数十座拥有山神祠、土地庙的山头。

这等通天大手笔,便是那些亡了国的遗老,也唏嘘不已,那大骊蛮子,委实是敢想人之不敢想,做人之无法做。

大骊朝廷如此劳民伤财,年轻皇帝如此贪功求大,真不怕兴也勃焉、亡也忽焉?到时候遭罪的,还不是各地百姓?

只是听说观湖书院,口碑绝好的那座新中岳,以及历史悠久的云林姜氏,都会参与其中,就越发让人百感交集了。难不成以后整座宝瓶洲,便真要姓宋?成为一家一姓之地?

大骊朝廷从地方上抽调三人,负责大渎开凿一事,分别是上柱国关氏嫡玄孙关翳然、京城簸儿街将种刘洵美、青鸾国文官柳清风。

除了最后一位从未听说过,大骊京城官场对关翳然和刘洵美两个年轻晚辈并不陌生,一来两人都出身高门,二来都是年轻一辈当中的俊彦人物。尤其是关翳然,早早投身边关,以随军修士的身份,从死人堆里成长起来。刘洵美也不差,南下一路,实打实拼杀出来的官身。

关家职掌大骊吏部太多年,被誉为稳如山岳的尚书大人,流水的侍郎、郎中。

一般而言,侍郎尤其是左侍郎,外调地方,担任一地封疆大吏,即便品秩相当,也算贬谪。所以吏部的左侍郎,大骊官场上流传的笑话有许多,相传曾经有两位离京为官的封疆大吏,辖境毗邻,皆是吏部左侍郎出身,相逢一笑。

不过大骊朝堂,对柳清风,极为陌生。事实上就连关老爷子坐镇的吏部,翻遍档案,对于柳清风,也熟悉不到哪里去。

藩属青鸾国重开漕运一事,吏部对柳清风考评一般,他只得了个良。算是没有功劳,小有苦劳,才得以主政一方,被朝廷平调到一个边境郡担任郡守。不承想屁股还没坐热,就立即需要北上,与一大帮高不可攀的山水神灵、山上神仙打交道,从正四品擢升为从三品,大骊朝廷授予了一个临时设置的大渎督造官,关翳然和刘洵美品秩都未变更,所以反而像是沦为了一个藩属小国文官的副手。

不过从一位藩属官吏,骤然提拔为大骊官场大员,柳清风不是头一个。大隋旧藩属黄庭国一郡太守魏礼就连跳数级,被破格提升为如今的大骊龙州刺史;山水神灵当中,红烛镇地界,三江汇流之地的某位土地公,升为一州城隍阁城隍爷,都是官场怪谈。

青鸾国大都督韦谅,据说也有高升的迹象,大骊吏部那边已经透露出些风声。

位于宝瓶洲东南的青鸾国,莫名其妙从偏隅之地,变成了一块官运亨通的风水宝地。

官员分清流浊流，如今宝瓶洲最大的清浊之分，其实就看是否出身大骊本土了。

只不过这些官场变动，相较于神水国余孽神祇的棋墩山土地魏檗，先升为披云山所在的一国山神，继而顺势成为一洲北岳山君，都不算什么，不值得大惊小怪。

大骊铁骑南下征战多年，跻身武将之列的年轻面孔，其实更多，除了将种门庭子孙，不乏市井贫贱出身。

只是大骊边军死人快，提拔快，大骊百姓经过百余年熏陶浸染，早已习以为常，文官、山水谱牒体系历来运转严谨，故而有人突然冒头，相对比较扎眼罢了。

今天是三位大渎开凿主政官员的第一次聚头，没什么接风洗尘宴，就在一条大江之畔。

柳清风，扈从王毅甫。

关翳然一头雾水，这位上柱国姓氏子弟，自己也莫名其妙，按照太爷爷的说法，他本该负责一条南北向的山上渡船航线，他连朋友都给安排上了，结果自己跑来这边，自然讨了一顿大骂。

刘洵美，身边护卫两人，曹峻和魏羡。

魏羡跟着祖宅位于泥瓶巷的剑仙坯子曹峻，跟着这位半点不像勋贵子弟的刘洵美，还算混得风生水起。

魏羡以随军修士的身份，凭借一笔笔实打实的战功，得了个武勋官，如今已经手握实权，与曹峻一起是刘洵美的左膀右臂。

传言魏羡在大骊第二位巡狩使曹枰那边都是有印象的。至于曹峻，更是在大骊军伍当中极有名气。

三人各自介绍一番。

关翳然和刘洵美是至交好友，所以需要认识的，其实就只有那个横空出世的柳清风。

然后不远处走来一位白衣少年郎，骑在一个孩子背上，手拎树枝，嚷着"驾驾驾"。

临近众人，那少年大笑道："我有一头小毛驴儿，从来不喊饿！"

清风城，一位红衣女子牵马出了城，夜色里，走入了郊外三十里外的山坳里。

隆冬时节，一路上竟然桃花烂漫。

李宝瓶牵马缓行，环顾四周，风景宜人。四面青山，白云不断山中起。

再向前一些，就是她此次清风城之行的目的地，是个绿水接柴门的茅屋。

李宝瓶看了眼天上，大圆玉盘高高挂，那算是最大的月饼了吧。

一想到这个，李宝瓶突然笑了起来。好像自己又变成了那个当年与小师叔一起，走过青山绿水的小姑娘,满脑子都是这些念头。

不过那会儿,自己背后还晃荡着一只小竹箱,穿着小草鞋。

红棉袄小姑娘,喜欢围着她的小师叔团团转,山高路远,好像再远也不怕。

李宝瓶低头瞥了眼腰间的雪白狭刀和那枚养剑葫。

李宝瓶站在原地。人面桃花,立在明月中。

李宝瓶牵马而行,寻访之人,是同乡长辈,她爷爷的棋友。一个自称打遍福禄街棋道无敌手,一个号称桃叶巷第一高手,双方对弈,每次都很郑重其事,好像赌上了各自街巷的名声,不过李宝瓶不爱下棋,两位长辈下棋功夫高不高,不好说,倒是悔棋的借口理由,每次都换花样,与齐先生没法比。

当年老人家的祖宅就在桃叶巷的尾巴上,离着福禄街不远,当然对于那时候的红棉袄小姑娘来说,小镇就没有远的地方,去神仙坟找蟋蟀、纺织娘,去老瓷山吭哧吭哧捡碎片,去龙尾溪抓鱼虾、螃蟹,去某家某户大门看那高高挂的镜子,去骑龙巷跳台阶,远远就能闻着桃花糕的香味,听哪家突然有了一窝燕子叽叽喳喳得特别大声。

李宝瓶小时候的每一个明天,都好像有做不完的好玩事情,每天的行程,都满满当当,所以需要小姑娘一直跑得飞快,车轱辘转动似的不停歇,仿佛跑得太快,一下子把童年岁月落在了身后,人长大了,童年就会留在原地,偶尔回头望去,愈行愈远,模糊不真切。

茅屋那边走出一位高冠博带的清癯老人,大笑着喊了声"瓶妮子",赶紧开了柴门,老人满脸欣慰。

好像几个眨眼工夫,小宝瓶就长这么大了,真是女大十八变,而且娴静了许多。

这还是那个喜欢跳墙崴脚,不知道是她抓了螃蟹回家、还是螃蟹抓了她顺便搬家的活泼小姑娘吗?

不过即便如此,老人依旧由衷喜欢这个晚辈。有些孩子,总是长辈缘特别好,福禄街的小宝瓶,还有那个曾经担任齐先生书童的赵繇,其实都是这类孩子。

李宝瓶牵马快步走到了门口,鞠躬行礼,直腰后笑道:"魏爷爷。"

老人姓魏名本源,是昔年小镇四族十姓之一的魏氏老家主,骊珠洞天破碎下坠之前,与外边有过书信往来,当时的送信人,就是那个眼神清澈的草鞋少年陈平安,魏本源虽然只见他过一面,但是记忆深刻。果不其然,那陋巷少年长大后,这还没到二十年,如今已经闯下偌大一份家业,还成了宝瓶丫头的小师叔,缘分一物,妙不可言。

魏本源见着了李宝瓶后,笑容就没少,道:"不用拴马,随便放了便是。"

李宝瓶便放了缰绳,轻轻一拍马背,那匹神异骏马去了溪涧那边饮水。

李宝瓶问道:"桃芽姐姐呢?"

魏本源说道:"不凑巧,前些年去狐国里边历练,得了一桩小福缘,需要磨砺道心,真要成了观海境练气士,回头让她陪你一起游历山水。"

李宝瓶没说什么客气话,当然是不太愿意与桃芽姐姐一起走江湖,亲近桃芽姐姐,又不需要朝夕相处。

当好人,不是当老好人,次次点头说好,事事不去拒绝,其实很难当个照顾好自己、又能照顾好他人的好人。

而且从小到大,李宝瓶就不太喜欢被拘束,不然当年去学塾念书,她就不会是最晚上学、最早离开的一个了。可这同样不妨碍李宝瓶对齐先生的敬重。

两人一起走进院子,有经得起雨淋日晒的石桌石凳,自然是仙家材质,老人打开方寸物,开始煮茶。茶具多瓷器,色泽明亮,哪怕不懂行的,也会见之心喜,都是魏家当年在小镇通过窑务督造衙门关系,截下的一些御用"次品"。所谓瑕疵,其实也就是某位真正管事官员的一句话而已,挑点小错,还不容易,督造官大人再随便点个头,睁一只眼闭一只眼,就能与大族大姓的老家主们白拿一份人情,何乐而不为。

魏本源与李宝瓶那个元婴境境界的爷爷一样,都是早年小镇极为稀少的修道之人,不过李宝瓶爷爷偏符箓一道,造诣极高,只是不知为何,婉拒了宋氏先帝的招徕,没有成为大骊朝廷供奉。魏本源则擅长炼丹,早早就离开了家乡,魏氏除了祖宅留在小镇闲置着,魏氏子弟也都去往各地开枝散叶。魏家风水不错,子孙品性、资质都还不错,读书种子、修道坯子,都有。

魏本源自己则拣选了清风城郊外的这处风水宝地,桃林与溪水皆有讲究,适宜铸造丹炉,魏本源希望能够打破金丹境瓶颈。这处世外桃源,是魏本源与清风城许氏以地换地得来的。当年大骊先帝厚待小镇大姓,可以用极低价格购买西边的仙家山头,魏本源却嫌在那边修行太吵闹,不清静,难免给人局促之感,就从许氏手上换来了这块珍藏千年的祖业福田,不过魏本源没答应成为许氏供奉,许氏妇人纠缠了几次,家主许浑都亲自跑了一趟,魏本源始终没松口。

魏本源有些忧心,李宝瓶那匹马,还有腰间那把刀鞘雪白的佩刀,都太扎眼了。

魏本源忍不住问道:"这次一个人游历,有没有意外?"

不等小宝瓶答话,魏本源就气呼呼道:"他李老儿也真敢放这么大一个心?臭棋篓子棋术差,肚子里半桶墨汁瞎晃荡,这都算了,如今脑子也老糊涂啦?"

李宝瓶笑道:"魏爷爷,我如今年纪不小了。"

魏本源说道:"我不管李老儿怎么个章法,如果有人欺负你,与魏爷爷说,魏爷爷境界不高,但是乱七八糟的香火情一大堆,不用白不用,好些都是留给子孙都接不住的,总不能一起带进棺材……"

李宝瓶摇头道:"魏爷爷,真不用,这一路没什么结仇结怨的。"

魏本源打趣道:"色胚子都瞎了眼?一个个瞧不见我们瓶妮子出落得如此好看?"

李宝瓶无奈道:"魏爷爷,劳烦拿出一点长辈风范。"

魏本源笑道:"我那孙子,真瞧不上?"

李宝瓶摇摇头。

魏本源突然大笑起来:"我家瓶妮子瞧得上那小子才怪了。"

魏本源其实在自家子孙那边,虽然从来不是那种板着脸、端架子的严厉长辈,却也不会这般笑声不断。

魏本源愣了一下,听到了李宝瓶的心声,点点头,以心声回答,示意此地无碍,并无清风城许氏的眼线。那座桃园,本身就是一座护山大阵,寻常元婴境造访,都未必能够悄无声息,即便许浑不是寻常元婴境,但是那位许氏家主体魄蛮横,精通攻伐术法,又有瘊子甲傍身,只以搏杀著称于一洲,所以茅屋这边,不用担心有人运转掌观山河神通。

李宝瓶这才取出两张青色符箓,交给魏本源,解释道:"这是我哥从北俱芦洲寄来的,信上没多说,只说了两张符箓的名字,一张是结丹符,一张是泥丸符,本来应该是我爷爷亲自送过来,刚好我要出门远游,爷爷就让我带在了身边。"

魏本源接过了符箓,听到了符箓名称之后,就放在了桌上,摇头道:"瓶妮子,你虽然也是修行人了,但是可能还不太清楚,这两张符价值连城,我不能收,收下之后,注定这辈子无以回报,修行事,境界高是天大好事,可让我做人别扭,两相权衡,仍是舍了境界留本心。"

魏本源微笑道:"是我自己闹别扭,你大哥的好心好意,我还是很领情的,不愧是我打小就教棋的希圣,真不是故意客气,魏爷爷是怎么样的人,瓶妮子你还不清楚?"

桌上那两张青色材质的道门符箓,结丹符,符胆如小小宅门福地,金光流溢,霞光满室;泥丸符,绘有莲花符箓图案,好似一处法脉道场的宝座高台,四周紫气萦绕,气象极大。

李宝瓶好像早就料到了这个结果,笑道:"我哥说了,要是不收下两张符箓,让我以后就不要再来找魏爷爷,我听我哥的。"

魏本源摆了摆手。大道修行,尤其涉及根本,又不是小孩子过家家,没这么儿戏的。

李宝瓶说道:"我真听我哥的。"

魏本源皱眉问道:"希圣一个人在别洲闯荡,肯定不会轻松,好不容易有了这么大的福缘,为何要送出手?"

魏本源舍不得骂远游北俱芦洲的李希圣和近在眼前的李宝瓶,都是最好的晚辈了,哪里舍得说句重话,所以就又开始大骂李老儿:"老糊涂,真是老糊涂!糨糊脑袋,难怪棋术那么臭,棋品那么差!"

李宝瓶说道："魏爷爷，我哥做事情，有分寸的。"

魏本源想了想："我先收下，以后除非希圣与我说清楚，不然就当是魏爷爷替他暂且保管了。"

李宝瓶笑道："这个我就管不着了。"

魏本源提醒道："清风城是鱼龙混杂之地，你若是接下来还要去狐国那边游历，魏爷爷实在不放心。聪明人有坏水，当然要仔细提防，可是那些又蠢又坏的山上人，其实才是最惹人烦的，见利忘义，见色起意，发家立业全靠一个赌字，乌烟瘴气，世道一团糟。"

李宝瓶点头道："好的，就让魏爷爷护送一程。不然我也怕去狐国找了桃芽姐姐，会因为自己惹来是非。"

魏本源苦笑道："给你这么一说，魏爷爷倒像是在耍小心机了。"

桃芽那丫头，虽是魏氏婢女，魏本源却一直视为自家晚辈，李宝瓶更是不是亲孙女胜似亲孙女。

李宝瓶笑着没说话。自己爷爷曾经说过一番很奇怪的言语，说这位魏老弟之所以一直无法破开金丹境瓶颈，不是资质不够，而是在于心肠太软，心太好。一位修道之人，太过锐意进取、力求大道争先，未必妥当，可半点也无，就更不妥当了。

魏本源问道："陪我下盘棋？"

下棋，垂钓，镜花水月，被誉为山上三大乐事，修行闲余，最能消磨光阴。

李宝瓶婉拒道："魏爷爷，你是知道的，我打小就不爱下棋，那会儿看你们下棋，已经是我最大的耐心了。"

魏本源皱了皱眉头，站起身，抬头望向青山之巅，冷笑道："鬼鬼祟祟，就这么见不得人?!"

若是李宝瓶没来，魏本源兴许会与那位不速之客好脾气言语。

山巅那边，站着一位云雾缭绕遮掩身影的修道之人。

那人俯瞰山坳茅屋，微笑道："丹灶初开火，仙桃正落花。炼丹手法不高，挑地方，倒是一把好手。许氏待你不薄，可惜你自己找死，连个挂名供奉都不乐意当，这人啊……"

他故意被魏本源发现踪迹后，光明正大现身，显得好整以暇，不急不躁，自然不是仗着境界一味托大，而是在山坳阵法之外，也精心布置了一道围困整座山坳的阵法。

破解魏本源的山水阵法，需要抽丝剥茧，先找到破绽，然后一锤定音，以蛮力破阵，只是一旦开始破阵，藏藏掖掖就没了意义。

魏本源袖中掐诀，山风水雾凝聚成朵朵白云，试图以此遮掩那人的视线。

不承想那位以宝瓶洲雅言开口说话的练气士，似乎道法极为高深，视线所及，与山坳阵法衔接的白云，竟然自行散去。

魏本源环顾四周，这厮好手段，溪涧之水已经泛起了阵阵幽绿莹光，分明是有法宝隐匿其中。

那些莹光很快就蔓延上岸，如蚁群铺散开来。

炼丹最讲究一个水火交融，魏本源之所以选择此地筑炉炼丹，这条先天水运阴沉的溪水至关重要。魏本源毫不犹豫，默念口诀，竟是想要以鳌鱼翻背之法，直接将那条溪涧的山根水运一并打碎，拼了炼丹不成，也要打断对方法宝对山水阵法的渗透。

那人根本无所谓魏本源的那点拙劣手段，自身的看家法宝、独门秘术，岂是一个连阵师都不算的金丹境可以破解的。

只是略作思量，担心魏本源是要折腾出一些动静，好与清风城寻求救援，他便默诵口诀，那些上了岸的幽幽莹光，立即遁地，魏本源的那道"翻山"术法，竟是无法撼动溪涧分毫。那人笑道："术法绝好，可惜被你用得稀烂，拿下了你，定要拘押魂魄，拷问一番，又是意外之喜，果然运气来了，挡都挡不住。"

那人视线偏移，望向李宝瓶，说道："小姑娘的家底真是丰厚得吓人了，害我早先都没敢动手，只得跟了你一路，顺便帮你打杀了两拨山泽野修，如何谢我的救命之恩？若是你愿意以身相许，以后当我的贴身丫鬟，如此人财两得，我是不介意的。一枚养剑葫，那把祥符刀，外加两张意外之喜的符箓，我都要了，饶你不死。"

李宝瓶拍了拍腰间小巧酒葫芦："来抢便是，恁多废话。"

那人嗤笑道："一个不善攻伐的破烂金丹境，只会烧些丹药，四处结交人情，事到临头，可护不住你这小丫头片子。"

魏本源心中惊骇。一来是他只觉得宝瓶丫头的那把狭刀才是件山上法宝，根本不曾看破那银色酒葫芦的障眼法，反观那山巅修士却十分了然，并且一口道破狭刀名称，跟了李宝瓶一路，显然是把握极大才会现身，对方境界至少也该是金丹境瓶颈，万一是那蛟龙蛰伏无数年的元婴境老神仙，更是棘手万分。

魏本源后悔不已，若是答应清风城许氏成为供奉，有那勾连城池阵法的传信手段，能够喊来许浑助阵，兴许对方还不敢如此胆大妄为，不承想此处隔绝外界窥探的山水阵法，反而成了画地为牢。

魏本源深吸一口气，稳住道心，让自己尽量语气平静，以心声与李宝瓶说道："瓶丫头，莫怕，魏爷爷肯定护着你离开，打烂了丹炉，声势极大，清风城那边肯定会有所察觉，你离开桃园之后，切莫回头，只管去清风城，魏爷爷打架本事不大，凭借天时地利，护着性命绝对不难。"

那人摇头道："我看很难啊。金丹境瓶颈都这么难破开，活着意思不大。"

魏本源顿时如坠冰窟，定然是那修为深厚的元婴境了。

大骊铁骑踏破一洲山河，处处支离破碎，这就导致了许多隐匿身形的山泽野修开始纷纷离山入世，浑水摸鱼，大有人在。

李宝瓶说道："魏爷爷，早知道就将符箓寄给你了。"

魏本源气笑道："说什么浑话！"

李宝瓶没有解释什么，心湖涟漪，一样会听了去，有些事情，就先不聊。

那修士视线更多还是停留在李宝瓶的那把狭刀之上。

人间美色，相较于长生大道，小如芥子，不值一提。

那把狭刀，他刚好认识，名为祥符，是远古蜀国地界神水国的压胜之物，是当之无愧的国之至宝，能够镇压和聚拢武运，这种法宝，已经可以被划入"山河至宝"的范畴，虽是法宝品秩，可其实完全是一件半仙兵了。

那枚养剑葫，只看出品秩极高，品相到底怎么个好法，暂时不好说。

得手之后，小心起见，干脆远游别洲就是了，反正如今的宝瓶洲，也不像是个适宜野修快活的地盘了。

李宝瓶轻声说道："魏爷爷，等下如果打起架来，我可赔不起这块修道之地，没事，回头让我哥赔你。"

魏本源苦笑不已，现在是说这事儿的时候吗？

山巅那位修士，已经找到了完全破阵之法，依旧小心掂量一番，觉得所有意外都被计算在内了。

谱牒仙师下山历练，都喜好先拜山头，既然这个小丫头的靠山、背景就是魏本源之流，而魏本源连成为清风城许浑座上宾的资格都没有，就很稳妥了。

实在是由不得一位堂堂元婴境野修不小心谨慎。山泽野修境界再高，命只有一条。那些躺在祖师堂功德簿上享福的谱牒仙师，哪怕境界再低，都等于有两条！

那就果断出手。

此人身形蓦然缥缈不定，大如山峰，竟是一尊宛如古老山君的法相，不但如此，金身法相双臂缠绕青色的蛟龙之属，手持大戟，法相周身之山水灵气，无比紊乱，这尊同时兼具山水气象的巨大"神灵"，从山顶那边落向溪畔茅屋，有山岳压顶之势。

半空中，金身法相大笑道："小丫头片子，好大的口气，你哥？若说是搬出自家老祖来吓唬人，我倒信你一丝一毫！怎的，你哥是那真武山马苦玄，还是风雷园黄河大剑仙啊？"

魏本源刚要祭出一颗本命金丹，与那元婴境老贼搏命一场，李宝瓶一步踏出，拇指将腰间狭刀推出鞘寸余，另外袖中左手悄然多出一物，此物现世之后，毫无气机涟漪，所以远远没有那把狭刀出鞘来得让人留心。

可就在此时，那尊金身法相不知为何，就那么悬停半空，不上也不下。

又不是小姑娘跳墙头,这还没落地呢,就崴脚抽筋了?

李宝瓶转头望向别处。别处青山之巅,有一位身穿粉色道袍的年轻男子,凌空缓行,伸出两根手指,轻轻旋转。每一步踏出,远处云海便飘荡而来一朵白云台阶,刚好落在奇怪年轻人脚下。那尊仿佛被施展了定身术的巨大法相,就开始随之颠倒,沦为他人手中的牵线傀儡一般。

魏本源心中震动。好一个神通广大的山巅人!

宝瓶洲有这般容貌的上五境神仙吗?道家高真?神诰宗天君祁真?绝无可能。那一脉道门神仙,规矩森严,所戴道冠、所穿道袍,皆不能有半点纰漏。更何况祁宗主何等高高在上,岂会来清风城这边游历。

年轻人那件颜色扎眼的法袍极为宽广,随风飘摇如天上云水。

最后年轻道人轻轻一跃,盘腿坐在了金身法相头顶,手指弯曲,轻轻一敲,好似长辈训斥自家顽劣的晚辈:"喜欢装大爷是吧,装神仙气度是吧,你家老祖宗就在这里啊,真是贻笑大方。"

魏本源没有半点轻松,反而更加心急如焚,怕就怕这是一场虎狼之争,后者一旦不怀好意,自己更护不住瓶丫头。

魏本源喃喃道:"随随便便就隔绝了天地,将如此金身法相笼罩其中,如何是好,如何是好。"

那个一出手就当了哑巴的元婴境,苦不堪言,不是不想跑路,实在是动弹不得,对方随手造就出天地隔绝的大手笔,自身金丹也好,元婴也罢,那些旁门左道的秘法都派不上用场,如何逃遁?想破此死局,除非自己是元婴境剑修才行,可自己如果是这类剑仙,还需要为了逃避仇家,东躲西藏数百年?

一袭粉袍的年轻道人就那么坐在魁梧法相的脑袋上,与魏本源微笑道:"魏本源,贫道早年曾经欠你魏家一个七弯八拐的人情,就不细说缘由了,老皇历翻来翻去,都是灰尘,翻它作甚。"

柳赤诚当然是在胡说八道。

没办法,顾璨不希望显露身份,柳赤诚只好找了个蹩脚理由,不过山上人,还真就都信这个,比如魏本源就信了五六分。李宝瓶却半点不信。

柳赤诚歪着脑袋,继续禁锢那尊金身法相,小小元婴境修士,挣脱自己这点手下留情的束缚不难,不敢轻举妄动而已。这是对的。

这次与顾璨一路同游,太闷。所以柳赤诚觉得自己身边缺少一个跟班打杂解闷的,一个山泽野修出身的元婴境修士,勉强有此殊荣。

若是柳赤诚最反感的谱牒仙师,这会儿应该已经死了。

打了小的来老的?有多老?那就去白帝城掰掰手腕子?任你是飞升境好了,柳赤诚哪怕站着不动，对方都不敢出手。反正就要去中土神洲了，不留下点烂摊子，柳赤诚都担心顾璨不好好修道。

顾璨这种好坏子，唯有一次次身处绝境死地，才能极快成长起来，根本不怕拔苗助长。

这就是白帝城那位师兄最喜欢的大道苗子。

柳赤诚突然眯起眼睛。师兄好像这辈子偏偏最喜欢天大的麻烦？眼前这个小姑娘？更何况师兄的棋术，好像遇到了瓶颈，将破未破，此次自己准备带着顾璨重返白帝城之际，偏偏就遇到了她，是不是？

柳赤诚爽朗大笑起来，转头望向一处，以心声言语道："由不得你了，正好，咱们三人，一起回去。"

顾璨不再隐蔽身形，同样是以心声回复道："柳赤诚，我劝你别这么做，不然我到了白帝城，一旦学道有成，第一个杀你。"

没有任何急躁情绪，四平八稳，一如顾璨如今的为人和性情。

柳赤诚微笑道："我怕师兄，还怕你？以后兴许会怕，那就以后再说嘛。"

李宝瓶见微知著，松开刀鞘，攥紧手中那块桃符。

这是她哥给她的，说是遇到事情，心念一动，桃符便会生出感应，哪怕歹人术法有些高，便是心念不动，也不用担心。

李宝瓶使劲晃了晃桃符。

大哥骗人？没动静啊。

李宝瓶赶紧呵了口气，用手心擦了擦，还是没动静。罢了。

李宝瓶打算从袖子里边拎出几张纸来，都是抄书抄出来的一些个文字，比较投缘的那种。

她倒是不怨大哥李希圣，就是有些埋怨小师叔怎么没在身边。

李宝瓶偷偷皱了皱鼻子。算了算了，还能如何，明天再不喜欢小师叔好了。

顾璨没有任何动作。不是不想阻拦，而是毫无意义。双方境界太过悬殊。

顾璨心中大恨。这个性情叵测的柳赤诚，将来必须得死在自己手上。

于是顾璨第一时间就与李宝瓶心声言语："李宝瓶，我是泥瓶巷顾璨，你别冲动，先活下来。"

李宝瓶摇摇头："舍不得死，但也绝不苟活。"

然后李宝瓶笑道："还不许别人好心犯个错？何况又没涉及大是大非。顾璨，我得谢你。你好好活着，记得告诉我小师叔，很想他啊。"

柳赤诚瞥了眼李宝瓶手中纸张，上边的文字在流转！

柳赤诚竟是眉头紧皱，神色凝重起来。若是与学宫书院有关，还是有些麻烦。毕竟整个浩然天下都是读书人的治学之地。

桃林那边,一个儒衫男子原本见着李宝瓶摇晃桃符那一幕,还忍着笑。难得见到小宝瓶这么稚气可爱的。

这会儿,他深吸一口气,一步跨出,来到李宝瓶身边,抬起头望向那尊金身法相和那粉袍道人。

李宝瓶惊喜道:"哥?!"

李希圣点点头,转头笑道:"你哥在生气,不太想说话。"

李宝瓶哈哈笑道:"我哥也会生气?"

李希圣微笑点头。

柳赤诚的直觉告诉他,大事不妙。

只是那个年纪轻轻的儒衫读书人,看着境界不高啊,也不像是施展了障眼法的关系,仙人境不可能,飞升境……柳赤诚脑子又没病。

离开白帝城之后,千年以来,就吃过两次大苦头,一次是被大天师亲手镇压,当然不需要那位祭出法印或是出剑了,只是术法而已。

之所以龙虎山大天师会亲自出手,无非是与白帝城表态,让柳赤诚那位师兄不要插手。

第二次,是在那小破庙,莫名其妙挨了一剑,一把寻常木剑罢了,就轻而易举破开了柳赤诚的护身法阵。

一瞬间,坐实了柳赤诚心中直觉。

光阴长河停滞不前。在自己小天地之外,又出现了一座更大的天地。

李宝瓶、魏本源、金身法相、山巅那边的顾璨,连心念都已静止不动。除了对方故意放过的柳赤诚。

群动悠然一顾中,天高地平千万里。

柳赤诚苦不堪言。看样子,根本没法打啊。显然是一个不可理喻的硬茬。

"修道之人,出门在外,还是要讲一讲敬畏天地、心存良知的。"

李希圣缓缓前行,说道:"好了,这是以读书人身份说的话。"

柳赤诚笑道:"好的好的,咱们好好讲道理,我这人,最听得进去读书人的道理了。"

李希圣说道:"接下来我就要以小宝瓶大哥的身份,与你讲道理了。"

柳赤诚就要远离此地,驾驭小天地与那座大天地相撞,借此逃遁。

至于境界什么的,上五境修士的脸面之类的,丢在了地上,捡不捡起来都无所谓的。

天地之间,蓦然出现了一位中年道人的法相。

柳赤诚腿一软,刚抬起屁股就坐了回去。

仍是拼命压抑那份差点当场崩碎的道心，摇摇晃晃站起身，打了个稽首，默不作声。

李希圣问道："赔礼有用，要这大道规矩何用？！"

高如山岳的中年道人，抬起一臂，一掌拍下。一巴掌将柳赤诚和元婴境修士的法相一并砸入大地当中。

没有任何术法神通，更无仙家法宝，那法相道人就只是一巴掌当头拍下。

柳赤诚躺在大坑当中，心中只有一个念头：你们宝瓶洲的读书人，能不能别这样了。

李希圣收起法相之后，来到大坑之中，俯瞰那个奄奄一息的粉袍道人，掐指一算，冷笑道："回了白帝城，与你师兄说一句，我会找他去下棋的。"

柳赤诚万念俱灰。师兄曾经与他私底下笑言，棋术一道，能让白帝城不再高挂悬旌"奉饶天下先"的人，崔瀺有机会，但是机会渺茫，那个人不在浩然天下，而在青冥天下白玉京，是道老二和三掌教陆沉的大师兄。

道祖座下首徒，陆沉最早都是此人代师收徒。那么此人道法如何，可想而知。

柳赤诚再次挣扎起身，依旧沉默不语，只是诚心诚意，毕恭毕敬，打了个规规矩矩的道家稽首。

等到李宝瓶"回过神"，大哥李希圣依旧站在身边，那粉袍道人依旧坐在那尊金身法相的头顶。一切如旧。

柳赤诚看似面带微笑，实则汗流浃背。

光阴长河倒转逆流！关键是那个魏本源依旧独自位于某一段光阴长河当中，依旧静止不动。

"方才我与那位高人讲过道理，没事了。"

李希圣轻声笑道："我这次前来，就不要与魏爷爷说了，不然非要拉我下棋，当年咱们家乡就那么几本棋谱，魏爷爷念叨棋理，翻来倒去，其实很烦人的。"

李宝瓶使劲点头。

李希圣身形消散，重返北俱芦洲那个偏于一隅的藩属小国。

这种跨洲远游，如今境界还是不高，其实并不轻松，所以需要速来速回。

李希圣突然笑道："偷偷长大，都不与大哥打声招呼的啊。"

李宝瓶咧嘴一笑。李希圣笑着摇头，一闪而逝。

魏本源也恢复如常。

然后柳赤诚就立即站起身，告辞离去，只说与小姑娘开了个玩笑。

至于屁股底下那位元婴境修士，也已经收起法相，跟在柳赤诚身边一起御风离开，柳赤诚与顾璨心声言语了一句:"我在清风城等你,不着急,你先叙旧。"

顾璨忍住心中疑惑,御风落在了茅屋那边,开门见山说道:"李宝瓶,今天的事情,对不住了。论心论迹,我对错各半。"

李宝瓶有些惊讶。这样的顾璨,怎么会让小师叔当年那么伤心?还是说顾璨在这么短几年内,就改变了很多?

李宝瓶想了想,和魏爷爷说跟这个同乡人去溪边散个步。

魏本源一头雾水,还是点头道:"小心些。"

李宝瓶与顾璨行走在溪边。

两人小时候只是打过照面,都没聊过天。

一个喜动,一个喜静,在家乡碰了面,也只是擦肩而过。

至多就是脚步匆匆的红棉袄小姑娘,觉得那个小男孩的两条小鼻涕印象深刻。

小鼻涕虫当年则觉得那个年纪比自己大一些的红衣小姑娘,半点不像有钱人家的孩子,真是不晓得享福。

这么两个几乎算是小镇最顽劣的孩子,无非是出身不同,一个生在了福禄街,一个在泥瓶巷。

红棉袄小姑娘,穿街过巷,呼啸而过,那些大白鹅都追不上。

小鼻涕虫则又有些不同,其实不愿意动,大太阳底下趴在田垄那边钓鳝鱼,守着老槐树,在树底下用弹弓打黄雀。

顾璨家里有几块茶叶地,屁大的孩子背着个很合身的竹编小箩筐,小鼻涕虫双手摘茶叶,其实比帮忙的那个人还要快。但是顾璨只是天生擅长做这些,却不喜欢做这些,将茶叶垫平了他送给自己的小箩筐底层,意思意思一下,就跑去阴凉地方偷懒去了。

刘羡阳是他的唯一朋友,又如何?依旧只有泥瓶巷的小鼻涕虫,才是他在这个世界上的唯一亲人。

溪涧水浅,清澈见底。两人沉默许久。

李宝瓶说道:"多想想小师叔的不容易。"

顾璨说道:"想过。"

李宝瓶笑道:"不要误会,关于你和书简湖的事情,小师叔其实没有多说什么,小师叔一向不喜欢背后说人是非。"

顾璨笑了起来。

当然不会误会。

何况说了又如何,顾璨打小就不喜欢吃苦,但是挨骂挨打,都比较擅长。

他顾璨内心深处,依旧是根本不在意别人的任何看法。

连陈平安都不知道,顾璨比他更早去过福禄街和桃叶巷。听刘羡阳说那边有钱人多，钱袋子太满，经常掉钱在地上，顾璨就去捡过钱，只是钱一次没捡着，连他都磨光了耐心，气得在桃叶巷那边鬼鬼祟祟，一脚一棵桃树，从头到尾，一棵没落下，全被他收拾了一通。在这期间只要遇到了行人，他便立即蹲在树底下佯装看蚂蚁。

顾璨如今回想起来，当年那些落了地的桃花桃叶桃枝，应该拢一拢藏好的。

李宝瓶继续说道："但是小师叔与你那么熟，你但凡只要有任何一点点出息，什么事情做得好了，小师叔都不会吝啬夸你几句。与小师叔第一次远游路上，小师叔关于整个家乡的话题，几乎都绕着你和刘羡阳，可是小师叔从书简湖回来之后，就没怎么聊你了。"

李宝瓶抬起手，指了指自己的眼睛："一个人这里最会说真话，小师叔什么都没说，但是什么都说了。"

顾璨嗯了一声。

李宝瓶说道："聊完收工。"

顾璨也不拖泥带水，告辞离去，突然停下身形，笑道："李宝瓶，谢谢你。"

李宝瓶笑问道："这会儿才想起说客气话了？"

顾璨眼神明亮，摇头道："不是客气话，因为你是第一个陪着他走出家乡的人，当初如果没有李宝瓶在他身边，他后来可能就走不到顾璨身边。"

李宝瓶笑了起来，顾璨也笑了起来。

遥想当年，在那座墙壁上写满名字的小庙里边，刘羡阳站在梯子上，陈平安扶住梯子，顾璨朝刘羡阳丢去手中碎木炭，写下了他们三人的名字，位置极高。

顾璨最后说道："李宝瓶，你应该会比我更早见到陈平安，到时候见了面，你就告诉他，顾璨在白帝城，修大道！"

第九章 高处无人

清风城外,一处荒郊野岭的小山坡,一棵孤零零的山野桃树下,大眼瞪小眼。

柳赤诚狠狠瞪眼,不耽误伸手擦拭脸上的血迹。

柳赤诚身上那件粉色道袍,能与桃花争艳。

被拘押至此的元婴境野修,显露真容后,竟是个身材矮小的"少年",不过白发苍苍,面容略显老态。出奇之处,在于他那条螭龙纹白玉腰带上边悬挂了一长串古朴玉佩和小瓶小罐。

此人身形摇摇欲坠,依旧竭力维持站姿,生怕一个歪头晃腿,就被眼前这个粉袍道人一掌拍死。

他这会儿的心情,就像面对一桌菜肴丰盛的美食,即将大快朵颐,桌子突然给人掀了,一筷子没递出去不说,那张桌子还砸了他满头包。

他直到这一刻,都不知道自己是怎么跌的境!从元婴境瓶颈一路跌到了刚结金丹时的惨淡气象。

更奇怪为何对方如此神通广大,好像也重伤了?问题在于自己根本就没有出手吧?

他也曾是雄踞一方的豪雄,数个小国幕后当之无愧的太上皇,喜好遮掩身份四处寻宝,在整个宝瓶洲都有不小的名气。与风雷园李抟景交过手,挨过几剑,侥幸没死;被神诰宗一位道门老神仙追杀过万里之遥,依旧没死;早年与书简湖刘老成亦敌亦友,曾经一起闯荡过古蜀国秘境的仙府遗址,分账不均,被同境的刘老成打掉半条命,后来哪怕刘老成一步登天，他依旧硬是袭杀了数位宫柳岛出门游历的嫡传弟子，刘老成寻他不得，只能作罢。他这一生可谓精彩纷呈，什么古怪事情没经历过，但是都没有今天这般让人摸不着头脑，对方是谁，怎么出的手，为何要来这里，自己会不会就此身死道消……

柳赤诚甩了甩手上的血迹，微笑道："我谢你啊。"

那少年容貌的山泽野修，瞧着前辈是道门神仙，便投其所好，打了个稽首，轻声道："晚辈柴伯符，道号龙伯，相信前辈应该有所耳闻。"

数步缩山河，呵吸结巨云。说的就是这位大名鼎鼎的山泽野修龙伯。他极其擅长刺杀和逃遁，并且精通水法攻伐，传闻与那书简湖刘志茂有些大道之争，还争抢过一部可通天的仙家秘籍，传闻双方出手狠辣，不遗余力，差点打得脑浆四溅。

柳赤诚咬牙切齿道："耳闻你大爷。老子叫柳赤诚，白水国人氏，你听说过没？"

柴伯符硬着头皮说道："晚辈浅薄无知，竟是不曾听闻前辈大名。"

柳赤诚跌坐在地，背靠桃树，神色颓然："石头缝里捡鸡屎，烂泥旁边刨狗粪，好不容易积攒出来的一点修为，一巴掌打没了，不想活了，你打死我吧。"

柴伯符纹丝不动，还不至于故作神色悼恐，更不会说几句忠心诚意言语，面对这类修为极高偏又名声不显的闲云野鹤，打交道最忌讳自作聪明，画蛇添足。

柳赤诚开始闭目养神，用脑袋一次次轻磕着桃树，嘀嘀咕咕道："把桃树斫断，煞他风景。"

然后柳赤诚一巴掌狠狠甩在自己脸上，好像被打清醒了，笑逐颜开："应该高兴才对，世间哪有我这般大难不死之人，必有后福，必有厚福！"

柳赤诚站起身，从萎靡不振，瞬间变成了意气风发，他挺直腰杆，抖了抖袖子，拈出三炷香，然后看着那个傻乎乎站在原地的野修，又开始大眼瞪小眼："还不滚远点，耽误我烧香拜神仙？"

柳赤诚突然深吸一口气："不行不行，要与人为善，要以礼待人，要讲读书人的道理。"

柴伯符一步一步挪开，到了五六丈外才敢站定。

半点不憋屈，山泽野修出身的练气士，能够走到柴伯符这个位置的，哪个没点城府。

风雷园李抟景曾经笑言，天底下修心最深的，不是谱牒仙师，是野修，只可惜不得不走旁门偏门，不然大道最可期。

柳赤诚敛了敛思绪，摒弃杂念，开始念念有词，然后手指一搓香头，缓缓点燃，柳赤诚看似三拜天地，实则一拜对自己有传道之恩的白帝城祖师堂；二拜古庙那位递出一剑的青衫儒士，剑术之高，浩然正气之纯正，生平仅见；三拜方才那位天威浩荡的"中年道人"。

顾璨谨小慎微,御风之时,见到了并未刻意遮掩气息的柳赤诚,便落在山野桃树附近,等到柳赤诚三拜之后,才说道:"万一呢,何必呢。"

柳赤诚默不作声,等到手中香火燃烧殆尽,这才恢复平时神态,笑嘻嘻道:"行了行了,你就别往我伤口上撒盐了,我这会儿心肝疼。"

顾璨根本没用正眼去看那野修,但是第二句话便可见其本心本性:"留着做什么?"

柳赤诚笑问道:"顾璨,你是想成为我的师弟,还是成为师侄?"

顾璨说道:"这不是我可以挑的,说他作甚。"

这些年中的顾璨,如果是陌生人与之初次见面,都会觉得这是一个温良恭谨的读书人,是个有家教的年轻人。只是顾璨与柳赤诚此次携手北游,朝夕相处,各自是什么德行,对方都心知肚明。顾璨说自己不记今日仇,那是侮辱柳赤诚。

顾璨直截了当说道:"你自己说过,齐先生曾经有大恩于你,赠你一句金玉良言,指点迷津破屏障,才让你顺利跻身了上五境,你对齐先生还有过承诺,以后陈平安拜访白帝城,齐先生那个人情,你算是欠在了陈平安身上,所以你一定会给予善意。现在你自己掂量掂量后果。你今日行事,一是忘恩负义,二是与我结仇,你柳赤诚真不愧是白帝城高人,行事随心所欲,我对白帝城越发期待了,这大概是你今天唯一做对的事情。"

顾璨没有以心声与柳赤诚秘密言语。

柳赤诚斜眼看着那个心生死志的野修柴伯符,收回视线,无奈道:"你就这么想要龙伯兄弟死翘翘啊?"

顾璨没有言语。

柳赤诚耐着性子解释道:"第一,昨日事是昨日事,明天事是明天事,比如陈平安到时候要与我掰扯掰扯,我就搬出师兄,陈平安会死,那我就顺水推舟,再搬出齐先生的恩情,等于救了陈平安一命,不是还上了人情?

"第二,不谈如今结果,我当时的想法,很简单,与你结仇,比起帮助师兄再走出一条大道登顶,顾璨,你自己算计算计,你如果是我,会怎么选?

"最后,我敬重且畏惧师兄,但是我喜爱且怀念白帝城,不希望它只是一块踏脚石,需要有人出现,给师兄一个说服自己的理由。"

顾璨除了柳赤诚最后一句话,都听得明白。

不管柳赤诚的道理,在顾璨看来歪不歪、绕不绕,都是柳赤诚真心认可的道理,柳赤诚都是在与顾璨掏心窝说肺腑之言。

顾璨可以不认可,可就得拿出不认可的"道理",拳头、道法、嘴把式,都可以。

归根结底,柳赤诚一直在俯瞰顾璨,心中所想,视野所及,是白帝城最高处,是师兄,以及那些与柳赤诚一个辈分的其他同门。

柳赤诚欲想代师收徒,最大的敌人,或者说关隘,其实是那些同门。

柴伯符听得背脊发凉,修行路上,历经坎坷,生平第一次如此感到绝望。

"白帝城"三个字,就像一座山岳压在心湖,镇压得柴伯符喘不过气来。

天下九洲,山泽野修千千万,心中圣地道场唯有一处,那就是中土神洲白帝城,城主是公认的魔道巨擘第一人。结果这位粉袍道人,与一个年轻人,一口一个白帝城、师兄师弟。

所以柴伯符等到两人沉默下来,开口问道:"柳前辈,顾璨,我如何才能够不死?"

真正询问之人,其实只有那个境界不高的青衫年轻人。

柳赤诚既然把他拘押至此,至少性命无忧,但是顾璨这个家伙,与自己却是很有些新仇旧恨。

顾璨这个名字,柴伯符听说过,主要还是因为截江真君刘志茂的关系。传闻前些年顾璨作为刘志茂嫡传,一个屁大孩子,拥有一条元婴境的水蛟,在书简湖杀得性起,只是后来不知为何,突然沉寂,水蛟失踪,顾璨也随之销声匿迹,然后整个书简湖被外乡修士鸠占鹊巢,成了桐叶洲玉圭宗的下宗辖境,顺昌逆亡,桀骜不驯的,估计都被真境宗喂了鱼,认清大势的,好似在书简湖里洗了个神仙澡,把野修污垢都清洗干净,摇身一变,成了正儿八经宗字头仙家的谱牒仙师。

柴伯符觉得自己最近的运道,真是糟糕到了极点。怎么就遇上了这个小魔头?顾璨又是如何与柳赤诚这种过江龙,与白帝城攀扯上的关系?

柳赤诚指了指顾璨:"生死如何,问我这位未来小师弟。"

顾璨大道成就越高,柳赤诚重返白帝城就会越顺利。

顾璨说道:"死了,就不用死了。"

柳赤诚哑然失笑。这个说法,挺有新意。

柴伯符沉声道:"顾璨,你为何要咄咄逼人?执意杀我?我就算与你师父有些旧怨,你是野修,我更是,这点过节,算什么?"

柳赤诚玩味道:"龙伯老弟,你与刘志茂?"

柴伯符说道:"为了争抢一部《截江真经》……"

说到这里,柴伯符恍然道:"顾璨,难道刘志茂真将你当作了继承香火的人?你也学了那部真经,怕我在你身边,处处大道相冲,坏你气数?"

柴伯符自言自语道:"刘志茂最是小肚鸡肠,恨不得打杀所有天下同道修士,岂会舍得传你大道根本之法?"

顾璨自然不会道破内幕,当年刘志茂对于闭关破境一事,把握不大,认为极有可能兵解离世,不然他哪里愿意交给自己那部水法真经,又岂会被真经的真正主人柳赤诚找上门。

柳赤诚被崔瀺算计，脱困之后，曾经收了个记名弟子，那少年曾是米老魔的弟子，名叫元田地，只可惜柳赤诚花了些心思，却效果不佳，都不好意思带在身边，将他丢在了一处小山头，由着少年自生自灭去了。少年身边还有一只小狐魅，柳赤诚与他们离别之时，对记名弟子没有任何施舍，倒是赠送了那只小狐魅一门修道之法、两件护身器物，不过估计她以后的修行，也勤勉不到哪里去，至于元田地能不能从她手上学到那门道法，双方最终又有怎样的恩怨情仇，柳赤诚无所谓，修行路上，但看造化。

柳赤诚不介意当好看女子的野男人，但是不愿意给谁当野爹，早年对于那只小狐魅的搭把手，不是柳赤诚怜悯她的际遇，而是在可怜自己。

柳赤诚撇下元田地之后，独自游历，不承想自己那部《截江真经》落在了野修刘志茂手上，出息还不小，混出个截江真君的头衔。

人生路上，总是有心栽花花不开，无心插柳柳成荫。

顾璨看了一眼柴伯符，突然笑道："算了，以后大道同行，可以切磋道法。"

既然柳赤诚不愿杀人，顾璨自己出手又把握不大，那就留在身边好了。

柳赤诚其实看不上柴伯符那点境界，即便重返元婴境，又能如何，就算给他柳赤诚当牛做马，到了白帝城，意义何在？在白帝城修行，根本不是寻常仙家门派的修行路数，从不讲究什么抱团取暖，同气连枝。

柳赤诚不杀此人的真正原因，是希望大师兄凭借柴伯符与李宝瓶的那点因果关系，天算推演，以后与那位"中年道人"下棋，哪怕白帝城只是多出一丝一毫的胜算，都是天大的好事。

相信自己的这份小算盘，其实早被那"中年道人"算计在内了。没事，到时候都让大师兄头疼去。师弟尽师弟的本分，师兄下师兄的棋。

三人随后都没有御风，一起徒步走向清风城。

柳赤诚随口说道："龙伯老弟，你这六件本命物，花里胡哨的，其中两件品秩只有灵器水准，怎么回事？"

柴伯符苦笑道："山泽野修，起步最难，下五境野修，能有一两件灵器成功炼化为本命物，已经是天大幸事，等到境界足够，手边法宝够多，再想强行更换那几件根深蒂固、与大道性命牵连的本命物，行倒是也行，就是太过伤筋动骨，最怕那仇家获知消息，这等闭关，不是自己找死吗？哪怕不死，只是被那些个吃饱了撑着的谱牒仙师循着蛛丝马迹，偷偷来上一手，打断闭关，也要得不偿失。"

柴伯符喟叹道："若是结金丹之前，招惹仇家境界不高，更换本命物，问题不大，可惜我们野修能够结丹，哪能不招惹些金丹境同辈，与一些个被打了就哭爹喊娘找祖宗的谱牒仙师，有些时候，举目四望，真觉得四周全是麻烦和仇敌。"

仙家"串门"，寻仇也好，走亲戚也罢，可不比那百余里路便是出远门的市井百姓，一洲之地再大，可一旦去谈开辟道场，便很小了，灵气稍微好一点的风水宝地，处处有地头蛇，名山大水深泽，哪个不被仙家山头占据经营多年？不是谱牒山头，就是山水神祇，野修之所以难成气候，实在是天时地利人和都没优势。

柳赤诚点点头，表示理解。顾璨微微一笑。

柴伯符一个愣神，就被柳赤诚按住脑袋，随手打碎金丹，后者瘫倒在地，浑身浴血，抽搐不已。

先前从元婴境跌境到金丹境，太过玄乎，柴伯符并没有遭罪太多，这次从金丹境跌到龙门境，就是实打实的下油锅煎熬了。

柳赤诚笑道："行了，现在可以安心更换本命物了，不然你这元婴境瓶颈难打破啊。龙伯老弟，莫要谢我。"

柳赤诚旋转一根手指，随手结阵，帮着龙伯老弟遮掩气息。

白帝城所传术法驳杂，柳赤诚曾经有一位资质堪称惊才绝艳的师姐，立下宏愿，要学成十二种大道术法才罢休。结果每过百年，那位师姐脸色便难看一分，到最后就成了白帝城脾气最差的人。

柴伯符盘腿而坐，人身小天地气象大乱，今天元婴、金丹接连消失、崩碎，已经不谈什么大道根本受损，先活命再谈其他。

顾璨蹲在柴伯符身边，问道："我很好奇，你为何没有假装成许浑，这点栽赃嫁祸的想法都没有？怎么当的野修？其中隐情是什么？"

顾璨伸手按住柴伯符的脑袋："你是修习水法的，我恰巧学了《截江真经》，如果借此机会，截取你的本命元气和水运，再提炼你的金丹碎片，大补道行，是水到渠成之美事。说吧，你与清风城或是狐国，到底有什么见不得光的渊源，能让你此次杀人夺宝，如此讲道义。"

少年模样的柴伯符脸色惨然，先前那一头白发，虽然瞧着老态，但是发丝光泽，熠熠生辉，是生机旺盛的迹象，如今大半发丝生机枯死，被顾璨不过是随手按住头颅，便有头发簌簌而落，不等飘落在地，在半空就纷纷化作灰烬。

顾璨微微加重力道，以那部《截江真经》的压箱底术法之一，开始大肆攫取柴伯符的水运。柴伯符人身小天地本就混乱不堪，如同洪水倾泻，顾璨的手法，就像在摇摇欲坠的堤坝上凿开一个大窟窿，只取水运，收入囊中，至于那股洪水会不会顺势撞开所有堤坝，使得柴伯符的修行之路越发雪上加霜，此生是否还有机会重返金丹境、元婴境，半点不管。

柴伯符立即竹筒倒豆子，开始泄露内幕："我与许浑妻子，早年曾是同门师兄妹！所以我既想要狠狠坑许浑这位城主一把，又不愿意让整座清风城岌岌可危，以至于整个许家连喊冤的机会都没有。那小姑娘在此遭殃，许浑作为一城之主，庇护不力，难辞其咎,更多罪责却也没有,可若是我假扮许浑出手夺宝,再故意一个不小心,留下了小姑娘或是魏本源的半条性命,清风城就要断送宗门候补的大好前程,我不愿师妹所有心血付诸东流……"

提及那位师妹的时候,柴伯符百感交集,脸色眼神颇有曾经沧海难为水之遗憾。

柳赤诚笑道:"痴情,真是痴情,我喜欢,难怪与龙伯老弟一见投缘,舍不得杀了。"

顾璨想了想,笑问道:"许浑那儿子?"

柴伯符怒道:"许浑又不是个痴子,岂会帮我养儿子!我与师妹,清清白白,你小子休要含沙射影,满嘴喷粪!"

顾璨这才收起手,说道:"可惜了。"

顾璨突然又伸出手,继续拦截水运、撷取金丹碎片,问道:"你不当许浑是痴子,当我是傻子?说吧,你那师妹,是境界比你高,还是拿捏着你的把柄?不然你这份真情实意,过了。野修破例行事,都有理由,既然那小子不是你儿子,那你理由就不够了,男女情爱?你要真念念不忘,清风城大难临头,覆灭之际,许浑抢你师妹,你夺他妻儿再养之,当真会做不出来?"

柴伯符撑开眼皮子,似乎是想要看清楚这个年轻人的容貌,苦笑道:"我虽然是野修,却从不认为有什么天生的野修坯子,顾璨顾璨,好小子,你算一个!"

柴伯符沉默片刻:"我那师妹,从小就城府深沉,我当年与她联手害死师父之后,在她嫁入清风城许氏之前,我只知道她另有师门传承,极为隐晦,我一直忌惮,绝不敢招惹。"

顾璨转头看了眼柳赤诚,笑道:"我境界低,被当傻子无所谓,你呢?还觉得这位龙伯老弟痴情一片吗?"

柳赤诚笑道:"没关系,我本就是个傻子。"

顾璨这才收回手,站起身,望向那座大有希望成为宗字头仙家的清风城。

柴伯符心如死灰,被顾璨这小王八蛋这么一折腾,自己连当下的龙门境都要四处漏风、缝补艰辛了。

顾璨说道:"不去清风城了,我们直接回小镇。"

柳赤诚笑道:"随你。"

顾璨说道:"到了我家乡,劝你悠着点。"

柳赤诚脸色难看至极。

当年的陈平安、齐静春,今天的李宝瓶、李希圣,再加上身边这个对自己懒得遮掩杀心的顾璨,听说还有那个投靠真武山的马苦玄,大骊年轻藩王宋睦……全他娘是从那个屁大点地方走出来的人。

柳赤诚立即改变主意:"先往北边赶路,然后我和龙伯老弟,就在那座骊珠洞天的边境地带等你，就不陪你去小镇了。"

顾璨笑道："只要收敛着点，其实不必如此拘谨。"

柳赤诚语气沉重道："万一呢，何必呢。"

顾璨问道："如果李宝瓶去往狐国？"

柳赤诚笑道："那小姑娘没你瞧着那么简单，只说她自己的手段，小小狐国，谁敢伸手，就要断尾。"

顾璨脸色阴沉："柳赤诚，虽然我不清楚你先前为何会改变主意，但是别忘了我这趟是回家乡，不要让我走一趟福禄街李氏祖宅。"

柳赤诚微笑道："你啊你，这翻脸不认人的习惯，吓死个人。"

一说到这个就来气，柳赤诚低头望向那个还坐地上的柴伯符，抬起一脚，踩在柴伯符脑袋上，微微加重力道，将对方整个人都砸入地下，只露出半颗脑袋，柴伯符不敢动弹，柳赤诚蹲下身，宽大粉袍的袖子都铺在了地上，就像凭空开出一朵异常娇艳的硕大牡丹。柳赤诚不耐烦道："至多再给你一炷香工夫，到时候如果还稳固不了小小龙门境，我可就不护着你了。"

顾璨突然问道："你去过倒悬山吗？"

柳赤诚头也不抬，言语毫不遮掩："除非与师兄同行，否则根本不敢去。"

与境界高低关系不大，关键是柳赤诚的身份根脚，不适宜接近剑气长城。

顾璨说道："柳赤诚怎么办？"

柳赤诚说道："到了白帝城，我自会将这副皮囊还给他，运气好，他还有机会与你成为同门。"

山坳茅屋那边，李宝瓶和魏本源也动身去往与清风城结盟的狐国。

魏本源自然是觉得自己这炼丹之所太过危险，去了清风城许氏，好歹能让瓶妮子多出一张护身符。

魏本源祭出了符舟，极为雅致，御风远游之时，渡船四周生出虚无缥缈的朵朵碧玉莲花，倏忽生发，亭亭玉立，然后缓缓消散，使得符舟所经之地，回头望去，宛如小舟撞开了一条荷塘水路。

先前登上小舟之时，趁着魏爷爷率先登船，背对自己，李宝瓶双脚并拢，一个蹦跳，上了渡船。久违的俏皮动作，显然心情不错。

见着了大哥，护住了魏爷爷的修道之地，与小师叔还能再见面。

等到魏本源落座小舟一端，李宝瓶已经站好，没有落座，大好风光，不看白不看，骑马游历平看山河，与御风俯瞰大地，是不一样的景致。

魏本源与李宝瓶说了些道听途说而来的传闻，真相如何，估计连许氏子弟都不清楚自家老皇历上边到底写了什么。

那座数万头大小狐魅群居的狐国,那头七尾狐隐世不出久矣,七百年前曾经分裂为三股势力,一方希望融入清风城和宝瓶洲,一方希望争取一个与世隔绝的小天地,还有更为极端的一方,竟然想要彻底与清风城许氏撕毁盟约。最后在清风城当代家主许浑的手上,变成了双方对峙的格局,其中第三股势力被围剿、打杀和关押,全部肃清,这也是清风城能够源源不断推出狐皮符箓的一个重要原因。

再者,在那位妇人主持事务之后,开源有术,生财有道,狐国狐魅的总体数量,得到了稳步提升。她代替清风城与狐国签订了几桩秘密契约,其中一件,早已是半公开的秘密,那就是许氏一直向狐国倾斜修行物资,但是每头狐魅只要破境失败,必须维持狐皮完整,以此报答清风城。再就是清风城在狐国境内,建造了方便游客赏玩的许多府邸,下山游历的谱牒仙师,行走江湖的纯粹武夫,风度翩翩的读书人,都是不需要自己掏腰包花钱的贵客,为的就是让狐魅动心动情。狐国之内,被许氏精心打造得处处是风景胜地,书法大家的大山崖刻,文人墨客的诗篇题壁,得道高人的仙人旧居,数不胜数。

魏本源笑道:"许氏的挣钱本事很大,就是名声不太好。"

李宝瓶在清风城那边买了些关于书生狐仙的才子佳人小说,版刻精美,几乎不输世俗王朝的殿阁本了,只是她未必会翻看,打算以后送给裴钱,对于江湖演义和山水神怪,其实李宝瓶如今没多少憧憬,比不上裴钱和李槐。

这些年,除了在书院求学,李宝瓶没闲着,与林守一和谢谢问了些修行事,跟于禄讨教了一些拳理。这三人,自然对李宝瓶知无不言言无不尽。

偶尔在路上见着了李槐,反而就是名副其实的闲聊。

狐国位于一处破碎的洞天福地,零零碎碎的历史记载,语焉不详,多是穿凿附会之说,当不得真。

魏本源在一处入口落下符舟,是一座木质牌坊楼,悬挂匾额"连理枝",两侧对联失了部分,下联保存完好,是那"世间多出一双痴情种",上联只剩下末尾"温柔乡"三字,亦有典故,说是曾被云游至此的仙人一剑劈去,有说是那风雷园李抟景,也有说是那风雪庙魏晋,至于年月对不对得上,本就是图个乐子,谁会较真。

牌坊楼这边人头攒动,往来熙攘,多是男子,读书人尤其多,因为狐国有一庙一山,相传两地文运浓郁,来此祭拜烧香,极其灵验,容易科场得意。至于故意赶考绕路的穷书生,希冀着在狐国赚些盘缠,也是有的,狐国那些佳人,是出了名地偏爱喜好读书人;还有许多心甘情愿老死温柔乡的落魄书生,多长寿,狐仙痴情并非妄言,每当心爱男子去世时,不求同年同月生,但求同年同月死。

想去狐国游历,规矩极有意思,需要拿诗词文章来换取过路费,诗词曲赋散文,甚至是应试文章,皆可,只要才气高,便是一副对联都无妨,可要是写得让几位掌眼狐仙觉得不堪入目，那就只能打道回府了，至于是不是请人捉刀代笔，则无所谓。给不出好文章，那就只能开销神仙钱了。

李宝瓶瞥了眼牌坊楼不远处的那座锦绣阁楼，皱了皱眉头，清风城许氏和狐国，是以此积攒文运？积少成多，想做什么？又能做什么？

清风城许氏低三下四，以嫡女嫁庶子，也要与那大骊上柱国袁氏联姻，是不是许氏对未来的大骊庙堂有所图谋，想要让某位有实力承载文运的许氏子弟占据一席之地，一步一步位极人臣，最终把持大骊部分朝政，成为下一个上柱国姓氏？

李宝瓶开始回想清风城许氏母子的那趟小镇游历。不行，得问一问爷爷，除了那件瘊子甲，许氏母子当年是否施展了障眼法，隐藏了某些真正的谋划。

有件事情，小师叔一直不介意，但是李宝瓶心里边始终有个小疙瘩。那就是正阳山搬山猿与那小女孩，当年在小镇就借住在福禄街李氏家族。

如果事情只是这么个事情，倒还好说，怕就怕这些山上人的阴谋诡计，弯来绕去千万里。

朱河、朱鹿父女，二哥李宝箴，已经两件事了，事不能过三。

魏本源掏了两笔雪花钱，带着李宝瓶一起走入狐国。

阁楼那边，有位懒洋洋趴在书案上的妇人猛然抬起头，心情雀跃，立即飞剑传信去往清风城许氏剑房。

很快就有飞剑掠回，给了一份粗略档案，密信末尾的措辞，不算委婉，要她休要有非分之想，山崖书院子弟，又是李家元婴境的嫡孙女，别去招惹，如今清风城已是宗门候补，不可节外生枝。这让妇人心生不喜，手指上戴了一副极长义甲的女子，将那封密信一点一点撕碎，虽然心中不甘，她仍是不敢违逆清风城的决定，只得慵懒趴回桌子。

桃芽在狐国一处瀑布旁边结茅修行。魏本源所谓的机缘，是桃芽无心路过瀑布，竟然有一条七彩宝光的绸缎漂浮在水面，很快就有一只金丹境狐仙急急飞掠而至，要与桃芽抢夺机缘，不料被那条绸缎打得皮开肉绽，差点就要被困缚脚腕拽入深潭，等到那失魂落魄的狐仙仓皇逃离，绸缎又浮在水面，晃晃悠悠靠岸，被桃芽捡取起来，仿佛自行认主，成了这位桃叶巷魏氏婢女的一条彩色腰带。不但如此，在它的牵引之下，桃芽还在一处深山捡了一根不起眼的干枯桃枝，炼化之后，又是件深藏不露的法宝。一夜之间，桃芽就成了狐国数百年以来最大的幸运儿。

狐国境内，不许御风远游，也不许乘坐渡船，只能徒步，所幸狐国入口有三处，魏本源拣选了一处距离桃丫头最近的大门，雇了一辆马车，然后给瓶妮子租借了一匹骏马，一个自己当马夫驾车，一个挎刀骑马，一路上顺便赏景，走走停停，也不显得行程枯燥。

到了半山腰瀑布那边，已经出落得十分水灵的桃芽见着了如今的李宝瓶，难免有些自惭形秽。

结果三人饮茶之后,李宝瓶就已叙旧完毕,起身告辞离去,说要北归,去一趟大骊京城找个朋友,至于先前留在山坳溪畔的那匹马,放养便是,陪她一路走过千山万水,也该歇歇了。

魏本源哭笑不得,桃芽措手不及。

魏本源问道:"换乘山脚那匹马?"

李宝瓶一拍脑袋,笑道:"忘了与魏爷爷说,我如今也是练气士了,境界不高,但是可以御风。"

李宝瓶又补了一句道:"御剑也可,只是不太喜欢,天上风大,一说话就腮帮子疼。"

老人与桃芽面面相觑。

李宝瓶想了想,不愿藏掖:"我有些纸张,上边的文字与我亲近,可以勉强变作一艘符舟,只是茅先生希望我不要轻易拿出来。"

魏本源无奈问道:"还有吗?"

李宝瓶摇头道:"没了,只是跟朋友学了些拳脚把式,又不是远游境的纯粹武夫,无法单凭体魄提气远游。"

魏本源起身道:"那就让桃芽送你离开狐国,不然魏爷爷实在不放心。"

桃芽的境界,兴许暂时还不如老人,但是两件本命物,太过玄妙,攻守兼备,已经完全可以视为一位金丹境修士的修为了。

李宝瓶笑道:"算了,不耽误桃芽姐姐修行。"

李宝瓶朝桃芽姐姐眨了眨眼睛。桃芽心领神会,俏脸微红,更是疑惑,小宝瓶是怎么看出自己有了心仪男子的?

若是没那心仪男子,一个结茅修行的独居女子,淡抹胭脂做什么?

至于老人,要是桃芽的修行事,自会无比上心,至于这类细节,哪里会在意。

李宝瓶道别离去。从南到北,跋山涉水,穿过狐国,半路上下了一场鹅毛大雪,穿着红棉袄的李宝瓶站在一条山崖栈道旁,伸手呵气。腰间狭刀与养剑葫,与大雪相宜。所以在那一刻,仿佛整座天地间就只有两种颜色——皎皎雪色,女子绝色。

莲藕福地南苑国京城,一名少女站起身,去往院子,拉开拳架,然后对那个托腮帮蹲栏杆上的小姑娘说道:"小米粒,我要出拳了,你去状元巷那边逛荡,顺便买些瓜子。"

黑衣小姑娘有些不情愿:"我就瞅瞅,不吭声嘞,兜里瓜子还有些的。"

其实还是职责所在,落魄山右护法,还兼任分舵副舵主,这种时候怎么可以不帮着裴钱护阵?

裴钱瞪眼道:"我这一拳递出,没轻没重的,还了得?!武运可不长眼睛,哗啦啦就凑过来,跟天上下刀子似的,今晚得吃多大一盆酸菜鱼?"

周米粒赶紧起身跳下栏杆,拿了小扁担和行山杖,跑出去老远,突然停步转头问道:"买几斤瓜子?!听暖树姐姐说,买多就便宜,买少不打折。"

裴钱无奈道:"随你了。"

周米粒皱着眉头,高高举起小扁担:"那就小扁担一头挑一麻袋?"

周米粒觉得自己已经机灵得无法无天了。

裴钱点点头,事实上她已经无法言语。

周米粒看了眼裴钱,晓得轻重,立即脚尖一点,直接跃出院墙。

在小米粒离开之后,裴钱一步踏出,重重一踩地,几乎整座南苑国京城都随之一震,能有此异象,自然不是一位五境武夫能够一脚踩出的动静,更多是拳意牵动山根水运,连那南苑的龙脉都没放过。

裴钱双臂一个绞拧姿势,拳招极怪,略作停顿,一拳轻轻递出神人擂鼓式。片刻之后,裴钱整个人既像是人随拳走,被拳意牵扯,又像是拳出由心,就是要去最高处递最后一拳才罢休。她竟是身形瞬间拔高,一步凌空踩踏,随后步步往天幕飞奔而去,身形快若奔雷,最后来到莲藕福地天幕处,好像是那大日悬空之所,终于递出最后一拳。

一拳过后,裴钱脚下一处大日照耀下的广袤金色云海,轰然四散。

莲藕福地几乎所有踏上修行之路并且率先跻身中五境的那一小撮练气士,都下意识抬头望向天幕某处。再有这座新福地应运而生的那些英灵、鬼魅精怪,也都不约而同,茫然望天。

与此同时,大骊武庙,宝瓶一洲武庙,浩然天下其余八洲的一些大武庙,皆有感应。八道武运疯狂涌向宝瓶洲,最终与宝瓶洲那股武运聚拢为一,撞入落魄山那把被山君魏檗握着的桐叶伞。

大骊各大武庙,尤其是距离落魄山最近的神仙坟那座武庙,金身神灵主动现身,朝落魄山那边弯腰抱拳。

魏檗一身雪白长袍猎猎作响,竭力稳住身形,双脚扎根大地,竟是直接运转了山河神通,将自己与整个披云山牵连在一起。先前还想着帮着遮掩气象,这会儿还遮掩个屁,光是站稳身形握住桐叶伞,就已经让魏檗十分吃力。这位一洲大山君先前还不明白为何朱敛要自己手持桐叶伞,这会儿魏檗又气又笑道:"朱敛!我干你大爷!"

不管连开数场夜游宴的魏山君名声如何,只说神仙风度,那真是绝佳,不知多少女子神祇、仙子,见之便倾心。

至于那个落魄山的老管事,还是算了吧,容貌见过就忘,至多记得个身份。

朱敛站在竹楼那边的崖畔,笑眯眯双手负后,天地间武运汹涌,浩浩荡荡直扑落魄山,哪怕朱敛有拳意护身,一袭长衫依旧被细密如无数飞剑的浩然武运搅得破碎不堪,久而久之，朱敛脸上那张遮覆多年的面皮也随之点点剥落，最终露出真容。

朱敛伸出双指，拈住鬓角一缕发丝，眯眼而笑。年轻朱敛，这般容颜，可醉美人心。

裴钱打开院门，周米粒手持行山杖，肩挑小扁担，扁担上一头挑一麻袋瓜子，黑衣小姑娘在跟门口石狮子聊天呢，一个叽叽喳喳，一个沉默无言，很投缘。

周米粒听到了吱呀的开门声，赶紧转头望向裴钱，刚要询问，裴钱却示意周米粒先别说话，然后转头望向远处一处屋脊。

那位正值壮年的武学宗师，站在一座歇山顶华美建筑的正脊之上，既然当下已经被发现踪迹，他便想要离开此地，返回皇宫与年轻皇帝禀报此地情况。事实上他也所知不多，皇帝陛下无非是忌惮那位登天出拳、震散云海的少女，匆忙下令，让他赶来一探究竟，他来得晚了，只见那女子如箭矢钉入大地一般返回，只是相较于之前的京城震颤、龙脉大动，少女落地之时，截然相反，无声无息，如羽毛落地，这又让武学宗师感到悚然，登峰造极，可谓化境。

在大魔头丁婴毙命后，先是转去修习仙法的俞真意不知所终，传闻已经秘密飞升天外，春潮宫周肥、国师种秋都已经先后远游，鸟瞰峰陆舫等众多顶尖高手，尤其是那个横空出世，不到十年就一统魔教势力、最终约战俞真意的陆抬，也都销声匿迹，在那之后，天下江湖，已无绝顶高手现身多年矣。

眼前少女，莫不是一位传说中驻颜有术的得道之人？是那从天而降、来此游历的谪仙人？

如今江湖气短，但是山上仙气却越来越浓郁，千奇百怪，层出不穷。

不承想那位少女几步而已，先跃墙头，再掠屋脊，转瞬之间便来到了这位中年宗师对面屋顶一处垂脊。两两对峙，裴钱所站位置稍矮几分，她收了拳架，抱拳行礼，以纯正的南苑国官话言语道："南苑国人氏、落魄山弟子裴钱，不知有何指教？"

那位腰间悬刀的中年武夫，收敛尴尬神色，抱拳还礼："在下董仲夏，如今忝为魏氏供奉，御林军武刀法教头。"

董仲夏笑道："不敢指教，只是奉命来此巡查，既然是裴姑娘在此修行，那我就可以安心返回复命了。"

皇帝陛下有过一道密令，无论在何处，只要遇上落魄山修士，南苑国一律礼敬。

魏氏先帝魏良正值壮年，却出人意料地退位给长子，新帝魏衍登基之后，大兴科举，将三姓渔户、西陕乐户、渝州丐户等大赦，取消"贱籍"，准许其子弟参加科举。再设武举，边关、军营子弟，祖上三代身份清白的江湖子弟，皆可参加选拔，诏书上明言，武举之立，在于提拔干将心腹之士，以为国用。第三事则是兴建山水祠庙，让礼部着手翻阅各州县地方志，拣选生前忠臣贤良，为其塑造金身，希望死后化为英灵，继续庇护一方风土。此外，南苑国魏氏皇帝，开始秘密扶植、拉拢修道之人，帮助压胜各地涌现的鬼魅精怪，防止后者为害一方，不然各地江湖豪杰，即便拳脚高明，可是面对这些从未打过交道的古怪存在，实在是有心无力，吃亏极多。

不过董仲夏却是江湖上最新一流宗师的佼佼者，不惑之年，前些年又破开了武道瓶颈，出门远游之后，一路上镇压了几头凶名赫赫的妖魔鬼祟，声名鹊起，才被新帝魏衍相中，担任南苑国武供奉之一。董仲夏如今却知道，皇帝陛下才是真正的武学宗师，造诣极深。

裴钱笑问道："董前辈不是南苑国人氏？"

不然她方才故意显露出来的顶峰拳架，源自南苑国旧国师种夫子，对方就该认得出来。不过由此可见，这董仲夏未必是南苑国皇帝的真正心腹。

董仲夏点头道："董某是松籁国人氏，才到南苑国没多久。"

裴钱转头望向别处，皱了皱眉头，这还藏着掖掖的，有意思吗？先前出拳，动静是大了点，南苑国高人前来窥探，担着朝廷身份，是职责所在，裴钱也就以礼相待了，只是董仲夏之外的那个，在她现身之后，误以为她没有察觉，非但没有收手，反而得寸进尺，悄悄动用了一门术法，在裴钱和董仲夏四周凝聚出几粒极小水珠，似乎是以此偷听对话。

裴钱与董仲夏告辞一声，董仲夏微微讶异，看来真不是那来自更大天地的谪仙人。

裴钱四周瓦片几乎纹丝不动，但是屋瓦之上的那层尘土砰然散开，下一刻董仲夏已经不见裴钱身形。

裴钱已经蹲在董仲夏远处一座屋脊的翘檐旁边，盯着一个年纪轻轻的男子。男子正盘腿而坐，双手掐诀，身上穿了件莲藕福地暂时还不多见的法袍，头戴碧玉高冠，腰间别有一把白玉短剑。

年轻人笑着站起身："亲王府客卿，王光景，见过裴姑娘。"

裴钱问道："亲王府上的王仙师？你不是与其他两位得道高人奉诏离京，重开龙潭水岩老坑去了吗？"

如今南苑国京城鱼龙混杂，沽名钓誉的仙师道长一抓一大把，真正踏足修行的仙家人，也有些，要么在山清水秀的地方先到先得，赶紧抓住大势，"开宗立派"，要么纷纷依附三国之地的皇帝君主，白拿那人人都是头回见着的神仙钱。这些事情，落魄山那边都有详细记载，暖树隔三岔五就抄录一份，送往雾色峰祖师堂存档，原稿则存放在老厨子那边。落魄山在莲藕福地秘密打造了两条收集消息的渠道，一条是种夫子亲自打造，老皇帝魏良、新帝魏衍都一清二楚，因为属于落魄山和南苑国签订契约的条款之一，另外一条远在松籁国境内，由朱敛亲手经营。

裴钱虽然不太理解这些庙堂事，但是也知道新老皇帝父子之间，并没有表面那么融洽,不然老皇帝就不会与次子魏蕴走得那么近,新帝魏衍更不会让皇弟魏蕴担任京城府尹,还要让早年就看好皇子魏蕴的一位权贵老臣,担任一国计相。如果不是以后会管着山水神祇的礼部尚书是年轻皇帝的心腹,裴钱都要以为这南苑国还是老皇帝当家做主了。

王光景心中微微讶异,面有愧色道:"临行之前,着急破关,修行有误,出了不小的纰漏,不得不在京休养。"

董仲夏离去之时,远远看了这边一眼,心情沉重。那个亲王魏蕴,绝不是什么省油的灯,这些年又有太上皇撑腰,吸纳了一大拨修道之人。若是那裴姓女子武夫此次被亲王府攀了关系,招为供奉,岂不是连累南苑国京城越发暗流涌动?

董仲夏速速赶回毗邻皇宫的一处隐蔽宅邸,这里曾是国师种秋的修行之地。董仲夏见着了那位微服私访的男子,心中一惊,赶紧落下身形,抱拳轻声道:"陛下。"

皇帝魏衍仔细听过了董仲夏的言语,微笑道:"山野蛇鼠,也敢在蛟龙之属跟前妄言招徕一事?"

亲王魏蕴府上那一座小小池塘,经得起一条见惯了江河的过江龙几口汲水?那么更何谈待客之道?

魏衍身边还站着一位亭亭玉立的婀娜女子——妹妹魏真。

魏真轻声问道:"那少女既然是来自落魄山,与那位陈剑仙是什么关系?皇兄,不如问一问?"

魏衍提醒道:"这等军国大事,你不许胡闹。"

魏真有些遗憾。她如今亦是半个修道之人,对于落魄山所在的那座天下,十分向往。这些年翻检皇宫秘档,越发憧憬。

裴钱那边,听了王光景一番弯弯肠子的言语,脸上神色如常,心中觉得有些好笑。

裴钱虽然以前心智与身体被她自己刻意"压胜",一直个儿不高,是个黑炭丫头,可如果只谈人心,即便是刚离开藕花福地那会儿,就真不算是什么孩子了,不然大泉王朝边境小镇的两个捕快老江湖,也不至于被她的胡说八道耍得团团转,一路把她礼遇恭送回九娘的客栈,后来李槐和两个书院朋友至今都还觉得她是"落难民间的公主殿下"。

裴钱婉拒了王光景的邀请,想要返回宅子那边与小米粒碰头。

不料王光景犹不死心,纠缠不休,搬出了亲王魏蕴,说自家亲王最为礼贤高人,尤其厚待武夫,即便裴钱不愿多走几步去那王府,无妨,亲王可以亲自登门拜访,只要裴钱点个头,亲王一定拨冗莅临。

裴钱听得脑壳儿疼,话也不好好说,不是搬靠山吓唬人,就是拽酸文,魏蕴怎么找了这么个傻了吧唧的客卿,到底是帮着亲王府招人还是赶人?

裴钱随即一想,这王光景虽然满嘴假话,闭关不是有误,而是大功告成,成功跻身了洞府境,算是莲藕福地最早一拨中五境练气士,但他确实算是半个神仙老爷了。当下福地,灵气越来越充沛,登山修道的人越来越多,但是可以跻身中五境的得道之士还是为数不多,个个金贵,关键是一步快步步快,资质最好的练气士,下一次停步,就该是莲藕福地遇到中等福地瓶颈之时。

关于莲藕福地何时能够跻身上等福地,老厨子说过一句话,即便拿得出那笔谷雨钱,也不着急,何况落魄山真没这钱。

当时小院里边,陈灵均尚未远游北俱芦洲,郑大风还在看大门,大伙儿齐刷刷望向大山君魏檗。

郑大风当时调侃道:"话要慢慢说,钱得快快挣。"

魏檗微笑道:"你们再这样,我要掀棋盘了啊。"

此时裴钱突然记起临行前老厨子的一句提醒:不要处处学师父为人,你有自己的江湖要走,太像师父了,你师父就会一直放心不下你,你在师父眼中,会永远是个需要他搀扶的孩子。

裴钱眉毛一挑,觉得有道理,再看那王光景,便摇身一变,再不像与董仲夏言语之时的气势,直截了当说道:"少在这里打我落魄山的主意,我不会掺和魏氏的家事,你这王府客卿,速速离去,好好修你的道。记住了,我的道理,只说一遍,别人说好话,就好好听,以后心怀不轨,想要用鬼蜮伎俩试探我……"

裴钱扬起一拳,轻轻一晃:"我这一拳下去,怕你接不住。"

王光景故作无奈道:"听闻那位陈剑仙,生平最是讲理。裴小姐作为半个家乡人半个谪仙人……"

"师父说过,拿大义恶心好人,与那以势欺人,两者其实差不了多少。"

裴钱脚下一蹬,刹那之间就来到王光景身前,后者躲避不及,心中大骇,少女一拳已经贴近王光景额头,只差寸余距离。

裴钱说道:"还不走?喜欢躺着享福,被人抬走?"

王光景那把好似文案镇纸之物的白玉短剑莹光流转。

裴钱看也不看:"真要问剑于拳?你知不知道我见过多少剑修,多少剑仙?!"

王光景后退一步,笑道:"既然裴小姐不愿接受王府好意,那就算了,山高水远,皆是修道之人,说不定以后还有机会成为朋友。"

裴钱收回拳头,瞥了眼王光景的心湖景象,气势又变,沉声道:"崔爷爷说过,武夫若是出拳,能够将坏人的一肚子坏水打浅了,将一颗恶人胆打小了,就该果断出拳。"

王光景苦笑道:"裴小姐何苦如此咄咄逼人?莫不是要我磕头认错不成?从头到尾,我可有半点不敬?"

裴钱有些纠结,怕自己想得没错,看得也没错,但是出拳没轻重,事情做错。与那玉液江水神祠庙前,裴钱的为难,如出一辙,反而不如陈灵均来得干脆利落。

骤然之间,裴钱仰头望去。一袭灰色长衫御风而至,飘然而落,按住王光景的脑袋,手腕一个拧转,使得后者一路旋转去往大街之上。

朱敛背朝王光景,抬起一手,向后随便一挥,还没站稳身形的王光景,脑袋如遭重锤,倒飞出去,在大街上滑出去十数丈,两眼一翻,当场晕厥。

朱敛笑呵呵道:"没有千日防贼的道理嘛,保不齐一颗老鼠屎就要坏了一锅粥。"

朱敛身体微微后倾,望向别处,有潜伏在暗处的修道之人,准备救回王光景,朱敛问道:"亲王府的人,都喜欢捡鸡屎狗粪回家?"

那个魏蕴,不消停很久了。至于老皇帝魏良,更是帝王心性,即便有心问道修仙,终究不曾真正见过浩然天下的风景,当了太上皇,龙袍已经脱去,却又暂时修道未成,更是小动作不断。当然,也有凭此与落魄山讨价还价的念头。

如果不是当今天子魏衍还算厚道,这座莲藕福地很快就会乌烟瘴气一团糟,到时候最糟心的,只会是夫子种秋和曹晴朗。

裴钱聚音成线,疑惑道:"老厨子,怎的换了一副面孔?"

朱敛无奈道:"山上风大,给吹没了。"

朱敛转身望向那个躺在大街上打瞌睡的年轻神仙,默不作声。

裴钱突然问了一个问题:"老厨子,在落魄山,会不会不自由?"

朱敛感慨道:"果然是长大了,才能问出这种问题。原本以为只有少爷回了家,才会如此问我。"

裴钱笑道:"我就随口一说,你回头自己告诉师父答案。"

朱敛缓缓道:"出拳的自由,兴许是不大。但是人生在世,言语无忌的自由,烧饭做菜的自由,如何挣钱如何花钱的自由,低头翻书、抬头赏景的自由,与好友下棋不求胜负的自由,看着晚辈一天一天成长的自由,哪个不是自由?"

裴钱不太习惯不是老厨子的老人,所以很快转移话题,问道:"那个装死的王光景怎么办?"

朱敛说道:"于禄和谢谢两人已经与书院茅山主告假,最近两年,会一起游历莲藕福地,到时候跟魏蕴借人,让王光景带路就是了。有于禄在,修心就不是大问题。"

裴钱好奇道:"李槐没凑这个热闹?"

朱敛摇头道:"按照大风兄弟的说法,李槐要是出马,估计莲藕福地的修道之人,就别想有什么大机缘了。"

裴钱有个想法,但是没敢说。

朱敛问道:"是想要去北俱芦洲狮子峰,找李槐他父亲?"

裴钱点点头:"崔前辈已经不在世上,但是李叔叔拳法一样很高,又教过师父,我就想去那边练拳,刚好李槐也想去那边看他爹娘和姐姐。"

朱敛想了想:"可以。"

裴钱坐在屋檐边缘,有些失落:"只是这种事情,本来应该师父点头答应才行的。"

朱敛蹲在一旁,轻声安慰道:"如果少爷在这边,肯定会答应你。"

大街之上,跑来一个小扁担挑起两袋瓜子的小姑娘,朱敛哭笑不得道:"你们是想把瓜子当饭吃啊。"

裴钱向前一跃,落在大街上。

周米粒跑来的路上,小心翼翼绕过那个躺在地上的王光景,她一直让自己背对着昏死过去的王光景,我没瞅你你也没看见我,大家都是闯荡江湖的,井水不犯河水。走过了那个瞌睡汉,周米粒立即加快步伐,小扁担晃荡着两只小麻袋,一个站定,伸手扶住两个袋子,轻声问道:"老厨子,我远远瞧见裴钱跟人家唠嗑呢,你咋个动手了,偷袭啊,不讲究嘞,下次打声招呼再打,不然传到江湖上不好听。我先嗑把瓜子,壮胆儿嚷嚷几嗓子,把那人喊醒,你再来过?"

朱敛学那小姑娘言语,点头笑道:"可以啊,我看中。"

朱敛先前出手极其轻巧,所以那个王光景其实在周米粒经过的时候,就已经醒来,这会儿他耳尖,听着了小姑娘听上去很讲良心其实半点没道理的言语,这位在亲王府既是客卿又是幕后军师的年轻神仙差点没落泪。

裴钱拧住周米粒脸颊,一扯,周米粒立即歪头踮脚尖,轻轻拍打着裴钱的手指,含糊不清道:"没有这必要,没有必要了。"

朱敛一跺脚,那王光景整个人身躯随之弹起,他再不敢装睡,站定后,战战兢兢道:"拜见老神仙。"

朱敛点点头,神色和蔼,伸手一拍,打得那个王光景直接落在大街最尽头。

朱敛笑道:"这一拳下去,胆子就该小了。"

朱敛环顾四周,自言自语道:"可惜早年相逢之时,丁婴还是个小娃儿,等我好不容易回来,人又没了,不然倒是可以教他怎么当晚辈。"

并非一个武疯子说痴话。其实丁婴后来的所作所为,大致上还是走朱敛的老路。朱敛更早时候,就已经在甲子之约当中,一人战九人,当时天下十人的榜上宗师,被朱敛一人杀了大半。朱敛之所以没杀丁婴,不过是自认飞升希望渺茫,那一刻更觉得飞升意思好像也不大,便故意送给勉强顺眼的丁婴一颗大好头颅,和与之对应的武运罢了。可以说丁婴有后来的大道成就,无论是武学成就,还是心性成长,一半功劳,皆在朱敛。

而朱敛在世之时,这座天下,文有第一,武无第二。

裴钱说道:"咱们回去?"

朱敛点头道："嗑完一麻袋瓜子再说，不然估计暖树得念叨你们买太多。"

回了那栋宅子，裴钱询问如何破开六境瓶颈，以及在北俱芦洲如何对待武运的事宜。

周米粒在旁提醒裴钱，连那七境、八境瓶颈都一并问了。

裴钱瞪了一眼："心急能吃着热豆腐？"

周米粒有些犯迷糊，再滚烫的豆腐，不都是一口的事儿？

朱敛还是与裴钱说了些注意事项。

在那之后，朱敛很快就返回了落魄山。

裴钱说要做完几件事情。去了趟曹晴朗的祖宅，和小米粒一起帮着收拾了宅子。然后带着小米粒去白河寺夜市狠狠吃了顿师父说那又麻又烫的玩意儿，还直接帮周米粒点了两份砂锅。吃饱了，一起远远瞥了眼师父曾经借书看的官宦人家藏书楼，跟周米粒说起比暖树家乡的那座芝兰楼，矮了好多个小米粒的脑袋。

后来裴钱还去看了那个比自己更早变成少女、年轻女子的同龄人，前些年她嫁了个考中进士的外乡读书人，读书人仕途顺遂。

当那女子家眷一行人，乘坐马车去京城一处寺庙烧香祈福的时候，裴钱就遥遥跟着，没露面。

最后裴钱算是帮着师父，走了趟状元巷，早年那里有过一位贫寒赶考书生与怀抱琵琶江湖女子的故事，有情人未能成为眷属。

跟当地书肆掌柜一打听，才知道那个书生连考了两次，依旧没能金榜题名，痛哭了一场，好像就彻底死心了，回家乡开办学塾去了。

不知道那个读书人，这辈子会不会再遇上心仪的姑娘。谁知道呢。

离开南苑国的最后一天，裴钱大晚上摸到了屋顶，周米粒也跟着。

岁数不大的清瘦少女和岁数不小的小姑娘，一起躺在屋脊上，看那圆圆月。

周米粒嗑着瓜子，随便问道："咋个练拳越多，越不敢出拳嘞？"

裴钱说道："师父对待他人的生死人生，就像对待一件一磕就碎的瓷器。师父没说过这些，但是我一直有看见啊。"

周米粒使劲点头："好得很嘞。那就不着急出拳啊。裴钱，咱们莫着急莫着急。"

裴钱笑道："咱们个啥咱们，你又不练拳。不练拳也好，其实很苦的。看吧，师父当年就说让我不要太早练拳，唯一一次不听师父的话，就吃大苦头喽。所以说啊，一定要听师父的话。"

周米粒偷偷把摊放瓜子的手挪远点，尽说些见外的伤心话，裴钱伸手一抓，落了空，小姑娘哈哈大笑，赶紧把手挪回去。

裴钱望向天幕，笑了笑，挠挠头，本来还以为到了最高处出拳，就能瞧见崔爷爷一回呢。"

周米粒小声说道:"裴钱,去了北俱芦洲,记得帮我看一眼哑巴湖啊。"

裴钱问道:"你就不想着一起去?"

周米粒摇头:"在那边,我没朋友啊。"

裴钱揉了揉小米粒的脑袋:"你这脑壳儿小事犯迷糊,遇到大事贼机灵。"

周米粒没来由哀叹一声。

裴钱问道:"咋了,有心事?"

周米粒摇头,一本正经道:"没有半点烦心事,所以愁啊。"

裴钱一栗暴砸下去,周米粒假装疼,在屋顶上抱头打滚,滚过来滚过去,乐此不疲。

裴钱安安静静躺在一旁,轻轻一拳递向天幕,喃喃道:"看来要再高些。"

顾璨和柳赤诚,带着那个连跌两境的柴伯符一起北游。

柳赤诚果然在两州地界就停步,顾璨独自赶路。

柳赤诚与龙伯老弟在一座繁华的池州州城闲逛,柳赤诚是为了看那些山下美人,少年白头容貌的柴伯符连障眼法都顾不得,一路都在疗伤,没办法,先前一句话不小心说差了,又挨了柳赤诚一巴掌,差点连龙门境都守不住,加上一旁还有个好像随时准备刨坑埋人的顾璨,堂堂元婴境瓶颈野修、与宝瓶洲诸多山巅人物掰过手腕的龙伯,这段光阴,仿佛重回下五境修士的惨淡岁月。

柳赤诚与柴伯符返回那座仙家客栈的时候,大摇大摆走路的柳赤诚如遭雷击。他让柴伯符滚远点。柴伯符忍字当头,立即独自出门逛街去,连客栈住处都不敢待。

柳赤诚竟是直接收起了那件粉色道袍,只敢以这副体魄原主人的儒衫模样示人,轻轻敲门。

院内有两人对弈,都没理会。柳赤诚硬着头皮推开了门,默默走到一位白衣男子身后,眼观鼻鼻观心。

与白衣男子对弈之人,是一位面容肃穆的青衫老儒士。

白衣男子笑道:"崔瀺,这一手还不错。顾璨若是能够成为我的弟子,我便不与你计较救个废物脱困的多此一举,如果成为我的小师弟,我便答应你所求之事。"

崔瀺点头道:"那就这么约定了。"

崔瀺手中拈子先行,却并未落子在棋盘,故而棋盘之上,始终空空如也。

柳赤诚屏气凝神。

白衣男子不看棋盘,微笑道:"帮白帝城找了个好坯子,还帮师兄又招来了那人下棋,我应该如何谢你?难怪师父当年与我说,之所以挑你当弟子,是看中师弟你捅马蜂窝的本事,好让我这个师兄当得不那么无聊。"

柳赤诚有些口干舌燥,脸色僵硬。

白衣男子起身道:"别下了,这副棋局,本就是能者多劳的破棋局,你崔瀺自找的困境,别想着在棋盘之外,拉我下水,一个大骊王朝,承担不起后果。"

崔瀺叹了口气,将棋子放回棋盒,起身道:"那我就不送了。"

白衣男子点点头,一闪而逝。柳赤诚这才擦了擦额头汗水。

崔瀺收起棋盘棋盒,瞥了眼柳赤诚,笑道:"作死的本事,连我都要自愧不如。"

柳赤诚苦笑道:"哪里想到会被我接连碰到那么多个万一。"

崔瀺笑道:"不多,就三个。"

柳赤诚确实无奈。

崔瀺看似随意说道:"死了,就不用死了,更不用担心意外。"

柳赤诚作揖道:"恭贺国师破境。"

崔瀺说道:"对一个活了九十九的老寿星道贺长命百岁,不也是作死?"

柳赤诚开始耍无赖:"我师兄在,万事不怕。"

崔瀺说道:"让你师兄杀你,只需要我一句说破即可。"

柳赤诚立即再次作揖,可怜兮兮道:"恳请国师说些读书人的道理,我如今最愿意听这个。"

崔瀺说道:"那就听我一句劝,顾璨到了白帝城,不管将来发生什么事情,你护着他不死就行,不要不做,也不用多做。"

柳赤诚还想再与这位真正的高人问点天机,崔瀺已经消逝不见。柳赤诚唏嘘不已。

大骊京城的旧山崖书院之地,已被朝廷封禁多年,冷冷清清,杂草丛生,狐兔出没。

一道雪白虹光从天而降,光明正大,完全无视大骊京城的山水大阵,甚至好像连那坐镇天幕的儒家圣人都没放在眼中。

白衣男子现身之后,瞥了眼那座蠢蠢欲动的仿造白玉京,那边似乎临时得到了一道圣旨密令,已经启动的那座白玉京很快沉寂下去。

这位其实不太喜欢离开白帝城的男人,缓缓而行,感叹道:"花下一禾生,去之为恶草。"

在顾璨返乡之前,有两对主仆总计四人,其中三人都算是返乡。泥瓶巷的大骊藩王宋集薪、婢女稚圭,杏花巷的马苦玄。至于马苦玄的那个婢女数典,这一路上都显得很多余。而宋集薪被这个一路打着护驾幌子的马苦玄,也恶心得不行。

渡船在牛角山渡口停岸,马苦玄带着数典去了龙须河河神庙,宋集薪和稚圭去了泥瓶巷。

但是稚圭在夜幕中,独自离开了宅子,看了眼隔壁干干净净的院子、那些春联福字,拎着裙摆走出巷子。

夜深人静,宋集薪在她离开小巷后,端了条小板凳到院子,只是没坐,就站在那个好像越来越矮的黄泥墙那边,望向邻居的院落。

稚圭先去了趟铁锁井,伸手掬起一捧水,掂量了一下,倒回幽幽水井当中。

然后她走出小镇,在李槐家宅子附近,看着那座名叫真珠山的小山头,眉头紧皱。那里埋藏着那具被三教一家圣人炼化、压胜的真龙之身。

真珠山。珠,王朱。真珠,即王朱之真身也。王朱如今体魄,则是真龙骊珠所化,算不得她的真正真身,犹然需要有人画龙点睛,才能名正言顺地取回那具真身,才能够恢复当年完整的真龙身份,到时候整个世间蛟龙之属的大道气运,全部都要聚拢在她一人身上!助她一举破开元婴境瓶颈算什么,再破玉璞境瓶颈都不难,只要被她稳固了仙人境,她的战力就足可媲美大半个飞升境。

执笔人,帮助点睛的那个人,是早年与她签订契约的那个泥腿子少年,稚圭离开铁锁井后,在大雪酷寒时节,第一眼见到的人——陈平安。

只是当时的陈平安魂魄太过孱弱,一身运道更是稀薄得令人发指,她不愿意被他连累,所以选择了隔壁的大骊皇子宋集薪"认主"。

那条被宋集薪丢到隔壁院子都会自己跑回来的四脚蛇,为何如此被嫌弃,依旧不愿在陈平安家宅那边多待?

同样是五份大道机缘之一,陈平安将那条小泥鳅送给顾璨,顾璨不但收下,并且接住了,没有任何问题。

照理说,宋集薪丢了数次,本该就算是陈平安的机缘才对。但是那条额头生角的四脚蛇,哪敢与王朱平起平坐?!与王朱一样,认陈平安为主?!

王朱与隔壁宋集薪认了主仆关系,不过是王朱的一点障眼法。后来被宋集薪改名为稚圭,更是大有门道。

"稚圭"二字,本是督造官宋煜章的,其实是崔瀺交给宋煜章,然后"凑巧"被宋集薪见到了,知道了,不知不觉记在了心头,一直如有回响,便念念不忘,最终帮着王朱取名为稚圭。"稚圭"二字,与那"凿壁偷光"的典故,又有渊源。

泥瓶巷宅子正堂悬挂的匾额"怀远堂",则是大骊先帝的亲笔手书。都是有讲究的。

所以稚圭在那些岁月里,能够缓缓汲取大骊王朝的宋氏龙气。故而宋集薪错失龙椅,只是藩王而非帝王,不是没有理由的。

冥冥之中自有天意与定数。

而当初稚圭在泥瓶巷遇到专程找她的陆沉,才会在下意识的言语中,搬出陈平安来挡灾,而不是宋集薪。

稚圭站在原地,眺望那座真珠山,沉默许久。

宋集薪走到她身边。稚圭以心声说了这些内幕。

再拖下去,意义不大了,说不定就要与宋集薪反目成仇。

不承想宋集薪微笑道:"我不介意。"

稚圭眨了眨眼睛:"我也不介意啊。"

宋集薪哑然,随即心口隐隐作痛。

第五座天下,老秀才在云海之上,看着那些壮丽山河,啧啧道:"穷夫子搬家,搬书如搬山,架上有书方为富嘛。"

一旁站着的读书人两手空空,并无长剑在手,因为极远处的天地中央,有一道剑光撑起了天地。

读书人说道:"大好河山,又要厮杀不断了。"

老秀才笑道:"圣人处物不伤物,不伤物者,物亦不能伤也。"

读书人摇头道:"圣人如此,又有几个圣人?"

老秀才也摇头:"我倒是视线所及,处处是圣人。由此可见,你打架本事是要高些,眼界境界就要低些了。"

读书人哑口无言,如今这座天下就他们两位,这句大话,倒也不假,果然是不占便宜白不占的老秀才。这话是老秀才自己说的,并非是世人诋毁。

老秀才沉默片刻,突然来了精神:"既然闲来无事,再与你说一说我那关门弟子吧?"

读书人深吸一口气,又要讲那车轱辘话了,真不是自己耐心不好,而是再好的耐心,也经不住老秀才隔三岔五就念叨一通。他转过头,无奈道:"能不能别讲这个了?"

老秀才扼腕痛惜道:"人生憾事啊!"

读书人松了口气。出剑一事,都不如听老秀才耳边絮叨来得心累。

老秀才突然说道:"我不说,你来讲?这个想法很新颖啊!"

第十章
翻老皇历

一

一到炎炎夏日就像撑起一把阴凉大伞的老槐树，没了；铁锁井被私家圈禁起来，让老人们心心念念的甘甜的井水，喝不着了；神仙坟少了好多的蛐蛐声；一脚下去吱呀作响的老瓷山再也爬不上去了；所幸春天里犹有桃叶巷的一树树桃花，深红可爱，浅红也可爱。

人生有聚终有散，所幸有散又有聚。

今天旧学塾那边，聚拢了许多离乡之后的返乡人。

李槐、林守一、董水井、石春嘉，在返回书院之前，约好了今天一起重返学塾，也没太多说头，就是去那边看看、坐坐。

董水井托人找县衙户房那边的胥吏，取来钥匙帮忙开了门。寻常不知道董水井的能耐，不知道董半城的那个称呼，可是董水井贩卖的糯米酒酿，早已远销大骊京城，据说连那如鸟雀往来白云中的仙家渡船，都会搁放此酒，这是谁都瞧得见的滚滚财源。

四个曾经在此求学的同窗好友，李槐和董水井一路挑水而来，扁担、水桶、抹布这些物什，都是从李槐祖宅里边拿来的，石春嘉手挽篮子，抹布就装在里边。林守一当年便是有钱人家的少爷，吃穿不愁，不太有机会做这些活计，今天也想要挑水，结果董水井笑道，李槐家附近汲水处，那边我更熟悉些。所以两手空空的林守一，就跟凑近了身边的石春嘉一路闲聊。

两人的家族都迁往了大骊京城，林守一的父亲属于升迁为京官，石家却不过是有钱而已，落在京城本土人氏眼中，就是外乡来的土财主，浑身的泥腥味。石家早些年做生意,并不顺利,被人坑了都找不到说理的地方。石春嘉有些话,因先前那次在骑龙巷铺子人多,便是开玩笑,也不好多说,这会儿只有林守一在,她便敞开了挖苦、埋怨林守一,说家里人在京城磕磕碰碰,提了猪头都找不着庙,便去找了林守一的父亲,不承想虽不至于吃闭门羹,也只是进了宅子喝了茶叙过旧,就算是完事了,林守一的父亲,摆明了不乐意帮忙。

石春嘉嫁为人妇,不再是早年那个无忧无虑的羊角辫小丫头,但是之所以愿意开门见山聊这些,还是愿意将林守一当朋友。父辈怎么打交道,那是父辈的事情,石春嘉离开了学塾和书院,变成了一个相夫教子的妇道人家,就越发珍惜那段蒙学岁月了。

能够与人当面牢骚的言语,那就是没在心底怨怼的缘故。

林守一也没有为自己父亲和家族遮掩什么,说道:"我爹是什么性情,我家是怎么个光景,你还不清楚?当年同窗,谁敢去我家玩耍?宝瓶当年胆子大不大,你看她去过我家几次?"

林家门风,早年在小镇一直就很古怪,不太喜欢与外人讲人情。林守一的父亲,更奇怪,在督造衙门做事,清清爽爽,是一个人;回了家,沉默寡言,是一个人;面对庶子林守一,近乎苛刻,又是另外一个人。那个男人几乎与任何人相处,都处处拎得太清楚,因为做事得力的缘故,在督造衙署口碑绝好,与几任督造官都处得很好,所以除了衙门同僚的交口称赞之外,林守一父亲身为家主,或是父亲,就显得有些刻薄寡情了。

当年远游大隋书院,寄给林守一的家书,内容从来简明扼要,好似算账一般。

不管林守一如今在大隋朝野,是如何的名动四方,连大骊官场那边都有了偌大名声,可那个男人,一直好像没这么个儿子,从未写信与林守一说半句"得空回家看看"的言语。

石春嘉记起一事,打趣道:"林守一,连我几个朋友都听说你了,多大的能耐啊,事迹才能传到那大骊京城,说你定然可以成为书院贤人,便是君子也是敢想一想的,还是修道有成的山上神仙,相貌又好……"。

说到这里,石春嘉侧过身,打量着一袭青衫的林守一:"哟,还真俊,以前真是半点瞧不出,成天板着个脸,跟小夫子似的,可不讨喜。"

林守一说道:"这种话,有本事当着边文茂的面说。"

石春嘉笑道:"我也没说你比我夫君好看啊。"

林守一摇摇头,没说什么。

石春嘉有些感慨:"那会儿吧,学塾就数你和李槐的书籍最新,翻了一年都没两样,李槐是不爱翻书,一看书就犯困,你是翻书最小心。"

林守一笑道:"这种小事,你还记得?"

石春嘉反问道:"不记这些,记什么呢?"

林守一点头道:"是个好习惯。"

林守一犹豫了一下,说道:"以后若是京城有事,我会找边文茂帮忙的。"

石春嘉愣了愣,然后大笑起来,伸手指了指林守一:"从小就你说话最少,念头最绕。"

林守一哪里需要有求于边文茂?

这种帮人还会垫台阶、搭梯子的事情,大概就是林守一独有的温柔和善意了。

在学塾那边,李槐一边打扫,一边大声朗诵着一篇家训文章的开头:"黎明即起,洒扫庭除!"

遥想当年,每个清晨时分,齐先生就会早早开始打扫学塾,这些事情,从来亲力亲为,不用书童赵繇去做。

董水井笑着接话道:"要内外整洁。"

石春嘉抹着桌案,闻言后扬了扬手中抹布,跟着说道:"即昏便息,关锁门户。"

不远处林守一微笑道:"必亲自检点。"

林守一仔细擦拭着窗棂,山下求学,山上修道,修身修心,何尝不是如此?

石春嘉的夫君边文茂,也回到了这座槐黄县城,小镇属于县府郡府同在,边文茂投了名帖,需要拜访一趟宝溪郡守傅玉。

傅玉亦是位身份不俗的京城世家子,边家与傅家有些香火情,都属于大骊清流,只是边家比起傅家,还是要逊色很多。不过傅家没曹、袁两姓那般钟鸣鼎食,终究不属于上柱国姓氏,傅玉此人曾是龙泉首任县令吴鸢的文秘书郎,很是深藏不露。

龙泉郡升为龙州后,辖下青瓷、宝溪、三江和香火四郡,袁郡守属于就地升迁的青瓷郡主官,其余两郡太守都是京官出身,世族寒族皆有,宝溪郡则被傅玉收入囊中。

边文茂愿意投帖宝溪郡守府,却不敢去青瓷郡衙门拜访,这就是上柱国姓氏积威深重使然了。

事实上傅玉虽然如今与袁家嫡孙品秩相当,都是一郡太守,但是每次去往州城刺史官邸议事,别说傅玉,便是刺史魏礼,面对那位袁郡守都不轻松。不光光是袁郡守的出身,袁郡守自身操守、治政手段,更是关键。

于禄和谢谢先去了趟袁氏祖宅,然后赶来学塾这边,挑了两个无人的座位。

他们两个都曾是大骊旧山崖书院的外乡学子,只是不比李槐他们跟齐先生这么亲近。他们作为卢氏遗民流徙至此,只见到了崔东山,没能见到创办山崖书院和这座小镇学塾的齐先生。

很凑巧,宋集薪和婢女稚圭,也是今天故地重游,他们没有去学塾课堂落座,宋集薪在学塾那边除了赵繇,跟林守一他们几乎不打交道,宋集薪带着稚圭去了后院,他坐在石桌那边,是齐先生指点他和赵繇下棋的地方,稚圭像往常那样,站在北边柴门外边。

宋集薪神色落寞,伸手拂过桌面。不知道那个下棋总输给自己的赵繇,如今远游异乡,是否还算安稳。

宋集薪转过头,望向那个闲来无事正在扳弯一枝柳条的稚圭。

稚圭踮起脚尖,轻轻摇晃树枝。

宋集薪看着她那张百看不厌更喜欢的侧脸,恨不起来,不愿意,舍不得。

稚圭转过头,好似完全忘记了那天的开诚布公,又变成了与宋集薪相依为命的婢女,松了手,嫣然笑道:"公子,想下棋了?"

宋集薪微微摇头。

除了李槐、宋集薪这两拨人之外,还有两个意想不到的官场大人物大驾光临。勤政务实的袁郡守,风流不羁的曹督造。都没有携带扈从,一个是故意不带,一个是根本没有。

事实上,这两位皆出身上柱国姓氏的同龄人,都曾是大骊京城旧山崖书院的学生。不过与亡国太子于禄差不多,都不曾亲眼见过齐先生,更没办法亲耳聆听齐先生的教诲。

曹督造斜靠窗户,腰间系挂着一只朱红色酒葫芦,是寻常材质,只是来小镇多少年,小酒葫芦就陪伴了多少年,摩挲得光亮,包浆可人,是曹督造的心爱之物,千金不换。

见着了那位脱了官袍穿上青衫的郡守大人,曹督造惊讶道:"袁郡守可是大忙人,每天陀螺滴溜溜转,脚不离地,屁股不贴椅凳,袁大人自己不晕头,看得旁人都好似喝醉酒。这槐黄县往返一趟,得耽误多少正事啊。"

袁郡守神色淡漠:"与你言语,比较耽误事。"

大骊袁、曹两姓,如今在整个宝瓶洲,都是名气最大的上柱国姓氏,理由很简单,一洲版图,张贴的门神,半数是两人的老祖宗。槐黄县境内的老瓷山文庙、神仙坟武庙,两家老祖亦是被塑造金身,以陪祀神祇的身份享受香火。

曹督造摘下腰间酒壶,抿了一小口,眯起眼,仿佛每当喝酒时,便是人生圆满时分。

袁郡守站姿笔挺,与那惫懒的曹督造是一个天一个地,这位在大骊官场上口碑绝好的袁氏子弟说道:"不知道袁督造每次醉醺醺出门,晃悠悠回家,瞧见那门上的老祖宗画像,会不会醒酒几分。"

曹督造是出了名的没架子,嗜酒如命,不喜豪饮,就是小口慢饮,所以好像一天到晚都在喝,人生路就是去买酒的路,半路停步,与谁都能聊天打屁。所幸地址就在小镇上的那座窑务督造署,就是个清净衙门,天不管地不管的,名义上属于礼部直辖,京城吏部那边也无权过问。事实上礼部能不能管得着龙泉窑务督造,大骊京城官场人人心里跟明镜似的。

曹督造专门叮嘱过佐官,衙门里边所有官员、胥吏的政绩考评,一律写好或极好。

只得了个"好"字的,若是送些好酒,那就极好了。去年到了极好的,不送些酒,今年那就不再极好了。

窑务督造衙署的官场规矩,就这么简单,省心省力得让大小官员,无论清流浊流,皆要目瞪口呆,然后笑逐颜开,这样好对付的主官,提着灯笼也难找啊。

曹督造自己不把官帽子当回事,小镇百姓久而久之,见这位年轻官老爷真不是假装平易近人,也就跟着不当一回事了。

黄二娘敢笑骂他,搬去了州城的刘大眼珠子之流,也敢与曹督造在酒桌上称兄道弟,回了州城,见人就说与那位曹督造是好哥们,甚至连那些穿开裆裤的屁大孩子,都喜欢与游手好闲的曹督造嬉戏打闹,若是与爹告状,多半无用,若是与娘亲哭诉,只要妇人泼辣些,都敢扒曹督造的衣服。曹督造早已将小镇方言说得无比地道了,若是与人以大骊官话言语,反而不自在。

曹督造斜眼看那极其相熟的同龄人,回了一句:"不晓得最恪守礼仪的袁郡守,每次见着了门神画像,会不会下跪磕头啊。"

若是两人没有这趟小镇历练,作为官场的起步,郡守袁正定绝对不会跟对方言语半句,而督造官曹耕心多半会主动与袁正定说话,但是绝对没办法说得这么"婉约"。

袁正定沉默片刻:"如此不务正业,以后有脸去那篪儿街吗?"

曹耕心晃荡着手中酒壶,笑嘻嘻道:"用脸走路啊,袁大人这句说得十分谐趣了。下次京城再有谁敢说袁大人唯一的美中不足,是稍稍不够风趣,我在路上碰着了,上去就是两个大嘴巴子。"

袁正定继续问道:"还记得关鹥然和刘洵美吗?如果我没有记错的话,小时候这两个将种子弟,都喜欢跟在你屁股后头厮混。"

如今那两人虽然品秩依旧不算太高,但是足可与他袁正定和曹耕心平起平坐了,关键是后来官场走势,好像那两个将种,已经破了个大瓶颈。那就是文武身份的转换。

曹耕心微笑道:"袁大人,既然不认得我是谁,就别说自以为认得我的言语。"

袁正定故作惊讶:"哦?敢问你是谁?"

曹耕心喝了口酒:"喝酒没到门的时候,我是曹酒鬼;喝酒到门了,那我可就是曹大酒仙。"

袁正定笑了笑:"果然耽误事。"

曹耕心摇头道:"我是来看看齐先生的嫡传学生们,尤其是要与董兄讨要些不用赊账的糯米酒酿,袁大人就不一样了,是来找王爷攀交情的,高下立判。我是踩了都脏靴子的陋巷烂泥,袁大人是那高悬门上的铜镜,高风亮节,光明正大。"

袁正定皱眉道:"这么些年,就只学会了耍嘴皮子?"

曹耕心反问道:"那你学会了吗?"

袁正定沉声道:"不是儿戏!"

曹耕心悬好小酒壶,双手抱拳讨饶道:"袁大人只管自己凭本事平步青云,就别惦念我这个惫懒货上不上进了。"

袁正定心中叹息。不喜此人作风那是十分不喜,只是内心深处,袁正定其实仍是希望这位曹氏子弟,能够在仕途攀爬一事上,稍微上点心。当然,袁正定主要为自己。

无论是官场、文坛,还是江湖、山上。世事就是这么怪,所有看热闹的人,都喜欢有那旗鼓相当的宿敌之争,愿意给予更多的注意力。若是谁早早单枪匹马,一骑绝尘,反而不是多好的好事。

窑务督造衙署的职责,其实很大。袁正定十分羡慕,不仅防贼,还可亲自捉贼。

小镇四姓十族,宋、赵、卢、李、陈、石等等,督造衙门都有监察权力。这座表面上只是监督御用瓷器烧造的衙门,其实什么都可以管,杨家铺子,北岳披云山,林鹿书院,龙泉剑宗,落魄山,小镇西边所有的仙家山头,龙尾溪陈氏后来开办的学塾,州郡县的大小文武庙,城隍阁城隍庙,铁符江在内的各路山水神祇,冲澹、绣花、玉液三江,红烛镇,封疆大吏,大姓门户,清白人家、贱籍,即便修道之人,有那太平无事牌,只要曹督造要查,那就一样可以查,大骊刑部礼部不会也不敢追责。只是这位先帝钦定的曹督造,好像选择了什么都不管。

袁正定既高兴,又忧心。高兴的是身边邻居,原本会是未来大骊庙堂死敌的同龄人,如此不济事;忧心的是锐意进取的年轻皇帝,看这个曹耕心不顺眼,哪天忍无可忍,连曹氏面子都不卖了,干脆换上一人。将来袁正定顺势升任龙州刺史之后,成为真正大权在握的一员封疆大吏,反而会变得束手束脚。毕竟前车之鉴历历在目,新任督造官,绝对不会太好说话。

在学塾不远处,站着马苦玄与婢女数典。

与曹耕心和袁正定分别有过眼神交会,只是双方都没有打招呼的意思,从来不是一路人。

马苦玄说道:"我奶奶在世的时候,很喜欢骂人,无非是当着面骂,当面不敢骂的,背后骂。认识的人里边,就三个人不去骂。学塾齐先生,算一个。我奶奶说过齐先生是真正的好人。"

马苦玄扯了扯嘴角,双臂环胸,身体后仰,斜靠一堵黄泥墙:"我这家乡,说话都喜欢口无遮拦不把门。"

马苦玄笑了,然后说了一句怪话:"当背当得此。"

数典完全听不懂,估计是乡土谚语。

数典只知道一点,小镇方言,多平调,故而无起伏。

马苦玄难得与她多说些不伤人的言语,反而就像是破天荒的拉家常,笑着解释道:

"意思是说,听了他人言语,就跟挑担似的,担不担得起那份重量。"

一个从泥瓶巷祖宅走出的年轻人,路过陈平安祖宅的时候,驻足许久。

顾璨原本打算就要直接去往州城,想了想,还是往学塾那边走去。

而牛角山渡口,一艘从老龙城北去北俱芦洲的跨洲渡船上,走下一个离乡之后头回返乡的高大男子。

阮秀笑着打招呼道:"你好,刘羡阳。"

刘羡阳快步走去,笑容灿烂:"阮姑娘!"

阮秀点点头,抛过去一块剑牌,得了此物,就可以在龙州地界御风远游。

事实上,刘羡阳再过几年,就该是龙泉剑宗的祖师堂嫡传了。刘羡阳只是借给南婆娑洲的醇儒陈氏二十年而已。

刘羡阳接过那块剑牌,告辞一声,直接御风去了趟祖宅,再去了趟龙窑附近的一座坟头,最后才返回小镇。堵在泥瓶巷口子上,打了顾璨一顿,顾璨没还手。

一位在云海之上跳格子赶路的红衣女子,也改变了主意,算了下时间,便没有去往大骊京城,绕路返回家乡小镇。低头一看,她便落在了学塾那边。

阮秀去了趟骑龙巷压岁铺子,一路吃着糕点,也是去往学塾那边。

于是本就热闹的学塾,越发人多。

边文茂从郡守府那边离开,坐马车来到学塾附近的街上,掀起车帘,望向那边,惊讶地发现曹督造与袁郡守竟然站在一起。

边文茂权衡利弊一番,既然那两位上柱国子弟都在,自己就不去客套寒暄了,便放下车帘子,提醒车夫将马车挪个地方。

至于学塾附近的其他人,边文茂要么认识,已经打过交道,要么面生,就都不去管了。边文茂只是等待石春嘉离开那座小学塾,然后一起动身返回大骊京城。

一个文弱书生模样的家伙,竟然反悔了,带着那位龙伯老弟,步步小心,来到了小镇这边逛荡。结果被学塾那边的"动静"吸引,柳赤诚一咬牙,默默告诉自己就是去瞅瞅,不惹祸,便是这巴掌大小地方的某个路边黄口小儿,莫名其妙跳起来甩自己一耳光,自己也要笑脸相迎!

于是柳赤诚与那位龙伯老弟就看到了让他震惊的一幕。

学塾那边,差不多同时开始散去,所以在某一刻,所有人都落入了大街那边行人的视野。

扎马尾辫的青衣女子阮秀。

穿着红棉袄的李宝瓶,

李槐、林守一、董水井。

于禄、谢谢。

马苦玄。

宋集薪、稚圭。

刘羡阳、顾璨。

那些人,多多少少瞥了眼杵在路边的柳赤诚。尤其是顾璨,笑容玩味。

柳赤诚头皮发麻,悔青了肠子,不该来的,绝对不该来的。

如果四下无人,早一巴掌打龙伯老弟脸上了,自己犯傻,你都不知道劝一劝,怎么当的挚友诤友?

柴伯符境界没了,眼光还在,不过反而比柳赤诚更硬气些,老子如今烂命一条,拿去就拿去。

柳赤诚虚心求教道:"龙伯老弟,你要是在这边讨生活,能活几天?"

柴伯符无言以对。

只是当那些人越来越远离学塾,越来越靠近大街这边,柴伯符便越发感到窒息。

柳赤诚不再心声言语,而是与龙伯老弟微笑开口:"晓不晓得,我与陈平安是至交好友?!"

柴伯符想了想,点头道:"我也是。"

杨家铺子,李二、郑大风、苏店、石灵山这些弟子都已经陆陆续续出远门,杨老头乐得清闲。在前边守着铺子的杨暑,是个听不懂人话的,杨老头懒得多说一个字。当然杨暑也不愿意与他这个糟老头扯上关系,老王八趴窝,还真把自己当个人物了,若不是杨家祖上念旧,就铺子这冷清生意,一年到头能挣几个钱?换成他杨暑当家做主,早就该好好算算账了。

魏檗、阮邛几乎同时登门拜访。

一位北岳山君,一位坐镇圣人,悄然而来。

阮邛比较随意,坐在檐下长凳上喝酒,秀秀这次回家,带了些好酒,平时其实不太舍得喝。

魏檗站在长凳一旁,神色凝重。身边这条长凳,坐过很多位圣人。

杨老头坐在对面正屋外边的台阶上,白雾茫茫。

阮邛收起了酒壶,开门见山道:"如果秀秀没去学塾那边,我不会来。"

杨老头笑道:"我可管不了她。阮邛,这得怨你自己。"

阮邛点点头,有了这个答案,只要不是杨老头的算计,就足够了。

魏檗却越发心情沉重,少了阮邛这么个天然盟友,他这小小山君,压力就大了。

说实话,与这位老前辈打交道,任谁都不会轻松。

杨老头往台阶上敲了敲旱烟杆,说道:"白帝城城主就在大骊京城,正瞧着这边呢,说不定眨眼工夫，就会造访此地。"

阮邛皱紧眉头。

魏檗问道："国师那边？"

杨老头笑了："猜中了那头绣虎的心思，你这山君以后做事情，就真能轻松了？我看未必吧。既然如此，多想什么呢。"

当初骊珠洞天破碎之际，一桩桩机缘，流散不定，随人而走。就像一件瓷器从桌案上边摔砸在地面，大大小小的碎瓷片，落在了四面八方。

其中就有最大的五份大道福缘。圣人阮邛独女阮秀手腕上的那枚火龙手镯。顾璨早年从陈平安那边要来的小泥鳅，养在了自家水缸当中，被刘志茂带离小镇后，小泥鳅在书简湖大肆进补，化为人形，被取名为炭雪。宋集薪和婢女稚圭身边，那条额头生出犄角的四脚蛇。大隋皇子高煊从李二手中买下了金色鲤鱼，买一送一，附赠一只品秩极高的龙王篓。以及早早骑乘牛车离开小镇的赵繇，齐静春的书童，当年除了木龙，身上还偷藏了一枚自家先生作为临别赠礼的春字印。

表面上看，只差一个赵繇没在家乡了。不过崔瀺布局，注定不会有此遗漏。

大隋高氏与大骊宋氏签订山盟，是一棋局，高煊作为质子，在弋阳高氏老祖的庇护下，已经在披云山林鹿书院求学多年，那条金色鲤鱼，这些年一直放养在群山溪涧中，大骊朝廷明显暗中叮嘱过龙须河、铁符江和宋煜章在内的三位山神，不许对外泄露此事。

书简湖又是一个棋局，顾璨身在局中，阮秀跟随大骊粘杆郎修士，一路南下，追杀一位武运昌隆却被人带离大骊的少年，阮秀也差点入局。书简湖风波过后，顾璨娘亲吓破了胆，选择搬回家乡，最终在州城扎根，再次过上了锦衣玉食的富贵日子。理由有三：第一，陈平安的提议，顾璨的附议，妇人自己亦是心有余悸，怕了书简湖的风土人情；第二，顾璨父亲的死后为神，先是在嫁衣女鬼的那座府邸积攒功劳，后来又升任为大骊旧山岳的一尊煊赫山神，一旦返乡，便可安稳许多；第三，顾璨希望自己娘亲远离是非之地，顾璨从心底，信不过自己师父刘志茂和真境宗首席供奉刘老成。

至于宋集薪，从头到尾，什么时候离开过棋盘，什么时候不是棋子？而赵繇，又岂能是例外，真正逃过崔瀺的算计？

阮邛离去，魏檗却依旧不愿意就这么返回披云山。

这场聚会来得太过突兀和诡谲，如今年轻山主远游剑气长城，郑大风又不在落魄山，魏檗怕就怕郑大风改变主意，不去莲藕福地，都是这位老前辈的刻意安排。如今落魄山的主心骨，其实就只剩下朱敛一人了，他魏檗在那霁色峰祖师堂终究永远只是客人，没有座位。

杨老头笑道："魏山君，早年那份造化之恩，报恩何至于此？"

魏檗苦笑道："劳烦老前辈与我诚心说一句，此事并非针对落魄山，那我就绝不再叨扰前辈的清净。"

杨老头想了想:"有些牵连,但矛头不是直指落魄山,崔瀺没这个必要,何况你信不过崔瀺,总该信得过崔东山。"

魏檗神色无奈,他还真信不过那个言行举止稀奇古怪的白衣少年。

杨老头最后说道:"那总该信得过霁色峰祖师堂悬挂的那三幅画像吧。"

魏檗仿佛蓦然之间吃了一颗定心丸,豁然开朗,作揖致谢。

杨老头说道:"久居山水白云中,看似逍遥神仙客,实则云水皆障眼,魏山君不可不察啊。"

魏檗再次抱拳而笑:"人间美景,既是障眼,也能养眼,不去得了便宜再卖乖。"

杨老头笑道:"魏山君好性情,散淡得很呢。"

魏檗稍稍心安,告辞离去。

杨老头自言自语道:"好一个有借有还,再借不难。"

所有的一切,崔瀺的谋划,都是帮助稚圭用一种"天经地义"的方式,不逾矩地获得一份完整的真龙气运。必须让三教一家的各方圣人,挑不出半点毛病。

宋集薪对这位相依为命的婢女,情根深种,一条四脚蛇的那点机缘,宋集薪肯定愿意付出,说不定还嫌给得少了。

阮秀根本不会在意一条火龙的得失。若是能够为龙泉剑宗做点什么,阮秀会毫不犹豫。

顾璨在书简湖迅速成长之后,认识了"规矩"二字的真正力量,也就自然而然学会了做买卖。更何况,爹娘未来之生死际遇,终究还是顾璨的软肋。

皇子高煊,在大骊林鹿书院求学多年,为了高氏的山河社稷,即便交出一条金色鲤鱼会心如刀割,同样义不容辞。

至于赵繇,当年既然连那枚春字印都守不住,如今就能守住那条木龙了?难。

小镇这些晚辈当中,唯一一个真正远离棋盘的人,其实只有陈平安,不单单是人远在剑气长城那么简单。

只不过崔瀺一样有本事将陈平安拽回棋局,前提是陈平安还有机会返回家乡。

只是不知道,到时候陈平安是棋子,还是下棋之人。又或者,干脆顶替了他崔瀺?

药铺前边,杨暑看到一位老儒士跨过门槛,笑问道:"老先生是要看病,还是买些药材?可曾带了药方?"

这么会说话,杨家铺子的生意能好到哪里去?

那老儒士倒是不介意,笑道:"自身有病能自救,随便看看而已。"

杨暑便有些不乐意了,随口说道:"药材本就金贵,如今进山采药越发困难了,客人看看就好,莫要乱翻。"

老儒士点点头，四处看看，便要往后院走去。

杨暑急眼了，老家伙还真不见外啊。

不承想一个晃眼，老儒士掀了帘子就已经去往后院，杨暑犹豫了一下，腹诽几句，与那杨老头打起来才好，两个老东西，一个不会挣钱，一个不愿意掏钱，老胳膊老腿的，最好伤筋动骨一百天。

杨老头笑道："稀客。"

崔瀺站在那条长凳附近，没有落座，笑道："既然反客为主，能做的，就只是少来这边碍眼了。"

杨老头说道："你这是认定陈平安暂时回不来宝瓶洲，无法为那女子画龙点睛，大骊只得退而求其次，使出后手？"

崔瀺点头道："这是小事。"

当年王朱与陈平安签订的契约，十分不稳当，陈平安若是自己运道不济，中途死了，王朱虽然失去了束缚，可以转去与宋集薪重新签订契约，但是在这之间，她会损耗掉诸多气数。所以在那些年里，灵智未曾全开的王朱，对待陈平安的生死，许多举动一直自相矛盾。为大局考虑，既希望陈平安茁壮成长，主仆双方，一荣俱荣，只是在泥瓶巷那边，双方身为邻居，朝夕相处，蛟龙本性使然，她又希望陈平安夭折，好让她早早下定决心，专心攫取大骊龙脉和宋氏国运。

她就这样别别扭扭过了很多年，既不敢妄动，坏了规矩打杀陈平安，毕竟怕那圣人镇压，又不愿陪着一个本命瓷都碎了的可怜虫虚度光阴，更不愿祈求天地怜悯，宋集薪和陈平安这两个同龄人的关系，也随之变得一团乱麻，纠缠不清。自陈平安长生桥被打断的那一刻起，王朱其实已经起了杀心，故而宋集薪与符南华的那桩买卖，就暗藏杀机。只是后来发生的事情，大势汹涌，让王朱立即收敛许多，再不敢轻举妄动。

让一条真龙心肠慈悲，怜悯他人，就像让大骊皇帝必须去做那道德完人。

只不过先前造访此地的阮邛也好，魏檗也罢，所看所想，并不深远。

大势已至，机不可失，失不再来，崔瀺必须提前让王朱凝聚真龙气运，尽量恢复巅峰。

只是崔瀺此次安排众人齐聚小镇学塾，又绝非仅限于此。

杨老头笑道："身为客人，登门讲究。作为主人，待客厚道。这样的邻居，确实多多益善。"

崔瀺说道："按照约定，只要我在世一天，就不会让水火之争在浩然天下重蹈覆辙。"

杨老头问道："你死了呢？崔东山算不算是你？你我约定会不会照旧？"

崔瀺笑了起来："前辈就要问他去了。"

杨老头啧啧道："读书人全心全意做起买卖来，真是一个比一个精。"

崔瀺说道:"希望前辈也要信守约定。"

杨老头点点头:"当然,买卖公道,是我一直以来的立身之本。"

阮秀出生于风雪庙,却跟随父亲来到了骊珠洞天修行。李柳生在骊珠洞天,却跟随爹娘远游北俱芦洲狮子峰。双方偶有碰头,却绝对不会长久为邻。

阮秀四周有相互间一眼投缘的李宝瓶,落魄山开山大弟子裴钱。龙泉剑宗嫡传刘羡阳,世间朋友所剩不多的泥瓶巷顾璨。卢氏王朝五行属火,承载一国武运的亡国太子于禄,身负极多山上气数的谢谢。

李柳身边,有弟弟李槐。真龙稚圭,自然天生大道亲水,那么宋集薪的阵营选择,十分明显。马苦玄,一是他自己愿意跟随稚圭,二是他奶奶从龙须河河婆晋升为河神。林守一、赊刀人董水井,两人皆喜欢李柳。

一旦涉及大是大非,两座暂时还是雏形的阵营,人人各有牵挂,若是件件小事累积,最后谁能置身事外?

那就需要在这双方之间,多出一个愿意讲理并且能够服众的人物——陈平安。

崔瀺落子下棋,不是将那些棋子一味视为手中傀儡。崔瀺从不觉得世人生死皆操之于我手,将其命运玩弄于股掌之中,算得什么大本事,更非什么快意事,反而需要为那些棋子悄然铺路,使得那些棋子们的大道轨迹,兴许会弯弯曲曲,可最终仍是能够在某个时刻,出现在那一记关键手的位置上。

若是贪图长生大道,崔瀺便不会叛出文圣一脉;若是喜好权柄,学宫大祭酒、中土文庙副教主,唾手可得,入我崔瀺囊中,又有何难?

杨老头吞云吐雾,笼罩药铺,问道:"那件事,如何了?"

崔瀺难得流露出一丝无奈神色:"信不过他人,他人也当不起此事,只好魂魄分离,我静观崔东山,他一天之内,念头最少两个,最多之时有七万个。换成崔东山静观,我最少三个念头,最多之时八万个。我们两个,各有优劣。"

杨老头问道:"那些根本脉络,捋顺了?"

崔瀺摇头道:"争执不小。三个层次的三种进制转换,我们双方出现了根本分歧,几乎是完全顺序颠倒,很麻烦。"

杨老头笑问道:"为何一直故意不向我询问?"

崔瀺微笑道:"论年岁论境界,你是前辈,我是晚辈,可要谈算计一事,我们平辈。"

杨老头摇头道:"无须自谦,你是前辈。"

崔瀺抱拳笑道:"不敢坦然,惶恐受之。"

客气话,文圣一脉,从先生到弟子,到再传弟子,好像都很擅长。

杨老头哑然失笑,沉默片刻,喟叹道:"老秀才收徒弟好眼光,首徒布局,群星璀璨,左右剑术,如那将圆未满的明月悬空,齐静春学问最高,反而一直脚踏实地,守住人间。"

书简湖真境宗,牵连着桐叶洲的玉圭宗。

骸骨滩披麻宗的跨洲渡船,生意做得不小。

墨家巨子,商家老祖,加上许多暂时依然隐藏幕后的,先后都已经被崔瀺请上了赌桌,如今又有白帝城城主大驾光临宝瓶洲。

崔瀺坐在长凳上,双手轻轻覆膝,自嘲道:"就是下场都不太好。"

杨老头笑道:"修道长生贵命好,文章学问憎命达。"

崔瀺微笑道:"前辈此语,甚慰我心。"

柳赤诚带着龙伯老弟,与顾璨同行,要去赵州城。

如今槐黄县城四通八达,大小道路极多。

学塾那些年轻人一经散去,分道扬镳,各回各家,柴伯符心中那股铺天盖地的压力便随之骤减,说不清道不明。

柳赤诚敏锐感知到柴伯符的心境变化,拍了拍白头少年的肩膀:"龙伯老弟,看不出来,你原来如此有慧根,大道可期啊。"

柴伯符一板一眼道:"谢过前辈吉言。"

石春嘉上了马车,与夫君边文茂一起返回大骊京城,李宝瓶说找匹马来骑乘,很快就会跟上马车。

李槐、林守一他们则要跟随茅小冬一起返回大隋书院。

曹耕心与董水井相约去了黄二娘酒铺喝酒。

郡守袁正定与宋集薪、婢女稚圭同行,找了个由头,一起去往老瓷山文庙祭拜。

马苦玄带着数典去神仙坟武庙看看。

刘羡阳跟随阮秀去往龙泉剑宗山头,还不是嫡传弟子,自然无须去祖师堂烧香拜挂像,就真的只是逛荡一圈而已。不过刘羡阳说要先去趟落魄山,阮秀好像一直在等这句话,但是她提议说可以先去了龙泉剑宗,再去落魄山,刘羡阳觉得有道理。

然后御风远游的两人,看到了李宝瓶正徒步走向大山。

来自剑气长城的外乡少年,拜剑台张嘉贞、蒋去,在剑修崔嵬的秘密护送下登上了落魄山。

大管家朱敛先前提过,打算让两人去骑龙巷压岁铺子那边帮忙,张嘉贞和蒋去一合计,便觉得应该先来这边,好与朱老先生询问些注意事项。崔嵬其实也有自己的一番计较,需要征得朱敛的同意。

裴钱刚好带着小米粒从莲藕福地返回落魄山,见到了张嘉贞和蒋去,还是有些开心。

最少见着了一麻袋瓜子的陈暖树,便不絮叨裴钱和小米粒了,得招待两位已算自家人的少年。

小米粒可滑头了,先前被暖树埋怨买多了瓜子,价格又不算实惠,小米粒倒也不诉苦,就是假装义气不吭声,却一个劲瞥裴钱。这是啥个意思嘛。

元来跟张嘉贞、蒋去打过交道,关系不错,一起登了山。

至于那憨憨的元宝,估计又在跟傻傻的岑鸳机,在山顶那边一起切磋拳法了。

李宝瓶来落魄山是借那匹马,是她小师叔从书简湖那边带回家乡的,这些年一直养在落魄山地界。小师叔总是这般念旧。

裴钱一听说宝瓶姐姐到了山门口,便立即带着揉着耳朵的小米粒飞奔过去。

隔着百余台阶,裴钱一蹬地,高高跃起,飘然而落,站在李宝瓶身前。

周米粒肩挑小金扁担,手持行山杖,有样学样,一个骤然停步,双膝微屈,轻喝一声,不承想劲道过大了,结果在半空咿咿呀呀,直接往山脚山门那边撞去,被裴钱伸手一抓,拽回身边。

黑衣小姑娘摇摇晃晃站定身形,笑哈哈。

见着了蹲个儿挺快的裴钱,李宝瓶捏了捏裴钱的脸颊,然后弯下腰,双手一拍小米粒的脸蛋,轻轻一拧,黑衣小姑娘的两撇疏淡微黄眉毛,顿时一高一低,十分滑稽。

在元来的带领下,张嘉贞和蒋去走了趟山神祠,几乎没什么香火的一座祠庙。

岑鸳机和元宝就像裴钱猜测那般,正在广场上相互问拳。

三个少年在远处栏杆那边并排坐着。

张嘉贞对于那两位收拳之时亭亭玉立的姐姐,看过一眼便算了。转过头,望向落魄山外的山水重重复复,凑巧有一大群飞鸟掠过,就像一条悬空的雪白河水,晃晃悠悠,缓缓流淌。

张嘉贞在剑气长城酒铺当伙计的时候,私底下曾经问过陈先生一个问题:"陈先生的学问这么大,陈先生的学问,一开始就都是文圣老爷亲自传授的吗?"

那个说完了山水故事,拎着板凳和竹枝的说书先生,与张嘉贞并肩走在街巷中,笑着摇头,说:"不是这样的,最早的时候,我家乡有一座学塾,先生姓齐,齐先生说道理在书上,做人在书外。你以后要是有机会去我的家乡,可以去那座学塾看看,如果真想读书,还有座新学塾,夫子先生的学问也是不小的。"

当时张嘉贞念叨那句关于道理和书本的言语。陈先生微微抬手,指了指远方,笑道:"对于一个没有读过书的孩子来说,这句话听在耳朵里,就像是……凭空出现了一座金山银山,路有些远,但是瞧得见。拎柴刀,扛锄头,背箩筐,挣大钱去!一下子,就让人有了盼头,好像总算有点希望,这辈子有那衣食无忧的一天了。"其实陈先生许多与道理无关的言语,张嘉贞都默默记在心头。

浩然天下也有很多穷苦人家,所谓的过上好日子,也就是年年能张贴新门神、春联福字。所谓的家底殷实，就是有余钱买很多的门神、春联，只是宅子能贴门神、春联的地方就那么多，不是兜里没钱，只能眼馋却买不起。

当少年好不容易来到了陈先生的家乡时，陈先生依旧远在少年的家乡。

竹楼二楼那边，李宝瓶带着少女裴钱和两个小姑娘陈暖树、周米粒，一起趴在栏杆上看风景。

个儿高的，不需要踮脚。个儿最矮的周米粒，吊在栏杆上。

好像某个下一刻，可能就会突然看到一个手持行山杖、背着竹箱的归乡人。然后他一抬头，便会与他们笑着招手。

裴钱轻声问道："今儿明月在河，明儿星垂平野，那么后天是不是师父就会回家了呢？"

李宝瓶说道："小师叔好像一直在为别人奔波劳碌，从离开家乡第一天起，就没停过脚步，在剑气长城那边多待些时日，也是很好的，就当休歇了。"

陈暖树笑道："听说那边也有酒铺、瓜子，还有很大碗的阳春面。"

周米粒晃荡着悬空的脚丫，使劲点头道："阳春面好吃，越大碗越好。"

剑气长城酒铺那边，第二次离开城头陷阵又再次返回城池的陈平安，换了一身洁净衣衫，这会儿刚好坐在桌旁，要了一壶酒，独自吃着一碗阳春面，虽然与孩子打过招呼，说了让他爹记得不要放葱花，可最后碗里还是放了一小把葱花。

二掌柜如今难得来这儿，所以铺子碗不大，阳春面分量却足，葱花更要多放些才像话。

冯康乐与桃板两个孩子，就坐在隔壁桌上，一起看着二掌柜低头弯腰吃酒的背影。

陈平安转过头，抬起手中空碗，笑道："再来一碗，记得别放葱花，不需要了。"

顾璨到了州城宅邸大门口，门口蹲着两尊出自仙家之手的白玉狮子，气势威严，便是饿极了的乞丐见着了，应该也再没有靠近大门乞讨的胆子。

顾璨没有着急敲门，柳赤诚与柴伯符就只好跟着站在街上喝西北风。

顾璨走上纤尘不染的台阶，伸手去扯兽首门环，又停下，动作凝滞片刻，是那公侯府门才能够使用的金漆椒图铺首，顾璨心中叹息，不该如此僭越的，哪怕家中有一块太平无事牌镇宅，问题不大，州城刺史官邸应该是得了窑务督造署那边的秘档消息，才没有与这栋宅子计较此事，只是这种事情，还是要与娘亲说一声，没必要在门面上如此大手大脚，容易节外生枝。

顾璨叩响门环，后退一步，一个衣衫贵气的门房开了门，见着了穿着普通的顾璨，神色不悦，皱眉问道："城里哪家的子弟，还是衙门当差的？"

顾璨愣了一下，才记起如今自己这副模样，变化有点大了，对方又不是青峡岛老人，不认得自己也正常。当年娘亲带着一起离开书简湖的贴身婢女，这些年也都修行顺遂,先后成了中五境练气士,境界不高,却也不太会掺和府上杂事。关于她们的修行,顾璨早年与娘亲的书信往来上,都有过详细提点,还帮着挑选了数件山上宝物,她们只需要按部就班修行、炼化本命物及破境即可。

门房迅速瞥了眼年轻男子身后台阶下的两人,一位文弱书生,一个少年白头的孩子,瞬间便自认为掂量出三人的家底了。

门房男子是位遮掩了实力的纯粹武夫,五境,在寻常江湖上,也确实是好把式,在任何一个藩属小国,开创个门派都绰绰有余,当门房当护院,屈尊了,估计还是有钱能使鬼推磨的缘故,要么就是个惹了祸的躲门户,来此避难,最坏的结果,无非是对方心怀叵测,放长线钓大鱼,与山泽野修勾连,贪图这栋豪宅的丰厚家产。顾璨这些年走惯了江湖,见过不少环环相扣的江湖骗局,还故意远远旁观,从头到尾目睹了两场蜂雀局。一户为富不仁的人家,就此家破人亡,顾璨在那伙匪人得手分赃的时候现身,向他们请教了些门道,对方藏藏掖掖,言语不爽快,顾璨就让曾掖施展了术法,鸠占鹊巢,自取了学问。另外一户门风瞧着不错的,顾璨就随手帮忙解了围。

顾璨笑道:"我叫顾璨,这是我家。"

门房男子立即变了一副嘴脸,低头弯腰让出道路:"见过少东家,小的这就去与夫人禀报。"

顾璨跨过门槛,摆手道:"不用,就几步路,不劳烦你通报。"

那门房男子笑容谄媚:"小的方才乍一看,都要误以为少东家是书院君子贤人了。"

门房男子早已摸清楚这户人家的家底,家主是位修道中人,远游多年未归,此事府上说得语焉不详,估计是见不得光,少东家是个在外求学的读书种子,所以只剩下个穿金戴玉、极有钱财的妇道人家。那位夫人每次提起儿子,倒是十分得意,如果不是妇人身边的两位贴身丫鬟,竟是修道有成的练气士,他们早就动手了,这么大一笔横财,几辈子都花不完。所以这一年来,他们专门拉了一位道上朋友入伙,让他在其中一位婢女身上花心思。

顾璨笑道:"好眼光。"

柳赤诚点头道:"真是绝好。"

柴伯符瞥了眼那个纯粹武夫,可怜,真是可怜,那么多条发财路,偏偏一头撞入这户人家。一窝自以为精明的狐狸,闯入龙潭虎穴瞎蹦跶,不是找死是什么。

柳赤诚一巴掌按住柴伯脑袋:"龙伯老弟,怎么回事?一声不吭,是觉得咱们顾少爷不配君子贤人?"

柴伯符如同五雷轰顶,各大关键气府震颤起来,好不容易稳固下来的龙门境岌岌可危!柴伯符连忙说道:"顾少爷配得起,配得上。"

寻常歹人,出手之前都是先咋呼几句吓唬人,可身边这位性情乖张的前辈,都是先动手再讲理的。

不过相处久了，柴伯符的向道之心越发坚定，自己一定要成为中土神洲白帝城的谱牒弟子。

门房男子关了门，蓦然觉得脖颈后边一凉，原来是身材修长的顾璨伸手攥住了他的脖子，将他的脑袋抵住大门。顾璨五指之间，已经渗出血丝，足可见下手之狠辣。顾璨轻声问道："关起门来，就不担心给外人看笑话了。说吧，里里外外，总共几个人？境界最高的，是何方神圣？"

顾璨突然收起手，直接转过身，笑望向远处，就那么将后背让给了那个纯粹武夫。

一个妇人快步跑来，几次踩到了拖曳在地的裙摆，见着了多年未见的顾璨，她一下子便热泪盈眶。

吃苦活命，享福挣钱，归根结底，还不是为了这个没良心只会往家里寄家书的小王八蛋。

顾璨快步走去，妇人抱住儿子，哽咽起来，顾璨轻轻拍打着娘亲的后背，神色如常，笑望向那两个一切荣华富贵都来自他顾璨的婢女。

那两个年轻女子只是与顾璨对视了一眼，便立即低下头去，手脚发凉，如坠冰窟。

妇人松开了顾璨，擦了擦眼泪，开始仔细打量起自己儿子。先是欣慰，只是不知是否想起了顾璨一人在外，得吃多少苦头，妇人便又捂嘴呜咽起来，心中埋怨自己，埋怨那个莫名其妙就当了大山神的死鬼男人，埋怨那个陈平安撇下了顾璨一人，打杀了那个炭雪，埋怨老天爷不长眼，为何要让顾璨这么遭灾受苦。

顾璨和娘亲到了厅堂那边叙旧之后，第一次踏足了属于自己的那座书房，柳赤诚带着龙伯老弟在宅邸四处闲逛，顾璨喊来了两个婢女，还有那个一直不敢动手拼死的门房。

顾璨搬了把椅子背靠窗户，手肘抵在椅把手上，单手托腮，问道："树大招风，在所难免。我不在此事上苛求你们两个，毕竟我娘亲也有不妥的地方。只是做人忘本，就不太好了。我娘亲可知道外人潜入府邸设局一事？"

两个婢女早已跪在地上，一个婢女满脸茫然，另外一个婢女点头道："我与夫人说过，夫人说就当是无聊解闷了。"

顾璨犹豫了一下，问道："我爹有没有安排后手？"

婢女沉声道："老爷十分担心夫人的安危，不但与本地城隍阁老爷打过招呼，还在一处院门的门神上边施展了神通。府上有一位上了岁数的七境武夫，曾是边军出身，家乡在大骊旧山岳地界，故而与老爷相识，被老爷邀请到了这边，如今隐姓埋名，担任护院，一直盯着门房这伙人。"

那个门房男子脑子一片空白。一个能够与龙州城隍爷攀上交情、能够让七境宗师担任护院的"修道之人"？为何会被那个小肚鸡肠的妇人，口口声声骂成是一个没用的死鬼？

顾璨无奈，什么香火情，大骊七境武夫，个个记录在案，朝廷那边盯得很紧，多半是与那落魄山山神宋煜章差不多的存在了，庇护顾府是真，不过更多还是一种光明正大的监视。那个顾璨已经毫无印象的山神父亲，自然不会将这等内幕说破，害母亲白白担心。

顾璨看着那个还想着如何活命的纯粹武夫，没来由说了一句："幕后人兴许真是高人，至于你，就算了，估计到底是谁布局，有没有布局，到现在仍是不清楚。"

顾璨自言自语道："人为财死，鸟为食亡。天底下的傻子怎么就这么多呢。"

有个微笑嗓音响起："这难道不是好事？棋局之上，胡乱丢掷棋子，何谈先手。年轻些的聪明人，才能出人头地，后来者居上。"

顾璨肃然起身，屋内无人，顾璨依旧恭恭敬敬，抱拳作揖。

一位白衣男子出现在顾璨身边："收拾一下，随我去白帝城。动身之前，你先与柳赤诚一起去趟黄湖山，见见那位这一世名为贾晟的老道人。他老人家要是愿意现身，你便是我的小师弟，要是不愿意见你，你就安心当我的记名弟子。"

白衣男子手中持有一幅卷轴，是幅破旧的《搜山图》，交给顾璨："你带着此物，去往黄湖山。"

来这府邸之前，男子从林守一那边取回这幅《搜山图》，作为回礼，帮助林守一补齐了那部本就出自白帝城的《云上琅琅书》，赠送了中下两卷。林守一虽是书院学子，但是在修行路上，十分迅猛，早年跻身洞府境极快，专攻下五境的《云上琅琅书》上卷，功莫大焉，秘籍中所载雷法，是正宗的五雷正法，但这并不是《云上琅琅书》的最大精妙，开辟大道，修行无碍，才是《云上琅琅书》的根本宗旨。撰写此书之人，正是领略过龙虎山雷法的白帝城城主，亲笔删减、完善，修剪掉了许多繁复枝叶。

世间何处最云上？自然是那白帝城。

至于那部上卷道书，为何会辗转落入林守一手中，当然是阿良的手笔，读书人借书，有借无还的那种，所以说当时林守一一眼相中此书，可谓道缘绝佳。

既然是阿良的馈赠，白帝城也就不计较林守一那点"无心之举，偷师之实"的山上犯忌了。

不过那个林守一，竟然在他报出名号之后，依旧不愿多说关于《搜山图》来源半个字。

这才是白帝城城主愿意赠送《云上琅琅书》最后一卷的原因，本来给个中卷，林守一就该沦为棋子，遭受一劫。

顾璨闻言后面无表情，心中却震动不已，他知道那个贾晟！

落魄山记名供奉,一个运道好才能在骑龙巷混吃混喝的目盲老道士,收了两个安分守己的弟子,瘸腿年轻人赵登高是个妖族,田酒儿的鲜血是最好的符箓材质。据说贾晟前些年搬去了黄湖山结茅修行。

落魄山竟然有此人蛰伏,那朱敛、魏檗就都不曾认出此人的半点蛛丝马迹?

"如果我不来此地,落魄山所有人,一辈子都不会知道有这么一号人。那贾晟到死就都会只是贾晟,可能贾晟在修道中途,会顺理成章地去往第五座天下。哪天兵解离世,哪天再换皮囊,循环往复,乐此不疲。"

白衣男子笑道:"不用多想,是他一贯的游戏人间罢了。早年收剑之后,就彻底变了个人。擅长自欺,不喜欺人。死于山上山下的横祸灾殃很多次,也不见他出手自保一次。浩然天下九洲,每洲都会待上几百年。再者,我虽是他名义上的弟子,白帝城却是我一手创建,与他无关。"

顾璨突然说道:"那我便不用拜访黄湖山了,不打搅老前辈的清修,只管跟随城主去往中土神洲。"

白衣男子笑道:"能这么讲,那就真该去见见了。"

顾璨问道:"屋内三人,如何处置?"

两个婢女,一个门房,三人纹丝不动。

白衣男子看了眼三人,伸出一只手掌,连那纯粹武夫在内,都被迫阴神远游,浑浑噩噩,痴痴呆呆,双脚离地,缓缓晃荡到白衣男子身前停步,白衣男子伸手在三人眉心处随便指点了两下,三尊阴神先后退回身躯。顾璨凝神望去,发现从那三人各自的眉心处作为起始点,皆有丝线开始蔓延开来。然后三人蓦然"清醒"过来,身为纯粹武夫的门房突然热泪盈眶,跪地不起:"少主!"一个婢女使劲磕头:"奴婢拜见宗主!"另外一个婢女则伏地不起,伤心欲绝道:"老爷恕罪。"

白衣男子一拂袖,三人当场晕厥过去,他笑着解释道:"仿佛酣睡已久,梦醒时分,人还是那般人,既删减又增补了些人生阅历罢了。"

顾璨额头渗出汗水。这就是白帝城的魔道手段!

直到这一刻,顾璨才明白为何每次柳赤诚提及此人,都会那么敬畏。

对方随随便便,就能让一个人不再是原来之人,却又深信不疑是自己。那么所有的恩怨情仇,所谓的大道修行,又能算是什么?

白衣男子笑道:"生死事最大?那么到底何谓生死?我就是明白了此事,有人便不太希望我走出白帝城。"

白衣男子最后说道:"那老头儿,来此骊珠洞天,竟然不是为彻底了断因果,就只是闲逛?师父总算有点师父的风范了,终于让我意外一次。"

黄湖山一座茅屋旁边,大山深处水潆回。

目盲老道士在修道间隙，走出茅屋，唏嘘不已，好兄弟陈灵均远游之后，就再没人陪着自己侃大山，真是十分寂寞啊。

所谓的潜心修道，其实不过是为搬家找个由头罢了，不再窝在那骑龙巷草头铺子，好歹离着落魄山近些，以后再返回骑龙巷，这一来一返，自己这记名供奉的身份便越发坐实了。隔壁那压岁铺子的同行掌柜，以后再见着自己，还敢鼻子不是鼻子眼睛不是眼睛的？不得矮自己一头？

贾晟突然有些惊恐，身前依稀察觉到涟漪微动，似乎有客登门。

贾晟立即硬着头皮朗声道："两位客人，不请自来，登门又不打招呼，不太妥当啊。"

柳赤诚差点把眼珠子瞪出来。

有些时候看人，皮囊、魂魄、气象什么的，都可以遮人耳目，使得旁人近在咫尺不相认。唯独某些细微处，只要深究，便会痕迹明显，比如这位目盲老道士的站姿，掐诀时的手指弯曲幅度，等等。

再加上大师兄也不说缘由，就将自己和顾璨一起丢到这边，柳赤诚便立即想到了那个最不可能的"万一"，匍匐在地，颤声道："徒儿拜见师父！"

贾晟有些心虚，哪里跑出来的野徒弟？

柳赤诚脑袋贴地，无比委屈道："师父，大师兄把我欺负得惨了，先是因为一件小事，便将我驱逐出白帝城，再眼睁睁由着我被龙虎山大天师提剑追杀，以至于可怜徒儿在这小小宝瓶洲，被困千年，无人问津，师兄根本就不念半点同门情谊，师父你一定要主持公道啊……"

还真不是柳赤诚胡来，师父对待他这位关门弟子，向来最为疼爱宠溺，许多师兄师姐在内心深处对他的敌视，便来源于此。

老道士差点跳脚骂娘，什么白帝城，什么龙虎山大天师，天底下有你这么行骗的同道中人吗？诓人言语如此不靠谱，我贾晟要真是你师父，瞎了眼才找你这弟子……贾晟突然愣住，贫道还真是个瞎子啊。

顾璨有些佩服这个柳赤诚的脸皮，真是遇到了高人，就搬出白帝城城主这位师兄，真遇到了大师兄，这会儿就开始搬出师父？

顾璨抬起手中那幅《搜山图》，沉声道："老前辈，物归原主。"

贾晟自然而然睁开眼睛，瞧见了那卷轴，喟叹道："收了这么个大弟子，真是没翻老皇历。"

然后贾晟又愣住，轻轻晃了晃脑子，什么古怪念头？老道人使劲眨眼，天地清明，万物在眼。当年修行自家山头的古怪雷法，是那旁门左道的路数，代价极大，先是伤了脏腑，再瞎眼睛，不见事物已经很多年。

一个恍惚过后，老道士贾晟退缩，心神凝如芥子，陷入昏睡中，另外一人占据所有灵智。

老人低下头,扯了扯身上道袍,然后转过头,瞥了眼那座槐黄县城的大学士坊,再视线偏移,将那真珠山与所有龙窑收入眼底。老人神色复杂,然后就那样既不理会柳赤诚,也不看顾璨,开始陷入沉思。

老人摊开手掌,凝视掌心纹路片刻,最后喃喃道:"此生小梦,一觉醒来,陆沉误我多矣。"

老人一步踏出,目盲老道人贾晟站在原地,酣睡依旧。

老人恢复真容,是一位相貌清癯的高瘦老者,依稀可见,年轻时分定然是位气质不俗的俊逸男子。

老人的修行路,在浩然天下宛如一颗璀璨夺目的流星,相较于悠悠流逝的光阴长河,崛起迅猛,陨落更快。以至于连白帝城城主是他的开山大弟子这么大一件事,所知之人,一座天下,屈指可数。

老人既是贾晟,又远远不只是贾晟,只是身后贾晟,将来便就只是贾晟了。

一生当中,只做一事,举世皆知。

长剑递出,蛟龙皆斩,杀得世间只剩下最后一条真龙。

一座浩然天下的一部老皇历,只因为一人出剑的缘故,撕去数页之多!

当老人现身之后,黄湖山中那条曾经与顾璨的小泥鳅争夺水运而落败的巨蟒,如被天道压胜,只得一个骤然下沉,潜伏在湖底,战战兢兢,恨不得将头颅砸入山根当中。

老人看了眼顾璨,伸手接过那幅卷轴,收入袖中,顺势一拍顾璨肩膀,然后点了点头,微笑道:"根骨重,好苗子。那我便要代师收徒了。"

柳赤诚遭雷劈似的,呆坐在地,再也不干号了。

不该如此啊,万万莫要如此。一旦顾璨有此身份,说不得下一刻,他柳赤诚就要比龙伯老弟早走一步黄泉路了!

白衣男子凭空出现。

老人斜眼道:"为师如今算是半个废人了,打不过你这开山弟子,毕竟师徒名义还在,怎的,不服气?要欺师灭祖?与剑术一样,我可没教过你此事。"

白衣男子默不作声,隐约有些杀机。不承想老人得寸进尺,根本不在意一位白帝城城主的杀意,反而问道:"愣着做什么,喊小师叔啊。"

白衣男子没什么师徒尊卑,只是问道:"你确定是为顾璨好?"

顾璨跪倒在地,低头沉声道:"顾璨拜见师祖。"

老人爽朗大笑,化作一道剑光,瞬间化虹远去千里,要去趟北俱芦洲,找好兄弟陈灵均一起耍去。只是下次见面,自己不认识他,陈灵均也会不认识自己。

白衣男子抬头望向那道北去剑光,笑道:"对待关门弟子,是要好些。"

柳赤诚松了口气,还好还好,顾璨只是自己的小师弟。不然这辈分一高,就顾璨那半点不念旧情的脾气,什么昧良心的事情都做得出来。

林守一坐在祖宅住处,不管如何闭气凝神,依旧心神不宁,只得去往神位都已搬去大骊京城的祠堂,这才心安几分。

林守一拈出三炷香,遥遥祭拜先祖。

做完这件事后,才转身走向祠堂大门,刚关了大门,便发现身边站着一位老儒士。

林守一何等聪慧,立即作揖道:"山崖书院林守一,拜见大师伯。"

崔瀺笑道:"我早已不在文圣道统一脉,当不起此礼。"

林守一直腰后,规规矩矩又作揖:"大骊林氏子弟,拜见国师大人。"

崔瀺点了点头:"早年游学路上,你的表现,便极其出彩。最早察觉到阿良不同寻常,最早得到机缘,都是你林守一,十分不易。此次让那人在大规矩内行事,更是你治学稳重,厚积薄发,福至心灵使然。"

崔瀺带着林守一在空荡荡的宅子散步,并且让林守一与自己并肩而行,不用太过拘束。

崔瀺说道:"你父亲有些苦衷,这辈子都不会主动与你多说。当年是他最早告诉陈平安父亲,关于本命瓷一事的内幕,当然是好心,连那后果也与陈平安父亲一并说了。他们两人,一见如故,虽然身份悬殊,却是挚友。所以你父亲还帮着那个男人收拾了后来的烂摊子,不然陈平安也很难活下去,所以陈平安后来游学路上,转赠你那幅《搜山图》,冥冥之中是有些因果定数的。只是你父亲,用心良苦,并不希望你与陈平安牵扯太多,免得你尚未成长起来,便被大势裹挟,早早夭折,所以对于你去往大隋书院求学一事,表现得十分淡漠。"

林守一愕然。

崔瀺说道:"难以置信?那你好好想一想,一个先后为三任窑务督造官担任副手的男人,会简单吗?真会那么看重嫡子庶子的名义?那你知不知道,如今的曹督造在赶赴槐黄县之前,离开了先帝御书房之后,唯一拜访求教之人,就是你那个在京城不显山不露水的父亲?你同窗石春嘉的家族,最后如何渡过难关?石家自己心里没数,还有些怨怼,你觉得你父亲会介意吗?"

崔瀺一手负后,一手双指并拢如拈取一物:"石春嘉念旧,你便念旧;你念旧,所有同窗便跟着一起念旧。边文茂眼高手低,唯独真心善待出身不好的妻子石春嘉,边文茂便被你理解,这位大骊京城翰林郎,将来一旦遇上难事,你就愿意帮忙,你选择出手,即便不够老到,有些纰漏,你爹岂会坐视不理?线线牵连,恢恢成网,只是别忘了,你会如此,世人皆会如此。什么样的修为,就会招来什么样的因果,境界此物,平时很管用,

第十章 翻老皇历

关键时刻又最不管用。林守一,我问你,还愿意多管闲事吗?"

崔瀺轻轻一推双指,好像撇干净了那些脉络。

林守一思量片刻,答道:"事已至此,近在眼前,还是要一件件管好。"

林守一叹了口气:"以后少管。"

崔瀺会心一笑:"不枉你爹撒泼打滚耍无赖,让我帮你取了这么个好名字。"

林守一突然停步,再次作揖,壮着胆子,颤声问道:"敢问师伯,当年为何袖手旁观,任由先生一人赴死?"

这个问题实在是太让林守一感到憋屈,不吐不快。

便是惹恼了这位不愿承认师伯身份的国师大人,林守一今天也要问上一问!

崔瀺不以为意,显然并不恼火这个年轻人的不知好歹,反而有些欣慰,说道:"如果讲大道理,不用付出大代价,可贵在何处?哪个不能讲,读书意义何在?当仁绝不让,这种傻事,不读书,很难天生就会的。只是书分内外,儒家教化,何处不是一本本摊开的圣贤书。"

崔瀺轻轻拍了拍林守一的肩膀,笑道:"所以人生在世,要多骂半吊子读书人,少骂圣贤书。"

崔瀺环顾四周:"早年游学,你对父亲的糟糕观感,陈平安当时与你一路同行,早早记在心中。所以哪怕后来陈平安有足够的底气去翻旧账,即便翻遍了许多关于杏花巷马家的老皇历,偏偏在窑务督造署林大人这边停滞不前,恰好因为相信你,怕那些传闻不可言,更信不过他未曾亲眼见过的人心,最怕一旦揭开内幕,就要害得朋友林守一鲜血淋漓。这就叫一朝被蛇咬十年怕井绳,在书简湖吃过的苦头,实在不愿意在家乡再来一遭了。"

崔瀺笑道:"虽然是陈平安想岔了,却是好事,不然就他那脾气,一旦较真,即便查出了真相,得以松口气,顺顺利利绕过了你和你父亲,落魄山却会早早与大骊宋氏磕碰得头破血流,那么现在肯定还留在家乡追究此事,处处树敌,大伤元气,自然更当不成什么剑气长城的隐官大人了。清风城许氏、正阳山在内的诸多势力,都会不遗余力,对落魄山落井下石。"

崔瀺说道:"你暂时不用回山崖书院,与李宝瓶、李槐他们都问一遍,早年那个'齐'字,谁还留着,加上你那份,留着的,都收拢起来,然后你去找崔东山,将所有'齐'字都交给他。在那之后,你去趟书简湖,捡回那些被陈平安丢入湖中的竹简。"

林守一不明就里,仍是点头答应下来。

崔瀺仰头望向那道一闪而逝的恢宏剑光,请神容易送神难,总算走了。

大骊王朝开凿大渎一事,大兴土木,如火如荼。

豪阀公孙关翳然,与将种子弟刘洵美,一下子成了炙手可热的大骊最新权贵人物。

至于那个横空出世的原青鸾国郡守柳清风,大骊京城官场的热闹劲一过,加上某些幕后的刻意安排,很快就让人提不起探究的兴致。

偏隅小国的书香门第出身,确定不是什么练气士,注定寿命不会太长,早年在青鸾国政绩尚可,只是声名狼藉,所以坐在了这个位置上,会有前途,但是很难有大前程,毕竟不是大骊京官出身,至于为何能够一步登天,骤然得势,天晓得。大骊京城,其中就有猜测,此人是那云林姜氏扶植起来的傀儡,毕竟最新大渎的入海口,就在姜氏家门口。

一位极其俊美的白衣少年郎,蹲在田垄间,看着远处一场地方宗族之间的争水械斗,看得津津有味,一旁蹲着个神色木讷的瘦弱孩子。

柳清风坐在田垄上,扈从王毅甫和少年柳蓑都站在远处,柳蓑倒是不太害怕那个早年打过交道的古怪少年,除了脑子拎不清一点,其他都没什么值得说道的,但是王毅甫却提醒柳蓑最好别接近那个少年。

柳清风转头望向那个嚼着一根野草的少年,问道:"开凿大渎,大小事宜,无非是循序渐进,崔先生应该无须在此盯着。"

崔东山依旧看着那边的你一锄头我一扁担,交手双方,不少身份是那舅舅外甥,打是真打,至于打完之后,依旧做那亲戚,说不得还要给对方掏钱治病买药,也皆是诚心诚意,发自肺腑。

听到了柳清风的询问,崔东山目不转睛,随口说道:"大渎名齐,就是理由。"

柳清风笑着点头,表示理解了。

一辆马车停在乡野小路上,从车厢走下李宝箴,他走来这边,作揖行礼:"崔先生。"

崔东山没搭理。

李宝箴起身后望向柳清风,笑道:"柳先生。"

柳清风笑着伸手示意对方坐下。李宝箴坐在柳清风身旁。

崔东山转过头,打趣道:"见面道辛苦,毕竟是江湖。"

"不耽误你们哥俩好好叙旧,我自个儿找点乐子去。"崔东山站起身,拎着一旁孩子的衣领,御风离去。

崔东山悄然落在了数百里外的一处山下城池,带着那位高老弟,一起并排坐在树荫下,四周人头攒动,看了足足半个时辰的路边野棋,不是围棋,棋盘要更简单些。不然市井百姓,连棋谱都没碰过半本,哪能吸引这么多围观之人。

等到赢了一大堆铜钱、碎银,众人也都散去,设局的野棋手今天便打算收工,这就叫一招鲜吃遍天,只是当他看到那个白衣少年还不愿挪窝,打量几眼,瞧着像是个有钱人家的小少爷,便笑问道:"喜欢下棋?"

崔东山跃跃欲试,搓手道:"会的会的,别说是此棋,便是围棋我都会下,只是离家匆忙，身上没带多少铜钱。你这棋局，我看出些门道了，肯定能赢你。"

那下野棋之人笑了笑，这可是江湖野棋十大名局之一的蚯蚓引龙，不怕别人看出门道，越多越好，就怕对方觉得此局无解，根本不愿上钩。

崔东山一拍旁边孩子的脑袋："赶紧下棋挣钱啊。"

那汉子大笑不已，竟是手脚麻利收了摊子，懒得与这少年纠缠。

崔东山也不阻拦，一点点挪步，与那孩子相对而蹲。崔东山伸长脖子，盯着那个孩子，然后抬起双手，扯过他的脸颊："怎么瞧出你是个下棋高手的？我也没告诉那人你姓高哇。"

孩子面无表情。崔东山扯了半天，也觉得没劲，站起身，带着孩子在城里边东逛西荡，遇见个年纪不大的京溜子，是这藩属小国京城里边跑出来捡漏的，多是被古董行当家掌柜信得过的学徒，从京城分派到地方各处搜求奇珍异宝、古董字画的。做京溜子一行，眼睛要毒辣、人品要过硬才行，不然一旦得了价值千金的重宝，便要直接跑路，干脆自立门户。

崔东山就跟着那个京溜子逛地摊，那人掂量过、悄悄留心过的物件，他都去跟着掂量一番，使劲打量几眼，气得那京溜子只好在僻静处停下脚步，无奈道："你这少年，若是缺钱花，我送你些便是，莫要一路跟我耍乐了。你是觉得好玩，却要砸我饭碗的。"

崔东山看着那个年轻人的眼神、脸色，没来由有那么几分熟悉，莞然一笑："放心吧，接下来我保证不捣乱。"

那年轻人将信将疑，又不好赶人，所幸接下来行走四处，那少年果然安安静静，只是这让年轻人又有忧虑，该不会江湖险恶，对方本就是奔着自己而来吧？江湖路数多，教人防不胜防。不过那少年随便买了一只瓷碗，覆在孩子脑袋上，就与他道别，说要带着傻弟弟一起回学塾那边吃饭了，不然人在异乡，在外求学，天大地大不如先生最大，学生久久未归，先生会担心的。年轻京溜子如释重负。

那少年从孩子脑袋上摘了那白碗，远远丢给年轻人，笑容灿烂道："与你学到些买老物件的新鲜小诀窍，没什么好谢的，这碗送你了。"

年轻人本想拒绝，一个破碗而已，要了作甚，还占地方，再说了那少年在外求学，穿着富贵，只是掏钱的时候一枚枚数着铜钱，也不像是个手头阔绰的……只是不等年轻人开口说话，那少年便拖拽着孩子的一条胳膊，跑远了，跑得真快啊，那个孩子瞅着有些可怜。

夕阳西下，城外一条黄泥道路上，一个村庄的大小屋子，挨个儿蹲在一条河边。

崔东山自言自语道："行侠仗义一事，先生因为少年时受过一桩事情的影响，对于路见不平拔刀相助，便有了些忌惮，加上我家先生总以为自己读书不多，便能够如此周全，心想着那么些老江湖，大多也该如此，事实上，当然是我家先生苛求江湖人了。

"好心做错事,与那人心出错,哪个更可怕? 必须要做个取舍的。"

"只是先生早慧,事事劳心劳力,当学生的,哪里舍得说这些。"

在崔东山自顾自絮絮叨叨的时候,有个放牛归家的孩子骑在牛背上。

崔东山也不差,骑在孩子后背上。

崔东山摇晃着肩膀,可怜孩子便跟着脚步踉跄起来,崔东山说道:"天边浮云,道旁柳色,街巷叫卖杏花声。"

然后崔东山双手一拍孩子脸颊:"高老弟,老哥我诗兴大发啊,你跟着走一个!"

孩子眨了眨眼睛。

崔东山加重力道,威胁道:"不给面子?!"

孩子含糊不清道:"乡野炊烟,牧童骑牛,竹笛吹老太平歌。"

"高老弟,你真是个人才啊!"

崔东山一手环住孩子脖子,一手使劲拍打后者脑袋,大笑道:"我何德何能,能够认识你?!"

骑牛的牧童回头看了眼他俩,吓得赶紧让自己坐骑加快脚步。

崔东山双手捂住孩子的眼睛:"铆足劲,跑起来!"

最后那个被崔东山遮住了视线的孩子,晃来晃去向前跑,便一路跑到了河里。

半空中崔东山松开双手,使劲挥动,大袖晃荡,在两人即将落水之际,哈哈大笑道:"智者乐水! 东山来也!"

图书在版编目(CIP)数据

剑来22：愿挽天倾者/烽火戏诸侯著．—杭州：
浙江文艺出版社，2021.10（2025.1重印）
 ISBN 978-7-5339-6619-5

Ⅰ.①剑… Ⅱ.①烽… Ⅲ.①长篇小说—中国—当代
Ⅳ.①I247.5

中国版本图书馆CIP数据核字（2021）第184835号

选题策划　柳明晔
责任编辑　关俊红
营销编辑　宋佳音
封面绘图　温十潋
责任印制　吴春娟

剑来22：愿挽天倾者
烽火戏诸侯　著

出版	浙江文艺出版社
地址	杭州市环城北路177号
邮编	310003
电话	0571-85176953（总编办）
	0571-85152727（市场部）
制版	浙江新华图文制作有限公司
印刷	杭州杭新印务有限公司
开本	710毫米×1000毫米　1/16
字数	352千字
印张	17.5
插页	2
版次	2021年10月第1版
印次	2025年1月第9次印刷
书号	ISBN 978-7-5339-6619-5
定价	48.00元

版权所有　侵权必究
（如有印装质量问题，影响阅读，请与市场部联系调换）

图书在版编目(CIP)数据

纳米22：居民天城者 / 雪小禅主编. — 郑州：
海燕文艺出版社，2021.10（2023.4重印）
ISBN 978-7-5390-6019-5

Ⅰ．①纳… Ⅱ．①雪… Ⅲ．①随笔-作品集-中国-当代
Ⅳ．①I267.1

中国版本图书馆CIP数据核字(2021)第184525号

责任编辑 卞海燕
特约编辑 石全义
装帧设计 顾丹丹
封面书题 顾十玲
封面画像 雪小禅

纳米22：居民天城者
雪小禅 主编

出版 海燕文艺出版社
地址 郑州市郑东新区祥盛街27号
邮编 450003
电话 0371-85770675（编辑部）
       0371-85572217（发行部）
经销 新华书店、各地书店、网上书店
印刷 河南瑞之光印刷股份有限公司
开本 710毫米×1000毫米 1/16
字数 150千字
印张 12.5
插页 2
版次 2021年10月第1版
印次 2023年4月第2次印刷
书号 ISBN 978-7-5390-6019-5
定价 48.00元

图书如有印装质量问题，由本社负责调换